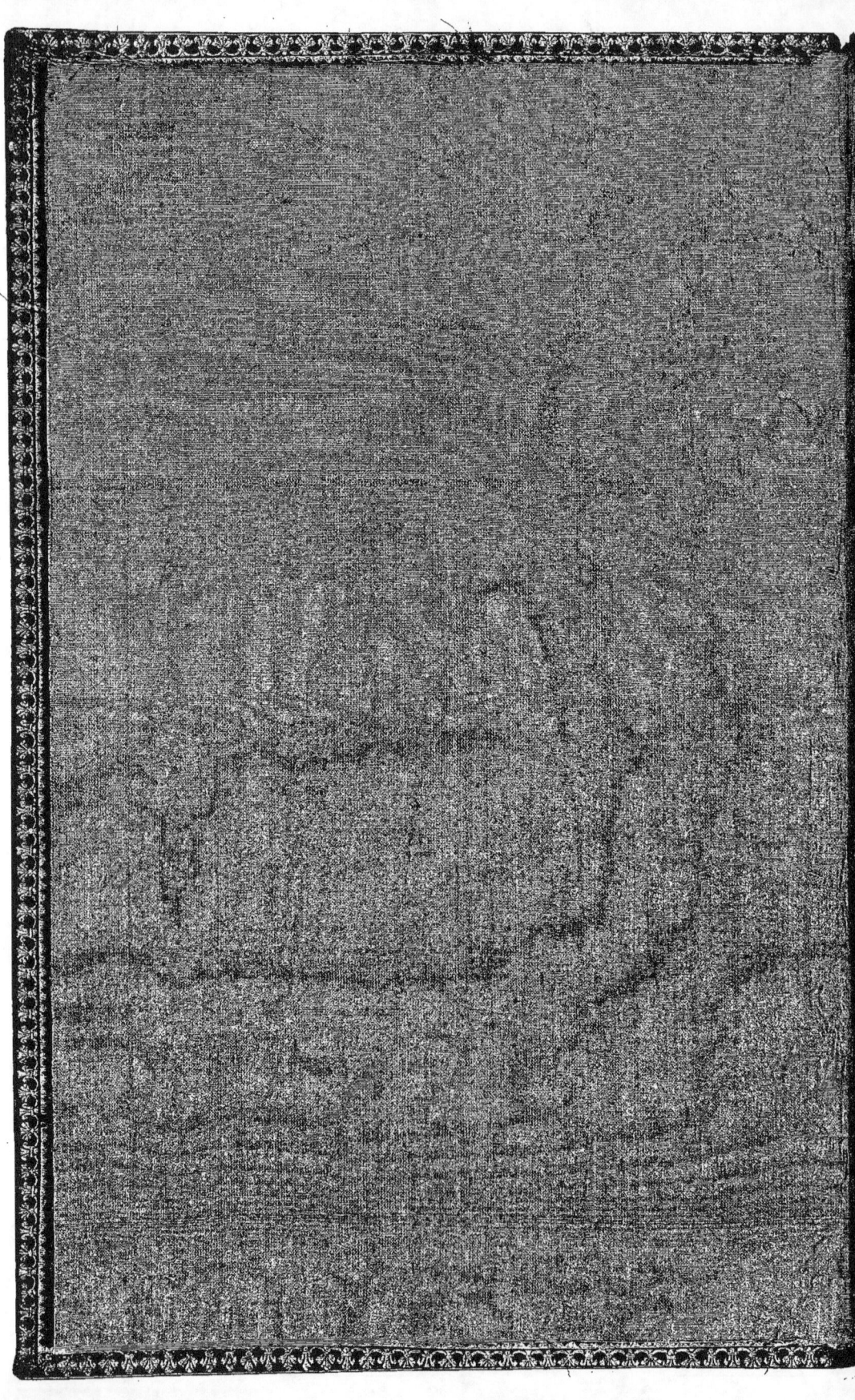

4514

OEUVRES

COMPLETES

DE

VOLTAIRE.

OEUVRES

COMPLETES

DE

VOLTAIRE.

TOME SOIXANTE-CINQUIEME.

DE L'IMPRIMERIE DE LA SOCIÉTÉ LITTÉRAIRE-
TYPOGRAPHIQUE.

1 7 8 5.

LETTRES

DU

ROI DE PRUSSE

ET

DE M. DE VOLTAIRE.

LETTRES

DU

ROI DE PRUSSE

ET

DE M. DE VOLTAIRE.

LETTRE PREMIERE.

DU ROI DE PRUSSE.

A Charlotembourg, le 6 juin.

MON CHER AMI,

Mon fort eft changé, et j'ai affifté aux derniers
momens d'un roi, à fon agonie, à fa mort. En par-
venant à la royauté, je n'avais pas befoin affurément
de cette leçon pour être dégoûté de la vanité des
grandeurs humaines.

J'avais projetté un petit ouvrage de métaphyfique,
il s'eft changé en un ouvrage de politique. Je croyais
joûter avec l'aimable *Voltaire*, et il me faut efcrimer
avec *Machiavel* (1). Enfin, mon cher *Voltaire*, nous ne
fommes point maîtres de notre fort. Le tourbillon

1740.

(1) On voit par la lettre fuivante que le roi défigne ici le cardinal de
Fleuri.

A 2

1740.

—— des événemens nous entraîne ; et il faut fe laiffer entraîner. Ne voyez en moi, je vous prie, qu'un citoyen zélé, un philofophe un peu fceptique, mais un ami véritablement fidèle. Pour Dieu, ne m'écrivez qu'en homme, et méprifez avec moi les titres, les noms, et tout l'éclat extérieur.

Jufqu'à préfent il me refte à peine le temps de me reconnaître ; j'ai des occupations infinies : je m'en donne encore de furplus ; mais malgré tout ce travail, il me refte toujours du temps affez pour admirer vos ouvrages et pour puifer chez vous des inftructions et des délaffemens.

Affurez la Marquife de mon eftime. Je l'admire autant que fes vaftes connaiffances et la rare capacité de fon efprit le méritent.

Adieu, mon cher *Voltaire*, fi je vis je vous verrai, et même dès cette année. Aimez-moi toujours, et foyez toujours fincère avec votre ami

FÉDÉRIC.

LETTRE II.

DE M. DE VOLTAIRE.

18 juin.

SIRE,

SI votre fort eft changé, votre belle ame ne l'eft pas ; mais la mienne l'eft. J'étais un peu mifanthrope, et les injuftices des hommes m'affligeaient trop. Je me livre à préfent à la joie avec tout le monde.

1740.

Grâce au ciel, votre Majefté a déjà rempli prefque toutes mes prédictions. Vous êtes déjà aimé, et dans vos Etats et dans l'Europe. Un réfident de l'empereur difait dans la dernière guerre au cardinal de *Fleuri:* Monfeigneur, les Français font bien aimables, mais ils font tous Turcs. L'envoyé de votre Majefté peut dire à préfent, les Français font tous Pruffiens.

Le marquis d'*Argenfon*, confeiller d'Etat du roi de France, ami de M. de *Valori*, et homme d'un vrai mérite avec qui je me fuis entretenu fouvent à Paris de votre majefté, m'écrit du 13 que M. de *Valori* s'exprime avec lui dans ces propres mots: *Il commence fon règne comme il y a apparence qu'il le continuera; par-tout des traits de bonté de cœur; juftice qu'il rend au défunt; tendreffe pour fes fujets.* Je ne fais mention de cet extrait à votre Majefté que parce que je fuis sûr que cela a été écrit d'abondance de cœur et qu'il m'eft revenu de même. Je ne connais point M. de *Valori*, et votre Majefté fait que je ne devais pas compter fur fes bonnes grâces; cependant puifqu'il penfe comme moi et qu'il vous rend tant de juftice, je fuis bien aife de la lui rendre.

Le miniftre qui gouverne le pays où je fuis, me difait: Nous verrons s'il renverra tout d'un coup les géans inutiles qui ont fait tant crier; et moi je lui répondis: il ne fera rien précipitamment. Il ne montrera point un deffein marqué de condamner les fautes qu'a pu faire fon prédéceffeur, il fe contentera de les réparer avec le temps. Daignez donc avouer, grand Roi, que j'ai bien deviné.

Votre Majefté m'ordonne de fonger en lui écrivant moins au roi qu'à l'homme. C'eft un ordre bien

—— felon mon cœur. Je ne fais comment m'y prendre avec un roi , mais je fuis bien à mon aife avec un homme véritable , avec un homme qui a dans fa tête et dans fon cœur l'amour du genre humain.

Il y a une chofe que je n'oferais jamais demander au roi , mais que j'oferais prendre la liberté de demander à l'homme ; c'eft fi le feu roi a du moins connu et aimé tout le mérite de mon adorable prince avant de mourir. Je fais que les qualités du feu roi étaient fi différentes des vôtres qu'il fe pourrait bien faire qu'il n'eût pas fenti tous vos différens mérites ; mais enfin , s'il s'eft attendri , s'il a agi avec confiance , s'il a juftifié les fentimens admirables que vous avez daigné me témoigner pour lui dans vos lettres , je ferai un peu content. Un mot de votre adorable main me ferait entendre tout cela.

Le roi me demandera peut-être pourquoi je fais ces queftions à l'*homme* , il me dira que je fuis bien curieux et bien hardi ; favez-vous ce que je répondrai à Sa Majefté : je lui dirai: Sire, c'eft que j'aime l'homme de tout mon cœur.

Votre Majefté ou votre humanité me fait l'honneur de me mander qu'elle eft obligée à préfent de donner la préférence à la politique fur la métaphyfique , et qu'elle s'efcrime avec notre bon cardinal.

> Vous paraiffez en défiance
> De ce faint au ciel attaché ,
> Qui , par efprit de pénitence ,
> Quitta fon petit évêché
> Pour être humblement roi de France :
> Je penfe qu'il va s'occuper,

Avec un zèle catholique,
Du jufte foin de vous tromper;
' Car vous êtes un hérétique.

On a agité ici la queftion : Si votre Majefté fe ferait facrer et oindre ou non ; je ne vois pas qu'elle ait befoin de quelques gouttes d'huile pour être refpectable et chère à fes peuples. Je révère fort les faintes ampoules, fur-tout lorfqu'elles ont été apportées du ciel, et pour des gens tels que *Clovis ;* et je fais bon gré à *Samuel* d'avoir verfé de l'huile d'olive fur la tête de *Saül* , puifque les oliviers étaient fort communs dans leur pays.

Mais, Seigneur, après tout, quand vous ne feriez point
Ce que l'Ecriture appelle *oint* ,
Vous n'en feriez pas moins mon héros et mon maître;
Le grand cœur, les vertus, les talens font un roi,
Et vous feriez facré pour la terre et pour moi,
Sans qu'on vît votre front huilé des mains d'un prêtre.

Puifque votre Majefté qui s'eft faite homme, continue toujours à m'honorer de fes lettres, j'ofe la fupplier de me dire comment elle partage fa journée; j'ai bien peur qu'elle ne travaille trop ; on foupe quelquefois fans avoir mis d'intervalle entre le travail et le repas ; on fe relève le lendemain avec une digeftion laborieufe, on travaille avec la tête moins nette ; on s'efforce, et on tombe malade : au nom du genre humain à qui vous devenez néceffaire , prenez foin d'une fanté fi précieufe.

Je demanderai encore une autre grâce à votre Majefté, c'eft, quand elle aura fait quelque nouvel

A 4

1740.

———— établiffement, qu'elle aura fait fleurir quelqu'un des beaux arts, de daigner m'en inftruire, car ce fera m'apprendre les nouvelles obligations que je lui aurai; il y a un mot dans la lettre de votre Majefté qui m'a tranfporté ; elle me fait efpérer une vifion béatifique cette année. Je ne fuis pas le feul qui foupire après ce bonheur. La reine de *Saba* voudrait prendre des mefures pour voir *Salomon* dans fa gloire. J'ai fait part à M. de *Keyferling* d'un petit projet fur cela ; mais j'ai bien peur qu'il n'échoue.

J'efpère dans fix ou fept femaines, fi les libraires hollandais ne me trompent point, envoyer à votre Majefté le meilleur livre et le plus utile qu'on ait jamais fait, un livre digne de vous et de votre règne.

Je fuis avec la plus tendre reconnaiffance, avec profond refpect, cela va fans dire, avec des fentimens que je ne peux exprimer, Sire, de votre Majefté, &c.

LETTRE III.

DU ROI.

A Charlotembourg, le 12 juin.

Non, ce n'eft plus du mont Remus,
Douce et ftudieufe retraite
D'où mes vers vous font parvenus,
Que je date ces vers confus;
Car dans ce moment le poëte
Et le prince font confondus.

Déformais mon peuple que j'aime
Eſt l'unique Dieu que je ſers :
Adieu les vers et les concerts,
Tous les plaiſirs, Voltaire même ;
Mon devoir eſt mon dieu ſuprême.
Qu'il entraîne de ſoins divers !
Quel fardeau que le diadême !

Quand ce Dieu fera ſatisfait,
Alors dans vos bras, cher Voltaire,
Je volerai, plus prompt qu'un trait,
Puiſer, dans les leçons de mon ami ſincère,
Quel doit être d'un roi le ſacré caractère.

Vous voyez, mon cher ami, que le changement du ſort ne m'a pas tout-à-fait guéri de la métromanie, et que peut-être je n'en guérirai jamais. J'eſtime trop l'art d'*Horace* et de *Voltaire* pour y renoncer ; et je ſuis du ſentiment que chaque choſe de la vie a ſon temps.

J'avais commencé une épître *ſur les abus de la mode et de la coutume*, lors même que la coutume de la primogéniture m'obligeait de monter ſur le trône et de quitter mon épître pour quelque temps. J'aurais volontiers changé mon épître en ſatire contre cette même mode, ſi je ne ſavais que la ſatire doit être bannie de la bouche des princes.

Enfin, mon cher *Voltaire*, je flotte entre vingt occupations, et je ne déplore que la briéveté des jours, qui me paraiſſent trop courts de 24 heures.

Je vous avoue que la vie d'un homme qui n'exiſte que pour réfléchir et pour lui - même, me ſemble

—— infiniment préférable à la vie d'un homme dont
1740. l'unique occupation doit être de faire le bonheur des
autres.

Vos vers font charmans (1). Je n'en dirai rien, car
ils font trop flatteurs.

Mon cher *Voltaire*, ne vous refufez pas plus long-
temps à l'empreffement que j'ai de vous voir. Faites
en ma faveur tout ce que vous croyez que votre
humanité comporte. J'irai à la fin d'augufte à Véfel,
et peut-être plus loin. Promettez-moi de me joindre,
car je ne faurais vivre heureux ni mourir tranquille
fans vous avoir embraffé. Adieu.

FÉDÉRIC.

Mille complimens à la Marquife. Je travaille des
deux mains ; d'un côté à l'armée, de l'autre au
peuple et aux beaux arts.

LETTRE IV.

DU ROI.

A Charlotembourg, le 24 juin.

MON CHER AMI,

CELUI qui vous rendra cette lettre de ma part,
eft l'homme de ma dernière épître. Il vous rendra
du vin de Hongrie à la place de vos vers immortels,
et ma mauvaife profe au lieu de votre admirable

(1) Voyez l'épître XLIX au roi de Pruffe, vol. d'*Epitres*, page 107.

philofophie. Je fuis accablé et furchargé d'affaires ;
mais dès que j'aurai quelques momens de loifir ,
vous recevrez de moi les mêmes tributs que par le
paffé , et aux mêmes conditions. Je fuis à la veille
d'un enterrement, d'une augmentation de beaucoup
de voyages et de foins auxquels mon devoir m'engage. Je vous demande excufe fi ma lettre , et celle
que vous avez reçue il y a trois femaines , fe reffen-
tent de quelque pefanteur : ce grand travail finira ,
et alors mon efprit pourra reprendre fon élafticité
naturelle.

> Vous , le feul Dieu qui m'infpirez ,
> Voltaire , en peu vous me verrez ,
> Libre de foins , d'inquiétudes ,
> Chanter vos vers et mes plaifirs ;
> Mais , pour combler tous mes défirs ,
> Venez charmer nos folitudes.

C'eft en tremblant que ma mufe me dicte ce dernier
vers ; et je fais trop que l'amitié doit céder à l'amour.
Adieu , mon cher *Voltaire* , aimez-moi toujours
un peu. Dès que je pourrai faire des odes et des
épîtres , vous en aurez les gants. Mais il faut avoir
beaucoup de patience avec moi , et me donner le
temps de me traîner lentement dans la carrière où
je viens d'entrer. Ne m'oubliez pas , et foyez sûr
qu'après le foin de mon pays , je n'ai rien de plus
à cœur que de vous convaincre de l'eftime avec
laquelle je fuis ,

> votre très-fidèle ami ,
> FÉDÉRIC.

LETTRE V.

DE M. DE VOLTAIRE.

A la Haye.

SIRE,

1740. — Dans cette troisième lettre, je demande pardon à votre Majesté des deux premières qui sont trop bavardes.

J'ai passé cette journée à consulter des avocats et à faire traiter sous-main avec *Vanduren*. J'ai été procureur et négociateur. Je commence à croire que je viendrai à bout de lui, ainsi de deux choses l'une, ou l'ouvrage sera supprimé à jamais, ou il paraîtra d'une manière entièrement digne de son auteur.

Que votre Majesté soit sûre que je resterai ici, qu'elle sera entièrement satisfaite, ou que je mourrai de douleur. Divin *Marc-Aurèle*, pardonnez à ma tendresse. J'ai entendu dire ici secrétement que votre Majesté viendrait à la Haye. J'ai de plus entendu dire aussi que ce voyage pourrait être utile à ses intérêts.

Vos intérêts, Sire, je les chéris sans doute; mais il ne m'appartient ni d'en parler ni de les entendre.

Tout ce que je fais, c'est que si votre humanité vient ici, elle gagnera les cœurs, tout hollandais qu'ils sont. Votre Majesté a déjà ici de grands partisans.

J'ai dîné ici aujourd'hui avec un député de Frife, nommé M. *Halloy*, qui a eu l'honneur de voir votre Majefté à l'armée, qui compte lui faire fa cour à Clèves, et qui penfe fur le *Marc-Aurèle* du Nord comme moi. Oh! que je vais demain embraffer ce M. *Halloy!* Aujourd'hui M. de *Fénélon*....

(*Le refte manque.*)

LETTRE VI.

DE M. DE VOLTAIRE.

Juin.

SIRE,

Hier vinrent pour mon bonheur,
Deux bons tonneaux de Germanie :
L'un contient du vin de Hongrie,
L'autre eft la panfe rebondie
De monfieur votre ambaffadeur.

Si les rois font les images des dieux, et les ambaffadeurs les images des rois, il s'enfuit, Sire, par le quatrième théorême de *Wolf* que les Dieux font joufflus, et ont une phyfionomie très-agréable. Heureux ce M. de *Camas*, non pas tant de ce qu'il repréfente votre Majefté que de ce qu'il la reverra ! Je volai hier au foir chez cet aimable M. de *Camas* envoyé et chanté par fon roi, et dans le peu qu'il m'en dit, j'appris que votre Majefté, que j'appellerai

—— toujours votre humanité, vit en homme plus que jamais ; et qu'après avoir fait fa charge de roi, fans relâche, les trois quarts de la journée, elle jouit le foir des douceurs de l'amitié qui font fi au-deffus de celles de la royauté.

Nous allons dîner dans une demi - heure tous enfemble chez madame la marquife *du Châtelet* : jugez, Sire, quelle fera fa joie et la mienne. Depuis l'apparition de M. de *Keyferling* nous n'avons pas eu un fi beau jour.

> Cependant vous courez fur les bords du Prégel,
> Lieux où glace eft fréquente et très-rare eft dégel.
>   Puiffe un diadême éternel
>   Orner cet aimable vifage !
> Apollon l'a déjà couvert de fes lauriers :
> Mars y joindra les fiens, fi jamais l'héritage
>   De ce beau pays de Juliers
> Dépendait des combats et de votre courage.

Votre Majefté fait qu'*Apollon*, le Dieu des vers, tua le ferpent *Pithon* et les *Aloïdes* : le Dieu des arts fe battait comme un diable dans l'occafion.

> Ce Dieu vous a donné fon carquois et fa lyre ;
> Si l'on doit vous chérir, on doit vous redouter.
> Ce n'eft point des exploits que ce grand cœur défire ;
> Mais vous favez les faire, et les favez chanter.

C'eft un peu trop à la fois, Sire : mais votre deftin eft de réuffir à tout ce que vous entreprendrez, parce que je fais de bonne part que vous avez cette fermeté d'ame qui fait la bafe des grandes vertus. D'ailleurs

DIEU bénira, 'fans doute, le règne de votre humanité, ———
puifque, quand elle s'eft bien fatiguée tout le jour à   1740.
être roi pour faire des heureux, elle a encore la
bonté d'orner fa lettre, à moi chétif,

> D'un des plus aimables fixains
> Qu'écrive une plume légère ;
> Vers doux et fentimens humains :
> De telle efpèce il n'en eft guère
> Chez nos feigneurs les fouverains,
> Ni chez le bel efprit vulgaire.

Votre humanité eft bien adorable de la façon dont
elle parle à fon fujet fur le voyage de Clèves.

> Vous faites trop d'honneur à ma perfévérance ;
> Connaiffez les vrais nœuds dont mon cœur eft lié.
> Je ne fuis plus, hélas! dans l'âge où l'on balance
> Entre l'amour et l'amitié.

Je me berce des plus flatteufes efpérances fur la
vifion béatifique de Clèves. Si le roi de France
envoie complimenter votre Majefté par qui je le
défire, je vous fais ma cour ; finon, je vous fais
encore ma cour. Votre Majefté ne fouffrira-t-elle
pas qu'on vienne lui rendre hommage en fon privé
nom, fans y venir en cérémonie ? De manière ou
d'autre, *Siméon verra fon falut*.

L'ouvrage de *Marc-Aurèle* eft bientôt tout imprimé.
J'en ai parlé à votre Majefté dans cinq lettres ; je
l'ai envoyé felon la permiffion expreffe de votre
Majefté : et voilà M. de *Camas* qui me dit qu'il y a

1740.

un ou deux endroits qui déplairaient à certaines puiffances. Mais moi , j'ai pris la liberté d'adoucir ces deux endroits, et j'oferais bien répondre que le livre fera autant d'honneur à fon auteur , quel qu'il foit, qu'il fera utile au genre humain. Cependant s'il avait pris un remords à votre Majefté , il faudrait qu'elle eût la bonté de fe hâter de me donner fes ordres , car dans un pays comme la Hollande , on ne peut arrêter l'empreffement avide d'un libraire qui fent qu'il a fa fortune fous la preffe.

Si vous faviez , Sire , combien votre ouvrage eft au-deffus de celui de *Machiavel* , même par le ftyle , vous n'auriez pas la cruauté de le fupprimer. J'aurais bien des chofes à dire à votre Majefté fur une académie qui fleurira bientôt fous fes aufpices : me permettra-t-elle d'ofer lui préfenter mes idées, et de les foumettre à fes lumières ?

Je fuis toujours avec le plus refpectueux et le plus tendre dévouement , &c.

LETTRE VII.

DU ROI.

A Charlotembourg , le 27 juin.

MON CHER VOLTAIRE ,

Vos lettres me font toujours un plaifir infini, non pas par les louanges que vous me donnez ; mais par la profe inftructive et les vers charmans qu'elles

contiennent.

contiennent. Vous voulez que je vous parle de moi-même comme l'éternel abbé de *Chaulieu*. Qu'importe? 1740. il faut vous contenter.

Voici donc la gazette de Berlin telle que vous me la demandez.

J'arrivai le vendredi au foir à Potfdam, où je trouvai le roi dans une fi trifte fituation que j'augurai bientôt que fa fin était prochaine. Il me témoigna mille amitiés ; il me parla plus d'une grande heure fur les affaires, tant internes qu'étrangères, avec toute la juftefle d'efprit et le bon fens imaginables. Il me parla de même le famedi et le dimanche ; le lundi, paraiffant très-tranquille, très-réfigné, et foutenant fes fouffrances avec beaucoup de fermeté, il réfigna la régence entre mes mains. Le mardi matin à cinq heures, il prit tendrement congé de mes frères, de tous les officiers de marque, et de moi. La reine, mes frères et moi nous l'avons affifté dans fes dernières heures : dans fes angoiffes il a témoigné le ftoïcifme de *Caton*. Il eft expiré avec la curiofité d'un phyficien fur ce qui fe paffait en lui à l'inftant même de fa mort, et avec l'héroïfme d'un grand homme, nous laiffant à tous des regrets fincères de fa perte, et fa mort courageufe comme un exemple à fuivre.

Le travail infini qui m'eft échu en partage depuis fa mort, laiffe à peine du temps à ma jufte douleur. J'ai cru que depuis la perte de mon père, je me devais entièrement à la patrie. Dans cet efprit j'ai travaillé autant qu'il a été en moi pour prendre les arrangemens les plus prompts et les plus convenables au bien public.

Correfp. du roi de P... &c.   Tome II.   B

—— J'ai d'abord commencé par augmenter les forces de l'Etat de feize bataillons , de cinq efcadrons de huffards et d'un efcadron de gardes-du-corps. J'ai pofé les fondemens de notre nouvelle académie. J'ai fait acquifition de *Wolf* , de *Maupertuis* , d'*Algarotti*. J'attends la réponfe de *s'Gravefende*, de *Vaucanfon* et d'*Euler*. J'ai établi un nouveau collége pour le commerce et les manufactures ; j'engage des peintres et des fculpteurs , et je pars pour la Pruffe pour y recevoir l'hommage , &c. fans la fainte ampoule et fans les cérémonies inutiles et frivoles que l'ignorance et la fuperftition ont établies , et que la coutume favorife.

Mon genre de vie eft affez déréglé quant à préfent, car la Faculté a trouvé à propos de m'ordonner *ex officio* de boire des eaux de Pirmont. Je me lève à quatre heures , je bois les eaux jufqu'à huit, j'écris jufqu'à dix , je vois les troupes jufqu'à midi, j'écris jufqu'à cinq heures, et le foir je me délaffe en bonne compagnie. Lorfque les voyages feront finis , mon genre de vie fera plus tranquille et plus uni ; mais jufqu'à préfent j'ai le cours ordinaire des affaires à fuivre, j'ai les nouveaux établiffemens de furplus, et avec cela beaucoup de complimens inutiles à faire, d'ordres circulaires à donner , &c.

Ce qui me coûte le plus eft l'établiffement de magafins affez confidérables dans toutes les provinces, pour qu'il s'y trouve une provifion de grains d'une année et demie de confommation pour chaque pays.

Laffé de parler de moi-même,
Souffrez du moins , ami charmant ,

Que je vous apprenne gaîment
La joie et le plaisir extrême
Que nos premiers embraffemens
Déjà font fentir à mes fens.
Orphée approchant d'Euridice,
Au fond de l'infernal manoir,
Sentit, je crois, moins de délice
Que m'en pourra donner le plaisir de vous voir.
Mais je crains moins Pluton que je crains Emilie;
Ses attraits pour jamais enchaînent votre vio

LETTRE VIII.

DE M. DE VOLTAIRE.

A la Haye, le 20 juillet.

Tandis que votre Majefte
Allait en pofte au pôle arctique
Pour faire la félicité
De fon peuple lithuanique,
Ma très-chétive infirmité
Allait d'un air mélancolique,
Dans un chariot détefté,
Par Satan fans doute inventé,
Dans ce pefant climat belgique.
Cette voiture eft fpécifique
Pour trémouffer et fecouer
Un bourguemeftre apoplectique;
Mais certe il fut fait pour-rouer
Un petit français très-étique,
Tel que je fuis, fans me louer.

B 2

—— J'arrivai donc hier à la Haye, après avoir eu bien
1740. de la peine d'obtenir mon congé.

> Mais le devoir parlait, il faut fuivre fes lois;
> Je vous immolerais ma vie;
> Et ce n'eft que pour vous, digne exemple des rois,
> Que je peux quitter Emilie.

Vos ordres me femblaient pofitifs, la bonté tendre
et touchante avec laquelle votre humanité me les a
donnés, me les rendait encore plus facrés. Je n'ai
donc pas perdu un moment. J'ai pleuré de voyager
fans être à votre fuite; mais je me fuis confolé,
puifque je fefais quelque chofe que votre Majefté
fouhaitait que je fiffe en Hollande.

> Un peuple libre et mercenaire,
> Végétant dans ce coin de terre,
> Et vivant toujours en bateau,
> Vend aux voyageurs l'air et l'eau,
> Quoique tous deux n'y valent guère.
> Là, plus d'un fripon de libraire
> Débite ce qu'il n'entend pas,
> Comme fait un prêcheur en chaire;
> Vend de l'efprit de tous états,
> Et fait paffer en Germanie
> Une cargaifon de romans
> Et d'infipides fentimens
> Que toujours la France a fournie.

La première chofe que je fis hier en arrivant fut
d'aller chez le plus retors et le plus hardi libraire du
pays, qui s'était chargé de la chofe en queftion. Je
répète encore à votre Majefté que je n'avais pas laiffé

dans le manufcrit un mot dont perfonne en Europe
pût fe plaindre. Mais malgré cela, puifque votre
Majefté avait à cœur de retirer l'édition, je n'avais
plus ni d'autre volonté ni d'autre défir. J'avais déjà
fait fonder ce hardi fourbe nommé *Jean Vanduren* (1),
et j'avais envoyé en pofte un homme qui par provifion
devait au moins retirer fous des prétextes plau-
fibles quelques feuilles du manufcrit, lequel n'était
pas à moitié imprimé ; car je favais bien que mon
hollandais n'entendrait à aucune propofition. En
effet, je fuis venu à temps, le fcélérat avait déjà
refufé de rendre une page du manufcrit. Je l'envoyai
chercher, je le fondai, je le tournai de tous les fens :
il me fit entendre que maître du manufcrit, il ne s'en
deffaifirait jamais pour quelque avantage que ce pût
être, qu'il avait commencé l'impreffion, qu'il la
finirait.

Quand je vis que j'avais affaire à un hollandais
qui abufait de la liberté de fon pays, et à un libraire
qui pouffait à l'excès fon droit de perfécuter les
auteurs, ne pouvant ici confier mon fecret à perfonne, ni implorer le fecours de l'autorité, je me
fouvins que votre Majefté dit dans un des chapitres
de l'Anti - Machiavel qu'il eft permis d'employer
quelque honnête fineffe en fait de négociations. Je
dis donc à *Jean Vanduren* que je ne venais que pour
corriger quelques pages du manufcrit : ,, Très-vo-
,, lontiers, Monfieur, me dit-il ; fi vous voulez
,, venir chez moi, je vous le confierai généreufement
,, feuille à feuille, vous corrigerez ce qu'il vous

_____
(1) Libraire de Hollande qui imprimait l'*Anti-Machiavel.*

—— ,, plaira , enfermé dans ma chambre en préfence
1740. ,, de ma famille et de mes garçons. ,,

J'acceptai fon offre cordiale, j'allai chez lui , et je
corrigeai en effet quelques feuilles qu'il reprenait à
mefure , et qu'il lifait pour voir fi je ne le trompais
point. Lui ayant infpiré par-là un peu moins de
défiance , j'ai retourné aujourd'hui dans la même
prifon où il m'a enfermé de même , et ayant obtenu
fix chapitres à la fois pour les confronter , je les ai
raturés de façon et j'ai écrit dans les interlignes de fi
horribles galimatias et des coq-à-l'âne fi ridicules
que cela ne reffemble plus à un ouvrage. Cela s'appelle
faire fauter fon vaiffeau en l'air pour n'être point pris
par l'ennemi. J'étais au défefpoir de facrifier un fi
bel ouvrage ; mais enfin j'obéiffais au roi que j'idolâtre , et je vous réponds que j'y allais de bon cœur.
Qui eft étonné à préfent et confondu ? c'eft mon
vilain. J'efpère demain faire avec lui un marché
honnête , et le forcer à me rendre le tout, manufcrit
et imprimé ; et je continuerai à rendre compte à
votre Majefté.

LETTRE IX.

DU ROI.

A Charlotembourg, le 29 juillet.

MON CHER AMI,

DES voyageurs qui reviennent des bords du
Frichhaf ont lu vos charmans ouvrages qui leur ont
paru un reftaurant admirable, et dont ils avaient
grand befoin pour les rappeler à la vie. Je ne dis
rien de vos vers que je louerais beaucoup fi je n'en
étais le fujet ; mais un peu moins de louanges, et il
n'y aurait rien de plus beau au monde.

> Mon large ambaffadeur, à panfe rebondie,
>   Harangue le roi très-chrétien,
>   Et gens qu'il ne vit de fa vie;
>   Il en gagnera l'étifie,
>   En très-bon rhétoricien.

> Fleuri nous affublait d'un bavard de fa clique,
> Mutilé de trois doigts, courtois en matelot;
> Je me tais fur Camas, je connais fa pratique,
>   Et l'on verra s'il eft manchot.

Les lettres de *Camas* ne font remplies que de
Bruxelles : il ne tarit point fur ce fujet, et à juger
par fes relations, il femble qu'il ait été envoyé à
Voltaire, et non à *Louis.*

1740.

B 4

—— Je vous envoie les feuls vers que j'aie eu le temps
1740. de faire depuis long-temps. *Algarotti* les a fait naître;
le fujet eft *la jouiffance.* L'italien fuppofait que nous
autres habitans du Nord ne pouvions pas fentir auffi
vivement que les voifins du lac de la Guarde. J'ai
fenti et j'ai exprimé ce que j'ai pu pour lui montrer
jufqu'où notre organifation pouvait nous procurer
du fentiment. C'eft à vous de juger fi j'ai bien peint
ou non. Souvenez-vous au moins qu'il y a des inftans
auffi difficiles à repréfenter que l'eft le foleil dans fa
plus grande fplendeur; les couleurs font trop pâles
pour les peindre; et il faut que l'imagination du
lecteur fupplée au défaut de l'art.

Je vous fuis très-obligé des peines que vous voulez
bien vous donner touchant l'impreffion de l'Anti-
Machiavel. L'ouvrage n'était pas encore digne d'être
publié; il faut mâcher et remâcher un ouvrage de
cette nature, afin qu'il ne paraiffe pas d'une manière
incongrue aux yeux du public toujours enclin à la
fatire. Je me prépare à partir fous peu de jours pour
le pays de Clèves. C'eft là que

J'entendrai donc les fons de la lyre d'Orphée;
Je verrai ces favantes mains
Qui, par des ouvrages divins,
Aux cieux des immortels placent votre trophée.

J'admirerai ces yeux fi clairs et fi perçans
Que les fecrets de la nature,
Cachés dans une nuit obfcure,
N'ont pu fe dérober à leurs regards puiffans.

Je baiserai cent fois cette bouche éloquente
    Dans le férieux et le badin,
    Dont la voix folâtre et touchante
    Va du cothurne au brodequin,
Toujours enchantereſſe et toujours plus charmante.

Enfin je me fais une véritable joie de voir l'homme du monde entier que j'aime et que j'eſtime le plus.

Pardonnez mes *lapſus calami* et mes autres fautes. Je ne ſuis pas encore dans une affiette tranquille ; il me faut expédier mon voyage , après quoi j'eſpère trouver du temps pour moi.

Adieu , charmant , divin *Voltaire ;* n'oubliez pas les pauvres mortels de Berlin qui vont faire diligence pour joindre dans peu les dieux de Cirey. *Vale.*

                   FÉDÉRIC.

LETTRE X.

DE M. DE VOLTAIRE.

Auguſte.

SIRE,

VOTRE humanité ne recevra point cette poſte de mes paquets énormes. Un petit accident d'ivrogne arrivé dans l'imprimerie a retardé l'achévement de l'ouvrage que je fais faire. Ce ſera pour le premier ordinaire ; cependant, ce fripon de *Vanduren* débite ſa marchandiſe , et en a déjà trop vendu.

Parmi ce tribut légitime
D'amour, de respect et d'estime
Que vous donne le genre humain,
Le très-fade cousin-germain (1)
Du très-prolixe Télémaque,
Très-dévotement vous attaque,
Et prétend vous miner sous main.
Ce bon papiste vous condamne,
Et vous et le Machiavel,
A rôtir avec Uriel,
Ainsi que tout auteur profane.
Il sera damné comme un chien,
Dit-il, cet auteur qu'on renomme;
Ce n'est qu'un sage, un honnête homme,
Je veux un fripon bon chrétien,
Et qui soit serviteur de Rome.
Ainsi parle ce bon bigot,
Pilier boiteux de son Eglise;
Comme ignorant je le méprise,
Mais je le crains comme dévot.

Lui et le jésuite *la Ville* (2) qui lui sert de secrétaire commencent pourtant à raccourcir la prolixité de leurs phrases insolentes en faveur du prélat liégeois. Ils parlaient sur cela avec trop d'indécence. La dernière lettre de votre Majesté a fait par-tout un effet

(1) Le marquis de *Fénélon*, alors ambassadeur en Hollande. Il était fort dévot, d'ailleurs assez aimable et bon officier. Voyez l'*Eloge des officiers morts dans la guerre de 1741* : Mélanges littéraires, tome I.

(2) Depuis premier commis des affaires étrangères. Il quitta les jésuites tandis que *Lavaur*, secrétaire du marquis de *Fénélon* lui cédait sa place pour prendre l'habit de saint *Ignace*. C'est ce même *Lavaur* qui a joué depuis un rôle si singulier dans l'affaire du comte de *Lalli*.

admirable. Qu'il me foit permis, Sire, de repréfenter
à votre Majefté que vous renvoyez, dans cette lettre
publique, aux proteftations faites contre les contrats
fubreptices d'échange, et aux raifons déduites dans
le mémoire de 1737. Comme l'abrégé que j'ai fait
de ce mémoire eft la feule pièce qui ait été connue
et mife dans les gazettes, je me flatte que c'eft donc
à cet abrégé que vous renvoyez, et qu'ainfi votre
Majefté n'eft plus mécontente que j'aie ofé foutenir
vos droits d'une main deftinée à écrire vos louanges.
Cependant je ne reçois de nouvelles de votre Majefté
ni fur cela, ni fur Machiavel.

C'eft un plaifant pays que celui-ci. Croiriez-vous,
Sire, que *Vanduren* ayant le premier annoncé qu'il
vendrait l'Anti-Machiavel, eft en droit par-là de le
vendre, felon les lois, et croit pouvoir empêcher
tout autre libraire de vendre l'ouvrage?

Cependant, comme il eft abfolument néceffaire,
pour faire taire certaines gens, que l'ouvrage paraiffe
un peu plus chrétien, je me charge feul de l'édition,
pour éyiter toute chicane, et je vais en faire des
préfens par-tout; cela fera plus prompt, plus noble
et plus conciliant: trois chofes dont je fais cas.

> Rouffeau, cet errant hypocrite,
> D'un vieil hébreu vieux parafite,
> A quitté ces triftes climats.
> Monfieur du Lis, l'ifraélite,
> Le plus riche juif des Etats,
> A donné, d'un air d'importance,
> L'aumône de cinq cents ducats
> A fon rimeur dans l'indigence:

Le rimeur ne jouira pas
De cette aumône magnifique;
Déjà fon ame fatirique
Eſt dans les ombres du trépas,
Et fon corps eſt paralytique.
Pour la pefante républ!que
De noſſeigneurs des Pays-Bas,
Elle eſt toujours apoplectique.

L E T T R E   X I.

D U   R O I.

A Berlin, le 5 auguſte.

MON CHER VOLTAIRE,

J'AI reçu trois de vos lettres dans un jour de
trouble, de cérémonie et d'ennui. Je vous en ſuis
infiniment obligé. Tout ce que je puis vous répondre
à préfent, c'eſt que je remets le Machiavel à votre
difpofition, et je ne doute point que vous n'en uſiez
de façon que je n'aie pas lieu de me repentir de la
confiance que je mets en vous. Je me repofe entièrement ſur mon cher éditeur.

J'écrirai à madame *du Châtelet* en conféquence de
ce que vous défirez. A vous parler franchement
touchant ſon voyage, c'eſt *Voltaire*, c'eſt vous, c'eſt
mon ami que je défire de voir; et la divine *Emilie*
avec toute ſa divinité n'eſt que l'acceſſoire d'*Apollon*
newtonianiſé.

Je ne puis vous dire encore ſi je voyagerai, ou ſi je
ne voyagerai pas. Apprenez, mon cher *Voltaire*, que

le roi de Pruffe eft une girouette de politique : il me ——— faut l'impulfion de certains vents favorables pour 1740. voyager, ou pour diriger mes voyages. Enfin, je me confirme dans les fentimens qu'un roi eft mille fois plus malheureux qu'un particulier. Je fuis l'efclave de la fantaifie de tant d'autres puiffances que je ne peux jamais, touchant ma perfonne, ce que je veux. Arrive cependant ce qui pourra, je me flatte de vous voir. Puiffiez-vous être uni à jamais à mon bercail !

Adieu, mon cher ami, efprit fublime, premier né des êtres penfans. Aimez-moi toujours fincèrement, et foyez perfuadé qu'on ne faurait vous aimer et vous eftimer plus que je fais. *Vale.*

FÉDÉRIC.

LETTRE XII.

DU ROI.

A Berlin, le 6 augufte.

MON CHER AMI,

JE me conforme entièrement à vos fentimens, et je vous fais arbitre. Vous en jugerez comme vous le trouverez à propos ; et je fuis tranquille, car mes intérêts font en bonnes mains.

Vous aurez reçu de moi une lettre datée d'hier ; voici la feconde que je vous écris de Berlin ; je m'en rapporte au contenu de l'autre. S'il faut qu'*Emilie* accompagne *Apollon*, j'y confens ; mais fi je puis

—— vous voir feul , je préférerai le dernier. Je ferais

1740. trop ébloui , je ne pourrais foutenir tant d'éclat à la fois ; il me faudrait le voile de *Moïfe* pour tempérer les rayons mêlés de vos divinités.

Pour le coup, mon cher *Voltaire* , fi je fuis furchargé d'affaires , je travaille fans relâche ; mais je vous prie de m'accorder fufpenfion d'armes. Encore quatre femaines , et je fuis à vous pour jamais.

Vous ne fauriez augmenter les obligations que je vous dois , ni la parfaite eftime avec laquelle je fuis à jamais votre inviolable ami ,

FÉDÉRIC.

LETTRE XIII.

DU ROI.

A Remusberg , le 8 augufte.

MON CHER VOLTAIRE,

JE crois que *Vanduren* vous coûte plus de foins et de peines que *Henri IV*. En verfifiant la vie d'un héros , vous écriviez l'hiftoire de vos penfées ; mais en harcelant un fcélérat , vous joûtez avec un ennemi indigne de vous être oppofé. Je vous ai d'autant plus d'obligation de l'affection avec laquelle vous prenez mes intérêts à cœur , et je ne demande pas mieux que de vous en témoigner ma reconnaif-fance. Faites donc rouler la preffe puifqu'il le faut

pour punir la scélératesse d'un misérable. Rayez, ———
changez, corrigez et remplacez tous les endroits qu'il 1740.
vous plaira. Je m'en remets à votre discernement.

Je pars dans huit jours pour Dantzick, et je compte
être le 22 à Francfort. En cas que vous y soyez,
je m'attends bien, à mon passage, de vous voir chez
moi. Je compte pour sûr de vous embrasser à Clèves
ou en Hollande.

Maupertuis est autant qu'engagé chez nous ; mais il
me manque encore beaucoup d'autres sujets que vous
me ferez plaisir de m'indiquer.

Adieu, charmant *Voltaire* ; il faut que je quitte ce
qu'il y a de plus aimable parmi les hommes pour
disputer le terrain à toutes sortes de *Vandurens* politiques, qui pour surcroît de malheurs n'ont pas des
carmes pour confesseurs.

Aimez - moi toujours, et soyez sûr de l'estime
inviolable que j'ai pour vous.

FÉDÉRIC.

LETTRE XIV.

DE M. DE VOLTAIRE.

A Bruxelles, le 22 augufte.

1740.

CE fera donc un nouveau Salomon
Qui de Saba viendra trouver la reine ;
S'il en naiffait quelque divin poupon,
Bien ce ferait pour la nature humaine,
Mais j'aime mieux qu'il n'en advienne rien :
C'eft bien affez pour la terre embellie
D'un Salomon avec une Emilie ;
Le monde et moi ne voulons d'autre bien.

Or, Sire, voici le fait. Le monde attache des yeux de linx fur mon *Salomon*. Mais eft-il vrai qu'il va en France ? dit l'un : il verra l'Italie, dit l'autre, et on l'élira pape, pour régénérer Rome. Paffera-t-il par Bruxelles ? on parie pour et contre. S'il y paffe, dit madame la princeffe de *la Tour*, il logera dans ma maifon. Oh ! pour cela, non, madame la Princeffe, fa Majefté ne logera point chez votre Alteffe féréniffime ; et s'il vient à Bruxelles, il y fera très-incognito ; il logera, lui et fa fuite aimable, chez *Emilie*. C'eft la dernière maifon de la ville, loin du peuple et des alteffes bruxelloifes, et il y fera tout auffi bien que chez vous, quoique cette maifon de louage ne foit pas fi bien meublée que la vôtre. Voilà ce que je penfe. Mais que fait la prin-ceffe de *la Tour* de la campagne où elle eft ? elle

envoie

envoie tout courant favoir de madame *du Châtelet* , ——
fi fa Majefté paffera ; et madame *du Châtelet* répond
qu'il n'y a pas un mot de vrai , et que tout ce qu'on
dit eft un conte. Ne voilà-t-il pas madame de *la Tour*
qui fur le champ envoie des courriers pour favoir la
vérité du fait ! Sire , le monde eft bien curieux. Il
n'y aurait qu'à faire mettre dans les gazettes que
votre Majefté va à Aix-la-chapelle ou à Spa , pour
dépayfer les nouvelliftes.

Cependant s'il était vrai que votre humanité
pafsât par Bruxelles , je la fupplie de faire apporter
des gouttes d'Angleterre , car je m'évanouirai de
plaifir.

M. de *Maupertuis* eft à Véfel pour vous obferver et
vous mefurer. Il n'a vu ni ne verra jamais d'étoile
d'une fi heureufe influence.

L'affaire de l'Anti-Machiavel eft en très-bon train
pour l'inftruction et le bonheur du monde. Sire ,
vos fujets font heureux , et ils le difent bien ; mais
je ferai plus heureux qu'eux tous au commencement
de feptembre.

Je fuis avec le plus profond refpect et cent autres
fentimens inexprimables , &c.

LETTRE XV.

DE M. DE VOLTAIRE.

A Bruxelles, le premier septembre.

SIRE,

—— 1740. Mon roi est à Clèves ; une petite maison l'attend à Bruxelles ; un palais presque digne de lui l'attend à Paris, et moi j'attends ici mon maître.

> Mon cœur me dit que je touche
> A ce moment fortuné
> Où j'entendrai de la bouche
> De l'Apollon couronné
> Ces traits que la sage Rome
> Aurait admirés jadis ;
> Je verrai, j'entendrai l'homme
> Que j'adore en ses écrits.

O Paris ! ô Paris ! séjour des gens aimables et des badauts, du bon et du mauvais goût, de l'équité et de l'injustice, grand magasin de tout ce qu'il y a de bon et de beau, de ridicule et de méchant, sois digne, si tu peux, du vainqueur que tu recevras dans ton enceinte irrégulière et crottée. Puisse-t-il te voir incognito et jouir de tout sans les embarras de la royauté ! puisse-t-il ne voir et n'être vu que quand il voudra ! Heureux l'hôtel *du Châtelet*, le

cabinet des Mufes, la galerie d'Hercule, le fallon de
l'Amour !   1740.

> Le Sueur et le Brun, nos illuftres Apelles,
>   Ces rivaux de l'antiquité,
> Ont, en ces lieux charmans, étalé la beauté
>   De leurs peintures immortelles ;
> Les neuf fœurs elles-même ont orné ce féjour
>   Pour en faire leur fanctuaire ;
> Elles avaient prévu qu'il recevrait un jour
> Celui qui des neuf fœurs eft le juge et le père.

Sire, par tout ce que j'apprends de cette grande
ville de Paris, je crois qu'il eft néceffaire qu'on dife
un mot dans les gazettes d'une lettre de votre Majefté
à M. de *Maupertuis*, qui y a été imprimée. Il y a
fans doute quelques mots d'oubliés dans la copie
incorrecte qui a paru, ce ne ferait qu'une bagatelle
pour tout autre ; mais, Sire, votre perfonne eft en
fpectacle à toute l'Europe : on parle des Etats et des
miniftres des autres fouverains, et c'eft de vous qu'on
parle ; c'eft vous, Sire, qu'on examine, dont on pèfe
toutes les paroles, et qu'on juge déjà avec une févérité proportionnée à votre mérite et à votre réputation : pardonnez, Sire, à la franchife d'un cœur
qui vous idolâtre ; je vous importune peut-être ;
n'importe, le cœur ne peut être coupable. Si votre
Majefté agrée mes réflexions, elle fera parvenir aux
gazetiers ce petit mot ci-joint ; finon elle aura de
l'indulgence pour ma tendreffe trop fcrupuleufe, et
ce qui touche le moins du monde votre perfonne
m'eft facré ; les petites chofes me paraiffent alors
les plus grandes.

Pardonnez cette ardeur extrême
De mon zèle trop inquiet ;
C'est ainsi que l'amour est fait,
Et c'est ainsi que je vous aime.

LETTRE XVI.

DU ROI.

A Véfel, le 2 septembre.

MON CHER VOLTAIRE,

J'AI reçu à mon arrivée trois lettres de votre part, des vers divins et de la profe charmante. J'y aurais répondu d'abord si la fièvre ne m'en eût empêché : je l'ai prife ici fort mal à propos., d'autant plus qu'elle dérange tout le plan que j'avais formé dans ma tête.

Vous voulez favoir ce que je fuis devenu depuis mon départ de Berlin ; vous en trouverez la defcription ci-jointe. Je ne vais point à Paris , comme on l'a débité ; ce n'a point été mon deffein d'y aller cette année, mais je pourrais peut-être faire un voyage aux Pays-Bas. Enfin, la fièvre et l'impatience de ne vous avoir pas vu encore font à préfent les deux objets qui m'occupent le plus. Je vous écrirai, dès que ma fanté me le permettra, où et comment je pourrai avoir le plaifir de vous embraffer. Adieu.

FÉDÉRIC.

J'ai vu une lettre que vous avez écrite à *Maupertuis:* ——
il ne fe peut rien de plus charmant. Je vous réitère 1740.
encore mille remercîmens de la peine que vous avez
prife à la Haye touchant ce que vous favez. Confervez toujours l'amitié que vous avez pour moi;
je fais trop le cas qu'il faut faire d'amis de votre
trempe.

LETTRE XVII.

DU ROI.

A Véfel, le 5 feptembre.

DE votre paffe-port muni,
Et d'un certain petit mémoire,
S'en vint ici le fieur Honi, (1)
En s'applaudiffant de fa gloire.

Ah! digne apôtre de Bacchus,
Ayez pitié de ma mifère!
De votre vin je ne bois plus;
J'ai la fièvre, c'eft chofe claire.

,, Apollon, qui me fit ces vers,
,, Eft dieu, dit-il, de médecine;
,, Entendez fes charmans concerts,
,, Et fentez fa force divine. ,,

(1) Voyez, dans le volume d'*Epîtres* les ftances dont M. de *Voltaire*
avait chargé le marchand de vin *Honi.*

C 3

1740.

Je lus vos vers, je les relus ;
Mon ame en fut plus que ravie,
Heureux, dis-je, font vos élus !
D'un mot vous leur rendez la vie.

Et le plaifir et la fanté
Que votre verve a fu me rendre,
Et l'amour de l'humanité,
D'un faut me porteront en Flandre.

Enfin, je verrai dans huit jours
Le dieu du Pinde et de Cythère
Entre les Arts et les Amours ;
Cent fois j'embrafferai Voltaire.

Partez, Honi, mon précurfeur;
Déjà mon efprit vous devance :
L'intérêt eft votre moteur,
Le mien c'eft la reconnaiffance.

J'attends le jour de demain comme étant l'arbitre
de mon fort, la marque caractériftique de la fièvre
ou de ma guérifon. Si la fièvre ne revient plus, je
ferai mardi (de demain en huit) à Anvers, où je me
flatte du plaifir de vous voir avec la Marquife. Ce
fera le plus charmant jour de ma vie. Je crois que
j'en mourrai ; mais du moins on ne peut choifir de
genre de mort plus aimable.

Adieu, mon cher *Voltaire ;* je vous embraffe mille
fois.

FÉDÉRIC.

LETTRE XVIII.

DU ROI.

A Véfel , le 6 feptembre.

MON CHER VOLTAIRE,

IL faut , malgré que j'en aie , céder à la fièvre quarte plus ténace qu'un janfénifte; et quelque envie 1740. que j'aie eue d'aller à Anvers et à Bruxelles , je ne me vois pas en état d'entreprendre pareil voyage fans rifque. Je vous demanderai donc fi le chemin de Bruxelles à Clèves ne vous paraîtrait pas trop long pour me joindre ; c'eft l'unique moyen de vous voir qui me refte. Avouez que je fuis bien malheureux ; car à préfent que je puis difpofer de ma perfonne et que rien ne m'empêchait de vous voir , la fièvre s'en mêle et paraît avoir le deffein de me difputer cette fatisfaction.

Trompons la fièvre , mon cher *Voltaire*, et que j'aie du moins le plaifir de vous embraffer. Faites bien mes excufes à la Marquife de ce que je ne puis avoir la fatisfaction de la voir à Bruxelles. Tous ceux qui m'approchent connaiffent l'intention dans laquelle j'étais , et il n'y avait certainement que la fièvre qui pût me la faire changer.

Je ferai dimanche à un petit endroit proche de Clèves où je pourrai vous poffeder véritablement à

C 4

—— mon aife. Si votre vue ne me guérit , je me confeffe tout de fuite.

Adieu ; vous connaiffez mes fentimens et mon cœur,

FÉDÉRIC,

LETTRE XIX.

DU ROI,

8 feptembre,

JE n'ofe parler à un fils d'*Apollon* , de chevaux , de carroffes , de relais et de pareilles chofes : ce font des détails dont les dieux ne fe mêlent pas , et que nous autres humains prenons fur nous. Vous partirez lundi après midi , fi vous le voulez , pour Bareith; et vous dînerez chez moi en paffant , s'il vous plaît,

Le refte de mon mémoire eft fi fort barbouillé et en fi mauvais état que je ne puis vous l'envoyer, Je fais copier les chants VIII et IX de la Pucelle. J'en poffède à préfent le I , le II , le IV , le V , le VHI et le IX ; je les garde fous trois clefs pour que l'œil des mortels ne puiffe les voir.

On dit que vous avez foupé hier en bonne compagnie.

> Les plus beaux efprits du canton,
> Tous raffemblés en votre nom,
> Tous gens à qui vous deviez plaire,
> Tous dévots croyant à Voltaire,
> Vous ont unanimement pris
> Pour le Dieu de leur paradis,

Le paradis, pour que vous ne vous en fcandalifiez
pas, eft pris ici, dans un fens général , pour un lieu **1740.**
de plaifir et de joie. Voyez la remarque fur le dernier
vers du *Mondain* (1). *Vale.*

FÉDÉRIC.

LETTRE XX.

DU ROI.

Septembre.

Tu naquis pour la liberté,
Pour ma maîtreffe tant chérie,
Que tu courtife, en vérité,
Plus que Philis et qu'Emilie.
Tu peux , avec tranquillité ,
Dans mon pays, à mon côté,
La courtifer toute ta vie.
N'as-tu donc de félicité
Que dans ton ingrate patrie ?

Je vous remercie encore avec toute la reconnaiffance poffible de toutes les peines que vous donnent
mes ouvrages. Je n'ai pas le plus petit mot à dire
contre tout ce que vous avez fait , finon que je
regrette le temps que vous emportent ces bagatelles.

___

(1) Cette remarque ne fubfifte plus. M. de *Voltaire* l'avait faite pour fe
fouftraire aux clameurs des hypocrites qui fefaient femblant de fe fcandalifer de ce vers :

Le paradis terreftre eft où je fuis.

————— Mandez-moi, je vous prie, les frais et les avances
1740. que vous avez faits pour l'impreffion, afin que je
m'acquitte du moins en partie de ce que je vous
dois.

J'attends de vous des comédiens, des favans, des
ouvrages d'efprit, des inftructions, et à l'infini des
traits de votre grande ame. Je n'ai à vous rendre
que beaucoup d'eftime et de reconnaiffance, et
l'amitié parfaite avec laquelle je fuis tout à vous.

FÉDÉRIC.

LETTRE XXI.

DE M. DE VOLTAIRE.

A la Haye, ce 22 feptembre.

OUI, le monarque prêtre eft toujours en fanté,
    Loin de lui tout danger s'écarte;
    L'Anglais demande en vain qu'il parte
Pour le vafte pays de l'immortalité;
Il rit, il dort, il dîne, il fête, il eft fêté,
Sur fon teint toujours frais eft la férénité;
    Mais mon prince a la fièvre quarte!
O fièvre, injufte fièvre, abandonne un héros
Qui rend le monde heureux, et qui du moins doit l'être!
    Va tourmenter notre vieux prêtre;
Va faifir, fi tu veux, foixante cardinaux;
Prends le pape et fa cour, fes monfignors, fes moines,
Va flétrir l'embonpoint des indolens chanoines;
    Laiffe Fédéric en repos.

J'envoie à mon adorable maître l'Anti-Machiavel
tel qu'on commence à préfent à l'imprimer ; peut-
être cette copie fera-t-elle un peu difficile à lire,
mais le temps preffait ; il a fallu en faire pour
Londres, pour Paris et pour la Hollande, relire
toutes ces copies et les corriger. Si votre Majefté
veut faire tranfcrire celle-ci correctement, fi elle a
le temps de la revoir, fi elle veut qu'on y change
quelque chofe, je ne fuis ici que pour obéir à fes
ordres. Cette affaire, Sire, qui vous eft perfonnelle
me tient au cœur bien vivement. Continuez, homme
charmant autant que grand prince, homme qui
reffemblez bien peu aux autres hommes, et en rien
aux autres rois.

1740.

> L'héritier des céfars tient fort fouvent chapelle ;
> Des tréfors du Pérou l'indolent poffeffeur
>   A perdu, dit-on, la cervelle
> Entre fa jeune femme et fon vieux confeffeur.
> George a paru quitter les foins de fa grandeur
>   Pour une Yarmouth qu'il croit belle.
>   De Louis, je n'en dirai rien,
>   C'eft mon maître, je le révère ;
>   Il faut le louer et me taire :
> Mais plût à Dieu, grand Roi, que vous fuffiez le mien !

M. de *Fénélon* vint avant-hier chez moi pour me
queftionner fur votre perfonne, je lui répondis que
vous aimez la France et ne la craignez point ; que
vous aimez la paix et que vous êtes plus capable que
perfonne de faire la guerre ; que vous travaillez à
faire fleurir les arts à l'ombre des lois ; que vous

1740.

faites tout par vous-même, et que vous écoutez un bon confeil. Il parla enfuite de l'évêque de Liége et fembla l'excufer un peu, mais l'évêque n'en a pas moins tort, et il en a deux mille démonftrations à Mafeck. (1)

Je fuis, &c.

LETTRE XXII.

DE M. DE VOLTAIRE.

7 octobre.

SIRE,

J'OUBLIAI de mettre dans mon dernier paquet à votre Majefté la lettre du fieur *Beck*, fur laquelle il m'a fallu revenir à la Haye. Je fuis bien honteux de tant de difcuffions dont j'importune votre Majefté pour une affaire qui devait aller toute feule. J'ai fait connaiffance avec un jeune homme fort fage, qui a de l'efprit, des lettres et des mœurs. C'eft le fils de l'infortuné M. *Luifius*. Son père n'a eu, je crois, d'autre défaut que de ne pas faire affez de cas d'une vie qu'il avait vouée au fervice de fon maître. Le fils me fert dans ma petite négociation avec toute la fagacité et la difcrétion imaginables. Je prends la

_____

(1) Il s'agit ici d'une ancienne créance fur l'évêché de Liége, que le roi de Pruffe réclamait. M. de *Voltaire* fit un mémoire pour prouver la validité des droits du roi contre l'évêque.

liberté d'affurer à votre Majefté que fi elle veut
prendre ce jeune homme à fon fervice pour lui
fervir de fecrétaire, en cas qu'elle en ait befoin, ou
fi elle daigne l'employer autrement et le former aux
affaires, ce fera un fujet dont votre Majefté fera
extrêmement contente. Je vous fuis trop attaché,
Sire, pour vous parler ainfi de quelqu'un qui ne le
mériterait pas; il eft déjà inftruit des affaires malgré
fa jeuneffe; il a beaucoup travaillé fous fon père et
plus d'un fecret d'Etat eft entre fes mains : plus je le
pratique, plus je le reconnais prudent et difcret.
Votre Majefté ne fe repentira pas d'avoir pris le
baron de *Smettau*; je crois que dans un goût différent
elle fera tout auffi contente pour le moins du jeune
Luifius. Je fuis comme les dévots qui ne cherchent
qu'à donner des ames à DIEU. J'attends que j'aie
bien mis toutes les chofes en train pour quitter le
champ de bataille et m'en retourner auprès de mon
autre monarque à Bruxelles.

Je fuis en attendant dans votre palais, où M. de
Raesfeld m'a donné un appartement fous le bon
plaifir de votre Majefté. Votre palais de la Haye eft
l'emblême des grandeurs humaines.

> Sur des planchers pourris, fous des toits délabrés,
> Sont des appartemens dignes de notre maître;
>   Mais malheur aux lambris dorés
>   Qui n'ont ni porte ni fenêtre.
> Je vois, dans un grenier, les armures antiques,
>   Les rondaches et les braffards,
>   Et les charnières des cüiffarts
> Que portaient aux combats vos aïeux héroïques.

Leurs fabres tout rouillés font rangés dans ces lieux,
Et les bois vermoulus de leurs lances gothiques,
Sur la terre couchés , font en poudre comme eux.

Il y a aussi des livres que les rats feuls ont lus depuis cinquante ans, et qui font couverts des plus larges toiles d'araignées de l'Europe, de peur que les profanes n'en approchent.

Si les Pénates de ce palais pouvaient parler , ils vous diraient fans doute :

Se peut-il que ce roi, que tout le monde admire ,
Nous abandonne pour jamais,
Et qu'il néglige fon palais,
Quand il rétablit fon empire?

Je fuis , &c.

LETTRE XXIII.

DE M. DE VOLTAIRE.

A la Haye, le 12 octobre.

SIRE,

VOTRE Majefté eft d'abord fuppliée de lire la lettre ci-jointe du jeune *Luifius* ; elle verra quels font en général les fentimens du public fur l'Anti-Machiavel.

M. *Trévor* , l'envoyé d'Angleterre , et tous les hommes un peu inftruits approuvent l'ouvrage unanimement. Mais je l'ai , je crois , déjà dit à votre

Majesté ; il n'en est pas tout à fait de même de ceux qui ont moins d'esprit et plus de préjugés. Autant ils sont forcés d'admirer ce qu'il y a d'éloquent et de vertueux dans le livre , autant ils s'efforcent de noircir ce qu'il y a d'un peu libre. Ce sont des hiboux offensés du grand jour ; et malheureusement il y a trop de ces hiboux dans le monde. Quoique j'eusse retranché ou adouci beaucoup de ces vérités fortes qui irritent les esprits faibles , il en est cependant encore resté quelques-unes dans le manuscrit copié par *Vanduren*. Tous les gens de lettres , tous les philosophes , tous ceux qui ne sont que gens de bien, seront contens. Mais le livre est d'une nature à devoir satisfaire tout le monde ; c'est un ouvrage pour tous les hommes et pour tous les temps. Il paraîtra bientôt traduit dans cinq ou six langues.

Il ne faut pas , je crois , que les cris des moines et des bigots s'opposent aux louanges du reste du monde : ils parlent , ils écrivent , ils font des journaux ; il y a même dans l'Anti-Machiavel quelques traits dont un ministre malin pourrait se servir pour indisposer quelques puissances.

C'est donc , Sire , dans la vue de remédier à ces inconvéniens , que j'ai fait travailler nuit et jour à cette nouvelle édition dont j'envoie les premières feuilles à votre Majesté. Je n'ai fait qu'adoucir certains traits de votre admirable tableau , et j'ose m'assurer qu'avec ces petits correctifs qui n'ôtent rien à la beauté de l'ouvrage , personne ne pourra jamais se plaindre, et cette instruction des rois passera à la postérité comme un livre sacré que personne ne blasphémera.

Votre livre, Sire, doit être comme vous; il doit plaire à tout le monde : vos plus petits sujets vous aiment, vos lecteurs les plus bornés doivent vous admirer.

Ne doutez pas que votre secret, étant entre les mains de tant de personnes, ne soit bientôt su de tout le monde. Un homme de Clèves disait, tandis que votre Majesté était à Moiland : ,, Est-il vrai que ,, nous avons un roi, un des plus savans et des ,, plus grands génies de l'Europe? on dit qu'il a osé ,, réfuter *Machiavel*. ,,

Votre cour en parle depuis plus de six mois. Tout cela rend nécessaire l'édition que j'ai faite, et dont je vais distribuer les exemplaires dans toute l'Europe pour faire tomber celle de *Vanduren*, qui d'ailleurs est très-fautive.

Si après avoir confronté l'une et l'autre, votre Majesté me trouve trop sévère, si elle veut conserver quelques traits retranchés ou en ajouter d'autres, elle n'a qu'à dire ; comme je compte acheter la moitié de la nouvelle édition de *Paupie* pour en faire des présens, et que *Paupie* a déjà vendu par avance l'autre moitié à ses correspondans, j'en ferai commencer dans quinze jours une édition plus correcte, et qui sera conforme à vos intentions. Il ferait sur-tout nécessaire de savoir bientôt à quoi votre Majesté se déterminera, afin de diriger ceux qui traduisent l'ouvrage en anglais et en italien. C'est ici un monument pour la dernière postérité, le seul livre digne d'un roi depuis quinze cents ans. Il s'agit de votre gloire : je l'aime autant que votre personne. Donnez-moi donc, Sire, des ordres précis.

Si

Si votre Majefté ne trouve pas affez encore que ——— l'édition de *Vanduren* foit étouffée par la nouvelle, fi **1740.** elle veut qu'on retire le plus qu'on pourra d'exemplaires de celle de *Vanduren*, elle n'a qu'à ordonner. J'en ferai retirer autant que je pourrai fans affectation dans les pays étrangers ; car il a commencé à débiter fon édition dans les autres pays ; c'èft une de ces fourberies, à laquelle on ne pouvait remédier. Je fuis obligé de foutenir ici un procès contre lui ; l'intention du fcélérat était d'être feul le maître de la première et de la feconde édition. Il voulait imprimer et le manufcrit que j'ai tenté de retirer de fes mains et celui même que j'ai corrigé. Il veut friponner fous le manteau de la loi. Il fe fonde fur ce qu'ayant le premier manufcrit de moi, il a feul le droit d'impreffion ; il a raifon d'en ufer ainfi : ces deux éditions et les fuivantes feraient fa fortune, et je fuis fûr qu'un libraire qui aurait feul le droit de copie en Europe gagnerait trente mille ducats au moins.

Cet homme me fait ici beaucoup de peine. Mais, Sire, un mot de votre main me confolera ; j'en ai grand befoin, je fuis entouré d'épines. Me voilà dans votre palais. Il eft vrai que je n'y fuis pas à charge à votre envoyé ; mais enfin un hôte incommode au bout d'un certain temps. Je ne peux pourtant fortir d'ici fans honte, ni y refter avec bienféance fans un mot de votre Majefté à votre envoyé.

Je joins à ce paquet la copie de ma lettre à ce malheureux curé dépofitaire du manufcrit, car je veux que votre Majefté foit inftruite de toutes mes démarches.

Je fuis, &c.

LETTRE XXIV.

DU ROI.

A Remusberg , octobre.

—— Je suis honteux de vous devoir trois lettres , mais
1740. je le suis bien plus encore d'avoir toujours la fièvre.
En vérité , mon cher *Voltaire* , nous sommes une
pauvre espèce : un rien nous dérange et nous abat.

J'ai profité de vos avis touchant M. de *Liége* , et
vous verrez que mes droits seront imprimés dans les
gazettes. Cependant l'affaire se termine , et je crois
que dans quinze jours mes troupes pourront évacuer
le comté de Horn. *Césarion* vous aura répondu touchant M. *du Châtelet*. J'espère que vous serez content
de sa réponse.

En vérité je me repens d'avoir écrit le Machiavel,
car les disputes où il vous entraîne avec *Vanduren*
font au monde lettré une espèce de banqueroute de
quinze jours de votre vie.

J'attends le Mahomet avec bien de l'impatience.

Voudriez-vous engager le comédien , auteur de
Mahomet II , et lui enjoindre de lever une troupe
en France , et de l'amener à Berlin le premier de
juin 1741 ? Il faut que la troupe soit bonne et complète pour le tragique et le comique , les premiers
rôles doubles.

Je me suis enfin ravisé sur le savant à tant de
langues (1) ; vous me ferez plaisir de me l'envoyer.

(1) M. *Dumolard*.

Bernard parle en adepte ; il ne veut point imprimer
des livres, mais il veut faire de l'or.

1740.

Si je puis je ferai marcher la tortue de Breda ; je
ferai même écrire à Vienne pour madame *du Châtelet*
à mon miniftre, qui pourra peut-être s'employer
utilement pour elle. Saluez de ma part cette rare et
aimable perfonne, et foyez perfuadé que tant que
Voltaire exiftera, il n'aura de meilleur ami que

FÉDÉRIC.

LETTRE XXV.

DU ROI.

A Remusberg, le 12 octobre.

ENFIN je puis me flatter de vous voir ici. Je ne
ferai point comme les habitans de la Thrace, qui,
lorfqu'ils donnaient des repas aux dieux, avaient
foin de manger la moëlle auparavant. Je recevrai
Apollon comme il mérite d'être reçu : c'eft *Apollon*
non-feulement dieu de la médecine, mais de la
philofophie, de l'hiftoire, enfin de tous les arts.

Venez, que votre vue écarte
Mes maux, l'ignorance et l'erreur ;
Vous le pouvez en tout honneur,
Car Emilie eft fans frayeur ;
Et j'ai toujours la fièvre quarte.

Ici, loin du fafte des rois,
Loin du tumulte de la ville,

D 2

A l'abri des paifibles lois,
Les Arts trouvent un doux afile.

S'aimer, fe plaire, et vivre heureux,
Eft tout l'objet de notre étude;
Et, fans importuner les dieux
Par des fouhaits ambitieux,
Nous nous fefons une habitude
D'être fatisfaits et joyeux.

Grâces vous foient rendues du bel écrit que vous
venez de faire en ma faveur (1)! L'amitié n'a point
de bornes chez vous, auffi ma reconnaiffance n'en
a-t-elle point non plus.

Vos politiques hollandais
Et votre ambaffadeur français,
En fainéans experts critiquent et réforment,
D'un fauteuil à duvet fur nous lancent leurs traits,
Et fur le monde entier tranquillement s'endorment.
Je jure qu'ils font trop heureux
D'être immobiles dans leur fphère;
Ne fefant jamais rien comme eux,
On ne faurait jamais mal faire.

(1) Voyez la lettre de M. de *Voltaire*, du 22 feptembre.

LETTRE XXVI.

DE M. DE VOLTAIRE.

La Haye, 17 octobre.

BIENTOT à Berlin vous l'aurez
Cette cohorte théâtrale,
Race gueuse, fière et vénale,
Héros errans et bigarrés,
Portant avec habits dorés
Diamans faux et linge sale;
Hurlant pour l'empire romain,
Ou pour quelque fière inhumaine,
Gouvernant trois fois la semaine
L'univers pour gagner du pain.

Vous aurez mauffades actrices,
Moitié femme et moitié patin,
L'une bégueule avec caprices,
L'autre débonnaire et catin,
A qui le fouffleur ou Crifpin
Fait un enfant dans les couliffes.

1740.

DIEU foit loué que votre Majefté prenne la géné-
reufe réfolution de fe donner du bon temps! C'eft le
feul confeil que j'aie ofé donner ; mais je défie tous
les politiques d'en propofer un meilleur. Songez à ce
mal fixe de côté; ce font de ces maux que le travail
du cabinet augmente, et que le plaifir guérit. Sire,
qui rend heureux les autres mérite de l'être, et avec
un mal de côté on ne l'eft point.

Voìci enfin , Sire , des exemplaires de la nouvelle
édition de l'Anti-Machiavel. Je crois avoir pris le feul
parti qui reftait à prendre, et avoir obéi à vos ordres
facrés. Je perfifte toujours à penfer qu'il a fallu adoucir quelques traits qui auraient fcandalifé les faibles,
et révolté certains politiques. Un tel livre, encore une
fois, n'a pas befoin de tels ornemens. L'ambaffadeur
Camas ferait hors des gonds s'il voyait à Paris de ces
maximes chatouilleufes, et qu'il pratique pourtant
un peu trop. Tout vous admirera jufqu'aux dévots.
Je ne les ai pas trop dans mon parti, mais je fuis
plus fage pour vous que pour moi. Il faut que mon
cher et refpectable monarque, que le plus aimable
des rois plaife à tout le monde. Il n'y a plus moyen
de vous cacher , Sire, après l'ode de *Greffet ;* voilà la
mine éventée, il faut paraître hardiment fur la brêche.
Il n'y a que des Oftrogoths et des Vandales qui
puiffent jamais trouver à redire qu'un jeûne prince
ait, à l'âge de vingt-cinq ou vingt-fix ans, occupé
fon loifir à rendre les hommes meilleurs , et à les
inftruire en s'inftruifant lui-même. Vous vous êtes
taillé des ailes à Reinsberg pour voler à l'immortalité.
Vous irez , Sire, par toutes les routes, mais celle-ci ne
fera pas la moins glorieufe :

> J'en attefte le Dieu que l'univers adore ,
> Qui jadis infpira Marc-Aurèle et Titus,
> Qui vous donna tant de vertus ,
> Et que tout bigot déshonore.

Il vient tous les jours ici de jeunes officiers français;
on leur demande ce qu'ils viennent faire ; ils difent

qu'ils vont chercher de l'emploi en Pruffe. Il y en a
quatre actuellement de ma connaiffance; l'un eft le
fils du gouverneur de Berg-Saint-Vinox , l'autre le
garçon major du régiment de Luxembourg, l'autre le
fils d'un préfident , l'autre le bâtard d'un évêque.
Celui-ci s'eft enfui avec une fille , cet autre s'eft enfui
tout feul, celui-là a époufé la fille de fon tailleur, un
cinquième veut être comédien , en attendant qu'on
lui donne un régiment.

J'apprends une nouvelle qui enchante mon efprit
tolérant ; votre Majefté fait revenir de pauvres anabaptiftes qu'on avait chaffés je ne fais trop pourquoi.

Que deux fois on fe rebaptife
Ou que l'on foit débaptifé ,
Qu'étole au cou Jean exorcife
Ou que Jean foit exorcifé ,
Qu'il foit hors ou dedans l'Eglife,
Mufulman , brachmane ou chrétien,
De rien je ne me fcandalife ,
Pourvu qu'on foit homme de bien.
Je veux qu'aux lois on foit fidelle ,
Je veux qu'on chériffe fon roi ,
C'eft en ce monde affez, je crois ;
Le refte qu'on nomme la foi
Eft bon pour la vie éternelle ,
Et c'eft peu de chofe pour moi.

1740.

LETTRE XXVII.

DU ROI.

A Remusberg, le 24 octobre.

MON CHER VOLTAIRE,

—— Je vous fuis mille fois obligé de tous les bons offices
que vous me rendez, du liégeois que vous abattez,
de *Vanduren* que vous retenez, en un mot de tout le
bien que vous me faites. Vous êtes enfin le tuteur
de mes ouvrages et le génie heureux que, fans doute,
quelque être bienfefant m'envoie pour me foutenir
et m'infpirer.

1740.

> L'ananas qui de tous les fruits
> Raffemble en lui le goût exquis,
> Voltaire, eft ton parfait emblême;
> Ainfi les arts, au point fuprême,
> Se trouvent en toi réunis.

J'emploie toute ma rhétorique auprès d'*Hercule de
Fleuri* pour voir fi on pourra l'humanifer fur votre
fujet. Vous favez ce que c'eft qu'un prêtre, qu'un
politique, qu'un vieillard têtu; et je vous prie
d'avance de ne me point rendre refponfable du fuccès qu'auront mes follicitations. C'eft un *Vanduren*
placé fur le trône.

> Ce Machiavel en barette,
> Toujours fourré de faux-fuyans,

Lève de temps en têmps la crète,
Et honnit les honnêtes gens.
Pour plaire à fes yeux bienféans,
Il faut entonner la trompette.
Des éloges les plus brillans,
Et parfumer la vieille idole
De baume arabefque et d'encens.
Ami, je connais ton bon fens;
Tu n'as pas la cervelle folle
De l'abjecte faveur des grands,
Et tu n'as point l'ame affez molle
Pour époufer leurs fentimens.
Fait pour la vérité fincère,
A ce vieux monarque mîtré,
Précepteur de gloire entouré,
Ta franchife ne faurait plaire.

LETTRE XXVIII.

DE M. DE VOLTAIRE.

A la Haye, le 25 octobre.

Ombre aimable, charmant efpoir,
Des plaifirs image légère,
Quoi! vous me flattez de revoir
Ce roi qui fait régner et plaire!

Nous lifons dans certain auteur,
(Cet auteur eft, je crois, la Bible.)
Que Moïfe, le voyageur,
Vit Jéhovah quoique invifible.

Certain verfet dit hardiment
Qu'il vit fa face de lumière ;
Un autre nous dit bonnement
Qu'il ne parla qu'à fon derrière.

On dit que la Bible fouvent
Se contredit de la manière ;
Mais qu'importe, dans ce myftère,
Ou le derrière ou le devant ?

Il vit fon Dieu, c'eft chofe claire ;
Il reçut fes commandemens ;
Les vôtres feront plus charmans,
Et votre préfence plus chère.

Je pourrai dire quelque jour :
J'ai vu deux fois ce prince aimable,
Né pour la guerre et pour l'amour,
Et pour l'étude et pour la table.

Il fait tout, hors être en repos ;
Il fait agir, parler, écrire ;
Il tient le fceptre de Minos,
Et des Mufes il tient la lyre.

Mais, Dieux ! aujourd'hui qu'il s'écarte
De la droite raifon qu'il a !
Il efquive le quinquina
Pour conferver fa fièvre quarte.

Sire, dans ce moment monfeigneur le prince de
Heffe vient de m'affurer que le roi de Suède ayant été

long-temps dans la même opinion que votre Majefté, —————
accablé d'une longue fièvre, a fait céder enfin fon 1740.
opiniâtreté à celle de la maladie, a pris le quinquina,
et a guéri.

> Je fais que tous les rois enfemble
> Sont loin de mon roi vertueux ;
> Votre ame l'emporte fur eux,
> Mais leur corps au moins vous reffemble.

Si dans le climat de la Suède un roi (foit qu'il
prenne parti pour la France ou non) guérit par la
poudre des jéfuites, pourquoi, Sire, n'en prendriez-
vous pas ?

> A Loyola que mon roi cède !
> Que votre efprit luthérien
> Confonde tout ignatien ;
> Mais pour votre eftomac prenez de fon remède.

Sire, je veux venir à Berlin avec une balle de
quinquina en poudre. Votre Majefté a beau travailler
en roi avec fa fièvre, occuper fon loifir en fefant de
la profe de *Cicéron* et des vers de *Catulle*, je ferai
toujours très-affligé de cette maudite fièvre que vous
négligez.

Si votre Majefté veut que je fois affez heureux
pour lui faire ma cour pendant quelques jours,

> Mon cœur et ma maigre figure
> Sont prêts à fe mettre en chemin ;
> Déjà le cœur eft à Berlin,
> Et pour jamais, je vous le jure.

Je ferai dans une néceſſité indiſpenſable de retourner bientôt à Bruxelles pour le procès de madame
du Châtelet et de quitter *Març-Aurèle* pour la chicane ; mais , Sire , quel homme eſt le maître de ſes
actions ? vous - même n'avez - vous pas un fardeau
immenſe à porter qui vous empêche ſouvent de
ſatisfaire vos goûts en rempliſſant vos devoirs ſacrés ?

Je ſuis , &c.

LETTRE XXIX.

DE M. DE VOLTAIRE.

A Herford , le 11 novembre.

DANS un chemin creux et gliſſant ,
Comblé de neiges et de boues ,
La main d'un démon malfeſant
De mon char a briſé les roues.
J'avais toujours imprudemment
Bravé celle de la Fortune ;
Mais je change de ſentiment :
Je la fuyais , je l'importune ,
Je lui dis d'une faible voix :
O toi qui gouvernes les rois ,
Excepté le héros que j'aime ;
O toi qui n'auras ſous tes lois
Ni ſon cœur ni ſon diadème ,
Je vais trouver mon ſeul appui :
Qu'enfin ta faveur me ſeconde ;
Souffre qu'en paix j'aille vers lui ;
Va troubler le reſte du monde.

La Fortune, Sire, a été trop jaloufe de mon accès auprès de votre Majefté; elle eft bien loin d'exaucer ma prière; elle vient de brifer fur le chemin d'Herford ce carroffe qui me menait dans la terre promife. *Dumolard* l'oriental, que j'amène dans les Etats de votre Majefté fuivant vos ordres, prétend, Sire, que dans l'Arabie jamais pélerin de la Mecque n'eut une plus trifte aventure, et que les Juifs ne furent pas plus à plaindre dans le défert.

Un domeftique va d'un côté demander du fecours à des Weftphaliens qui croient qu'on leur demande à boire; un autre court fans favoir où. *Dumolard*, qui fe promet bien d'écrire notre voyage en arabe et en fyriaque, eft cependant de reffource comme s'il n'était pas favant. Il va à la découverte moitié à pied moitié en charrette, et moi je monte en culotte de velours, en bas de foie et en mules fur un cheval rétif.

> Hélas! grand Roi, qu'euffiez-vous cru,
> En voyant ma faible figure
> Chevauchant triftement à cru
> Un courfier de mon encolure?
> C'eft ainfi qu'on vit autrefois
> Ce héros vanté par Cervante,
> Son écuyer et Roffinante
> Egarés au milieu des bois.
> Ils ont fait de brillans exploits,
> Mais j'aime mieux ma deftinée;
> Ils ne fervaient que Dulcinée,
> Et je fers le meilleur des rois.

En arrivant à Herford dans cet équipage, la fentinelle m'a demandé mon nom; j'ai répondu, comme

—— de raison, que je m'appelais *Don Quichotte*, et j'entre
1740. sous ce nom. Mais quand pourrai-je me jeter à vos
pieds sous celui de votre créature, de votre admirateur, de ..., &c.

LETTRE XXX.

DE M. DE VOLTAIRE.

Fragment.

. . . .
. . . .

Je vous quitte, il est vrai, mais mon cœur déchiré
    Vers vous revolera sans cesse :
Depuis quatre ans vous êtes ma maîtresse,
Un amour de dix ans doit être préféré ;
    Je remplis un devoir sacré.
Héros de l'amitié, vous m'approuvez vous-même.
    Adieu, je pars désespéré.
Oui, je vais aux genoux d'un objet adoré,
    Mais j'abandonne ce que j'aime.

Votre ode est parfaite enfin, et je serais jaloux si
je n'étais transporté de plaisir. Je me jette aux pieds
de votre humanité, et j'ose être attaché tendrement
au plus aimable des hommes, comme j'admire le
protecteur de l'empire, de ses sujets et des arts.

LETTRE XXXI.

DE M. DE VOLTAIRE.

Clèves, le 15 décembre.

GRAND Roi, je vous l'avais prédit
Que Berlin deviendrait Athène
Pour les plaisirs et pour l'esprit ;
La prophétie était certaine.

Mais quand, chez le gros Valori,
Je vois le tendre Algarotti
Presser d'une vive embrassade
Le beau Lujac, son jeune ami,
Je crois voir Socrate affermi
Sur la croupe d'Alcibiade ;
Non pas ce Socrate entêté,
De sophismes fesant parade,
A l'œil sombre, au nez épaté,
A front large, à mine enfumée ;
Mais Socrate vénitien,
Aux grands yeux, au nez aquilin
Du bon saint Charles-Borromée.
Pour moi, très-désintéressé
Dans ces affaires de la Gréce,
Pour Frédéric seul empressé,
Je quittais étude et maîtresse ;
Je m'en étais débarrassé ;

1740.

Si je volai dans fon empire ,.
Ce fut au doux fon de fa lyre ;
Mais la trompette m'a chaffé.

Vous ouvrez d'une main hardie
Le temple horrible de Janus ;
Je m'en retourne tout confus
Vers la chapelle d'Emilie.
Il faut retourner fous fa loi,
C'eft un devoir ; j'y fuis fidelle
Malgré ma fluxion cruelle ,
Et malgré vous et malgré moi.
Hélas ! ai-je perdu pour elle
Mes yeux, mon bonheur et mon roi ?

Sire , je prie le Dieu de la paix et de la guerre
qu'il favorife toutes vos grandes entreprifes , et que
je puiffe bientôt revoir mon héros à Berlin , couvert
d'un double laurier , &c.

LETTRE

LETTRE XXXII.

DU ROI.

Au quartier de Herendorf en Siléfie , le 23 décembre.

MON CHER VOLTAIRE,

J'AI reçu deux de vos lettres , mais je n'ai pu y répondre plutôt : je fuis comme le roi d'échecs de *Charles XII* , qui marchait toujours. Depuis quinze jours nous fommes continuellement par voie et par chemin , et par le plus beau temps du monde. 1740.

Je fuis trop fatigué pour répondre à vos charmans vers, et trop faifi de froid pour en favourer tout le charme; mais cela reviendra. Ne demandez point de poëfie à un homme qui fait actuellement le métier de charretier , et même quelquefois de charretier embourbé. Voulez-vous favoir ma vie ?

Nous marchons depuis fept heures jufqu'à quatre de l'après-midi. Je dîne alors ; enfuite je travaille , je reçois des vifites ennuyeufes : vient après un détail d'affaires infipides. Ce font des hommes difficultueux à rectifier , des têtes trop ardentes à retenir , des pareffeux à preffer , des impatiens à rendre dociles , des rapaces à contenir dans les bornes de l'équité , des bavards à écouter, des muets à entretenir ; enfin il faut boire avec ceux qui en ont envie , manger avec ceux qui ont faim ; il faut fe faire juif avec les juifs, païen avec les païens.

Telles font mes occupations que je céderais volontiers à un autre, fi ce fantôme nommé la gloire ne m'apparaiffait trop fouvent. En vérité, c'eft une grande folie, mais une folie dont il eft très-difficile de fe départir lorfqu'une fois on en eft entiché.

Adieu, mon cher *Voltaire*, que le ciel préferve de malheur celui avec lequel je voudrais fouper après m'être battu ce matin. Le cygne de Padoue s'en va, je crois, à Paris profiter de mon abfence ; le philofophe géomètre quarre des courbes, le philofophe littérateur traduit du grec, et le favant doctiffime ne fait rien ou peut-être quelque chofe qui en approche beaucoup.

Adieu, encore une fois, cher *Voltaire*, n'oubliez pas les abfens qui vous aiment.

FÉDÉRIC.

LETTRE XXXIII.

DU ROI.

A Olau, le 16 d'avril.

JE connais les douceurs d'un ftudieux repos;
Difciple d'Epicure, amant de la Molleffe,
            Entre fes bras, plein de faibleffe,
J'aurais pu fommeiller à l'ombre des pavots.

Mais un rayon de gloire animant ma jeuneffe,
Me fit voir d'un coup d'œil les faits de cent héros;
            Et, plein de cette noble ivreffe,
Je voulus furpaffer leurs plus fameux travaux.

Je goûte le plaifir, mais le devoir me guide.
Délivrer l'univers de monftres plus affreux
  Que ceux terraffés par Alcide,
C'eft l'objet falutaire auquel tendent mes vœux.

1741.

 Soutenir de mon bras les droits de ma patrie,
Et réprimer l'orgueil des plus fiers des humains,
  Tous fous de la vierge Marie,
Ce n'eft point un ouvrage indigne de mes mains.

 Le bonheur, cher ami, cet être imaginaire,
Ce fantôme éclatant qui fuit devant nos pas,
  Habite aufſi peu cette fphère,
Qu'il établit fon règne au fein de mes Etats.

 Aux berceaux de Reinsberg, aux champs de Siléfie,
Méprifant du bonheur le caprice fatal,
  Ami de la philofophie,
Tu me verras toujours aufſi ferme qu'égal.

On dit les Autrichiens battus, et je crois que c'eft
vrai. Vous voyez que la lyre d'*Horace* a fon tour
après la maffue d'*Alcide*. Faire fon devoir, être accef-
fible aux plaifirs, ferrailler avec les ennemis, être
abfent et ne point oublier fes amis : tout cela font
des chofes qui vont fort bien de pair, pourvu qu'on
fache affigner des bornes à chacune d'elles. Doutez de
toutes les autres ; mais ne foyez pas pyrrhonien fur
l'eftime que j'ai pour vous, et croyez que je vous
aime. Adieu.

      FÉDÉRIC.

LETTRE XXXIV.

DU ROI.

Au camp de Molvitz, le 2 de mai.

D E cette ville portative,
Légère et qu'ébranlent les vents,
D'architecture peu maffive,
Dont nous fommes les habitans;
Des glorieux et triftes champs
Où des foldats la fureur vive
Défit la troupe fugitive
De nos ennemis impuiffans;
Des lieux où l'ambition folle
Réunit fous fes étendards
Ceux qu'inftruifit à fon école
Le fier, le fanguinaire Mars;
En un mot, du centre du trouble,
Je vous cherche au fein de la paix,
Où vous favez jouir au double
De cent plaifirs, de cent fuccès;
Où vous vivez quand je travaille;
Où vous inftruifez l'univers,
Lorfque de cent peuples divers
Je vois au fort de la bataille
Les ombres paffer aux enfers.

Voilà tout ce que peut vous dire ma mufe guer-
rière, d'un camp très-froid. Je n'entre point en détail
avec vous, car il n'y a rien de raffiné dans la façon
dont nous nous entretenons; cela fe fait toujours à

mon grand regret ; et fi je dirige la fureur obéiffante
de mes troupes , c'eft toujours aux dépens de mon
humanité qui pâtit du mal néceffaire que je ne faurais
me difpenfer de faire.

Le maréchal de *Bellifle* eft venu ici avec une fuite
de gens très-fenfés. Je crois qu'il ne refte plus guère
de raifon aux Français après celle que ces meffieurs
de l'ambaffade ont reçue en partage. On regarde en
Allemagne comme un phénomène très-rare de voir
des français qui ne foient pas fous à lier. Tels font
les préjugés des nations les unes contre les autres :
quelques gens de génie favent s'en affranchir ; mais le
vulgaire croupit toujours dans la fange des préjugés.
L'erreur eft fon partage. A vous qui la combattez ,
foit honneur , fanté , profpérité et gloire à jamais.
Ainfi foit-il. Adieu.

FÉDÉRIC.

LETTRE XXXV.

DE M. DE VOLTAIRE.

5 mai.

JE croyais autrefois que nous n'avions qu'une ame,
Encore eft-ce beaucoup , car les fots n'en ont pas :
Vous en poffédez trente, et leur célefte flamme
Pourrait feule animer tous les fots d'ici-bas.

Minerve a dirigé vos deffeins politiques ;
Vous fuivez à la fois Mars , Orphée , Apollon ;
Vous dormez en plein champ fur l'affût d'un canon ;
Neiperg fuit devant vous aux plaines germaniques.

E 3

Céfar, votre patron, par qui tout fut foumis,
Aimait auffi les arts , et fa main triomphale
Cueille encor des lauriers dans fes nobles écrits;
Mais a-t-il fait des vers au grand jour de Pharfale?

A peine ce Neiperg eft-il par vous battu ,
Que vous prenez la plume en montrant votre épée;
Mon attente, ô grand Roi ! n'a point été trompée,
Et non moins que Neiperg mon génie eft vaincu.

Sire , faire des vers et des jolis vers après une
victoire , eft une chofe unique et par conféquent
réfervée à votre Majefté. Vous avez battu *Neiperg*
et *Voltaire*. Votre Majefté devrait mettre dans fes
lettres des feuilles de laurier , comme les anciens
généraux romains. Vous méritez à la fois le
triomphe du général et du poëte , et il vous faudrait deux feuilles de laurier au moins.

J'apprends que *Maupertuis* eft à Vienne ; je le
plains plus qu'un autre ; mais je plains quiconque
n'eft pas auprès de votre perfonne. On dit que le
colonel *Camus* eft mort bien fâché de n'être pas tué
à vos yeux. Le major *Knobertoff* (dont j'écris mal
le nom) a eu au moins ce trifte honneur dont DIEU
veuille préferver votre Majefté. Je fuis fûr de votre
gloire , grand Roi , mais je ne fuis pas fûr de votre
vie; dans quels dangers et dans quels travaux vous
la paffez , cette vie fi belle ! des ligues à prévenir
ou à détruire , des alliés à fe faire ou à retenir,
des fiéges , des combats , tous les deffeins , toutes
les actions , et tous les détails d'un héros ; vous
aurez peut-être tout, hors le bonheur. Vous pourrez,

ou faire un empereur, ou empêcher qu'on n'en faſſe un, ou vous faire empereur vous-même ; ſi le dernier cas arrive , vous n'en ſerez pas plus ſacrée Majeſté pour moi.

1741.

J'ai bien de l'impatience de dédier Mahomet à cette adorable Majeſté. Je l'ai fait jouer à Lille, et il a été mieux joué qu'il ne l'eût été à Paris ; mais quelque émotion qu'il ait cauſée , cette émotion n'approche pas de celle que reſſent mon cœur en voyant tout ce que vous faites d'héroïque.

LETTRE XXXVI.

DU ROI.

Au camp de Molvitz , le 13 de mai.

LES gazettes de Paris qui vous diſaient à l'extrémité , et madame *du Châtelet* ne bougeant de votre chevet , m'ont fait trembler pour les jours d'un homme que j'aime , lorſque j'ai vu par votre lettre que ce même homme eſt plein de vie et qu'il m'aime encore.

Ce n'eſt point mon frère qui a été bleſſé , c'eſt le prince *Guillaume*, mon couſin. Nous avons perdu à cette heureuſe et malheureuſe journée quantité de bons ſujets. Je regrette tendrement quelques amis dont la mémoire ne s'effacera jamais de mon cœur. Le chagrin des amis tués eſt l'antidote que la Providence a daigné joindre à tous les heureux ſuccès de

E 4

—— la guerre pour tempérer la joie immodérée qu'exci-
1741. tent les avantages remportés fur les ennemis. Le
regret de perdre de braves gens eft d'autant plus
fenfible qu'on doit de la reconnaiffance à leurs manes,
et fans pouvoir jamais s'en acquitter.

La fituation où je fuis m'amènera dans peu, mon
cher *Voltaire*, à rifquer de nouveaux hafards. Après
avoir abattu un arbre, il eft bon d'en détruire jufque
aux racines pour empêcher que des rejetons ne le
remplacent avec le temps. Allons donc voir ce que
nous pourrons faire à l'arbre dont M. de *Neiperg*
doit être regardé comme la sève.

J'ai vu et beaucoup entretenu le maréchal de
Bellifle qui fera dans tout pays ce que l'on appelle un
très-grand homme. C'eft un *Newton* pour le moins en
fait de guerre, autant aimable dans la fociété qu'intelligent et profond dans les affaires, et qui fait un
honneur infini à la France fa nation, et au choix
de fon maître.

Je fouhaite de tout mon cœur de n'attendre que
de bonnes nouvelles de votre part : foyez perfuadé
que perfonne ne s'y intéreffe plus que votre fidèle
ami.

FÉDÉRIC.

LETTRE XXXVII.

DU ROI.

Au camp de Grotkau, le 2 de juin.

Vous qui poffédez tous les arts,
Et fur-tout le talent de plaire;
Vous qui penfez à nos houffards
En cueillant des fruits de Cythère,
Qui chantez Charles et Newton,
Et qui, du giron d'Emilie,
Aux beaux efprits donnez le ton
Ainfi qu'à la philofophie:
De ce camp d'où maint peloton
S'exerce en tirant à l'envie,
De ma très-turbulente vie
Je vous fais un léger crayon.

Nous avons vu Céfarion,
Le court Jordan qui l'accompagne
Tenant en main fon Cicéron,
Horace, Hippocrate et Montagne;
Nous avons vu des maréchaux,
Des beaux efprits et des héros,
Des bavards et des politiques,
Et des foldats très-impudiques;
Nous avons vu, dans nos travaux,
Combats, efcarmouches et fiéges,
Mines, fougaces et cent piéges,
Et moiffonner dame Atropos,

1741.

Fefant rage de fes cifeaux
Parmi la cohue imbécille
Qui fuit d'un pas fier et docile
Les traces de fes généraux.

Mais fi j'avais vu davantage
En ferais-je plus fortuné?
Qui penfe et jouit à mon âge,
Qui de vous eft endoctriné,
Mérite feul le nom de fage;
Mais qui peut vous voir de fes yeux
Mérite feul le nom d'heureux.

Ni mon frère, ni ce *Knobelfdorf* que vous connaiffez, n'ont été à l'action. C'eft un de mes coufins
et un major de dragons *Knfdelfdorf* qui ont eu le
malheur d'être tués.

Donnez-moi plus fouvent de vos nouvelles. Aimez-
moi toujours, et foyez perfuadé de l'eftime que j'ai
pour vous. Adieu.

FÉDÉRIC.

LETTRE XXXVIII.

DU ROI.

Au camp de Strelen , le 25 juin.

. . . .

. . . .

L'ANNONCE de votre hiſtoire me fait bien du
plaiſir; cela n'ajoutera pas un petit laurier de plus à
ceux que vous prépare la main de l'immortalité; c'eſt
votre gloire, en un mot, que je chéris. Je m'intéreſſe
au *Siècle de Louis XIV*, je vous admire comme philoſophe, mais je vous aime bien mieux poëte.

> Préférez la lyre d'Horace
> Et ſes immortels accords ,
> A ces giganteſques efforts
> Que fait la pédanteſque race,
> Pour mieux connaître les reſſorts
> De l'air , des corps, et de l'eſpace.
> Grands objets trop peu faits pour nous.
> Ces ſages ſouvent ſont bien fous.

L'un fait un roman de phyſique , l'autre monte
avec bien de la peine et ajuſte enſemble les différentes
parties d'un ſyſtême ſorti de ſon cerveau creux.

1741.

Ne perdons point à rêvaffer,
Un temps fait pour la jouiffance.
Ce n'eft point à philofopher
Qu'on avance dans la fcience.
Tout l'art eft d'apprendre à douter,
Et modeftement confeffer
Nos fottifes, notre ignorance.

L'hiftoire et la poëfie offrent un champ bien plus libre à l'efprit. Il s'agit d'objets qui font à notre portée, de faits certains, et de riantes peintures. La véritable philofophie, c'eft la fermeté d'ame, et la netteté de l'efprit qui nous empêche de tomber dans les erreurs du vulgaire et de croire aux effets fans caufe.

La belle poëfie, c'eft fans contredit la vôtre; elle contient tout ce que les poëtes de l'antiquité ont produit de meilleur.

Votre mufe forte et légère,
Des agrémens femble la mère,
Parlant la langue des amours.
Mais lorfque vous peignez la guerre,
Comme un impétueux tonnerre
Elle entraîne tout dans fon cours.

C'eft que vous et votre mufe, vous êtes tout ce que vous voulez. Il n'eft pas permis à tout le monde d'être *Protée* comme vous; et nous autres pauvres humains, nous fommes obligés de nous contenter du petit talent que l'avare nature a daigné nous donner.

Je ne puis vous mander des nouvelles de ce camp, où nous fommes les gens les plus tranquilles du monde. Nos huffards font les héros de la pièce pendant l'intermède , tandis que les ambaffadeurs me 1741 haranguent, qu'on fait les Siléfiens cocus, &c. &c.

Bien des complimens à la Marquife ; quant à vous, je penfe bien que vous devez être perfuadé de la parfaite eftime et de l'amitié que j'aurai toujours pour vous. Adieu.

FÉDÉRIC.

Le pauvre *Céfarion* eft malade à Berlin où je l'ai renvoyé pour le guérir, et *Jordan* qui vient d'arriver de Breflau , eft tout fatigué du voyage.

LETTRE XXXIX.

DE M. DE VOLTAIRE,

A Bruxelles , le 29 juin.

Sire, chacun fon lot ; une aigle vigoureufe,
Non l'aigle de l'Empire , (elle a depuis un temps
Perdu fon bec retors et fes ongles puiffans)
Mais l'aigle de la Pruffe , et jeune et valeureufe ,
Réveille dans fon vol, au bruit de fes exploits,
La Gloire qui dormait loin des trônes des rois.
Un vieux renard adroit, tapi dans fa tanière,
Attend quelques perdrix auprès de fa frontière ;
Un honnête pigeon, point fourbe et point guerrier,
Cache fes jours obfcurs au fond d'un colombier.
Je fuis ce vieux pigeon, j'admire en fa carrière
Cette aigle foudroyante et fi vive et fi fière.

Ah! fi d'un autre bec les Dieux m'avaient pourvu,
Si j'étais moins pigeon, je vous fuivrais peut-être;
Je verrais dans fon camp mon adorable maître;
Et tel que Maupertuis, peut-être au dépourvu
De houffards entouré, dépouillé, mis à nu,
J'aurais, par les doux fons de quelque chanfonnette,
Confolé, s'il fe peut, Neiperg de fa défaite.
Le Ciel n'a pas voulu que de mes fombres jours
Cette grande aventure ait éclairé le cours.
Mais dans mon colombier je vous fuis en idée;
De vos vaillans exploits ma verve poffédée,
Voyage en fiction vers les murs de Breflau,
Dans les champs de Molvitz, aux remparts de Glogau,
Je vous y vois, tranquille au milieu de la gloire,
Arracher une plume au dos de la Victoire,
Et m'écrire en jouant, fur la peau d'un tambour,
Ces vers toujours heureux, pleins de grâce et de tour.

Hindfort, et vous Ginkel, vous dont le nom barbare
Fait jurer de mes vers la cadence bizarre,
Venez-vous près de lui, le caducée en main,
Pour féduire fon ame et changer fon deftin?
Et vous, cher Valori, toujours prêt à conclure,
Voulez-vous des Ginkels déranger la mefure?
Miniftres cauteleux, ou preffans, ou jaloux,
Laiffez là tout votre art, il en fait plus que vous;
Il fait quel intérêt fait pencher la balance,
Quel traité, quel ami convient à fa puiffance;
Et toujours agiffant, toujours penfant en roi,
Par la plume et l'épée il fait donner la loi.
Cette plume fur-tout eft ce qui fait ma joie;
Car, Meffieurs, quand le jour, à tant de fots en proie,

1741.

Il a campé, marché, recampé, ferraillé,
Ecouté cent avis, répondu, confeillé,
Ordonné des piquets, des haltes, des fourrages,
Garni, forcé, repris, débouché vingt paffages,
Et parlé dans fa tente à des ambaffadeurs,
(Gens quelquefois trompés encor que grands trompeurs)
Alors tranquille et gai, n'ayant plus rien à faire,
En vers doux et nombreux il écrit à Voltaire.
En faites-vous autant, Georges, Charles, Louis,
Très-refpectables rois, d'Apollon peu chéris?
La maifon des Bourbons ni les filles d'Autriche
N'ont jamais fait pour moi le plus court hémiftiche.
Qu'importent leurs aïeux, leur trône, leurs exploits?
S'ils ne font point de vers, ils ne font point mes rois.
Je confens qu'on foit bon, jufte, grand, magnanime,
Que l'on foit conquérant, mais je prétends qu'on rime.
Protecteur d'Apollon, grand génie et grand roi,
Battez-vous, écrivez, et fur-tout aimez-moi.

Sire, le plus profaïque de vos ferviteurs ne peut rimer davantage. Je fuis actuellement enfoncé dans l'hiftoire; elle devient tous les jours plus chère pour moi depuis que je vois le rang illuftre que vous y tiendrez. Je prévois que votre Majefté s'amufera quelque jour à faire le récit de fes deux campagnes: heureux qui pourrait être alors fon fecrétaire! mais auffi très-heureux qui fera fon lecteur! C'eft aux *Céfars* à faire leurs commentaires. Meffieurs de *la Croze* et *Jordan*, de grâce, prêtez-moi vos vieux livres et vos lumières nouvelles pour les antiques vérités que je cherche; mais quand je ferai arrivé au fiècle illuftré par *Frédéric*, permettez-moi d'avoir recours directement à notre héros. Que vous êtes heureux, ô *Jordan !* vous le voyez ce héros, et vous avez de plus une très-belle bibliothéque; il n'en eſt pas ainſi de moi, je n'ai point ici de héros, et j'ai très-peu de livres. Cependant je travaille, car les gens oiſifs ne ſont pas faits pour lui plaire.

> De ſon ſublime eſprit la noble activité
> Réveillerait dans moi la molle oiſiveté.
> Tout mortel doit agir, roi, fermier, ſoldat, prêtre;
> A ces conditions le Ciel nous donna l'être:
> Le plaiſir véritable eſt le fruit des travaux.
> Grand Dieu, que de plaiſirs doit goûter mon héros!

Je ſuis de ſa majeſté, de ſon humanité, de ſon activité, de ſon eſprit et de ſon cœur, l'admirateur et le ſujet.

LETTRE XL.

DU ROI.

Au camp de Strelen, 22 juillet.

. . . .
. . . .

APRÈS la ſentence que vous venez de prononcer ſur votre Hélicon, je ne puis vous écrire qu'en vers. C'eſt une corruption dont je me ſers pour captiver votre affection. Si vous étiez médiateur entre la reine d'Hongrie et moi, je plaiderais ma cauſe en vers; et

mes

mes vieux documens en rimes ferviraient aux amufemens de mon pacificateur. Il n'y aura pas affurément **1741.**
autant de lacunes dans l'hiftoire que vous écrivez,
qu'il fe trouve de vide dans notre campagne ; mais
notre inaction ne fera pas longue. Si nous fufpendons
nos coups, ce n'eft que pour frapper dans peu d'une
manière plus fûre et plus éclatante.

Je vous recommande les intérêts du fiècle divin que
vous peignez fi élégamment. J'aimerais mieux l'avoir
fait, que d'avoir gagné cent batailles.

Adieu, cher *Voltaire;* lorfque vous fefiez la guerre
à vos libraires et à vos autres ennemis, j'écrivais ; à
préfent que vous écrivez, je m'efcrime d'eftoc et de
taille. Tel eft le monde.

Ne doutez pas de la parfaite amitié avec laquelle
je fuis tout à vous.

FÉDÉRIC.

LETTRE XLI.

DE M. DE VOLTAIRE.

A Bruxelles, le 3 augufte.

Vous dont le précoce génie
Pourfuit fa carrière infinie
Du Parnaffe aux champs des combats,
Défiant, d'un effor fublime,
Et les obftacles de la rime
Et les menaces du trépas :

   Amant fortuné de la Gloire,
Vous avez voulu que l'hiftoire

Devînt l'objet de mes travaux ;
Du haut du temple de Mémoire,
Sur les ailes de la Victoire
Vos yeux conduifent mes pinceaux.

Mais non, c'eft à vous feul d'écrire,
A vous de chanter fur la lyre
Ce que vous feul exécutez :
Tel était jadis ce grand homme,
L'oracle et le vainqueur de Rome,
Qu'on vante et que vous imitez.

Cependant la douce éminence,
Ce roi tranquille de la France,
Etendant par-tout fes bienfaits,
Vers les frontières alarmées
Fait déjà marcher quatre armées,
Seulement pour donner la paix.

J'aime mieux Jordan qui s'allie
Avec certain anglais impie
Contre l'idole des dévots,
Contre ce monftre atrabilaire
De qui les fripons favent faire
Un engin pour prendre les fots.

Autrefois Julien le fage,
Plein d'efprit, d'art et de courage,
Jufqu'en fon temple l'a vaincu;
Ce philofophe fur le trône,
Uniffant Thémis et Bellone,
L'eût détruit s'il avait vécu.

Achevez cet heureux ouvrage,
Brifez ce honteux efclavage

Qui tient les humains enchaînés ;
Et, dans votre noble colère,
Avec Jordan le fecrétaire,
Détruifez l'idole, et vivez.

    Vous que la raifon pure éclaire,
Comment craindriez-vous de faire
Ce qu'ont fait vos braves aïeux (1)
Qui, dans leur ignorance heureufe,
Bravèrent la puiffance affreufe
De ce monftre élevé contre eux.

    Hélas! votre efprit héroïque
Entend trop bien la politique ;
Je vois que vous n'en ferez rien.
Tous les dévots, faifis de crainte,
Ont déjà par-tout fait leur plainte
De vous voir fi mauvais chrétien.

    Content de briller dans le monde,
Vous leur laiffez l'erreur profonde
Qui les tient fous d'indignes lois.
Le plus fage aux plus fots veut plaire,
Et les préjugés du vulgaire
Sont encor les tyrans des rois.

Ainfi donc, Sire, votre Majefté ne combattra que des princes, et laiffera *Jordan* combattre les erreurs facrées de ce monde. Puifqu'il n'a pu devenir poëte auprès de votre perfonne, que fa profe foit digne du roi que nous voudrions tous deux imiter. Je me flatte que la Siléfie produira un bon ouvrage contre ce que vous favez. Après ces beaux vers qui me font

(1) Au treizième fiècle ils chaffèrent tous les prêtres.

F 2

—— déjà venus des environs de la Neifs , certainement fi
1741. votre Majefté n'avait pas dédaigné d'aller en Siléfie ,
jamais on n'y aurait fait de vers français. Je m'imagine
qu'elle eft à préfent plus occupée que jamais ; mais je
ne m'en effraie pas ; et après avoir reçu d'elle des
vers charmans le lendemain d'une victoire, il n'y a
rien à quoi je ne m'attende. J'efpère toujours que je
ferai affez heureux pour avoir une relation de fes
campagnes , comme j'en ai une du voyage de Strasbourg , &c.

LETTRE XLII.

DU ROI.

Au camp de Renhenback , le 24 augufte.

De tous les monftres différens
Vous voulez que je fois l'Hercule,
Que Vienne avec fes adhérens ,
Genève, Rome avec la bulle
Tombent fous mes coups affommans :
Approfondiffez mieux vos gens ,
Et connaiffez la différence
De la maffue aux argumens.

L'antique idole qu'on encenfe,
La crédule Religion
Se foutient par prévention ,
Par caprice et par ignorance.

La foudroyante Vérité
A pourfuivi ce monftre en Gréce ;
A Rome il fut perfécuté
Par les vers fenfés de Lucrèce.

Vous-même vous avez tenté
De rendre le monde incrédule,
En dévoilant le ridicule
D'un vieux rêve long-temps vanté :
Mais l'homme ftupide , imbécille,
Et monté fur le même ton,
Croit plutôt à fon évangile
Qu'il ne fe range à la raifon ;
Et la refpectable Nature
Lorfqu'elle daigna travailler
A pétrir l'humaine figure ,
Ne l'a pas faite pour penfer.

Croyez-moi , c'eft peine perdue
Que de prodiguer le bon fens
Et d'étaler des argumens
Aux bœufs qui traînent la charrue ;
Mais de vaincre dans les combats
L'Orgueil et fes fiers adverfaires ,
Et d'écrafer deffous fes pas
Et les fcorpions et les vipères ,
Et de conquérir des Etats ,
C'eft ce qu'ont opéré nos pères ,
Et ce qu'exécutent nos bras.

Laiffez donc dans l'erreur profonde
L'efprit entêté de ce monde.

Eh ! que m'importent fes travers,
Pourvû que j'entende vos vers,
Et qu'après le feu de la guerre,
La paix renaiffant fur la terre,
Pallas vous conduife à Berlin.
Là, tantôt au fein de la ville
Goûtant le plus brillant deftin,
Ou préférant le doux afile
De la campagne plus tranquille,
A l'ombre de nos étendards
Laiffant repofer le fier Mars,
Nous jouirons comme Epicure
De la volupté la plus pure,
En laiffant aux favans bavards
Leur phyfique et métaphyfique,
A meffieurs de la mécanique
Leur mouvement perpétuel,
Au calculateur éternel
Sa fluxion géométrique,
Au dieu d'Epidaure empirique
Son grand remède univerfel,
A tout fourbe, à tout politique,
Son fcélérat Machiavel,
A tout chrétien apoftolique
Jéfus et le péché mortel;
En nous réfervant pour partage
Des biens de ce monde l'ufage,
L'honneur, l'efprit et le bon fens,
Le plaifir et les agrémens.

Jordan traduit fon auteur anglais avec la même fidélité que les Septante tranflatèrent la bible. Je

1741.

crois l'ouvrage bientôt achevé. Il y a tant de bonnes chofes à dir contre la religion que je m'étonne qu'elles ne viennent pas dans l'efprit de tout le monde ; mais les hommes ne font pas faits pour la vérité. Je les regarde comme une horde de cerfs dans le parc d'un grand feigneur , et qui n'ont d'autre fonction que de peupler et remplir l'enclos.

Je crois que nous nous battrons bientôt : c'eft œuvre affez folle ; mais que voulez-vous ? il faut être quelquefois fou dans fa vie.

Adieu , cher *Voltaire*. Ecrivez-moi plus fouvent ; mais fur-tout ne vous fâchez pas fi je n'ai pas le temps de vous répondre. Vous connaiffez mes fentimens.

FÉDÉRIC.

LETTRE XLIII.

DE M. DE VOLTAIRE.

A Cirey , ce 21 décembre.

Soleil, pâle flambeau de nos triftes hivers,
  Toi qui de ce monde es le père ,
Et qu'on a cru long-temps le père des bons vers ,
Malgré tous les mauvais que chaque jour voit faire :
  Soleil , par quel cruel deftin
Faut-il que dans ce mois où l'an touche à fa fin ,
Tant de vaftes degrés t'éloignent de Berlin ?
C'eft là qu'eft mon héros , dont le cœur et la tête
Raffemblent tout le feu qui manque à fes Etats ;
Mon héros , qui de Neifs achevait la conquête,
  Quand tu fuyais de nos climats :

F 4

Pourquoi vas-tu, dis-moi, vers le pôle antarctique ?
Quels charmes ont pour toi les nègres de l'Afrique ?
Revole fur tes pas loin de ce trifte bord,
Imite mon héros, viens éclairer le Nord.

C'eft ce que je difais, Sire, ce matin au Soleil votre confrère, qui eft auffi l'ame d'une partie de ce monde. Je lui en dirais bien davantage fur le compte de votre Majefté, fi j'avais cette facilité de faire des vers, que je n'ai plus, et que vous avez. J'en ai reçu ici que vous avez faits dans Neifs tout auffi aifément que vous avez pris cette ville. Cette petite anecdote, jointe aux vers que votre humanité m'envoya immédiatement après la victoire de Mol-vitz, fournit de bien finguliers mémoires pour fervir un jour à l'hiftoire.

Louis XIV prit en hiver la Franche-Comté ; mais il ne donna point de bataille, et ne fit point de vers au camp devant Dole, ou devant Befançon ; auffi j'ai pris la liberté de mander à votre Majefté que l'hiftoire de *Louis XIV* me paraiffait un cercle trop étroit, je trouve que *Frédéric* élargit la fphère de mes idées. Les vers que votre Majefté a faits dans Neifs reffemblent à ceux que *Salomon* fefait dans fa gloire, quand il difait, après avoir tâté de tout, *Tout n'eft que vanité*. Il eft vrai que le bon homme parlait ainfi au milieu de trois cents femmes et de fept cents concubines ; le tout fans avoir donné de bataille, ni fait de fiége. Mais n'en déplaife, Sire, à *Salomon* et à vous, ou bien à vous et à *Salomon*, il ne laiffe pas d'y avoir quelque réalité dans ce monde.

 Conquérir cette Siléfie ,
 Revenir couvert de lauriers
 Dans les bras de la Poëfie ;
 Donner aux belles , aux guerriers ,
 Opéra , bal et comédie ;
 Se voir craint , chéri , refpecté ,
 Et connaître au fein de la gloire
 L'efprit de la fociété ,
 Bonheur fi rarement goûté
 Des favoris de la victoire ;
 Savourer avec volupté ,
 Dans des momens libres d'affaire ,
 Les bons vers de l'antiquité ,
 Et quelquefois en daigner faire
 Dignes de la poftérité :
 Semblable vie a de quoi plaire ;
 Elle a de la réalité ,
 Et le plaifir n'eft point chimère.

Votre Majefté a fait bien des chofes en peu de temps. Je fuis perfuadé qu'il n'y a perfonne fur la terre plus occupé qu'elle , et plus entraîné dans la variété des affaires de toute efpèce. Mais avec ce génie dévorant, qui met tant de chofes dans fa fphère d'activité , vous conferverez toujours cette fupériorité de raifon qui vous élève au-deffus de ce que vous êtes et de ce que vous faîtes.

 Tout ce que je crains , c'eft que vous ne veniez à trop méprifer les hommes. Des millions d'animaux fans plumes à deux pieds , qui peuplent la terre , font à une diftance immenfe de votre perfonne , par leur ame comme par leur état. Il y a un beau vers de *Milton :*

Amongst unequals no fociety.

1741.

Il y a encore un autre malheur , c'eft que votre Majefté peint fi bien les nobles friponneries des politiques , les foins intéreffés des courtifans , &c. qu'elle finira par fe défier de l'affection des hommes de toute efpèce , et qu'elle croira qu'il eft démontré en morale , qu'on n'aime point un roi pour lui-même. Sire , que je prenne la liberté de faire auffi ma démonftration. N'eft-il pas vrai qu'on ne peut pas s'empêcher d'aimer pour lui-même un homme d'un efprit fupérieur , qui a bien des talens , et qui joint à tous ces talens-là celui de plaire ? Or s'il arrive que par malheur ce génie fupérieur foit roi , fon état en doit-il empirer ? Et l'aimerait-on moins parce qu'il porte une couronne ? Pour moi je fens que la couronne ne me refroidit point du tout.

Je fuis , &c.

LETTRE XLIV.

DU ROI.

A Berlin , le 8 de janvier.

MON CHER VOLTAIRE,

1742.

JE vous dois deux lettres , à mon grand regret , et je me trouve fi occupé par les grandes affaires que les philofophes appellent des billevefées, que je ne puis encore penfer à mon plaifir , le feul folide bien de la vie. Je m'imagine que DIEU a créé les ânes, les colonnes doriques, et nous autres rois, pour porter les fardeaux de ce monde où tant d'autres êtres font faits pour jouir des biens qu'il produit.

A préfent me voilà à argumenter avec une ving-taine de *Machiavels* plus ou moins dangereux. L'ai-mable Poëfie attend à la porte, fans avoir d'audience. L'un me parle de limites, l'autre de droits, un autre encore d'indemnifation, celui-ci d'auxiliaires, de contrats de mariage, de dettes à payer, d'intrigues à faire, de recommandations, de difpofitions, &c. On publie que vous avez fait telle chofe à laquelle vous n'avez jamais penfé; on fuppofe que vous prendrez mal tel événement dont vous vous réjouif-fez; on écrit du Mexique que vous allez attaquer un tel que votre intérêt eft de ménager; on vous tourne en ridicule, on vous critique; un gazetier fait votre fatire; les voifins vous déchirent; un chacun vous donne au diable en vous accablant de proteftations d'amitié. Voilà le monde; et telles font en gros les matières qui m'occupent.

Avez-vous envie de troquer la poëfie pour la politique? La feule reffemblance qui fe trouve entre l'une et l'autre, eft que les politiques et les poëtes font le jouet du public, et l'objet de la fatire de leurs confrères.

Je pars après-demain pour Remusberg reprendre la houlette et la lyre, veuille le ciel, pour ne les quitter jamais! Je vous écrirai de cette douce folitude avec plus de tranquillité d'efprit. Peut-être *Calliope* m'infpirera-t-elle encore.

Je fuis tout à vous.

FÉDÉRIC.

LETTRE XLV.

DU ROI.

A Olmutz, le 3 de février.

MON CHER VOLTAIRE,

1742. Le démon qui m'a promené jufqu'à préfent, m'a mené à Olmutz pour redreffer les affaires que les autres alliés ont embrouillées, dit-on. Je ne fais ce qui en fera ; mais je fais que mon étoile eft trop errante. Que pouvez-vous prétendre d'une cervelle où il n'y a que du foin, de l'avoine et de la paille hachée ? Je crois que je ne rimerai à préfent qu'en *oin* et en *oine*.

Laiffez calmer cette tempête ;
Attendez qu'à Berlin fur les débris de Mars,
La Paix ramène les beaux arts.
Pour faire enfler les fons de ma tendre mufette,
Il faut que la fin des hafards
Impofe le filence au bruit de la trompette.

Je vous renvoie bien loin peut-être ; cependant il n'y a rien à faire à préfent, et d'un mauvais payeur il faut prendre ce qu'on peut.

Je lis maintenant, ou plutôt je dévore votre *Siècle de Louis le Grand*. Si vous m'aimez, envoyez-moi ce que vous avez fait ultérieurement de cet ouvrage ; c'eft mon unique confolation, mon délaffement, ma récréation. Vous qui ne travaillez que par goût et que par génie, ayez pitié d'un manœuvre en politique, et qui ne travaille que par néceffité.

Aurait-on dû préfumer, cher *Voltaire*, qu'un nourriffon des Mufes dût être deftiné à faire mouvoir,
conjointement avec une douzaine de graves fous
que l'on nomme grands politiques, la grande roue
des événemens de l'Europe ? Cependant c'eft un fait
qui eft authentique, et qui n'eft pas fort honorable
pour la Providence.

Je me rappelle à ce propos le conte que l'on fait
d'un curé à qui un payfan parlait du Seigneur-Dieu
avec une vénération idiote : *Allez, allez*, lui dit le
bon presbyte, *vous en imaginez plus qu'il n'y en a ; moi
qui le fais et qui le vends par douzaines, j'en connais la
valeur intrinsèque.*

On fe fait ordinairement dans le monde une idée
fuperftitieufe des grandes révolutions des empires ;
mais lorfqu'on eft dans les couliffes, l'on voit pour
la plupart du temps que les fcènes les plus magiques
font mues par des refforts communs, et par de vils
faquins qui, s'ils fe montraient dans leur état naturel,
ne s'attireraient que l'indignation du public.

La fupercherie, la mauvaife foi et la duplicité font
malheureufement le caractère dominant de la plupart
des hommes qui font à la tête des nations, et qui en
devraient être l'exemple. C'eft une chofe bien humiliante que l'étude du cœur humain dans de pareils
fujets ; elle me fait regretter mille fois ma chère
retraite, les arts, mes amis et mon indépendance.

Adieu, cher *Voltaire* ; peut-être retrouverai-je un
jour tout ce qui eft perdu pour moi à préfent. Je fuis,
avec tous les fentimens que vous pouvez imaginer,

votre fidèle ami,

FÉDÉRIC.

LETTRE XLVI.

DU ROI.

A Selovitz , le 23 de mars.

MON CHER VOLTAIRE,

—— Je crains de vous écrire, car je n'ai d'autres nouvelles à vous mander que d'une espèce dont vous ne vous souciez guère, ou que vous abhorrez.

1742.

Si je vous disais , par exemple , que des peuples de deux contrées de l'Allemagne font sortis du fond de leurs habitations pour se couper la gorge avec d'autres peuples dont ils ignoraient jusqu'au nom même, et qu'ils ont été chercher dans un pays fort éloigné : pourquoi ? Parce que leur maître a fait un contrat avec un autre prince , et qu'ils voulaient, joints ensemble , en égorger un troisième ; vous me répondriez que ces gens font fous, fots et furieux de se prêter ainsi aux caprices et à la barbarie de leurs maîtres. Si je vous disais que nous nous préparons avec grand soin à détruire quelques murailles élevées à grands frais , que nous fesons la moisson où nous n'avons point semé , et les maîtres où personne n'est assez fort pour nous résister ; vous vous écrieriez : Ah , barbares ! ah , brigands ! inhumains que vous êtes, les injustes n'hériteront point du royaume des cieux, selon St *Matthieu*, chap. XII, vers. 24.

Puifque je prévois tout ce que vous me diriez 1742.
fur ces matières, je ne vous en parlerai point. Je me
contenterai de vous informer qu'une tête affez folle,
dont vous aurez entendu parler fous le nom de *roi
de Pruffe*, apprenant que les Etats de fon allié l'empereur étaient ruinés par la reine de Hongrie, a volé
à fon fecours, qu'il a joint fes troupes à celles du
roi de Pologne pour opérer une diverfion en Baffe-
Autriche, et qu'il a fi bien réuffi, qu'il s'attend dans
peu à combattre les principales forces de la reine de
Hongrie, pour le fervice de fon allié.

Voilà de la générofité, diriez-vous, voilà de l'héroïfme; cependant, cher *Voltaire*, le premier tableau
et celui-ci font les mêmes. C'eft la même femme
qu'on fait voir d'abord en cornettes de nuit, et
enfuite avec fon fard et fes pompons.

De combien de différentes façons n'envifage-t-on
pas les objets? combien les jugemens ne varient-ils
point? Les hommes condamnent le foir ce qu'ils ont
approuvé le matin. Ce même foleil qui leur plaifait
à fon aurore, les fatigue à fon couchant. De-là
viennent ces réputations établies, effacées, et réta-
blies pourtant; et nous fommes affez infenfés de
nous agiter pendant toute notre vie pour acquérir
de la réputation! Eft-il poffible qu'on ne foit pas
détrompé de cette fauffe monnaie depuis le temps
qu'elle eft connue?

Je ne vous écris point de vers parce que je n'ai
pas le temps de toifer des fyllabes. Souffrez que je
vous faffe fouvenir de l'hiftoire de *Louis XIV*; je
vous menace de l'excommunication du Parnaffe fi
vous n'achevez pas cet ouvrage.

Adieu, cher *Voltaire* ; aimez un peu, je vous prie, ce transfuge d'*Apollon*, qui s'eft enrôlé chez *Bellone*. Peut-être reviendra-t-il un jour fervir fous fes vieux drapeaux.

Je fuis toujours votre admirateur et ami,

FÉDÉRIC.

LETTRE XLVII.

DU ROI.

A Triban le 12 d'avril.

C'EST ici que l'on voit tous les faints enrichés,
Dans les bois, fur les ponts, fur les chemins perchés,
Et meffieurs les gueux, leur cortége,
Qui fe morfondent fur la neige ;
Tandis que, tranchant du Créfus,
Les puiffans comtes de Bohême,
Prodigues de leurs revenus,
Ruinent leurs fujets, et fe mangent eux-même
Pour entretenir leurs chevaux ;
Et que noffeigneurs les bigots,
Bien mieux inftruits de leur cuifine
Que des pauvres et de leurs maux,
Chez les élus et leurs égaux
S'en vont promener leur doctrine,
Et fe faire admirer des fots.

Vos

Vos français qui s'ennuient bien en Bohême n'en font pas moins aimables et malins. C'est peut-être la seule nation qui trouve dans l'infortune même une source de plaisanteries et de gaieté. C'est aux cris de M. de *Broglio* que je suis accouru à son secours, et que la Moravie restera en friche jusqu'à l'automne.

Vous me demandez pour combien messieurs mes frères se sont donné le mot de ruiner la terre : à cela je réponds que je n'en fais rien ; mais que c'est la mode à présent de faire la guerre, et qu'il est à croire qu'elle durera long-temps.

L'abbé de *Saint-Pierre*, qui me distingue assez pour m'honorer de sa correspondance, m'a envoyé un bel ouvrage sur la façon de rétablir la paix en Europe, et de la constater à jamais. La chose est très-praticable ; il ne manque pour la faire réussir que le consentement de l'Europe, et quelques autres bagatelles semblables.

Que ne vous dois-je point, mon cher *Voltaire*, du grandissime plaisir que vous me promettez en me fesant espérer de recevoir bientôt l'histoire de *Louis XIV.*

Accoutumé de vous entendre,
De vos œuvres je suis jaloux :
Cher Voltaire, donnez-les nous,
Par cœur je voudrais vous apprendre ;
Il n'est point de salut sans vous.

Vous pensez peut-être que je n'ai point assez d'inquiétudes ici, et qu'il fallait encore m'alarmer

—— fur votre fanté. Vous devriez prendre plus de foin
1742. de votre confervation : fouvenez-vous, je vous prie,
combien elle m'intéreffe, et combien vous devez
être attaché à ce monde - ci dont vous faites les
délices.

Vous pouvez compter que la vie que je mène
n'a rien changé de mon caractère ni de ma façon
de penfer. J'aime Remusberg et les jours tranquilles;
mais il faut fe plier à fon état dans le monde, et fe
faire un plaifir de fon devoir.

> D'abord que la paix fera faite ,
> Je retrouve dans ma retraite
> Les Ris , les Plaifirs et les Arts,
> Nos belles aux touchans regards ,
> Maupertuis avec fes lunettes ,
> Algarotti le laboureur ,
> Nos favans avec leurs lecteurs :
> Mais que me ferviront ces fêtes ,
> Cher Voltaire , fi vous n'en êtes ?

Voilà tout ce que j'ai le temps de vous dire fur
le point de pourfuivre ma marche. Adieu, cher
Voltaire ; n'oubliez pas un pauvre *Ixion* qui travaille
comme un miférable à la grande roue des événemens, et qui ne vous admire pas moins qu'il vous
aime.

FÉDÉRIC.

LETTRE XLVIII.

DE M. DE VOLTAIRE.

Avril.

SIRE,

PENDANT que j'étais malade, votre Majesté a —— fait plus de belles actions, que je n'ai eu d'accès de fièvre. Je ne pouvais répondre aux dernières bontés de votre Majesté. Où aurais-je d'ailleurs adressé ma lettre? à Vienne? à Presbourg? à Temesvar? Vous pouviez être dans quelqu'une de ces villes; et même, s'il est un être qui puisse se trouver en plusieurs lieux à la fois, c'est assurément votre personne, en qualité d'image de la Divinité, ainsi que le font tous les princes, et d'image très-pensante et très-agissante. Enfin, Sire, je n'ai point écrit, parce que j'étais dans mon lit quand votre Majesté courait à cheval au milieu des neiges et des succès.

1742.

> D'Esculape les favoris
> Semblaient même me faire accroire
> Que j'irais dans le seul pays
> Où n'arrive point votre gloire;
> Dans ce pays dont par malheur
> On ne voit point de voyageur
> Venir nous dire des nouvelles;
> Dans ce pays où tous les jours

Les ames lourdes et cruelles,
Et des Hongrois et des Pandours,
Vont au diable au son des tambours,
Par votre ordre et pour vos querelles ;
Dans ce pays dont tout chrétien,
Tout juif, tout musulman raisonne ;
Dont on parle en chaire, en sorbonne,
Sans jamais en deviner rien ;
Ainsi que le parisien,
Badaud, crédule et satirique,
Fait des romans de politique,
Parle tantôt mal, tantôt bien,
De Bellisle et de vous peut-être,
Et dans son léger entretien
Vous juge à fond sans vous connaître.

Je n'ai mis qu'un pied sur le bord du Styx ; mais je suis très-fâché, Sire, du nombre des pauvres malheureux que j'ai vus passer. Les uns arrivaient de Scharding, les autres de Prague, ou d'Iglau. Ne cesserez-vous point, vous et les rois vos confrères, de ravager cette terre que vous avez, dites-vous, tant d'envie de rendre heureuse ?

Au lieu de cette horrible guerre
Dont chacun sent les contre-coups,
Que ne vous en rapportez-vous
A ce bon abbé de Saint-Pierre ?

Il vous accorderait tout aussi aisément que *Licurgue* partagea les terres de Sparte, et qu'on donne des portions égales aux moines. Il établirait les quinze dominations de *Henri IV*. Il eft vrai pourtant que *Henri IV* n'a jamais fongé à un tel projet. Les commis du duc de *Sulli*, qui ont fait fes mémoires, en ont parlé ; mais le fecrétaire d'Etat *Villeroi*, miniftre des affaires étrangères, n'en parle point. Il eft plaifant qu'on ait attribué à *Henri IV* le projet de déranger tant de trônes, quand il venait à peine de s'affermir fur le fien. En attendant, Sire, que la diète euro-péane, ou *europaine*, s'affemble pour rendre tous les monarques modérés et contens, votre Majefté m'ordonne de lui envoyer ce que j'ai fait depuis peu du *Siècle de Louis XIV ;* car elle a le temps de lire quand les autres hommes n'ont point de temps. Je fais venir mes papiers de Bruxelles ; je les ferai tranfcrire pour obéir aux ordres de votre Majefté. Elle verra peut-être que j'embraffe un trop grand terrain ; mais je travaillais principalement pour elle, et j'ai jugé que la fphère du monde n'était pas trop grande. J'aurai donc l'honneur, Sire, d'envoyer dans un mois à votre Majefté un énorme paquet qui la trouvera au milieu de quelque bataille, ou dans une tran-chée. Je ne fais fi vous êtes plus heureux dans tout ce fracas de gloire, que vous l'étiez dans cette douce retraite de Remusberg.

Cependant, grand Roi, je vous aime
Tout autant que je vous aimai
Lorfque vous étiez renfermé
Dans Remusberg et dans vous-même ;
Lorfque vous borniez vos exploits
A combattre avec éloquence
L'erreur, les vices, l'ignorance,
Avant de combattre des rois.

G 3

Recevez, Sire, avec votre bonté ordinaire, mon profond refpect, et l'affurance de cette vénération qui ne finira jamais, et de cette tendreffe qui ne finira que quand vous ne m'aimerez plus.

LETTRE XLIX.

DE M. DE VOLTAIRE.

A Paris, le 15 mai.

Quand vous aviez un père, et dans ce père un maître,
Vous étiez philofophe, et viviez fous vos lois.
    Aujourd'hui mis au rang des rois,
    Et plus qu'eux tous digne de l'être,
Vous fervez cependant vingt maîtres à la fois.
Ces maîtres font tyrans. Le premier c'eft la Gloire,
    Tyran dont vous aimez les fers,
    Et qui met au bout de nos vers,
Ainfi qu'en vos exploits, *la brillante victoire.*
    La Politique à fon côté,
    Moins éblouiffante, auffi forte,
Méditant, rédigeant, ou rompant un traité,
Vient mefurer vos pas que cette Gloire emporte.
    L'Intérêt, la Fidélité,
Quelquefois s'uniffant, et trop fouvent contraires,
Des amis dangereux, de fecrets adverfaires :
Chaque jour des deffeins et des dangers nouveaux :
Tout écouter, tout voir, et tout faire à propos :
    Payer les uns en efpérance,
Les autres en raifons, quelques-uns en bons mots ;

Aux peuples fubjugués faire aimer fa puiffance :
   Que d'embarras ! que de travaux !
Régner n'eft pas un fort auffi doux qu'on le penfe.
   Qu'il en coûte d'être un héros !

Il ne vous en coûte rien à vous, Sire, tout cela vous eft naturel ; vous faites de grandes, de fages actions, avec cette même facilité que vous faites de la mufique et des vers, et que vous écrivez de ces lettres, qui donneraient à un bel efprit de France une place diftinguée parmi les beaux efprits jaloux de lui.

Je conçois quelque efpérance que votre Majefté raffermira l'Europe comme elle l'a ébranlée, et que mes confrères les humains vous béniront après vous avoir admiré. Mon efpoir n'eft pas uniquement fondé fur le projet que l'abbé de *Saint-Pierre* (a) a envoyé à votre Majefté. Je préfume qu'elle voit les chofes que veut voir le pacificateur trop mal écouté de ce monde, et que le roi philofophe fait parfaitement ce que le philofophe qui n'eft pas roi s'efforce en vain de deviner. Je préfume encore beaucoup de vos charitables intentions. Mais ce qui me donne une fécurité parfaite, c'eft une douzaine de fefeurs et de fefeufes de cabrioles, que votre Majefté fait venir de France dans fes Etats. On ne danfe guère que dans la paix. Il eft vrai que vous avez fait payer les violons à quelques puiffances voifines ; mais c'eft pour le bien commun, et pour le vôtre. Vous avez rétabli la

_____

(a) L'abbé de *Saint-Pierre* a écrit une vingtaine de volumes fur la politique. Il envoyait fouvent au roi de Pruffe, et à d'autres princes, des projets d'une pacification générale. Le cardinal *du Bois* appelait fes ouvrages *les rêves d'un homme de bien.*

dignité et les prérogatives des électeurs. Vous êtes devenu tout d'un coup l'arbitre de l'Allemagne ; et quand vous avez fait un empereur, il ne vous en manque que le titre. Vous avez avec cela cent vingt mille hommes bien faits, bien armés, bien vêtus, bien nourris, bien affectionnés ; vous avez gagné des batailles et des villes à leur tête : c'est à vous à danser, Sire. *Voiture* vous aurait dit que vous avez l'air à la danse ; mais je ne suis pas aussi familier que lui avec les grands hommes et avec les rois ; et il ne m'appartient pas de jouer aux proverbes avec eux.

Au lieu de douze bons académiciens, vous avez donc, Sire, douze bons danseurs. Cela est plus aisé à trouver, et beaucoup plus gai. On a vu quelquefois des académiciens ennuyer un héros, et des acteurs de l'opéra le divertir.

Cet opéra dont votre Majesté décore Berlin, ne l'empêche pas de songer aux belles-lettres. Chez vous un goût ne fait pas tort à l'autre. Il y a des ames qui n'ont pas un seul goût, votre ame les a tous ; et si DIEU aimait un peu le genre humain, il accorderait cette universalité à tous les princes, afin qu'ils pussent discerner le bon en tout genre, et le protéger. C'est pour cela que je m'imagine qu'ils sont faits originairement.

Je connais quelques acteurs pour la tragédie, qui ne sont pas sans talens, et qui pourraient convenir à votre Majesté ; car je me flatte qu'elle ne se bornera pas à des galimatias italiens et à des gambades françaises. Le héros aimera toujours le théâtre qui représente les héros. Puissiez-vous, Sire, jouir bientôt de toutes sortes de plaisirs, comme vous avez acquis

toutes fortes de gloire! C'eft le vœu fincère de votre ——
admirateur, de votre fujet par le cœur, qui malheu- 1742.
reufement ne vit point dans vos Etats ; d'un efprit
pénétré de la grandeur du vôtre, et d'un cœur qui
s'intéreffe à votre bonheur autant que vous-même.

Recevez, Sire, avec votre bonté ordinaire, mes
très-profonds refpects.

LETTRE L.

DE M. DE VOLTAIRE.

A Paris, ce 26 mai.

Le Salomon du Nord en eft donc l'Alexandre,
Et l'amour de la terre en eft auffi l'effroi!
L'Autrichien vaincu, fuyant devant mon roi,
  Au monde à jamais doit apprendre
Qu'il faut que les guerriers prennent de vous la loi,
  Comme on vit les favans la prendre.
J'aime peu les héros, ils font trop de fracas;
Je hais ces conquérans fiers ennemis d'eux-même,
  Qui dans les horreurs des combats
  Ont placé le bonheur fuprême,
Cherchant par-tout la mort, et la fefant fouffrir
  A cent mille hommes leurs femblables.
Plus leur gloire a d'éclat, plus ils font haïffables.
  O ciel! que je vous dois haïr!
Je vous aime pourtant, malgré tout ce carnage
Dont vous avez fouillé les champs de nos Germains,
Malgré tous ces guerriers que vos vaillantes mains
  Font paffer au fombre rivage.

Vous êtes un héros, mais vous êtes un fage:
Votre raifon maudit les exploits inhumains
    Où vous força votre courage,
Au milieu des canons fur des morts entaffés,
Affrontant le trépas, et fixant la victoire,
Du fang des malheureux cimentant votre gloire,
Je vous pardonne tout, fi vous en gémiffez.

Je fonge à l'humanité, Sire, avant de fonger à
vous-même; mais après avoir en abbé de *Saint-Pierre*
pleuré fur le genre humain dont vous devenez
la terreur, je me livre à toute la joie que me donne
votre gloire. Cette gloire fera complète fi votre
Majefté force la reine de Hongrie à recevoir la paix,
et les Allemands à être heureux. Vous voilà le héros
de l'Allemagne et l'arbitre de l'Europe; vous en
ferez le pacificateur, et nos prologues d'opéra ne
feront plus que pour vous.

    La fortune qui fe joue des hommes, mais qui
vous femble affervie, arrange plaifamment les événemens de ce monde. Je favais bien que vous feriez
de grandes actions; j'étais fûr du beau fiècle que
vous alliez faire naître; mais je ne me doutais pas,
quand le comte *du Four* allait voir le maréchal de
Broglio, et qu'il n'en était pas trop content, qu'un
jour ce comte *du Four* aurait la bonté de marcher avec
une armée triomphante au fecours du maréchal, et
le délivrerait par une victoire. Votre Majefté n'a pas
daigné jufqu'à préfent inftruire le monde des détails
de cette journée; elle a eu, je crois, autre chofe à
faire que des relations; mais votre modeftie eft
trahie par quelques témoins oculaires, qui difent

tous qu'on ne doit le gain de la bataille qu'à l'excès
de courage et de prudence que vous avez montré.
Ils ajoutent que mon héros est toujours sensible , et
que ce même homme qui fait tuer tant de monde , .
est au chevet du lit de M. de *Rotembourg*. Voilà ce
que vous ne mandez point , et que vous pourriez
pourtant avouer , comme des choses qui vous sont
toutes naturelles.

Continuez , Sire ; mais faites autant d'heureux au
moins dans ce monde , que vous en avez ôté ; que
mon *Alexandre* redevienne *Salomon* le plutôt qu'il
pourra , et qu'il daigne se souvenir quelquefois de
son ancien admirateur , de celui qui par le cœur est
à jamais son sujet ; de celui qui viendrait passer sa
vie à vos pieds , si l'amitié , plus forte que les rois et
que les héros , ne le retenait pas , et qui sera attaché à
jamais à votre Majesté avec le plus profond respect
et la plus tendre vénération.

LETTRE LI.

DU ROI.

Au camp de Kuttenberg, le 18 juin.

LES palmes de la Paix font ceffer les alarmes;
Au tranquille olivier nous fufpendons nos armes.
Déjà l'on n'entend plus le fanguinaire fon
Du tambour redoutable et du bruyant clairon;
Et ces champs que la Gloire, en exerçant fa rage,
Souillait de fang humain, de morts et de carnage,
Cultivés avec foin, fourniront dans trois mois
  L'heureufe et l'abondante image
  D'un pays régi par les lois.

 Tous ces vaillans guerriers que l'intérêt du maître
Ou rendait ennemis, ou le fefait paraître,
De la douce amitié refferrant les liens,
Se prêtent des fecours, et partagent leurs biens.
La Mort l'apprend, frémit; et ce monftre barbare,
De la Difcorde en vain fecouant les flambeaux,
  Se replonge dans le Tartare,
  Attendant des crimes nouveaux.

 O Paix, heureufe Paix! répare fur la terre
Tous les maux que lui fait la deftructive Guerre!
Et que ton front paré de renaiffantes fleurs,
Plus que jamais ferein, prodigue tes faveurs!

Mais quel que foit l'efpoir fur lequel tu te fonde,
    Penfe que tu n'auras rien fait,
Si tu ne peux bannir deux monftres de ce monde,
    L'Ambition et l'Intérêt.

J'efpère qu'après avoir fait ma paix avec les ennemis, je pourrai à mon tour la faire avec vous. Je demande le *Siècle de Louis XIV* pour la fceller de votre part, et je vous envoie la relation que j'ai faite moi-même de la dernière bataille, comme vous me la demandez.

Je ne puis vous entretenir encore jufqu'à préfent que de marches, de retraites honteufes, de pourfuites, de coïonneries, et de toutes fortes d'événemens qui, pour rouler fur des matières fort graves, n'en font pas moins ridicules.

La fanté de *Rotembourg* commence à fe rétablir; il eft entièrement hors de danger. Ne me croyez point cruel, mais affez raifonnable pour ne choifir un mal que lorfqu'il faut en éviter un pire. Tout homme qui fe détermine à fe faire arracher une dent quand elle eft cariée, livrera bataille lorfqu'il voudra terminer une guerre. Répandre du fang dans une pareille conjoncture, c'eft véritablement le ménager; c'eft une faignée que l'on fait à fon ennemi en délire, et qui lui rend fon bon fens.

Adieu, cher *Voltaire;* croyez toujours, et jufqu'à ce que je vous dife le contraire, que je vous eftime et aimerai toute ma vie.

                    FÉDÉRIC.

LETTRE LII.

DU ROI.

Au camp de Kuttenberg, le 20 juin.

1742.

ENFIN ce Bork eft revenu
Après avoir beaucoup couru.
Entre les beaux bras d'Emilie
Il m'affure vous avoir vu,
Le corps languiffant, abattu,
Mais toujours l'efprit plein de vie
Et de cette aimable faillie
Qui vous a rendu fi connu
Depuis ce pays malotru
Jufqu'à Paris votre patrie.

Enfin le vieux Broglie a perdu,
Non pas fa culotte falie
Dont perfonne n'aurait voulu ;
Mais, brufquement tournant le cu
Devant les pandours de Hongrie,
Fuyant avec ignominie,
Il perd tout fans être battu,
Et fous Prague il fe réfugie.
Le jeune Louis l'a fait duc
Pour honorer fon favoir-faire ;
S'il l'eût été par l'archiduc,
J'entendrais bien mieux ce myftère.

Notre genre de vie eſt aſſez différent de celui de ——
Verſailles, et plus encore de celui de Remusberg. 1742.
Aujourd'hui un ambaſſadeur eſt venu me faire des
propoſitions, hier il en eſt parti un chargé de
fumée, et demain il en arrivera un autre avec du
galbanum. On amena hier matin une quarantaine
de Talpashs priſonniers, d'ailleurs les plus jolis
garçons du monde. Nos huſſards vont actuellement
battre la campagne pour amener des payſans, des
chariots et des vivres ; nous feſons tranſporter nos
bleſſés et nos malades pour le pays où nous les
ſuivrons bientôt.

Puiſſiez‑vous jouir ſans diſcontinuation d'une
ſanté ferme et vigoureuſe ; puiſſiez-vous, plus philoſophe que vous n'êtes, préférer la ſolitude de
Charlotembourg aux charmes du palais d'*Armide*
que vous habitez ; puiſſiez-vous être le plus heureux
des mortels, comme vous en êtes le plus aimable !
Ce ſont les ſouhaits que vous fait un ancien ami du
fond de ſon cœur. Adieu.

FÉDÉRIC.

LETTRE LIII.

DE M. DE VOLTAIRE.

Juin.

1742.

Sire, me voilà dans Paris;
C'eſt, je crois, votre capitale :
Tous les ſots, tous les beaux eſprits,
Gens à rabat, gens à ſandale,
Petits maîtres, pédans rigris,
Parlent de vous ſans intervalle.
Sitôt que je ſuis aperçu,
On court, on m'arrête au paſſage :
Eh bien, dit-on, l'avez-vous vu
Ce roi ſi brillant et ſi ſage?
Eſt-il vrai qu'avec ſa vertu
Il eſt pourtant grand politique?
Fait-il des vers, de la muſique,
Le jour même qu'il s'eſt battu?
Comment, à lui-même rendu,
Le trouvez-vous ſans diadême,
Homme ſimple redevenu?
Eſt-il bien vrai qu'alors on l'aime
D'autant plus qu'il eſt mieux connu,
Et qu'on le trouve dans lui-même?
On dit qu'il ſuit de près les pas
Et de Guſtave et de Turenne
Dans les camps et dans les combats,
Et que le ſoir, dans un repas,
C'eſt Catulle, Horace et Mécène.

A

A mes côtés un raisonneur,
Endoctriné par la gazette,
Me dit d'un ton rempli d'humeur:
Avec l'Autriche on dit qu'il traite.
Non, dit l'autre, il fera constant,
Il fera l'appui de la France.
Une bégueule, en s'approchant,
Dit : Que m'importe sa constance?
Il est aimable, il me suffit,
Et voilà tout ce que j'en pense;
Puisqu'il sait plaire, tout est dit.

. . . .
. . . .
. . . .
. . . .

Thiriot me dit tristement :
Ce philosophe conquérant
Daignera-t-il incessamment
Me faire payer mes messages?
Ami, n'en doutez nullement;
On peut compter sur ses largesses;
Mon héros est compatissant,
Et mon héros tient ses promesses :
Car sachez que, lorsqu'il était
Dans cet âge où l'homme est frivole
D'être un grand homme il promettait,
Et qu'il a tenu sa parole.

C'est ainsi que tout le monde, en me parlant de
votre Majesté, adoucit un peu mon chagrin de
n'être plus auprès d'elle. Mais, Sire, prendrez-vous

1742.

——— toujours des villes, et ferai-je toujours à la fuite
1742. d'un procès? N'y aura-t-il pas cet été quelques
jours heureux où je pourrai faire ma cour à votre
Majefté? &c.

LETTRE LIV.

DE M. DE VOLTAIRE.

Juillet.

SIRE,

J'AI reçu des vers et de très-jolis vers de mon
adorable roi dans le temps que nous penfions que
votre Majefté ne fongeaït qu'à délivrer d'inquiétude
le maréchal de *Broglio*, votre ancien ami de Straf-
bourg. Votre Majefté a gliffé dans fa lettre l'agréable
mot de *paix*, ce mot qui eft fi harmonieux à mon
oreille: voici une ode que je barbouillais contre tous
vous autres monarques qui fembliez alors acharnés
à détruire mes confrères les humains. Le feigneur des
nations, *Frédéric III*, *Frédéric le grand*, a exaucé mes
vœux, et à peine mon ode, bonne ou mauvaife (*),
a été faite, que j'ai appris que votre Majefté avait
fait un très-bon traité, très-bon pour vous fans
doute, car vous avez formé votre efprit vertueux à
être grand politique. Mais fi ce traité eft bon pour
nous autres Français, c'eft ce dont l'on doute à
Paris; la moitié du monde crie que vous abandonnez nos gens à la difcrétion du dieu des armes;

(*) Ode à la reine d'Hongrie, volume d'*Epîtres*.

Et dans cette bachique orgie
L'on saura fuir également
L'assoupissante léthargie,
Et le fougueux emportement.

Adieu, cher *Voltaire*; soyez juste envers vos amis. Sacrifiez aux autels de madame *du Châtelet*, mais dans le commerce des dieux, n'oubliez pas les hommes qui vous estiment, et donnez-leur quelques-uns de vos momens.

FÉDÉRIC.

LETTRE LVIII.

DU ROI.

A Aix-la-chapelle, le 26 auguste.

DE la source où la Faculté
Promet à la goutte et colique,
Gravelle, chancre et sciatique,
La bonne humeur et la santé;

De cet endroit où tant de gens viennent pour se divertir et d'où tant d'autres s'en retournent sans être guéris, et où la charlatanerie des médecins, les intrigues de l'amour tiennent leur jeu également, où enfin l'infirmité et les préjugés amènent tant de personnes de tous les bouts de l'univers, je vous invite comme un ancien infirme à venir me trouver; vous y aurez la première place en qualité de malade et en qualité de bel esprit.

LETTRE LV.

DE M. DE VOLTAIRE.

Juillet.

—— O le plus extraordinaire de tous les hommes! qui
1742. gagnez des batailles , qui prenez des provinces, qui
faites la paix, qui faites de la musique et des vers,
le tout si vîte et si gaiement ;

C'est à vous de chanter sur la lyre d'Achille,
Vous de qui la valeur imita ses exploits ;
C'est à moi de me taire, et ma muse stérile
Ne peut accompagner votre héroïque voix.
Vous, roi des beaux esprits , vous, bel esprit des rois,
Vous dont le bras terrible a fait trembler la terre,
  Rassurez-la par vos bienfaits,
Et faites retentir les accens de la paix
  Après les éclats du tonnerre.
Ainsi ce roi berger, et poëte, et soldat,
Moins poëte que vous, moins guerrier, moins aimable,
Par les sons de sa lyre, en sortant du combat,
Adoucit de Saül la rigueur intraitable :
Adoucissez vingt rois par des sons plus touchans ;
Que la barbare Até , que la Haine cruelle,
  Que la Discorde et ses enfans,
Enchaînés à jamais par vos bras triomphans,
  Entendent vos aimables chants !
Qu'ils sentent expirer leur fureur mutuelle ;

Que l'Horreur vous écoute et se change en douceur;
Que le Ciel applaudisse, et que la Terre, unie
  Aux concerts de votre harmonie,
  Dise : Je lui dois mon bonheur !

J'ai toujours espéré cette paix universelle, comme si j'étais un bâtard de l'abbé de *Saint-Pierre*. La faire pour soi tout seul ferait d'un roi qui n'aime que son trône et ses Etats, et cette façon de penser n'est pas selon nous autres philosophes qui tenons qu'il faut aimer le genre humain. L'abbé de *Saint-Pierre* vous dira, Sire, que pour gagner paradis, il faut faire du bien aux Chinois comme aux Brandebourgeois et aux Silésiens. La relation de votre bataille de Chotsits (1), que vous avez eu la bonté de m'envoyer, prouve que vous savez écrire comme combattre ; j'y vois, autant qu'un pauvre petit philosophe peut voir, l'intelligence d'un grand général à travers toute votre modestie. Cette simplicité est bien plus héroïque que ces inscriptions fastueuses qui ornaient autrefois trop superbement la galerie de Versailles, et que *Louis XIV* fit ôter par le conseil de *Despréaux* ; car on n'est jamais loué que par les faits : cette petite anecdote pourra servir à augmenter votre estime pour *Louis XIV*. (2)

J'espère bientôt, Sire, voir votre galerie de Charlotembourg, et jouir encore du bonheur de voir ce roi vainqueur, ce roi pacifique, ce roi citoyen,

(1) Cette bataille est du 17 mai 1742 ; elle porte ordinairement le nom de Czaslaw.

(2) Il en restait encore de très-fastueuses ; M. le régent fit effacer celles qui pouvaient offenser les nations voisines.

qui fait tant de chofes de bonne heure. Je ferai probablement le mois prochain à Bruxelles, et de là je me
flatte que j'aurai l'honneur d'aller encore paſſer dix
ou douze jours auprès de mon adorable monarque.
Mais comment parler de Chotfits en vers? quel trifte
nom que ce Chotfits! N'êtes-vous pas honteux,
Sire, d'avoir gagné la bataille de Chotfits, qui ne
rime à rien, et qui écorche les oreilles? n'importe,
je voudrais paſſer ma vie auprès du vainqueur de
Chotfits.

> Ne me reprochez point d'éviter ce vainqueur:
> Je ne préfère point à ſa cour glorieuſe
> Ces tendres ſentimens, et la langueur flatteuſe
>   Que vous imputez à mon cœur.
> Vous prenez pour faibleſſe une amitié ſolide;
> Vous m'appelez Renaud de molleſſe abattu;
> Grand Roi, je ne ſuis point dans le palais d'Armide,
>   Mais dans celui de la Vertù.

Oui, Sire, mettant à part héroïſme, trône, victoires, tout ce qui impoſe le plus profond refpect,
je prends la liberté, vous le ſavez bien, de vous
aimer de tout mon cœur; mais je ferais indigne de
vous aimer à ce point-là, et d'être aimé de votre
Majefté, ſi j'abandonnais pour le plus grand homme
de ſon ſiècle, un autre grand homme qui, à la
vérité, porte des cornettes, mais dont le cœur eſt
auſſi mâle que le vôtre, et dont l'amitié courageuſe
et inébranlable m'a depuis dix ans impoſé le devoir
de vivre auprès d'elle.

J'irai ſacrifier dans votre temple, et je reviendrai
à ſes autels.

Puiſſé-je ainſi dans le cours de ma vie ,
Paſſer du ciel de mon héros
A la planète d'Emilie !
Voilà mes tourbillons et ma philoſophie,
Et le but de tous mes travaux.

Je vais commencer à envoyer à votre Majeſté les
papiers qu'elle demande , et elle aura le reſte dès
que je ferai à Bruxelles.

Vainqueur de Charle et ſon ami ,
Soyez donc celui de la France.
Ne ſoyez point vertueux à demi ;
Avec le monde entier ſoyez d'intelligence.

Dieu et le diable ſavent ce qu'eſt devenue la lettre
que j'écrivis à votre Majeſté ſur ce beau ſujet, vers
la fin du mois de juin, et comment elle eſt parvenue
en d'autres mains ; je ſuis fait moi pour ignorer le
deſſous des cartes. J'ai eſſuyé une des plus illuſtres
tracaſſeries de ce monde, mais je ſuis ſi bon coſmo-
polite que je me réjouirai de tout.

LETTRE LVI.

DU ROI.

A Potſdam , le 25 juillet.

MON CHER VOLTAIRE,

1742.

JE vous paye à la façon des grands ſeigneurs, c'eſt-à-dire que je vous donne une très-mauvaiſe ode (1) pour la bonne que vous m'avez envoyée, et de plus je vous condamne à la corriger pour la rendre meilleure. Je penſe que c'eſt une des premières odes où l'on ait tant parlé de politique ; mais vous devez vous en prendre à vous-même ; vous m'avez incité à défendre ma cauſe. J'ai trouvé en effet que le langage des dieux eſt celui de la juſtice et de l'innocence, qui fera toujours valoir le morceau de poëſie quand même les vers alexandrins n'en ſeraient pas auſſi harmonieux qu'on pourrait le déſirer.

La reine de Hongrie eſt bien heureuſe d'avoir un procureur qui entende auſſi bien que vous le raffinement et les ſéductions de la parole. Je m'applaudis que nos différens ne ſe ſoient pas vidés par procès, car en jugeant de vos diſpoſitions en faveur de cette reine, et de vos talens, je n'aurais pu tenir contre *Apollon* et *Vénus*.

Vous déclamez à votre aiſe contre ceux qui ſoutiennent leurs droits et leurs prétentions à main

(1) Sur les jugemens que le public porte ſur ceux qui ſont chargés du malheureux emploi de politiques.

armée; mais je me souviens d'un temps où, si vous
eussiez eu une armée, elle aurait à coup sûr marché contre les *Desfontaines*, les *Rousseau*, les *Vanduren*, &c. &c. Tant que l'arbitrage platonique de l'abbé de *Saint-Pierre* n'aura pas lieu, il ne restera d'autres ressources aux rois pour terminer leurs différens que d'user des voies de fait pour arracher de leurs adversaires les justes satisfactions auxquelles ils ne pourraient parvenir par aucun autre expédient. Les malheurs et les calamités qui en résultent, sont comme les maladies du corps humain. La guerre dernière doit donc être considérée comme un petit accès de fièvre qui a saisi l'Europe, et l'a quittée presque aussitôt.

Je m'embarrasse très-peu des cris des Parisiens : ce sont des frelons qui bourdonnent toujours ; leurs brocards sont comme les injures des perroquets, et leurs jugemens aussi graves que les décisions d'un sapajou sur des matières métaphysiques. Comment voulez-vous que je trouve à redire que les parens du grand *Broglio* soient indisposés contre moi de ce que je n'ai point réparé le tort de ce grand homme ? Je ne me pique point de don-quichotisme ; et loin de vouloir réparer les fautes des autres, je me borne à redresser les miennes, si je le puis.

Si toute la France me condamne d'avoir fait la paix, jamais *Voltaire* le philosophe ne se laissera entraîner par le nombre. Premièrement c'est une règle générale qu'on n'est tenu à ses engagemens qu'autant que ses forces le permettent. Nous avions fait une alliance comme on fait un contrat de mariage ; j'avais promis de faire la guerre comme l'époux s'engage à contenter la concupiscence de sa nouvelle épousée. Mais

—— comme dans le mariage les défirs de la femme
1742. abforbent fouvent les forces du mari , de même
dans la guerre la faibleffe des alliés appefantit le
fardeau fur un feul , et le lui rend infupportable.
Enfin , pour finir la comparaifon , lorfqu'un mari
croit avoir des preuves fuffifantes de la galanterie
de fa femme , rien ne peut l'empêcher de faire
divorce. Je ne fais point l'application de ce dernier
article ; vous êtes affez inftruit et affez politique
pour le fentir.

Envoyez-moi au plutôt , je vous prie , tous les
jolis vers que vous avez faits pendant votre féjour
à Paris. Je vous envie à toute la terre , et je voudrais
que vous fuffiez au feul endroit où vous n'êtes pas,
pour vous réitérer combien je vous eftime et je
vous aime. *Vale.*

FÉDÉRIC.

LETTRE LVII.

DU ROI.

A Potfdam , le 7 d'augufte.

MON CHER VOLTAIRE,

Vous me dites poëtiquement de fi belles chofes(*),
que fi je m'en croyais , la tête me tournerait. Je vous
prie, trêve de héros , d'héroïfme, et de tous ces grands
mots qui ne font plus propres depuis la paix qu'à

(*) Voyez auffi le volume d'*Epitres*, aux années correfpondantes.

remplir d'un galimatias pompeux quelques pages de ————
romans, ou quelques hémiſtiches de vers tragiques. 1742.

> Vos vers légers, mélodieux,
> Par un élégant badinage,
> Amuſeront et plairont mieux
> Que par l'encens et par l'hommage,
> Qui, vous ſoit dit, eſt un langage
> Bon pour faire bâiller les dieux.

Ces traits brillans de votre imagination ne ſont jamais plus charmans que ſur le badinage. Il n'eſt pas donné à tout le monde de faire rire l'eſprit : il faut bien de l'enjouement naturel pour le communiquer aux autres.

Ce n'eſt ni Dieu ni le diable, mais bien un miférable commis du bureau de la poſte de Bruxelles qui a ouvert et copié votre lettre ; il l'a envoyée à Paris et par-tout. Je crois que le vieux *Neſtor* n'eſt pas tout-à-fait blanc de cette affaire.

Je vous prie, mon cher *Voltaire*, de reſtituer une ſyllabe au village de Cotuchitz que vous lui avez ſi inhumainement ravie : et puiſqu'il vous faut des champs de bataille qui riment à quelque choſe, j'oſe vous faire remarquer que Cotuchitz rime aſſez bien à Molvitz : me voilà quitte de la rime et de la raiſon.

Vous vous formaliſez de ce que je vous crois de la paſſion pour la marquiſe *du Châtelet ;* je penſais mériter des remercîmens de votre part de ce que je préſumais ſi bien de vous. La Marquiſe eſt belle, aimable ; vous êtes ſenſible, elle a un cœur ; vous avez des ſentimens, elle n'eſt pas de marbre ; vous

—— habitez enfemble depuis dix années. Voudriez-vous
1742. me faire croire que pendant tout ce temps-là vous
n'avez parlé que de philofophie à la plus aimable
femme de France ? Ne vous en déplaife, mon cher
ami, vous auriez joué un bien pauvre perfonnage.
Je n'imaginais pas que les plaifirs fuffent exilés du
temple de la Vertu que vous habitez.

Quoi qu'il en foit, vous m'avez promis de me
facrifier quelques-uns de vos jours, ce qui me fuffit.
Plus je croirai que cette abfence de la Marquife vous
coûte d'efforts, plus je vous en aurai de reconnaiffance. Gardez-vous bien de me détromper.

> J'entends déjà cent belles chofes,
> Toutes nouvellement éclofes,
> Et des bons mots fur tous fujets.
> Juvénal lancera vos traits,
> L'aimable Anacréon vous ceindra de fes rofes,
> Horace fera vos portraits,
> Le bon, le fimple la Fontaine
> Fera tout naturellement
> Quelque conte badin, fans gêne,
> Que nous écouterons voluptueufement.
> Ami, votre difcernement
> Mêlera fes préceptes graves,
> Et mettra de juftes entraves
> A notre feu trop pétillant.

> Pour foutenir notre enjoûment,
> Et tout l'effor de la faillie,
> Le vin d'Aï, nectar charmant,
> Pourra vous fervir d'ambrofie;

Et dans cette bachique orgie
L'on faura fuir également
L'affoupiffante léthargie,
Et le fougueux emportement.

Adieu, cher *Voltaire*; foyez jufte envers vos
amis. Sacrifiez aux autels de madame *du Châtelet*,
mais dans le commerce des dieux, n'oubliez pas les
hommes qui vous eftiment, et donnez-leur quelques-uns de vos momens.

FÉDÉRIC.

LETTRE LVIII.

DU ROI.

A Aix-la-chapelle, le 26 augufte.

D E la fource où la Faculté
Promet à la goutte et colique,
Gravelle, chancre et fciatique,
La bonne humeur et la fanté;

De cet endroit où tant de gens viennent pour fe
divertir et d'où tant d'autres s'en retournent fans
être guéris, et où la charlatanerie des médecins, les
intrigues de l'amour tiennent leur jeu également, où
enfin l'infirmité et les préjugés amènent tant de
perfonnes de tous les bouts de l'univers, je vous
invite comme un ancien infirme à venir me trouver;
vous y aurez la première place en qualité de malade
et en qualité de bel efprit.

1742.

Nous sommes arrivés hier. Je vous crois à Bruxelles, et même je vous crois après demain ici. Je vous prie de m'apporter Mahomet tel que vous l'avez fait représenter sur le théâtre de Paris , et de ramasser ce que vous avez fait du *Siècle de Louis XIV*, pour m'en amuser et pour m'instruire. Vous serez reçu avec tout le désir de l'impatience et avec tout l'empressement de l'estime. *Vale.*

FÉDÉRIC.

LETTRE LIX.

DE M. DE VOLTAIRE.

29 auguste.

APRÈS votre belle campagne ,
Après ces vers brillans et doux ,
Grand Apollon de l'Allemagne ,
Dans quel Parnasse habitez-vous ?
Vous êtes dans Aix , entre nous ,
Comme au pays de Charlemagne ,
Et non pas comme au rendez-vous
Des fiévreux , des sots et des fous ,
Qu'un triste Esculape accompagne.

Permettez , mon héros , mon roi , qu'une abominable fluxion , qui s'est emparée de moi sur le chemin de Lille à Bruxelles , soit un peu diminuée pour que je vole à Aix-la-chapelle. Cette fluxion me rend sourd , et il ne faut pas l'être avec votre Majesté ; ce serait être impuissant en présence de sa maîtreſſe. Je vais, pendant les deux ou trois jours ——— que je ſuis condamné à reſter dans mon lit, faire 1742. tranſcrire le Mahomet tel qu'il a été joué, tel qu'il a plu aux philoſophes, et tel qu'il a révolté les dévots ; c'eſt l'aventure du Tartuffe. Les hypocrites perſécutèrent *Moliére*, et les fanatiques ſe ſont ſoulevés contre moi. J'ai cédé au torrent ſans dire un ſeul mot ; ſi *Socrate* en eût fait autant, il n'eût point bû la ciguë.

J'avoue que je ne fais rien qui déshonore plus mon pays que cette infame ſuperſtition faite pour avilir la nature humaine. Il me fallait le roi de Pruſſe pour maître, et le peuple anglais pour conci-toyen. Nos français en général ne ſont que de grands enfans ; mais auſſi, c'eſt à quoi je reviens toujours, le petit nombre des êtres penſans eſt excel-lent chez nous, et demande grâce pour le reſte.

A l'égard de mon bavardage hiſtorique, une première cargaiſon partit le 20 de ce mois de Paris, adreſſée au fidèle *David Gérard*, et la ſeconde eſt toute prête. J'ai déjà demandé pardon à votre Ma-jeſté de la peine qu'elle aura peut-être à déchiffrer le caractère des différens écrivains qui m'ont copié à la hâte ce que j'ai raſſemblé.

Je m'imagine que le paquet eſt actuellement en chemin pour venir ennuyer votre Majeſté à Aix-la-chapelle.

Je fais certainement (ſi ce mot eſt permis aux hommes) que ce n'eſt point un commis de Bruxelles qui a ouvert la lettre, laquelle eſt devenue ma boîte de Pandore. Tout ce bel exploit s'eſt fait à Paris

—— dans un temps de crife, et c'eft un efpion de la perfonne que votre Majefté foupçonne qui a fait tout le mal.

Votre Majefté l'avait très - bien deviné, elle fe connaît aux petites chofes comme aux grandes.

Sur-tout qu'elle connaît bien les injuftices des hommes qui fe mêlent de juger les rois, et que fon ode fur cette matière toute neuve, eft pleine d'une poëfie et d'une philofophie vraie et fublime!

Plût à Dieu que votre Majefté eût également raifon dans les beaux complimens qu'elle me fait dans fon avant-dernière lettre, au fujet de la Marquife!

> Ah, vous m'avez fait, je vous jure,
> Et trop de grâce et trop d'honneur,
> Quand vous dites que la nature
> M'a fait pour certaine aventure
> D'autres dons que le don du cœur;
> Plût au ciel que je l'euffe encore,
> Ce premier des divins préfens,
> Ce don que toute femme adore,
> Et qui paffe avec nos beaux ans!
> J'approche, hélas! de la nuit fombre
> Qui nous engloutit fans retour;
> D'un homme je ne fuis que l'ombre,
> Je n'ai que l'ombre de l'amour.
> Adreffez donc à des poëtes
> Qui foient encor dans leur printemps,
> Les très-défirables fleurettes
> Dont vous honorez mes talens.
> Greffet eft dans cet heureux temps;

C'eft

C'eft Greffet qui devait fe rendre
Dans le Parnaffe de Berlin ;
Mais, ou trop timide, ou trop tendre,
Il n'ofa faire ce chemin.
Il languit dans fa Picardie
Entre les bras de fa catin,
Et fur des vers de tragédie.

LETTRE LX.

DU ROI.

A Aix-la-chapelle, le premier feptembre.

Federicus Virgilio, falut.

JE fuis arrivé dans la capitale de *Charlemagne*, et
de tous les hypocondres. On m'a envoyé de Paris
une lettre qui y court fous votre nom, et qui, de
quelque auteur qu'elle puiffe être, mériterait d'être
fortie de votre plume. Elle a fait ma confolation
dans un pays où il n'y a guère de fociété, où l'on
boit les eaux du Styx, et dans lequel la charlata-
ncrie des médecins étend fa domination jufque fur
l'efprit. Je voudrais que les Français penfaffent tous
comme l'auteur de cette lettre, et que leur fureur
partiale devînt plus équitable envers les étrangers ;
je voudrais enfin que vous euffiez fait cette lettre et
que vous me l'euffiez envoyée. Mais qu'ai-je befoin
de vos lettres ? l'auteur eft dans le voifinage : fi vous

—— veniez ici, vous ne devez pas douter que je ne pré-
1742. fère infiniment le plaifir de vous entendre à celui
de vous lire. J'efpère de votre politeffe que vous
voudrez me faire cette galanterie, et m'apporter en
même temps ce Mahomet profcrit en France par les
bigots, et œcuménifé par les philofophes à Berlin.

Je ne prétends pas vous en dire davantage ; j'efpère
que vous viendrez ici pour entendre tout ce que
mon eftime peut avoir à vous dire. Adieu.

FÉDÉRIC.

LETTRE LXI.

DE M. DE VOLTAIRE.

A Bruxelles, ce 2 feptembre.

Vous laiffez repofer la foudre et les trompettes,
Et, fans plus étaler ces raifons du plus fort,
Dans vos fiers arfenaux, magafins de la mort,
De vingt mille canons les bouches font muettes.
J'aime mieux des foupers, des opéra nouveaux,
Des paffe-pieds français, des fredons italiques,
Que tous ces bataillons d'affaffins héroïques,
        Gens fans efprit et fort brutaux.
Quand verrai-je élever par vos mains triomphantes
Du palais des Plaifirs les colonnes brillantes ?
        Quand verrai-je à Charlotembourg
Du fameux Polignac (1) les marbres refpectables,
Des antiques Romains ces monumens durables,
Accourir à votre ordre, embellir votre cour ?

(1) Le roi de Pruffe avait fait acheter à Paris une collection de ftatues
antiques que le cardinal de *Polignac* avait formée.

Tous ces buftes fameux femblent déjà vous dire :
Que fefons-nous à Rome au milieu des débris
     Et des beaux arts et de l'Empire,
Parmi les capuchons blancs, noirs, minimes, gris,
Arlequins en foutane et courtifans en mitre,
Portant au capitole, au temple des guerriers,
Pour aigle des agnus, des bourdons pour lauriers ?
Ah! loin des monfignors tremblans dans l'Italie,
Reftons dans ce palais, le temple du Génie ;
Chez un roi vraiment roi fixons-nous aujourd'hui ;
Rome n'eft que la fainte, et l'autre eft avec lui.

Sans doute, Sire, que les ftatues du cardinal de
Polignac vous difent fouvent de ces chofes-là ; mais
j'ai aujourd'hui à faire parler une beauté, qui n'eft
pas de marbre et qui vaut bien toutes vos ftatues.

    Hier je fus en préfence
    De deux yeux mouillés de pleurs,
    Qui m'expliquaient leurs douleurs
    Avec beaucoup d'éloquence.
    Ces yeux qui donnent des lois
    Aux ames les plus rebelles,
    Font briller leurs étincelles
    Sur le plus friand minois
    Qui foit aux murs de Bruxelles.

Ces yeux, Sire, et ce très-joli vifage appartiennent
à madame de *Valftein* ou *Vallenftein*, l'une des petites
nièces de ce fameux duc de *Valftein* que l'empereur
Ferdinand fit fi proprement tuer au faut du lit par
quatre honnêtes irlandais ; ce qu'il n'eût pas fait
affurément s'il avait pu voir fa petite nièce.

Je lui demandai pourquoi
Ses beaux yeux verfaient des larmes?
Elle , d'un ton plein de charmes,
Dit : C'eft la faute du roi.

Les rois font de ces fautes-là quelquefois , répon-
dis-je ; ils ont fait pleurer de beaux yeux , fans
compter le grand nombre des autres qui ne prétendent pas à la beauté.

Leur tendreffe , leur inconftance,
Leur ambition , leurs fureurs,
Ont fait fouvent verfer des pleurs
En Allemagne comme en France.

Enfin j'appris que la caufe de fa douleur vient
de ce que le comte de *Furftemberg* eft pour fix mois,
les bras croifés , par l'ordre de votre Majefté , dans
le château de Véfel. Elle me demanda ce qu'il fallait
qu'elle fît pour le tirer de là. Je lui dis qu'il y avait
deux manières ; la première d'avoir une armée de
cent mille hommes , et d'affiéger Véfel ; la feconde
de fe faire préfenter à votre Majefté , et que cette
façon-là était incomparablement plus fûre.

Alors j'aperçus dans les airs
Ce premier roi de l'univers,
L'Amour, qui de Valftein vous portait la demande,
Et qui difait ces mots que l'on doit retenir :
Alors qu'une belle commande,
Les autres fouverains doivent tous obéir.

LETTRE LXII.

DU ROI.

A Aix-la-chapelle, le 2 septembre.

JE ne fais rien de mieux après vous-même que vos
lettres. La dernière auffi charmante que toutes celles
que vous m'écrivez, m'aurait fait encore plus de
plaifir fi vous l'aviez fuivie de près ; mais à préfent
je crois être privé du plaifir de vous voir. Je pars
le 7 pour la Siléfie.

C'eft bien ici le pays le plus fot que je connaiffe.
Les médecins, pour mettre les étrangers à l'uniffon
de leurs concitoyens, veulent qu'ils ne penfent point ;
ils prétendent qu'il ne faut point avoir ici le fens
commun, et que l'occupation de la fanté doit tenir
lieu de toute autre chofe.

M. *Chapel* et M. *Cotzviler* ne veulent abfolument
pas que l'on faffe des vers ; ils difent que c'eft un
crime de lèfe-faculté, et qu'on ne peut boire de
l'hippocrène et de leurs eaux bourbeufes en même
temps dans le petit empire d'Aix. Je fuis obligé de
céder à leurs volontés ; mais Dieu fait comme je
m'en dédommagerai lorfque je ferai de retour chez
moi.

Je n'ai rien reçu de vous, ni gros ni petit paquet.
Je fuppofe que le prudent *David Gérard* aura tout
gardé à Berlin jufqu'à mon arrivée. Je vous affure
que je vous tiendrai bon compte de tout ce que vous

1742.

I 3

—— m'envóyez , et que vous faites par vos ouvrages la
1742. plus folide confolation de ma vie.

Adieu , mon cher *Voltaire ;* je vous charge de la
nourriture de mon efprit ; envoyez-moi tantôt de
ces mets folides qui donnent des forces , et tantôt
de ces mets fins dont la faveur charmante flatte et
réveille le goût.

Soyez perfuadé de l'eftime , de l'amitié et de tous
les fentimens diftingués que j'ai pour vous.

FÉDÉRIC.

LETTRE LXIII.

DU ROI.

A Remusberg, le 13 d'octobre.

J'ETAIS juftement occupé à la lecture de cette
hiftoire (1) réfléchie , impartiale , dépouillée de tous
les détails inutiles , lorfque je reçus votre lettre. La
première efpérance que je conçus, fut de recevoir la
fuite des cahiers. Le peu que j'en ai me fait naître le
défir d'en avoir davantage. Il n'y a point d'ouvrage
chez les anciens qui foit auffi capable que le vôtre de
donner des idées juftes, de former le goût, d'adoucir
et de polir les mœurs. Il fera l'ornement de notre
fiècle , et un monument qui atteftera à la poftérité la
fupériorité du génie des modernes fur les anciens.
Cicéron difait qu'il ne concevait pas comment les

(1) *Effai fur les mœurs et l'efprit des nations.*

augures fefaient pour s'empêcher de rire quand ils fe ———
regardaient; vous faites plus, vous mettez au grand
jour les ridicules et les fureurs du clergé.

Le fiècle où nous vivons fournit des exemples
d'ambition, des exemples de courage, &c. mais
j'ofe dire à fon honneur qu'on n'y voit aucune de ces
actions barbares et cruelles qu'on reproche aux pré-
cédens; moins de fourberies, moins de fanatifme;
plus d'humanité et de politeffe. Après la guerre de
Pharfale, il n'y eut jamais de plus grands intérêts
difcutés que dans la guerre préfente; il s'agit de la
prééminence des deux plus puiffantes maifons de
l'Europe chrétienne, il s'agit de la ruine de l'une ou
de l'autre; ce font de ces coups de théâtre qui méritent
d'être rapportés par votre plume, et de trouver place
à la fuite de l'hiftoire que vous vous propofez d'écrire.

> Je regrette ces maux dont le monde eft couvert,
> Ces nœuds que la Difcorde a fu l'art de diffoudre :
> Les aigles pruffiens ont fufpendu leur foudre
> Au temple de Janus que mes mains ont ouvert.
> N'infultez point, ami, l'intrépide courage
> Que mes vaillans foldats oppofent à l'orage ;.
> L'intérêt n'agit point fur mes nobles guerriers;
> Ils ne demandent rien, leur amour eft la gloire ,
> Le prix de leurs travaux n'eft que dans la victoire.
> Le repos leur eft dû, et c'eft fous leurs lauriers
> Que les Arts, les Plaifirs vont élever leur temple,
> Que le Germain furpris avec ardeur contemple.

C'eft ce temple dont vous jouirez lorfque vous le
voudrez bien, et dont, en attendant, les inftructions
et les plaifirs fortiront pour nous autres.

1742.   J'attends tous les jours les beaux antiques de l'abbé
de *Polignac*,

> Que Polignac, ce favant homme,
> Efcamota jadis à Rome,
> Et qu'aux yeux du monde furpris
> Nous efcamotons à Paris.

J'ai admiré l'épître dédicatoire de Mahomet; elle
eft pleine de réflexions vraies et d'allufions très-fines.

> Le zèle enflammé des bigots
> Nous vaut parfois de vos bons mots;
> Leurs fottifes, leurs momeries,
> Leur vierge, leurs faints, leurs folies,
> Et le non-fens de leurs héros,
> Leurs fourbes et leurs tromperies,
> Et leurs faintes fupercheries
> Mériteraient que leurs chapeaux
> Fuffent tout ornés de grelots;
> Que du faint père jufqu'au diacre,
> Au lieu de tonfure et de facre,
> On eût tranché certains morceaux,
> Qui, par le vœu de pucelage,
> Chez eux ne font d'aucun ufage,
> Et fcandalifent leurs égaux.

Je ne connais pas madame de *Valftein* : je fais bien
que fon foi-difant neveu a eu de très-mauvais procédés avec fes fupérieurs, et que même il a voulu fe
battre à toute force.

Faites des vers et des hiftoires à l'infini, mon cher
Voltaire, vous ne raffafierez jamais le goût que j'ai
pour vos ouvrages, ni ne tarirez jamais la fource de
ma reconnaiffance. Adieu.

FÉDÉRIC.

LETTRE LXIV.

DE M. DE VOLTAIRE.

A Bruxelles , novembre.

SIRE,

JE fuis bien heureux que le plus fage des rois foit un ———
peu content de ce vafte tableau que je fais des folies 1742.
des hommes. Votre Majefté a bien raifon de dire que
le temps où nous vivons a de grands avantages fur
ces fiècles de ténèbres et de cruautés;

> Et qu'il vaut mieux, ô blafphèmes maudits !
> Vivre à préfent qu'avoir vécu jadis.

Plût à Dieu que tous les princes euffent pu penfer
comme mon héros ; il n'y aurait eu ni guerre de religion, ni bûchers allumés pour y brûler de pauvres
diables qui prétendaient que DIEU eft dans un
morceau de pain d'une manière différente de celle
qu'entend St *Thomas*. Il y a un cafuifte qui examine
fi la Vierge eut du plaifir dans la coopération de
l'obombration du Saint-Efprit ; il tient pour l'affir-
mative, et en apporte de fort bonnes raifons. On
a écrit contre lui de beaux volumes, mais il n'y a eu
dans cette difpute ni hommes brûlés ni villes détruites.
Si les partifans de *Luther*, de *Zuingle*, de *Calvin* et
du pape en avaient ufé de même, il n'y aurait eu
que du plaifir à vivre avec ces gens-là.

Il n'y a plus guère de querelles fanatiques qu'en France. Le janfénifme et le molinifme y entretiennent une difcorde qui pourrait bien devenir férieufe, parce qu'on traite ces chimères férieufement.

Le prince n'a qu'à s'en moquer, et les peuples en riront ; mais les princes qui ont des confeffeurs font rarement des rois philofophes.

J'envoie à votre Majefté une petite cargaifon d'impertinences humaines qui feront une nouvelle preuve de la grande fupériorité du fiècle de *Frédéric* fur les fiècles de tant d'empereurs ; mais, Sire, toutes ces preuves-là n'approchent point de celles que vous en donnez.

J'ai ouï dire que, tout général que vous êtes d'une armée de cent cinquante mille hommes, votre Majefté fe fait repréfenter paifiblement des comédies dans fon palais. La troupe qui a joué devant elle n'eft pas probablement comme fes troupes guerrières ; elle n'eft pas, je crois, la première de l'Europe.

Je penfe avoir trouvé un jeune homme d'efprit et de mérite, qui fait fort joliment des vers, et qui fera très-capable de fervir aux plaifirs de mon héros, de conduire fes comédiens, et d'amufer celui qui peut tenir la balance entre les princes de ce monde. Je compte être dans quinze jours à Paris, et alors j'en donnerai des nouvelles plus pofitives à votre Majefté.

J'efpère auffi lui envoyer deux ou trois fiècles de plus ; mais il me faut autant de livres que vous avez de foldats, et ce n'eft guère qu'à Paris que je pourrai trouver tous ces immenfes recueils dont je tire quelques gouttes d'élixir.

Je me flatte qu'à préfent votre Majefté jouit de la
belle collection du cardinal de *Polignac*.

> Roi très-fage, voilà donc comme
> Vous avez pour vingt mille écus
> Tout le fallon de Marius !
> Mais pour ces antiques vertus
> Qu'on ne rapporte plus de Rome,
> Le don de penfer toujours bien,
> D'agir en prince et vivre en homme,
> Tout cela ne vous coûte rien.

Je viens de voir les Hanovriens et les Heffois en
ordre de bataille ; ce font de belles troupes, mais cela
n'approche pas encore de celles de votre Majefté, et
elles n'ont pas mon héros à leur tête. On ne croit pas
que cet hiver elles fortent de leur garnifon. On difait
qu'elles allaient à Dunkerque ; le chemin eft un peu
fcabreux, quoiqu'il paraiffe affez beau.

Sire, que votre Majefté conferve fes bontés à fon
éternel admirateur !

LETTRE LXV.

DU ROI.

A Potſdam , le 18 novembre.

1742.

J'ai vu ce monument durable
Qu'au genre humain vous érigez ;
J'ai lu cette hiſtoire admirable
De fous , de ſaints et d'enragés,
De chevaliers infortunés
Guerroyant pour un cimetière ,
Et de ces ſucceſſeurs de Pierre
Que joyeuſement vous bernez.

Que je ſuis heureux , cher Voltaire ,
D'être né ton contemporain !
Ah ! ſi j'avais vécu naguère,
Quelque trait mordant et ſévère
M'eût déjà frappé de ta main.

Continuez cet excellent ouvrage pour l'amour de
la vérité , continuez-le pour le bonheur des hommes.
C'eſt un roi qui vous exhorte à écrire les folies des
rois.

Vous m'avez ſi fort mis dans le goût du travail,
que j'ai fait une *épître*, une *comédie* et des *mémoires* qui,
j'eſpère, feront fort curieux. Lorſque les deux premières pièces feront corrigées de façon que j'en ſois
ſatisfait , je vous les enverrai. Je ne puis vous

communiquer que des fragmens de la troisième ; —— 1742.
l'ouvrage en entier n'est pas de nature à être rendu
public. Je suis cependant persuadé que vous y trouveriez quelques endroits passables.

Je vois que vous avez une idée assez juste de nos
comédiens ; ce sont proprement des danseurs dont la
famille de *la Cochois* fait la comédie. Ils jouent passa-
blement quelques pièces du théâtre italien et de *Molière ;*
mais je leur ai défendu de chausser le cothurne, ne
les en trouvant pas dignes.

La collection d'antiques du cardinal de *Polignac* est
arrivée à bon port, sans que les statues aient souffert
la moindre fracture.

> Pourquoi remuer à grands frais
> Les décombres de Rome entière,
> Ce marbre et cette antique pierre ;
> Et pourquoi chercher les portraits
> De Virgile, Horace et d'Homère?
> Leur esprit et leur caractère,
> Plus estimables que leurs traits,
> Se retrouvent tous dans Voltaire.

Le cardinal apostolique, qui pouvait vous posséder,
avait donc grand tort de ramasser tous ces bustes ;
mais moi qui n'ai pas cet honneur-là, il me faut vos
écrits dans ma bibliothèque, et ces antiques dans ma
galerie.

Je souhaite que messieurs les Anglais se divertissent
aussi bien cet hiver en Flandres, que je me propose
de passer agréablement mon carnaval à Berlin. J'ai
donné le mal épidémique de la guerre à l'Europe,

———
1742.

comme une coquette donne certaines faveurs cuisantes à ses galans. J'en suis guéri heureusement, et je considère à présent comme les autres vont se tirer des remèdes par lesquels ils passent. La fortune ballotte le pauvre empereur et la reine de Hongrie; je suis d'avis que la fermeté ou la faiblesse de la France en décidera.

Au moins souvenez-vous que je me suis approprié une certaine autorité sur vous; vous êtes comptable envers moi de vos *Siècles*, de l'*Histoire générale*, &c. comme les chrétiens le font de leurs momens envers leur doux sauveur. Voilà ce que c'est que le commerce des rois, mon cher *Voltaire*; ils empiètent sur les droits de chacun, ils s'arrogent des prétentions qu'ils ne devraient point avoir. Quoi qu'il en soit, vous m'enverrez votre histoire, trop heureux que vous en réchappiez vous-même; car si je m'en croyais, il y aurait long-temps que j'aurais fait imprimer un manifeste par lequel j'aurais prouvé que vous m'appartenez, et que j'étais fondé à vous revendiquer, à vous prendre par-tout où je vous trouverais.

Adieu, portez-vous bien, ne m'oubliez pas, et sur-tout ne prenez point racine à Paris, sans quoi je suis perdu.

FÉDÉRIC.

LETTRE LXVI.

DE M. DE VOLTAIRE.

Novembre.

SIRE,

J'AI reçu votre lettre aimable
Et vos vers fins et délicats,
Pour prix de l'énorme fatras
Dont, moi pédant, je vous accable.
C'eft ainfi qu'un franc difcoureur,
Croyant captiver le fuffrage
De quelque efprit fupérieur,
En de longs argumens s'engage.
L'homme d'efprit, par un bon mot,
Répond à tout ce verbiage,
Et le difcoureur n'eft qu'un fot.

1742.

Votre humanité eft plus adorable que jamais : il n'y a plus moyen de vous dire toujours *votre Majefté.* Cela eft bon pour des princes de l'Empire, qui ne voient en vous que le roi ; mais moi, qui vois l'homme, et qui ai quelquefois de l'enthoufiafme, j'oublie dans mon ivreffe le monarque, pour ne fonger qu'à cet homme enchanteur.

Dites-moi par quel art fublime
Vous avez pu faire à la fois
Tant de progrès dans l'art des rois,
Et dans l'art charmant de la rime?

Cet art des vers eſt le premier,
Il faut que le monde l'avoue;
Car des rois que ce monde loue,
L'un fut prudent , l'autre guerrier;
Celui-ci gai, doux et paiſible,
Joignit le myrte à l'olivier,
Fut indolent et familier;
Cet autre ne fut que terrible.
J'admire leurs talens divers,
Moi qui compile leur hiſtoire;
Mais aucun d'eux n'obtint la gloire
De faire de ſi jolis vers.
O mon héros! eſprit fertile,
Animé de ce divin feu,
Régner et vaincre n'eſt qu'un jeu,
Et bien rimer eſt difficile.
Mais non, cet art noble et charmant
N'eſt pour vous qu'un délaſſement:
Homme univerſel que vous êtes!
Vous ſaiſiſſez également
La lyre aimable des poëtes,
Et de Mars le foudre aſſommant.
Tout eſt pour vous amuſement,
Vos mains à tout ſont toujours prêtes,
Vous rimez non moins aiſément
Que vous avez fait vos conquêtes.

Si la reine de Hongrie et le roi mon ſeigneur et
maître voyaient la lettre de votre Majeſté, ils ne
pourraient s'empêcher de rire , malgré le mal que
vous avez fait à l'une , et le bien que vous n'avez
pas fait à l'autre. Votre comparaiſon d'une coquette,

et

et même de quelque chofe de mieux, qui a donné des faveurs un peu cuifantes, et qui fe moque de fes galans dans les remèdes, eft une chofe auffi plaifante qu'en aient dit les *Céfars*, et les *Antoines*, et les *Octaves*, vos devanciers, gens à grandes actions et à bons mots. Faites comme vous l'entendrez avec les rois ; battez-les, quittez-les, querellez-vous, raccommodez-vous ; mais ne foyez jamais inconftant pour les particuliers qui vous adorent.

> Vos faveurs étaient dangereufes
> Aux rois qui le méritent bien.
> Car tous ces gens-là n'aiment rien,
> Et leurs promeffes font trompeufes.
> Mais moi qui ne vous trompe pas,
> Et dont l'amour toujours fidelle
> Sent tout le prix de vos appas,
> Moi qui vous euffe aimé cruelle,
> Je jouirai fans repentir
> Des careffes et du plaifir
> Que fait votre mufe infidelle.

Il pleut ici de mauvais livres et de mauvais vers ; mais comme votre Majefté ne juge pas de tous nos guerriers par l'aventure de *Lintz*, elle ne juge pas non plus de l'efprit des Français par les étrennes de la Saint-Jean ni par les groffièretés de l'abbé *Desfontaines*.

Il n'y a rien de nouveau parmi nos fibarites de Paris. Voici le feul trait digne, je crois, d'être conté à votre Majefté. Le cardinal de *Fleuri*, après avoir été affez malade, s'avifa il y a deux jours, ne fachant que faire, de dire la meffe à un petit autel au milieu d'un

—— jardin où il gelait. M. *Amelot* et M. de *Breteuil* arri-
1742. vèrent, et lui dirent qu'il se jouait à se tuer : *Bon, bon,*
Messieurs, dit-il, *vous êtes des douillets.* A quatre-vingt-
dix ans, quel homme ! Sire, vivez autant, dussiez-vous
dire la messe à cet âge, et moi la servir.

Je suis avec le plus profond respect, &c.

LETTRE LXVII.

DU ROI.

A Berlin, le 5 de décembre.

Au lieu de votre Pucelle et de votre belle histoire,
je vous envoie une petite comédie contenant l'extrait
de toutes les folies que j'ai été en état de ramasser et
de coudre ensemble. Je l'ai fait représenter aux noces
de *Césarion,* et encore a-t-elle été fort mal jouée.
D'*Eguille,* qui m'a rendu votre lettre d'antique date,
est arrivé ; on dit qu'il a plus d'étoffe que son frère,
je n'ai pas encore été en état d'en juger. Je n'ai de la
Pucelle que l'alpha et l'oméga ; si je pouvais avoir le
IV, V, VI et VIIe chant, alors ce serait un trésor
dont vous m'auriez mis pleinement en possession.

Il me semble que les créanciers de mesdames les
dix-sept Provinces sont aussi pressés de leur payement
que messieurs les maréchaux de France sont lents
dans leurs opérations. Pour ce qui regarde vos créanciers, je vous prie de leur dire que j'ai beaucoup
d'argent à liquider avec les Hollandais, et qu'il n'est
pas encore clair qui de nous deux restera le débiteur.

Si Paris eft l'île de Cythère, vous êtes affurément ——
le fatellite de *Vénus ;* vous circulez à l'entour de cette
planète, et fuivez le cours que cet aftre décrit de
Paris à Bruxelles et de Bruxelles à Cirey. Berlin n'a
rien qui puiffe vous y attirer, à moins que nos aftro-
nomes de l'académie ne vous y incitent avec leurs
longues lunettes. Nos peuples du Nord ne font pas
auffi mous que les peuples d'Occident ; les hommes
chez nous font moins efféminés, et par conféquent
plus mâles, plus capables de travail, de patience, et
peut-être moins gentils, à la vérité. Et c'eft juftement
cette vie de fibarites que l'on mène à Paris, dont vous
faites tant l'éloge, qui a perdu la réputation de vos
troupes et de vos généraux.

> Sur-tout, en écoutant ces triftes aventures,
> Pardonnez, cher Voltaire, à des vérités dures
> Qu'un autre aurait pu taire ou faurait mieux voiler,
> Mais que ma bouche enfin ne peut diffimuler.

Adieu, cher *Voltaire ;* écrivez-moi fouvent, et fur-
tout envoyez-moi vos ouvrages et la Pucelle. J'ai
tant d'affaires que ma lettre fe fent un peu du ftyle
laconique. Elle vous ennuiera moins, fi je n'en ai
pas déjà trop dit.

FÉDÉRIC.

1743.

La bégueule avec fon miroir
Le met dans fa minauderie;
Le gros favant qui fait valoir
L'affommant poids de fon favoir,
Se chatouille, et fe glorifie
Que le ciel l'ait voulu pourvoir
Du fens dont fa tête eft bouffie..

Il n'eft pas jufqu'au Mirepoix
Qui n'ait l'audace d'y prétendre;
Pour s'en défabufer, je crois
Qu'il doit fuffire de l'entendre.

Je ne fais trop où vous êtes à préfent, mais je fuis toutefois perfuadé que vous oublierez plutôt Berlin que vous n'y ferez oublié. C'eft de quoi vous affure votre admirateur,

FÉDÉRIC.

P. S. Mon fouvenir chez vous s'efface,
S'il faut qu'un maudit barbouilleur
Tant bien que mal vous le retrace; (1)
Je ne veux point, fur mon honneur,
Briller chez vous en d'autre place
Que dans le fond de votre cœur.

(1) M. de *Voltaire* avait fait demander le portrait du roi.

injuſtice ſur mon caractère : d'ailleurs il vous eſt permis de badiner ſur mon ſujet comme il vous plaira. 1743.

Adieu, cher *Voltaire;* je vous aime, je vous eſtime,
et vous aimerai toujours.

FÉDÉRIC.

LETTRE LXIX.

DU ROI.

Le 26 mars.

J'AI bien cru que vous ſeriez content de ma ſœur
de Brunſwick. Elle a reçu cet heureux don du ciel,
ce feu d'eſprit , cette vivacité par où elle vous reſ-
ſemble , et dont malheureuſement la nature eſt trop
chiche envers la plupart des humains :

De cette flamme tant vantée
Que l'audacieux Prométhée
Du ciel pour vous ſembla ravir,
Mais dont ſa main trop limitée
Ne put aſſez bien ſe munir
Pour que la cohue effrontée
Des humains en pût obtenir.

C'eſt-là cependant leur folie ;
Chacun d'eux prétend au génie,
Même le ſot croit en avoir,
Et du matin juſques au ſoir
Prend pour eſprit l'étourderie.

K 3

—————— le corps, comme l'huile fait durer la flamme dans la
1743. lampe.

D'*Argens* a fait repréfenter fa comédie qui nous a
fait bâiller tous. Il voulait la donner au théâtre de
Paris ; mais je l'en ai diffuadé , car il aurait été fifflé
à coup sûr. Vous, êtes unique : vous avez fait une
tragédie à dix-neuf ans , et un poëme épique à vingt;
mais tout le monde n'eft pas *Voltaire*.

Les tracafferies ridicules des dévots de Paris font
parvenues jufqu'au Nord. Je m'attendais bien que
Voltaire ferait réprouvé dès qu'il comparaîtrait devant
un aréopage de *Midas* croffés - mitrés. Gagnez fur
vous de méprifer une nation qui méconnaît le mérite
des *Bellifles* et des *Voltaires*, et venez dans un pays où
l'on vous aime , et où l'on n'eft point bigot. Adieu.

FÉDÉRIC.

La Pucelle , la Pucelle , la Pucelle ! et encore la
Pucelle ! pour l'amour de Dieu, ou plus encore pour
l'amour de vous-même , envoyez-la moi.

LETTRE LXX.

DU ROI.

A Potfdam, le 6 d'avril.

MON CHER VOLTAIRE,

Vous me comblez de biens pendant que je garde —— 1743.
fur vous un morne filence : je reçois les fruits précieux
de votre amitié, de vos veilles et de votre étude,
lorfque je cours encore de province en province fans
pouvoir fixer mon étoile errante, et reprendre mes
anciens erremens.

Me voilà enfin de retour de Breflau après avoir
politiqué, financé et martialifé de refte. Je compte
de goûter à préfent quelque repos et de recommencer
mon commerce avec les Mufes. Je vous enverrai
bientôt l'*avant-propos* de mes *Mémoires*. Je ne puis
vous envoyer tout l'ouvrage, car il ne peut paraître
qu'après ma mort et celle de mes contemporains, et
cela parce qu'il eft écrit en toute vérité, et que je ne
me fuis éloigné en quoi que ce foit de la fidélité
qu'un hiftorien doit mettre dans fes récits. Votre
hiftoire de l'efprit humain eft admirable, mais qu'elle
eft humiliante pour notre efpèce et pour la Providence même ! fi pourtant elle fait choix de ceux qui
doivent gouverner le monde et fervir de refforts aux
changemens qui arrivent fur la terre.

Je fuis bien fâché d'apprendre que la grippe vous
ait fi fort abattu. Je me flatte que l'efprit foutiendra

K 4

Et que ce cygne harmonieux
Qui charmait les bords de la Seine ,
Profanera l'eau d'Hyppocrène
Pour des prêtres audacieux.
Mais quel objet me frappe , ô Dieux !
Locke à la main, défefpérée ,
Et de douleur toute éplorée,
Je vois la trifte Châtelet ;
Hélas! mon perfide me troque ,
Dit-elle , et me plante-là net ,
Pour qui ? pour Marie-à-la-coque !

C'eft ce que je préfume par la lettre que vous avez écrite à l'évêque de Sens , et fur ce que toutes les lettres mandent de Paris. Vous pouvez juger de ma furprife et de l'étonnement d'un efprit philofophique, lorfqu'il voit le miniftre de la vérité plier les genoux devant l'idole de la fuperftition.

Les *Midas* mitrés triomphent, dans ce fiècle, des *Voltaires* et des grands hommes ! mais c'eft apparemment le fiècle où les ignorans doivent en tous genres être préférés, en France, aux favans et aux habiles gens. *O tempora , ô mores !*

Quarante favans perroquets,
Tour à tour maîtres et valets
De l'ufage et de la grammaire,
Placés au Parnaffe français,
Vous en ont donc exclu, Voltaire?
C'eft fans doute par vanité ;
Ce refus n'eft pas ridicule :
Une auffi brillante clarté
Eût de leur faible crépufcule
Terni la frivole beauté.

LETTRE LXXI.

DU ROI.

A Potsdam, le 21 mai.

DEPUIS quand, dites-moi, Voltaire,
Etes-vous donc dégénéré?
Chez un philosophe épuré
Quoi la grâce efficace opère !
Par Mirepoix endoctriné
Et tout aspergé d'eau bénite,
Abattu d'un jeûne obstiné,
Allez-vous devenir hermite?
D'un ton saintement nazillard,
Et marmotant quelque prière,
En bâillant lisant le bréviaire,
On vous enrôle à Saint-Médard,
Avec indulgence plénière.
Je vois Newton au haut des cieux,
Se disputant avec saint Pierre
Auquel en partage des deux
Pourrait enfin tomber Voltaire.
Le saint fesant une oraison,
Au lieu du compas de Newton
Vous offre une belle relique,
Vous éclaircit et vous explique
L'œuvre de la conception,
Tandis qu'au Parnasse, Apollon
Se plaint, et voit avec grand'peine
Qu'on enlève au sacré vallon
L'élégance de votre veine;

1743.

——— vous batte des mains au théâtre ? Dédaigné à la cour, adoré à la ville ; je ne m'accommoderais point de ce contraste ; et de plus, la légéreté des Français ne leur permet pas d'être jamais constans dans leurs suffrages. Venez ici auprès d'une nation qui ne changera point ses jugemens à votre égard ; quittez un pays où les *Bellisles*, les *Chauvelins* et les *Voltaires* ne trouvent point de protection. Adieu.

FÉDÉRIC.

Envoyez-moi la Pucelle, ou je vous renie.

LETTRE LXXIII.

DU ROI.

A Magdebourg, le 25 de juin.

Oui, votre mérite proscrit
Et persécuté par l'envie,
Dans Berlin qui vous applaudit,
Aura son temple et sa patrie.

Je suis jusqu'à présent plus errant que le juif que d'*Argens* fait écrire et voyager. Nouveau *Sysyphe*, je fais tourner la roue à laquelle je suis condamné de travailler ; et tantôt dans une province et tantôt dans une autre, je donne l'impulsion au mouvement de mon petit Etat, affermissant à l'ombre de la paix ce que je dois aux bras de la guerre, réformant les vieux abus et donnant lieu à de nouveaux, enfin corrigeant des fautes et en fesant de semblables.

Je crois que la France est le seul pays en Europe où les (*) *ânes* et les sots puissent à présent faire fortune.

Je vous envoie l'*avant-propos* de mes *Mémoires*; le reste n'est point ostensible.

Je ne vous écris point aussi souvent que je le voudrais; ne vous en prenez point à moi, mais à tant et tant d'occupations qui me partagent.

Adieu, cher *Voltaire*, ne m'oubliez point malgré mon silence, et croyez que sur le sujet de l'amitié je ne pense pas moins à vous qu'autrefois.

FÉDÉRIC.

LETTRE LXXII.

DU ROI.

A Potsdam, le 15 de juin.

QUAND votre ami, tranquille philosophe,
Sur son vaisseau qu'il a soustrait aux vents,
Voit à regret l'illustre catastrophe
Que le destin fait tomber sur les grands,

Je voudrais que vous vinssiez une fois à Berlin pour y rester, et que vous eussiez la force de soustraire votre légère nacelle aux bourasques et aux vents qui l'ont battue si souvent en France. Comment, mon cher *Voltaire*, pouvez-vous souffrir que l'on vous exclue ignominieusement de l'académie, et qu'on

_____

(*) Voyez le Commentaire sur la vie de l'auteur de la Henriade, *Mélanges littér.* tome II.

LETTRE LXXIV.

DE M. DE VOLTAIRE.

A la Haye, le 28 juin.

1743.

Sous vos magnifiques lambris,
Très-dorés autrefois, maintenant très-pourris,
Emblème et monument des grandeurs de ce monde,
O mon maître, je vous écris,
Navré d'une douleur profonde.
Je fuis dans votre vieille cour,
Mais je veux une cour nouvelle,
Une cour où les Arts ont fixé leur féjour,
Une cour où mon roi les fuit et les appelle,
Et les protége tour à tour.
Envoyez-moi Pégafe, et je pars dès ce jour.

Mon héros a-t-il reçu mes lettres de Paris, dans lefquelles je lui mandais que je m'échappais pour lui aller faire ma cour? Je les envoyai à *David Gérard*, et le deffus était à M. *Frédérics-hof*. Or *David Gérard* n'eft pas fans doute affez imbécille pour ne pas fentir que ce M. *Frédérics-hof* eft le plus grand roi que nous ayons, le plus grand homme, celui qui a mon cœur, celui dont la préfence me rendrait heureux pendant quelques jours.

J'attends donc à la Haye, chez M. de *Podevilz*, les ordres de votre humanité, et le forefpan de votre Majefté.

Cette vie tumultueufe pourra durer deux mois, fi ——
le lutin qui me promène n'a réfolu de me lutiner　1743.
plus long-temps. Je crois qu'alors je me verrai obligé
de faire un tour à Aix pour corriger les refforts
incorrigibles de mon bas-ventre, qui parfois font
donner votre ami au diable. Si alors je puis avoir le
plaifir de vous y voir, ce me fera très-agréable ; car
je crois,

> Pour tout malade inquiété,
> A l'œil jaune, à l'air hypocondre,
> Exilé par la Faculté
> Pour fe baigner et fe morfondre,
> Et fe tuer pour la fanté,
> Que Voltaire eft un grand remède ;
> Que deux mots et fon air malin
> Savent diffiper le chagrin,
> Et que fon pouvoir ne le cède
> A Hippocrate ni Galien.

De-là fi vous voulez venir habiter ces contrées,
je vous y promets un établiffement dont je me flatte
que vous ferez fatisfait, et fur-tout d'être au-deffus
des tracafferies et des perfécutions des bigots. Vous
avez fouffert trop d'avanies en France pour y pouvoir
refter avec honneur ; vous devez quitter un pays où
l'on poignarde votre réputation tous les jours, et où
des *Midas* occupent les premiers emplois.

Adieu, cher *Voltaire;* mandez-moi, je vous prie,
vos fentimens, et foyez sûr des miens.

FÉDÉRIC.

LETTRE LXXV.

DU ROI.

A Reinsberg , le 3 de juillet.

—— Je vous envoie le paſſe-port pour des chevaux avec
1743. bien de l'empreſſement. Ce ne ſeront pas des *Bucéphales*
qui vous mèneront, ce ne ſeront pas des *Pégaſes* non
plus, mais je les aimerai davantage puiſqu'ils amène-
ront *Apollon* à Berlin.

Vous y ſerez reçu à bras ouverts, et je vous y ferai
le meilleur établiſſement qu'il me ſera poſſible.

Je ſuis ſur mon départ pour Stétin, de-là pour la
Siléſie ; mais je trouverai le moment de vous voir et
de vous aſſurer à quel point je vous eſtime. Adieu.

FÉDÉRIC.

LETTRE LXXVI.

DE M. DE VOLTAIRE.

A la Haye , dans votre vaſte et ruiné palais, ce 13 juillet.

MON ROI,

Je n'ai pas l'honneur d'être de ces héros qui voyagent
avec la fièvre quarte ; je deviens manichéen, j'adopte
deux principes dans le monde. Le bon principe eſt
l'humanité de mon héros, le ſecond eſt le mal phyſique , et celui-là m'empêche de jouir du premier.

Souffrez

Que je voie encore une fois le grand *Frédéric*, et que je ne voie point ce cuiftre de *Boyer*, cet ancien évêque de Mirepoix, qui me plairait beaucoup s'il était plus ancien d'une vingtaine d'années au moins.

> Pour vous, grand Roi, fi votre diable
> Vous promène au fon du tambour
> Dans Stétin ou dans Magdebourg,
> Mon bon ange plus favorable
> Va me conduire à votre cour
> Au fon de votre lyre aimable.

Je fuis ici chez votre digne et aimable miniftre, qui eft inconfolable, et qui ne dort ni ne mange parce que les Hollandais veulent à trop bon marché la terre d'un grand roi. Il faut pourtant, Sire, s'accoutumer à voir les Hollandais aimer l'argent autant que je vous aime.

> Quand quitterai-je, hélas! cette humide province
> Pour voir mon héros et mon prince?

Souffrez donc , mon adorable Monarque, que ⸺
l'ame qui eſt ſi mal à ſon aiſe dans ce chétif corps ne 1743.
ſe mette point en chemin dans l'incertitude de trouver
votre Majeſté. Si elle eſt pour quelques ſemaines à
Berlin, j'y vole; ſi elle court toujours, et ſi du fond
de la Siléſie elle va à Aix-la-chapelle, j'irai l'y attendre
dans un bain chaud , qui le ſera moins que votre
imagination.

J'ai l'honneur de lui envoyer une doſe d'opium
dans ſes courſes; c'eſt un paquet de phraſes académi-
ques. Sa Majeſté y verra le diſcours de *Maupertuis*,
accompagné de quelques remarques de madame *du
Châtelet*. Plût à Dieu que les Français ne fiſſent pas
d'autres fautes que celles que madame *du Châtelet* a
crayonnées ! L'empereur aurait la Bohême , et du
moins ſouperait à Munich , au lieu de manquer de
tout à Francfort.

Mais, Sire, malgré les nobles retraites de votre ami
de Strasbourg, et malgré la faute faite à Dettingen,
il paraît que les Français n'ont pas manqué de courage; les ſeuls mouſquetaires, au nombre de deux
cents cinquante, ont percé cinq lignes des Anglais,
et n'ont guère cédé qu'en mourant; la grande quantité de notre nobleſſe tuée ou bleſſée eſt une preuve
de valeur aſſez inconteſtable. Que ne ferait point cette
nation ſi elle était commandée par un prince tel que
vous !

Si elle a du courage, ſon miniſtère a de la fermeté;
et une nouvelle armée ſur la Meuſe donnera bientôt
aux Provinces-Unies matière à délibérations.

Je crois le traité entre la Sardaigne et l'Eſpagne à
peu-près conclu ; c'eſt une nouvelle ſcène ſur le

—— théâtre, et ce qui fe paffe en Suède peut encore
1743. changer la face du Nord.

Dans ce choc orageux de cent peuples divers,
Mon héros triomphant tient la foudre et la lyre.
Ses yeux toujours perçans, fes yeux toujours ouverts
Regardent les erreurs du chétif univers :
Il voit trembler Stockholm, il voit périr l'Empire;
Il voit les fiers Anglais, ces fouverains des mers,
Faux défintéreffés qu'un faux efpoir attire,
S'enivrant fur le Mein de fuccès fort légers,
Traîner fous leurs drapeaux, ou plutôt dans leurs fers,
Ces Bataves pefans dont la moitié foupire;
     Il voit Broglio qui fe retire,
Agiffant, raifonnant et parlant de travers;
     Il voit tout et n'en fait que rire,
Et je veux avec lui rire à mon tour en vers.

J'ai peur que ceci ne tienne du tranfport de la
fièvre; mais le plus grand de mes tranfports eft le
défir de voir votre Majefté. Où la verrai-je? où ferai-je
heureux? fera-ce à Berlin, fera-ce à Aix-la-chapelle?
Je fuis à vos pieds, monarque charmant, homme
unique, et j'attends vos ordres pour régler ma marche.

LETTRE LXXVII.

DE M. DE VOLTAIRE.

Juillet.

GRAND Roi, j'aime fort les héros
Lorfque leur efprit s'abandonne
Aux doux paffe-temps , aux bons mots;
Car alors ils font en repos ,
Et ne font de tort à perfonne.
J'aime Céfar, ce bel efprit,
Céfar dont la main fortunée,
A tous les lauriers deftinée ,
Agrandit Rome , et lui prefcrit
Un autre ciel, une autre année.
J'aime Céfar entre les bras
De la maîtreffe qui lui cède;
Je ris et ne me fâche pas
De le voir jeune et plein d'appas
Deffus et deffous Nicomède.
Je l'admire plus que Caton,
Car il eft tendre et magnanime,
Eloquent comme Cicéron,
Et tantôt gai , tantôt fublime
Comme un roi dont je tais le nom.
Mais je perds un peu de l'eftime
Quand il paffe le Rubicon,
Et je pleure quand ce grand homme,
Bon poëte et bon orateur,
Ayant tant combattu pour Rome,
Combat Rome pour fon malheur.

1743.

L 2

Vous êtes plus heureux, Sire, après votre prife de la Siléfie, que votre devancier après Pharfale. Vous écrivez comme lui des commentaires ; vous aimez comme lui la fociété ; vous en faites le charme ; vous m'envoyez des vers bien jolis et une préface digne de vous, qui annonce un ouvrage digne de la préface. Je n'y puis plus tenir ; le côté de votre aimant m'attire trop fort, tandis que le côté de l'aimant de la France me repouffe. S'il y avait dans la Cochinchine un roi qui pensât, qui écrivît et qui parlât comme vous, il faudrait s'embarquer et aller à fes pieds. Tous les gens qui ont une étincelle de goût et de raifon doivent devenir des reines de Saba.

Je vous avouerai cependant, grand Roi, avec ma franchife impertinente, que je trouve que vous vous facrifiez un peu trop dans cette belle préface de vos *Mémoires*. Pardon, ou plutôt point de pardon ; vous laiffez trop entrevoir que vous avez négligé l'efprit de la morale pour l'efprit de conquête. Qu'avez-vous donc à vous reprocher ? N'aviez-vous pas des droits très-réels fur la Siléfie, du moins fur la plus grande partie ; et le déni de juftice ne vous autorifait-il pas affez ? Je n'en dirai pas davantage ; mais fur tous les articles je trouve votre Majefté trop bonne, et elle eft bien juftifiée de jour en jour. Votre Majefté eft avec moi une coquette bien féduifante ; elle me donne affez de faveurs pour me faire mourir d'envie d'avoir les dernières. Quel temps plus convenable pourrais-je prendre pour aller paffer quelques jours auprès de mon héros ? Il a ferré tous fes tonnerres, et il badine avec fa lyre ; ici on ne badine point, et s'il tonne c'eft fur nous. Ce vilain *Mirepoix* eft auffi dur, auffi

fanatique, auffi impérieux que le cardinal de *Fleuri* était
doux, accommodant et poli. Oh, qu'il fera regretter
ce bon homme! et que le précepteur de notre dauphin
eft loin du précepteur de notre roi ! Le choix que fa
Majefté a fait de lui eft le feul qui ait affligé notre
nation ; tous nos autres miniftres font aimés; le roi
l'eft. Il s'applique, il travaille, il eft jufte, et il aime
de tout fon cœur la plus aimable femme du monde.
Il n'y a que *Mirepoix* qui obfcurciffe la férénité du
ciel de Verfailles et de Paris; il répand un nuage bien
fombre fur les belles-lettres ; on eft au défefpoir de
voir *Boyer* à la place des *Fénélons* et des *Boffuets :* il eft
né perfécuteur. Je ne fais par quelle fatalité tout
moine qui a fait fortune à la cour a toujours été auffi
cruel qu'ambitieux. Le premier bénéfice qu'il a eu
après la mort du cardinal vaut près de quatre-vingts
mille livres de rente ; le premier appartement qu'il a
eu à Paris eft celui de la reine , et tout le monde
s'attend à voir au premier jour fa tête , que votre
Majefté appelle fi bien une tête d'âne , ornée d'une
calotte rouge apportée de Rome.

Il eft vrai que ce n'eft pas lui qui a fait *Marie à la
coque;* mais, Sire, il n'eft pas vrai non plus que j'aye
écrit à l'auteur de *Marie à la coque* la lettre qu'on s'eft
plu à faire courir fous mon nom ; je n'en ai écrit
qu'une à l'évêque de Mirepoix , dans laquelle je me
fuis plaint à lui très-vivement et très-inutilement des
calomnies de fes délateurs et de fes efpions. Je ne
fléchis point le genou devant *Baal ;* et autant que je
refpecte mon roi , autant je méprife ceux qui , à
l'ombre de fon autorité , abufent de leur place, et qui
ne font grands que pour faire du mal.

————— Vous feul, Sire, me confolez de tout ce que je
1743. vois, et quand je fuis prêt à pleurer fur la décadence
des arts, je me dis : Il y a dans l'Europe un monarque
qui les aime, qui les cultive, et qui eft la gloire de
fon fiècle ; je me dis enfin : Je le verrai bientôt ce
monarque charmant, ce roi homme, ce *Chaulieu* cou-
ronné, ce *Tacite*, ce *Xénophon* ; oui, je veux partir ;
madame *du Châtelet* ne pourra m'en empêcher ; je
quitterai *Minerve* pour *Apollon*. Vous êtes, Sire, ma
plus grande paffion, et il faut bien fe contenter dans
la vie.

Rien de plus inutile que mon très-profond
refpect, &c.

LETTRE LXXVIII.

DU ROI.

A Potfdam, le 20 d'augufte.

Je ne fuis arrivé ici que depuis deux jours ; j'y ai
trouvé trois de vos lettres.

Le dieu de la raifon et le dieu des beaux vers
Préfident tous les deux à vos brillans concerts ;
Vous déridant le front et voulant nous inftruire,
Vos vers de Juvénal empruntent la fatire.
Contre vous le bigot n'aura pas jeu gagné,
Et de l'hyffope au cèdre il n'eft rien d'épargné.

Malheur à Mirepoix fi fon panégyrique
Se prononce jamais en ftyle académique !
Les Arts qu'il offenfa, pour venger leurs chagrins,
Renverferont fa tombe avec leurs propres mains ;
Et la fade oraifon que lui fera Neuville
Aura même en fa bouche un air de vaudeville.

Je plains ceux qui ont le malheur de vous offenfer, car avec quatre hémiftiches vous les rendez ridicules *ad fecula feculorum*.

Je ne vais point à Aix comme je me l'étais propofé. Vous favez que j'ai l'honneur d'être un atome politique, et qu'en cette qualité mon eftomac eft obligé de prendre fes combinaifons des affaires européanes ; ce qui ne l'accommode pas toujours.

Il me femble, mon cher *Voltaire*, que vous êtes un peu dans le goût de la girouette du Parnaffe, et que vous ne vous êtes pas encore décidé fur le parti que vous avez à prendre. Je ne vous dirai rien là-deffus ; car je dois vous paraître fufpect dans tout ce que je pourrais vous dire. Le tableau que vous me faites de la France eft peint avec de très-belles couleurs ; mais vous me direz tout ce qu'il vous plaira, une armée qui fuit trois ans de fuite, et qui eft battue par-tout où elle fe préfente, n'eft pas affurément une troupe de *Céfars* ni d'*Alexandres*.

Je ne fuis point peint, je ne me fais point peindre, ainfi je ne puis vous donner que des médailles. *Vale.*

FÉDÉRIC.

LETTRE LXXIX.

DU ROI.

A Potsdam, le 24 d'augufte.

1743.

CE fera donc à Berlin que j'aurai le plaifir de voir l'*Apollon* français defcendre de fon Parnaffe en ma faveur, et s'humanifer un peu avec la canaille profaïque! Je vous prie, mon cher *Voltaire*, apportez avec vous bonne provifion d'indulgence, et fur-tout qu'aucun grammairien ne mefure à la toife la longueur de nos phrafes, et ne nous puniffe de la fottife d'un folécifme. Vous verrez une troupe de comédiens qui fe forment, une académie naiffante, mais fur-tout beaucoup de perfonnes qui vous aiment et qui vous admirent.

Il n'y a point à Berlin d'*âne de Mirepoix*. Nous avons un cardinal et quelques évêques dont les uns font l'amour par-devant et les autres par derrière, plus verfés dans la théologie d'*Epicure* que dans celle de St *Paul*, par conféquent bonnes gens qui ne perfécutent perfonne, et qui ne difpofent précifément que des charges de marguillier et des places de chantre auxquelles vous n'afpirez point.

> Apportez au moins en venant
> Cette vierge fi découplée
> Qui brillait plus dans la mêlée
> Que tous vos héros d'à-préfent,

Que ce Broglio toujours fuyant,
Réduisant sa troupe en fumée;
Que Maillebois toujours errant,
Menant promener son armée;
Que Ségur le capituleur,
Et les autres transis de peur.

Je vous montrerai de mes *Mémoires* ce que je croirai pouvoir vous montrer. Ils sont vrais, et par conséquent d'une nature à ne paraître qu'après le siècle.

Adieu, cher *Voltaire;* à revoir.

FÉDÉRIC.

LETTRE LXXX.

DU ROI.

A Potsdam, le 15 de septembre.

Vous me dites tant de bien de la France et de son roi, qu'il serait à souhaiter que tous les souverains eussent de pareils sujets, et toutes les républiques de semblables citoyens. C'est ce qui fait véritablement la force des Etats, lorsqu'un même zèle anime tous les membres, et que l'intérêt public devient l'intérêt de chaque particulier.

Il aurait été à souhaiter que la France et la Suède eussent eu des militaires qui pensassent comme vous; mais il est bien sûr, quoi que vous puissiez dire, que la faiblesse des généraux et la timidité des conseils a presque perdu de réputation ces deux nations dont le nom feul infpirait, il n'y a pas un demi-fiècle, la terreur à l'Europe.

De quelle façon voyons-nous que la France ait agi envers fes alliés? Quel exemple pour l'Europe que la paix fecrète que fit le cardinal de *Fleuri* à l'infçu de l'Efpagne et du roi de Sardaigne! il abandonna le roi fon beau-père, et acquit la Lorraine. Quel exemple inouï que la manière dont la France abandonne l'empereur, facrifie la Bavière, et réduit ce prince fi refpectable dans la dernière mifère; je ne dis pas dans la mifère d'un prince, mais dans la fituation la plus affreufe où puiffe fe trouver un particulier! Quelles machinations n'ont pas été celles du cardinal en Ruffie, lorfque nous étions le mieux liés! Quelles propofitions n'a-t-on pas faites à Maïence pour ouvrir les routes à la paix, ou pour mieux dire afin d'allumer une nouvelle guerre! Avec quel peu de vigueur parlent les Français lorfqu'ils devraient montrer de la fermeté; et, lors même qu'il en paraît quelque étincelle dans leurs difcours, combien peu les opérations militaires y répondent-elles!

Cependant cette nation eft la plus charmante de l'Europe, et fi elle n'eft pas crainte, elle mérite qu'on l'aime. Un roi digne de la commander, qui gouverne fagement, et qui s'acquiert l'eftime de l'Europe entière, peut lui rendre fon ancienne fplendeur que les *Broglio* et tant d'autres, plus ineptes encore, ont un peu éclipfée.

C'eft affurément un ouvrage digne d'un prince doué de tant de mérite, que de rétablir ce que les autres ont gâté; et jamais fouverain ne peut acquérir plus de gloire que lorfqu'il défend fes peuples contre des

1743.

ennemis furieux, et que, fefant changer la fituation des affaires, il trouve le moyen de réduire fes adverfaires à lui demander la paix humblement.

J'admirerai tout ce que fera ce grand homme, et perfonne de tous les fouverains de l'Europe ne fera moins jaloux que moi de fes fuccès.

Mais je n'y penfe pas de vous parler politique; c'eft précifément préfenter à fa maîtreffe une coupe de médecine. Je crois que je ferais beaucoup mieux de vous parler poëfie, mais ne peut pas qui veut; et lorfque vous m'écrivez des vers et que j'y dois répondre, vous me revenez comme un échanfon qui, ayant le talent de boire, porte de grands verres en rafade à un fluet qui tout au plus peut fupporter de l'eau.

Adieu, cher *Voltaire;* veuille le ciel vous préferver des infomnies, de la fièvre et des fàcheux!

FÉDÉRIC.

LETTRE LXXXI.

DE M. DE VOLTAIRE.

C'EST vous qui favez captiver
Mon cœur aux autres rois rebelle;
C'eft vous en qui je dois trouver
Une douceur toujours nouvelle:
C'eft chez vous qu'il faut achever
Ma vieille hiftoire univerfelle,
Dépuceler, enjoliver
Dans vingt chants Jeanne la pucelle,
Et fur-tout à jamais braver
Des dévots l'infame féquelle.

Je partirai donc, mon adorable maître, pour revenir, dès que j'aurai mis ordre à mes affaires. Je vous parle avec ma franchise ordinaire. J'ai cru m'apercevoir que je vous serais moins agréable si je venais ici avec d'autres, et je vous avoue qu'appartenant uniquement à votre Majesté, j'aurai l'ame plus à l'aise.

Je n'ambitionne point du tout d'être chargé d'affaires comme *Destouches* et *Prior*, deux poëtes qui ont fait deux paix entre la France et l'Angleterre. Vous ferez ce qu'il vous plaira avec tous les rois de ce monde, sans que je m'en mêle ; mais je vous conjure instamment de m'écrire un mot que je puisse montrer au roi de France.

Vous lui reprochez, dans la lettre que vous daignâtes m'écrire de Potsdam, qu'il laisse l'empereur dans la dernière misère, et qu'il fait à Maïence des insinuations contre vos intérêts. Depuis cette lettre écrite, votre Majesté a su que le roi de France a donné des subsides à l'empereur ; et vous ne doutez pas, je crois à présent, que ce *Hatzel*, qui a négocié ou plutôt brouillé à Maïence, ne soit un téméraire qui serait puni, si vous le vouliez. Soyez donc un peu plus content ; et daignez, je vous en conjure, m'écrire seulement quatre lignes en général.

Je ne demande autre chose sinon que vous êtes satisfait aujourd'hui des dispositions de la France, que personne ne vous a jamais fait un portrait aussi avantageux de son roi, que vous me croyez d'autant plus, que je ne vous ai jamais trompé, et que vous êtes bien résolu à vous lier avec un prince aussi sage et aussi ferme que lui.

Ces mots vagues ne vous engagent à rien, et j'ose

dire qu'ils feront un très-bon effet ; car fi on vous a fait des peintures peu honorables du roi de France , je dois vous affurer qu'on vous a peint à lui fous les couleurs les plus noires ; et affurément on n'a rendu juftice ni à l'un ni à l'autre. Permettez donc que je profite de cette occafion fi naturelle pour rendre l'un à l'autre deux monarques fi chers et fi eftimables ; ils feront de plus le bonheur de ma vie. Je montrerai votre lettre au roi , et je pourrai obtenir la reftitution d'une partie de mon bien que le bon cardinal m'a ôté ; je viendrai ici dépenfer ce bien que je vous devrai.

Soyez très-perfuadé du bon effet qu'elle fera : je ne ferai point fufpect , et ce fera le fecond de mes beaux jours que celui où je pourrai dire au roi tout ce que je penfe de votre perfonne. Pour le premier de mes jours , ce fera celui où je viendrai m'établir à vos pieds , et commencer une nouvelle vie qui ne fera que pour vous.

LETTRE LXXXII.

DU ROI.

Le 7 d'octobre.

LA France a paffé jufqu'à préfent pour l'afile des rois malheureux ; je veux que ma capitale devienne le temple des grands hommes. Venez-y , mon cher Voltaire , et dictez tout ce qui peut vous y être agréable. Je veux vous faire plaifir , et pour obliger un homme il faut entrer dans fa façon de penfer.

—— Choififfez appartement ou maifon, réglez vous-
1743. même ce qu'il vous faut pour l'agrément et le fuperflu
de la vie ; faites votre condition comme il vous la
faut pour être heureux , c'eft à moi à pourvoir au
refte. Vous ferez toujours libre et entièrement maître
de votre fort ; je ne prétends vous enchaîner que par
l'amitié et le bien-être.

Vous aurez des paffe-ports pour des chevaux, et
tout ce que vous pourrez demander. Je vous verrai
mercredi, et je profiterai des momens qui me reftent
pour m'éclairer au feu de votre puiffant génie. Je
vous prie de croire que je ferai toujours le même
envers vous. Adieu.

FÉDÉRIC.

LETTRE LXXXIII.

DE M. DE VOLTAIRE.

A la Haye , ce 28 octobre.

SIRE,

VOUS voyagez toujours comme un aigle, et moi
comme une tortue ; mais peut-on aller trop lentement
quand on quitte votre Majefté ? J'arrive enfin en
Hollande ; la première chofe que j'y vois, c'eft un
papier anglais où votre Anti-Machiavel eft cité à côté
de Polybe et de Xénophon. On rapporte deux pages
de ce livre où vous prouvez de quel avantage font
aux princes les places fortifiées, et on fait voir quelle

était la témérité des alliés de prétendre d'entrer en
France.

> Ainfi donc vous êtes cité
> Par les auteurs, comme auteur grave;
> Comme roi politique et brave,
> Des rois vous êtes refpecté;
> Chacun vous craint, nul ne vous brave:
> Le taciturne et froid Batave,
> Amoureux de fa liberté,
> Le Ruffe, né pour être efclave,
> Ménagent votre Majefté.
> Vous auriez, ma foi, tout dompté
> Sur le Danube et fur la Save,
> Et le double cou fi vanté
> De l'aigle jadis redouté
> Eût été coupé comme rave;
> Mais vous vous êtes arrêté:
> Maintenant votre main fe lave
> Des malheurs du monde agité;
> Pour comble de félicité,
> Vous poffédez dans votre cave
> De ce tokai dont j'ai tâté:
> Je ne puis plus rimer en *ave*.

Plus je fonge à *il Tito*, à *il forte*, plus je me dis que
Berlin eft ma patrie.

> Meffieurs Gérard, mes chers amis,
> Dépêchez, préparez ma chambre,
> Un pupître pour mes écrits,
> Avec quelques flacons remplis
> De ce jus divin de feptembre,

Non cet ennemi du gofier,
Fabriqué de la main profane
De ce liégeois nommé Lognier;
Je l'ai furnommé *piffat d'âne*,
Et je l'ai dit à haute voix;
Je le redis, je le condamne
A n'être bu que par des rois.
J'aime mieux la fimple nature
Du vin qu'on recueille à Bordeaux;
Car je préfère la lecture
D'un écrivain fage en propos
A ce frelaté de Voiture,
Et plus encore à Marivaux.

LETTRE LXXXIV.

DE M. DE VOLTAIRE.

A Lille, ce 16 novembre.

Est-il vrai que dans votre cour
Vous avez placé cette automne,
Dans les meubles de la couronne,
La peau de ce fameux tambour
Que Zifca fit de fa perfonne?

La peau d'un grand homme enterré
D'ordinaire eft bien peu de chofe,
Et, malgré fon apothéofe,
Par les vers il eft dévoré.

Le

Le feul Zifca fut préfervé
Du deftin de la tombe noire;
Grâce à fon tambour confervé,
Sa peau dure autant que fa gloire.

C'eft un fort affez fingulier.
Ah ! chétifs mortels que nous fommes!
Pour fauver la peau des grands hommes ,
Il faut la faire corroyer.

O mon Roi, confervez la vôtre;
Car le bon Dieu qui vous la fit
Ne faurait vous en faire une autre
Dans laquelle il mît tant d'efprit.

Il n'eft pas infiniment refpectueux de pouffer un
grand roi de queftions; mais on en ufait ainfi avec
Salomon, et il faut bien, Sire, que le *Salomon* du Nord
s'accoutume à éclairer fon monde.

Sa Majefté me permettra donc que j'ofe lui demander encore ce que c'eft qu'un arc trouvé à Glats?
Votre Majefté me dira peut-être qu'il faut m'adreffer à
Jordan; mais ce *Jordan*, Sire, eft un pareffeux, tout
aimable qu'il eft; et vous avez plutôt réglé quatre ou
cinq provinces, et fait deux cents vers et quatre mille
doubles croches, qu'il n'a écrit une lettre.

J'arrive à Lille, qui eft une ville dans le goût de
Berlin, mais où je ne reverrai ni l'opéra ni la copie
de *Titus*. Votre Majefté, et la reine mère, et madame
la princeffe *Ulrique* ne fe remplacent point. Je n'ai pas
encore l'armée de trois cents mille hommes avec

laquelle je devais enlever la princeffe, mais en récompenfe le roi de France en a davantage. On compte actuellement trois cents vingt-cinq mille hommes, y compris les invalides : ce font trois cents mille chiens de chaffe qu'on a peine à retenir ; ils jappent, ils crient, ils fe débattent, et caffent leurs leffes pour courir fus aux Anglais, et à leurs pefans ferviteurs les Hollandais. Toute la nation, en vérité, montre une ardeur incroyable. Heureufement encore votre ami de Strasbourg ne fera plus femblant de commander les armées, et l'empereur, appuyé de votre Majefté et de la France, pourra bientôt donner des opéra à Munich.

Comme j'ai ofé faire force queftions à votre Majefté, je lui ferai un petit conte, mais c'eft en cas qu'elle ne le fache pas déjà.

Il y a quelques mois que madame *Adelaïde*, troifième fille du roi mon maître, ayant treize louis d'or dans fa poche, fe releva pendant la nuit, s'habilla toute feule, et fortit de fa chambre. Sa gouvernante s'éveilla, lui demanda où elle allait. Elle avoua ingénument qu'elle avait ordonné à un palefrenier de lui tenir deux chevaux prêts pour aller commander l'armée et fecourir l'empereur ; mais fi elle apprend que votre Majefté s'en mêle, elle dormira tranquillement déformais.

Au moment que j'ai l'honneur d'écrire à votre Majefté, nos troupes font en marche pour aller prendre le vieux Brifach. A l'égard des troupes de comédiens, j'apprends une fingulière anecdote dans cette ville de Lille ; c'eft que, tandis qu'elle fut affiégée par le duc de *Marlborough*, on y joua la comédie tous les jours,

et que les comédiens y gagnèrent cent mille francs. ——
Avouez, Sire, que voilà une nation née pour le 1743.
plaisir et pour la guerre.

Titus prie toujours votre Majesté pour ce pauvre
Courtils qui est à Spandau sans nez.

Je suis pour jamais aux pieds de votre humanité, &c.

LETTRE LXXXV.

DU ROI.

A Berlin, le 4 de décembre.

LA peau de ce guerrier fameux
Qui parut encor redoutable
Aux Bohêmes, ses envieux,
Après que le trépas hideux
Eut envoyé son ame au diable,
Est ici pour les curieux.

Quand un jour votre ame légère
Passera sur l'esquif fameux
Pour aller dans cet hémisphère
Inventé par les songe-creux,
Les restes de votre figure,
Immortels malgré le trépas,
Donneront de la tablature
A nos modernes Marsyas.

M 2

Oui, la peau de *Zifca*, ou pour mieux dire le tambour de *Zifca*, eft une des dépouilles que nous avons emportées de Bohême.

Je fuis bien aife que vous foyez arrivé en bonne fanté à Lille ; je craignais toujours les chutes de carroffe.

Vous voilà plus enthoufiafmé que jamais de quinze cents galeux de français qui fe font placés fur une île du Rhin, et d'où ils n'ont pas le cœur de fortir. Il faut que vous foyez bien pauvres en grands événemens, puifque vous faites tant de bruit pour ces vétilles: mais trève de politique.

Je crois que les Hollandais peuvent avoir des pantomimes quand les acteurs viennent des pays étrangers. Ils auront de beaux génies quand vous ferez à la Haye, de fameux miniftres lorfque *Carteret* y paffera, et des héros lorfque le chemin du roi mon oncle le conduira par des marais pour retourner à fon île.

Federicus Voltarium falutat.

LETTRE LXXXVI.

DE M. DE VOLTAIRE.

A Paris, ce 7 janvier.

SIRE,

JE reçois à la fois de quoi faire tourner plus d'une tête; une ancienne lettre de votre Majefté, datée du 29 de novembre; deux médailles qui repréfentent au moins une partie de cette phyfionomie de roi et d'homme de génie, le portrait de fa Majefté la reine mère, celui de madame la princeffe *Ulrique;* et enfin, pour comble de faveurs, des vers charmans du grand *Frédéric,* qui commencent ainfi :

> *Quitterez-vous bien furement*
> *L'empire de Midas, votre ingrate patrie?*

M. le marquis de *Fénélon* avait tous ces tréfors dans fa poche, et ne s'en eft défait que le plus tard qu'il a pu. Il a traîné la négociation en longueur, comme s'il avait eu affaire à des hollandais. Enfin me voilà en poffeffion; j'ai baifé tous les portraits; madame la princeffe *Ulrique* en rougira fi elle veut.

> Il eft fort infolent de baifer fans fcrupule
> De votre augufte fœur les modeftes appas;
> Mais les voir, les tenir, et ne les baifer pas,
> Cela ferait trop ridicule.

M 3

1744.

—— J'en ai fait autant, Sire, à vos vers dont l'harmonie
1744. et la vivacité m'ont fait prefque autant d'effet que la
miniature de fon Alteffe royale. Je difais:

> Quel eft cet agréable fon?
> D'où vient cette profufion
> De belles rimes redoublées?
> Par qui les Mufes appelées
> Ont-elles quitté l'Hélicon?
> Eft-ce Bernard, mon compagnon,
> Qui de fleurs sème les aliées
> Des jardins du facré vallon?
> Eft-ce l'architecte Amphion,
> Par qui les pierres affembl̈ees
> S'arrangent fous fon violon?
> Eft-ce le charmant Arion
> Chantant fur les plaines falées?
> C'eft mon prince ou c'eft Apollon.
>
> Au doux fon de tant de merveilles,
> J'entends braire près d'un chardon
> L'animal à longues oreilles
> De qui vous devinez le nom. (1)
> Il nous dit de fa voix pefante:
> N'admirez plus la voix brillante
> De ce roi poëte, orateur;
> Auprès de moi que peut-il être?
> Il n'eft que roi, je fuis fon maître;
> Car des rois je fuis précepteur.
>
> Oui, tu l'es; autrefois Achille
> Soumit fon enfance docile

(1) Il eft probablement ici queftion de *Boyer*.

A ce fingulier animal.
Moitié fage, moitié cheval:
Mon cher précepteur, c'eft dommage;
Mais quand le Ciel t'a fabriqué,
Il n'acheva pas fon ouvrage;
Une des moitiés a manqué.

LETTRE LXXXVII.

DU ROI.

Du 7 avril.

. . . .

. . . .

ENFIN, malgré que j'en aye, voilà des vers que votre Apollon m'arrache. Encore s'il m'infpirait !

Votre Mérope m'a été rendue, et j'ai fait la commiffion de l'auteur en diftribuant fon livre. Je ne m'étonne point du fuccès de cette pièce. Les corrections que vous y avez faites, la rendent, par la fageffe, la conduite, la vraifemblance et l'intérêt, fupérieure à toutes vos autres pièces de théâtre, quoique Mahomet ait plus de force, et Brutus de plus beaux vers.

Ma fœur *Ulrique* voit votre rêve (1) accompli en partie; un roi la demande pour époufe; les vœux de toute la nation fuédoife font pour elle. C'eft un enthoufiafme et un fanatifme auquel ma tendre amitié

(1) Voyez la petite pièce de vers: *Souvent un air de vérité*, &c. et remarquez parcette lettre combien le roi était éloigné de répondre à ce madrigal par les vers infames que les vils détracteurs de M. de *Voltaire* ont ofé fuppofer.

M 4

1744.

—— pour elle a été obligée de céder. Elle va dans un pays où fes talens lui feront jouer un grand et beau rôle.

Dites, s'il vous plaît, à *Rothembourg*, fi vous le voyez, que ce n'eft pas bien à lui de ne me point écrire depuis qu'il eft à Paris. Je n'entends non plus parler de lui que s'il était à Pékin. Votre air de Paris eft comme la fontaine de Jouvence, et vos voluptés comme les charmes de *Circé*; mais j'efpère que *Rothembourg* échappera à la métamorphofe.

Adieu, admirable hiftorien, grand poëte, charmant auteur de cette Pucelle, invifible et trifte prifonnière de *Circé*; adieu à l'amant de la cuifinière de *Valory*, de madame *du Châtelet* et de ma fœur. Je me recommande à la protection de tous vos talens, et fur-tout de votre goût pour l'étude, dont j'attends mes plus doux et plus agréables amufemens.

FÉDÉRIC.

On démeuble la maifon que l'on avait commencé à meubler pour vous à Berlin.

LETTRE LXXXVIII. (*)

DU ROI.

A Berlin, le 18 de décembre.

1746.

—— LE marquis de *Paulmy* fera reçu comme le fils d'un miniftre français que j'eftime, et comme un nourriffon du Parnaffe accrédité par *Apollon* même. Je fuis bien fâché que le chemin du duc de *Richelieu* ne le

(*) On n'a rien trouvé de 1745, et peu de lettres des années fuivantes.

conduife pas par Berlin ; il a la réputation de réunir
mieux qu'homme de France les talens de l'efprit et
de l'érudition aux charmes et à l'illufion de la politeffe. C'eft le modèle le plus avantageux à la nation
françaife que fon maître ait pu choifir pour cette
ambaffade ; un homme de tout pays , citoyen de
tous les lieux , et qui aura dans tous les fiècles les
mêmes fuffrages que lui accordent Paris , la France ,
et l'Europe entière.

Je fuis accoutumé à me paffer de bien des agrémens dans la vie. J'en fupporterai plus facilement la
privation de la bonne compagnie dont les gazettes
nous avaient annoncé la venue.

Tant que vous ne mourrez que par métaphore ,
je vous laifferai faire. Confeffez-vous , faites-vous
graiffer la phyfionomie des faintes huiles , recevez à
la fois les fept facremens , fi vous le voulez ; peu
m'importe : cependant dans votre foi-difante agonie
je me garderai bien d'avoir autant de fécurité que
les Hollandais en ont eu envers le maréchal de *Saxe*.
Certes , vous autres Français , vous êtes étonnans !
Vos héros gagnent des batailles ayant la mort fur les
lèvres , et vos poëtes font des ouvrages immortels à
l'agonie. Que ne ferez-vous pas , fi jamais la nature
fe plaît par un caprice à vous rendre fains et robuftes !

Les anecdotes fur la vie privée de *Louis XIV* m'ont
fait bien du plaifir , quoique à la vérité je n'y aye pas
trouvé des chofes nouvelles. Je voudrais que vous
n'écriviffiez point la campagne de 44 , et que vous
miffiez la dernière main au Siècle de *Louis le grand*.
Les auteurs contemporains font accufés par tous les
fiècles d'être tombés dans les aigreurs de la fatire ou

—— dans la fatuité de la flatterie. S'il y a moyen de vous
faire faire un mauvais ouvrage, c'est en vous obli-
geant à travailler à celui que vous avez entrepris.
C'est aux hommes à faire de grandes choses, et à la
postérité impartiale à prononcer sur eux et sur leurs
actions.

Croyez-moi, achevez la Pucelle. Il vaut mieux
dérider le front des honnêtes gens que de faire des
gazettes pour des polissons. Un *Hercule* enchaîné et
retenu par trop d'entraves, doit perdre sa force et
devenir plus flasque que le lâche *Pâris*.

Il semble que le dauphin ne se marie que pour
exercer votre génie. Sémiramis fait autant de bruit
en Allemagne que la nouvelle dauphine en fait en
France. Mettez-moi donc en état de juger ou de
l'une ou de l'autre, et de joindre mes suffrages à
ceux de Versailles.

Maupertuis se remet de sa maladie. Toute la ville
s'intéresse à son sort; c'est notre Palladium, et la
plus belle conquête que j'aye faite de ma vie. Pour
vous qui n'êtes qu'un inconstant, un ingrat, un
perfide, un . . . que ne vous dirais-je pas, si je ne
fefais grâce à vous et à tous les Français en faveur de
Louis XV.

Adieu; les vêpres de la comédie sonnent. *Barbarin,
Cochois, Hauteville* m'appellent; je vais les admirer.
J'aime la perfection dans tous les métiers, dans tous
les arts; c'est pourquoi je ne saurais refuser mon
estime à l'auteur de la Henriade.

FÉDÉRIC.

LETTRE LXXXIX.

DE M. DE VOLTAIRE.

À Cirey, le 24 de janvier.

SIRE,

1747.

JE reçois enfin le paquet du 24 novembre; un maudit courrier qui était chargé de ce paquet enfermé dans une boîte envoyée de Paris à madame *du Châtelet*, l'avait porté à Strasbourg toujours courant, et ensuite l'avait laissé dans la ville de Troyes à dix-huit lieues d'ici.

> Tous les amiraux d'Albion
> Auraient eu le temps de nous rendre
> Les ruines du Cap-breton,
> Et nous le temps de les reprendre,
> Pendant que cet aimable don
> De mon Frédéric-Apollon
> A Cirey se fesait attendre.

On revient toujours à ses goûts ; vous refaites des vers quand vous n'avez plus de batailles à donner. Je croyais que vous vous étiez mis tout entier à la profe.

> Mais il faut que votre génie,
> Que rien n'a jamais limité,
> S'élance avec rapidité
> Du haut du mont inhabité
> Où pâlit la Philofophie
> Jufqu'en ce pays enchanté
> Où folâtre la Poëfie.

1747. Vous donnez fur les oreilles aux Autrichiens et aux Saxons, vous donnez la paix dans la capitale d'un roi ennemi (*), vous approfondiſſez la métaphyſique, vous écrivez les mémoires d'un ſiècle dont vous êtes le premier homme; enfin vous faites des vers, et aſſurément vous en faites plus que moi qui n'en peux plus et qui laiſſe là le métier.

Je n'ai point encore vu ceux dont vous régalez M. de *Maurepas;* mais j'avais déjà l'épître dont vous avez honoré le préſident de votre académie; ils ſont très-jolis. Le *du Gué-Trouin demi-homme et demi-marſouin* eſt bien plaiſant; mais l'*épître ſur la vanité de la gloire et de l'intérêt* me charme encore davantage.

Le portrait de l'inſulaire

> *Qui de ſon cabinet penſe agiter la terre,*
> *De ſes propres ſujets habile ſéducteur,*
> *Des princes et des rois dangereux corrupteur,* &c.

eſt un morceau de la plus grande force et de la plus grande beauté. Tous les travers de l'homme ſont fort bien touchés dans cette épître.

> Des fous qui s'en font tant accroire
> Vous peignez les légéretés;
> De nos vaines témérités
> Vos vers ſont la fidelle hiſtoire:
> On peut fronder les vanités
> Quand on eſt au ſein de la gloire.

Je croirais volontiers que l'*ode ſur la guerre* eſt de quelque pauvre citoyen, bon poëte, laſſé de payer

(*) La paix de Dreſde, du 25 décembre 1746.

le dixième et le dixième du dixième , et de voir ravager fa terre ; point du tout ; elle eſt du roi qui a commencé la noiſe , qui a gagné les armes à la main une province et cinq batailles.

Sire , votre Majeſté fait de beaux vers , mais elle ſe moque du monde. Toutefois qui ſait ſi vous ne penſez pas tout cela quand vous écrivez ? Il ſe peut très-bien faire que l'humanité vous parle dans le même cabinet où la politique et la gloire ont ſigné les ordres pour aſſembler des armées. On eſt animé aujourd'hui par les paſſions des héros ; demain on penſera en philoſophe. Tout cela s'accorde à merveille , ſelon que les roues de la machine penſante ſont montées ; et je vous aſſure que votre perſonne m'eſt la preuve de ce que vous daignâtes m'écrire , il y a dix ans , ſur la liberté de l'homme.

J'ai relu , il n'y a pas long-temps , ce petit morceau ; il fait trembler ; et plus j'y penſe , plus je reviens à l'avis de votre Majeſté. J'avais grande envie que nous fuſſions libres ; j'ai fait tout ce que j'ai pu pour le croire. L'expérience et la raiſon me convainquent que nous ſommes des machines faites pour aller un certain temps , comme il plaît à Dieu. Remerciez la nature de la façon dont votre machine eſt faite ; je la remercie , moi , de ce qu'elle a été montée pour écrire l'*épître à Hermotime*.

Le vainqueur de l'Aſie , en ſubjuguant cent rois
Dans le rapide cours de ſes brillans exploits ,
Eſtimait Ariſtote et méditait ſon livre.
Heureux ſi ſa raiſon plus docile à le ſuivre ,
Réprimant un courroux trop fatal à Clitus ,
N'eût par ce meurtre affreux obſcurci ſes vertus !

Mais ce même Alexandre apaisant sa furie,
En faveur de Pindare épargna sa patrie.

Personne n'a fait en France de meilleurs vers que ceux-là, et il y en a beaucoup dans cette épître qui ont autant de force, de clarté et d'élégance. Votre Majesté a déjà peut-être lu Catilina; elle verra si nos académiciens écrivent aussi bien qu'elle.

Grand merci, Sire, de ce que dans votre ode sur votre académie vous daignez employer dans les chutes des strophes les trois petits vers de trois pieds; c'est une mesure dont je croyais m'être seul servi. Vous la consacrez en l'embellissant. Je ne connais guère de mesure plus harmonieuse; il y a peu d'oreilles qui sentent ces délicatesses; votre géomètre borgne (1) dont votre Majesté parle, n'en sait rien. Nous sommes dans le monde un petit nombre d'adeptes qui nous y connaissons; le reste est profane. Il faudrait que tous les adeptes fussent à votre cour.

LETTRE XC.

DU ROI.

Du 22 février.

Vous n'avez donc point fait votre Sémiramis pour Paris; on ne se donne pas non plus la peine de travailler avec soin une tragédie pour la laisser vieillir dans un porte-feuille. Je vous devine; avouez donc

---

(1) Ce géomètre borgne est *Léonard Euler*, l'un des plus grands hommes de notre siècle; il est très-vrai qu'il ne se connaissait pas en vers français.

que cette pièce a été compofée pour notre théâtre
de Berlin : à coup sûr, c'eſt une galanterie que vous
me faites et que votre difcrétion ou votre modeſtie
vous empêche d'avouer. Je vous en fais mes remercîmens à la lettre, et j'attends la pièce pour l'applaudir ; car on peut applaudir d'avance quand il s'agit
de vos ouvrages. Il n'y a qu'une injuſtice extrême
de la part du public ou plutôt les intrigues et les
cabales qui peuvent vous enlever les louanges que
vous méritez.

1747.

Voilà donc votre goût décidé pour l'hiſtoire :
fuivez, puifqu'il le faut, cette impulſion étrangère ;
je ne m'y oppofe pas. L'ouvrage qui m'occupe n'eſt
point dans le genre de mémoires ni de commentaires;
mon perfonnel n'y entre pour rien. C'eſt une fatuité
en tout homme de fe croire un être affez remarquable
pour que tout l'univers foit informé du détail de ce
qui concerne fon individu. Je peins en grand le
bouleverfement de l'Europe ; je me fuis appliqué à
crayonner les ridicules et les contradictions que l'on
peut remarquer dans la conduite de ceux qui la
gouvernent. J'ai rendu le précis des négociations les
plus importantes, des faits de guerre les plus remar-
quables ; et j'ai affaifonné ces récits de réflexions fur
les caufes des événemens et fur les différens effets
qu'une même chofe produit quand elle arrive dans
d'autres temps, ou chez différentes nations. Les
détails de guerre que vous dédaignez font fans doute
ces longs journaux qui contiennent l'ennuyeufe énu-
mération de cent minuties, et vous avez raifon fur
ce fujet ; cependant il faut diſtinguer la matière de
l'inhabileté de ceux qui la traitent pour la plupart

—— du temps. Si on lifait une defcription de Paris où l'auteur s'amusât à donner l'exacte dimenfion de toutes les maifons de cette ville immenfe, et où il n'omît pas jufqu'au plan du plus vil brelan, on condamnerait ce livre et l'auteur au ridicule; mais on ne dirait pas pour cela que Paris eft une ville ennuyeufe. Je fuis du fentiment que de grands faits de guerre écrits avec concifion et vérité, qui développent les raifons qu'un chef d'armée a eues en fe décidant, et qui expofent pour ainfi dire l'ame de fes opérations ; je crois , je le répète ; que de pareils mémoires doivent fervir d'inftruction à tous ceux qui font profeffion des armes. Ce font des leçons qu'un anatomifte fait à des fculpteurs, qui leur apprennent par quelles contractions les mufcles du corps humain fe remuent. Tous les arts ont des exemples et des préceptes. Pourquoi la guerre qui défend la patrie et fauve les peuples d'une ruine prochaine n'en aurait-elle pas ?

Si vous continuez à écrire fur ces dernières guerres ce fera à moi à vous céder ce champ de bataille ; auffi-bien mon ouvrage n'eft - il pas fait pour le public. J'ai penfé très-férieufement trépaffer ayant eu une attaque d'apoplexie imparfaite ; mon tempérament et mon âge m'ont rappelé à la vie. Si j'étais defcendu là-bas, j'aurais guetté *Lucrèce* et *Virgile*, jufqu'au moment que je vous aurais vu arriver ; car vous ne pourrez avoir d'autre place dans l'Elyfée qu'entre ces deux meffieurs-là. J'aime cependant mieux vous appointer dans ce monde-ci ; ma curiofité fur l'infini et fur les principes des chofes n'eft pas affez grande pour me faire hâter le grand voyage.

Vous

Vous me faites efpérer de vous revoir ; je ne m'en
réjouirai que quand je vous verrai , car je n'ajoute
pas grand'foi à ce voyage : cependant vous pouvez
vous attendre à être bien reçu ;

Car je t'aime toujours tout ingrat et vaurien ,
Et ma facilité fait grâce à ta faibleffe ;
Je te pardonne tout avec un cœur chrétien.

Le duc de *Richelieu* a vu des dauphines , des fêtes ,
des cérémonies et des fats ; c'eft le lot d'un ambaffadeur. Pour moi j'ai vu le petit *Paulmy* auffi doux
qu'aimable et fpirituel. Nos beaux efprits l'ont déva-
lifé en paffant, et il a été obligé de nous laiffer une
comédie charmante qui a eu affez de fuccès à la
repréfentation ; il doit être à préfent à Paris. Je
vous prie de lui faire mes complimens , et de lui
dire que fa mémoire fubfiftera toujours ici avec celle
des gens les plus aimables.

Vous avez prêté votre Pucelle à la ducheffe de
Wirtemberg ; apprenez qu'elle l'a fait copier pendant
la nuit. Voilà les gens à qui vous vous confiez ; et
les feuls qui méritent votre confiance, ou plutôt à
qui vous devriez vous abandonner tout entier, font
ceux avec lefquels vous êtes en défiance. Adieu ;
puiffe la nature vous donner affez de force pour
venir dans ce pays-ci , et vous conferver encore de
longues années pour l'ornement des lettres et pour
l'honneur de l'efprit humain !

LETTRE XCI.

DE M. DE VOLTAIRE.

Mars.

1747.

Les fileufes des deftinées,
Les Parques ayant mille fois
Entendu les ames damnées
Parler là-bas de vos exploits,
De vos rimes fi bien tournées,
De vos victoires, de vos lois,
Et de tant de belles journées,
Vous crurent le plus vieux des rois,
Alors des rives du Cocyte,
A Berlin vous rendant vifite,
Atropos vint avec le Temps,
Croyant trouver des cheveux blancs,
Front ridé, face décrépite,
Et difcours de quatre-vingts ans.
Que l'inhumaine fut trompée!
Elle aperçut de blonds cheveux,
Un teint fleuri, de grands yeux bleus,
Et votre flûte et votre épée;
Elle fongea, pour mon bonheur,
Qu'Orphée autrefois par fa lyre,
Et qu'Alcide par fa valeur,
La bravèrent dans fon empire.
Elle trembla quand elle vit
Ce grand homme qui réunit

Les dons d'Orphée et ceux d'Alcide ;
Doublement elle vous craignit,

Et jetant son ciseau perfide,
Chez ses sœurs elle s'en alla,
Et pour vous le trio fila
Une trame toute nouvelle,
Brillante, dorée, immortelle,
Et la même que pour Louis ;
Car vous êtes tous deux amis :
Tous deux vous forcez des murailles,
Tous deux vous gagnez des batailles
Contre les mêmes ennemis :
Vous régnez sur des cœurs soumis,
L'un à Berlin, l'autre à Versailles.
Tous deux un jour... mais je finis.
Il est trop aisé de déplaire
Quand on parle aux rois trop long-temps ;
Comparer deux héros vivans
N'est pas une petite affaire.

Vraiment, Sire, je ne vous dirais pas de ces bagatelles rimées, et je serais bien loin de plaisanter, si
votre lettre, en me rassurant, ne m'avait inspiré de la
gaieté. La Renommée, qui a toujours ses cent bouches
ouvertes pour parler des rois, et qui en ouvre mille
pour vous, avait dit ici que votre Majesté était à
l'extrémité, et qu'il y avait très-peu d'espérance.
Cette mauvaise nouvelle, Sire, vous aurait fait grand
plaisir, si vous aviez vu comme elle fut reçue.
Comptez qu'on fut consterné, et qu'on ne vous
aurait pas plus regretté dans vos Etats. Vous auriez
joui de toute votre renommée, vous auriez vu l'effet
que produit un mérite unique sur un peuple sensible ;

———— vous auriez senti toute la douceur d'être chéri d'une nation qui, avec tous ses défauts, est peut-être dans l'univers la seule dispensatrice de la gloire. Les Anglais ne louent que les Anglais ; les Italiens ne sont rien ; les Espagnols n'ont plus guère de héros, et n'ont pas un écrivain ; les monades de *Leibnitz* en Allemagne et l'harmonie préétablie n'immortaliseraient aucun grand homme. Vous savez, Sire, que je n'ai pas de prévention pour ma patrie ; mais j'ose assurer qu'elle est la seule qui élève des monumens à la gloire des grands hommes qui ne sont pas nés dans son sein.

Pour moi, Sire, votre péril me fit frémir, et me coûta bien des larmes. Ce fut M. de *Paulmy* qui m'apprit que votre Majesté se portait bien, et qui me rendit ma joie.

Je serais tenté de croire que les pilules de *Sthal* doivent faire du bien au roi de Prusse ; elles ont été inventées à Berlin, et elles m'ont presque guéri en dernier lieu. Si elles ont un peu raccommodé mon corps cacochyme, que ne feront-elles point au tempérament d'un héros ?

LETTRE XCII.

DU ROI.

24 avril.

Vous rendez la Mort si galante,
Et le Tartare si charmant,
Que cette image décevante
Séduit mon esprit et le tente
D'en tâter pour quelque moment ;

1747.

Mais, de cette demeure fombre
Où Proferpine avec Pluton
Gouverne le funefte nombre
D'habitans du noir Phlégéton,
Je n'ai point vu revenir d'ombre.

J'ignore fi dans ce canton
Les beaux efprits ont le bon ton;
Et le voyage eft de nature
Qu'en s'embarquant avec Caron
La retraite n'eft pas trop fûre.
Laiffons donc à la Fiction
La tranquille poffeffion
Du royaume de l'autre monde,
Source où l'imagination,
En nouveautés toujours féconde,
Puife le fyftême où fe fonde
La populaire opinion.
Qu'un fanatique ridicule
Y place fon plus doux efpoir;
Qu'on prépare pour ce manoir
Un quidam que la fièvre brûle,
S'il faut lui dorer la pilule
Pour l'envoyer tout confolé,
Bien lefté, faintement huilé,
Paffer en pompe triomphale
Au bord de la rive infernale :
Moi qui ne fuis point affublé
De vifion théologale,
Je préfère à cette morale
La folide réalité
Des voluptés de cette vie.
Je laiffe la félicité

Dont on prétend qu'elle est suivie
A quelque docteur entêté,
Dont l'ame au plaisir engourdie
Ne vit que dans l'éternité ;
A cette engeance triste et folle
Des Mallebranches de l'école,
Grands alambiqueurs d'argumens,
Dont la raison et le bon sens
Subtilement des bancs s'envole;
Attendant un Roland nouveau
Qui, par pitié pour leur cerveau,
Aille recouvrer leur fiole.

Pour moi qui me ris de ces fous,
Je m'abandonne sans faiblesse
Aux plaisirs que m'offrent mes goûts;
Et lorsque mon démon m'oppresse,
Aux riches sources du Permesse
J'ose encor puiser quelquefois.
Mais l'âge fane ma jeunesse;
Mon front fillonné par ses doigts
M'apprend, hélas ! que la vieillesse
Vient pour me ranger sous ses lois.

Adieu, beaux jours, plaisirs, folie,
Brillante imagination,
Enfans de mon naissant génie;
Adieu, petillante saillie,
Vos charmes sont hors de saison;
Et la sagesse, me dit-on,
Doit sur la physionomie
D'un républicain de Platon
Imprimer l'air froid de Caton.

Adieu, beaux vers, douce harmonie,
Frénétique métromanie,
Immortelle cour d'Apollon,
Qui jurez dans la compagnie
De la pourpre et de la raifon.
Ma mufe du Pinde profcrite
M'avertit que fon Dieu la quitte.
Ainfi donc j'abandonnerai
Cette féduifante carrière ;
Mais tant que je vous y verrai,
Affis auprès de la barrière,
Battant des mains j'applaudirai.

Je vous rends un peu de laiton pour de l'or pur
que vous m'envoyez. Il n'eft en vérité rien au-deffus
de vos vers. J'en ai vu que vous adreffez à *Algarotti*
qui font charmans, mais ceux qui font pour moi font
encore au-deffus des autres.

La Sémiramis m'eft parvenue en même temps,
remplie de grandes beautés de détail et de ces fuperbes
tirades qui confirment le goût décidé que j'ai pour
vos ouvrages. Je ne fais cependant fi les fpectres et
les ombres que vous mettez dans cette pièce lui donneront tout le pathétique que vous vous en promettez.
L'efprit du dix-huitième fiècle fe prête à ce merveilleux lorfqu'il eft en récit, et c'eft un peu hafarder que
de le mettre en action. Je doute que l'ombre du grand
Ninus faffe des profélytes. Ceux qui croient à peine
en DIEU doivent rire quand ils voient des démons
jouer un rôle fur le théâtre.

Je hafarde peut-être trop de vous expofer mes
doutes fur une chofe dont je ne fuis pas juge compé-
tent. Si c'était quelque manifefte, quelque alliance,

—— ou quelque traité de paix , peut-être pourrais-je en
1747. raifonner plus à mon aife, et bavarder politique ; ce
qui eft le plus fouvent traveftir en héroïfme la four-
berie des hommes.

Je me fuis à préfent enfoncé dans l'hiftoire ; je
l'étudie, je l'écris, plus curieux de connaître celle des
autres que de favoir la fin de la mienne. Je me porte
mieux à préfent ; je vous conferve toujours mon
eftime , et je fuis toujours dans les difpofitions de
vous recevoir ici avec empreffement. Adieu.

FÉDÉRIC.

Faites, je vous prie, mes complimens à madame
du Châtelet, et remerciez-la de la part qu'elle prend à
ce qui me regarde.

LETTRE XCIII.

DU ROI.

A Potfdam, le 29 de novembre.

1748.

EN vain veux-je vous arrêter ;
Partez donc, indifcrète Mufe,
Allez vous-même déclamer
Vos vers que Vaugelas récufe,
Et chez l'Homère des Français
Etaler l'amas des portraits
Qu'a peints votre verve diffufe.

Quels font vos étranges exploits?
A-t-on jamais entendu l'âne
Provoquer de fa voix profane
Le chantre aimable de nos bois?

Et vous, babillarde caillette,
Allez, fans raifon, fans fujet,
Auprès du plus fameux poëte,
Afin d'exciter fa trompette
Par les fons de mon flageolet.

Partez donc, je n'y fais que faire.
Puifqu'il le faut, voyez, Voltaire,
Le fatras énorme et complet
De mille rimes infenfées
Qui, malgré moi, comme il leur plaît,
Ont défiguré mes penfées;
Mais fur-tout gardez le fecret.

Voilà la façon dont j'ai parlé à ma mufe ou à mon efprit; j'y ajoutais encore quelques réflexions. *Voltaire*, leur difais-je, eft malheureux; un libraire avide de fes ouvrages, ou quelque éditeur familier lui volera un jour fa caffette, et vous aurez le malheur, mes vers, de vous y trouver et de paraître dans le monde malgré vous; mais fentant que cette réflexion n'eft qu'un effet de l'amour propre, j'opinai pour le départ des vers, trouvant dans le fond que ces laborieux ouvrages, au lieu de trouver une place dans votre caffette, ferviraient mieux dans la tabagie du roi *Staniflas*. Qu'on les brûle! c'eft la plus belle mort qu'ils peuvent attendre. A propos du roi *Staniflas*,

—— je trouve qu'il mène une vie fort heureufe ; on dit
1748. qu'il enfume madame *du Châtelet* et le gentilhomme
ordinaire de la chambre de *Louis XV*, c'eft-à-dire qu'il
ne peut fe paffer de vous deux. Cela eft raifonnable,
cela eft bien. Le fort des hommes eft bien différent;
tandis qu'il jouit de tous les plaifirs , moi pauvre
fou , peut-être maudit de D I E U , je verfifie. Paffons
à des fujets plus graves. Savez-vous bien que je me
fuis mis en colère contre vous , et cela tout de bon?
Comment pourrait-on ne point fe fâcher? car

Du plus bel efprit de la France,
Du poëte le plus brillant,
Je n'ai reçu depuis un an
Ni vers ni pièce d'éloquence.

C'eft, dit-on, que Sémiramis
L'a retenu dans Babylone;
Cette nouvelle Tifiphone
Fait-elle oublier des amis?
Peut-être écrit-il de Louis
La campagne en exploits fameufe,
Où , vainqueur de fes ennemis,
Les bords orgueilleux de la Meufe
Arborèrent les fleurs de lis.

Jamais l'ouvrage ne dérange
Un efprit fublime et profond.
D'où vient donc ce filence étrange?
On dirait qu'un beau jour Caron,
Infpiré par un mauvais ange,
Vous a tranfporté chez Pluton,

Dans ce manoir funeste et sombre
Où le sot vaut l'homme d'esprit,
D'où jamais ne sortit une ombre,
Où l'on n'aime, ne boit, ni rit.

Cependant un bruit court en ville,
De Paris l'on mande tout bas
Que Voltaire est à Lunéville;
Mais quels contes ne fait-on pas?
Un instant m'en rappelle mille.

Deux rois, dit-on, sont vos galans;
L'un roi sans peuple et sans couronne,
L'autre si puissant qu'il en donne
A ses beaux-fils, à ses parens.

Au nombre des rois vos amans
J'en ajouterais un troisième;
Mais la décence et le bon sens
M'ont empêché depuis long-temps
D'oser vous parler de moi-même.

Malgré ce silence, j'exciterai d'ici votre ardeur pour
l'ouvrage. Je ne vous dirai point : Vaillant fils de
Télamon, ranimez votre courage aujourd'hui que
tous vos généreux compagnons sont hors de combat,
et que le sort des Grecs dépend de votre bras. Mais,
achevez l'histoire de *Louis le grand* : et ayant eu l'honneur de donner à la France un *Virgile*, ajoutez-y la
gloire de lui donner un *Arioste*.

Les nouvelles publiques m'ont mis de mauvaise
humeur. Je trouve que comme vous n'êtes point à

—— Paris, vous feriez tout auffi bien à Berlin qu'à Luné-
1748. ville. Si madame *du Châtelet* eft une femme à compofition, je lui propofe de lui emprunter fon *Voltaire* à
gage. Nous avons ici un gros cyclope de géomètre
que nous lui engagerons contre le bel efprit ; mais
qu'elle fe détermine vîte. Si elle foufcrit au marché,
il n'y a point de temps à perdre. Il ne refte plus qu'un
œil à notre homme ; et une courbe nouvelle qu'il
calcule à préfent pourrait le rendre aveugle tout-à-fait
avant que notre marché fût conclu. Faites-moi favoir
fa réponfe, et recevez en même temps de bonne part
les profondes falutations que ma mufe fait à votre
puiffant génie. Adieu.

FÉDÉRIC.

LETTRE XCIV.

DU ROI.

De Potfdam, le 13 février.

—— JE reçois avec plaifir deux de vos lettres à la fois :
1749. avouez-moi que ce grand envoi de vers vous a paru
affez ridicule. Il me femble que c'eft *Therfite* qui
veut faire affaut de valeur contre *Achille*. J'efpérais
qu'à vos lettres vous joindriez une critique de mes
pièces, comme vous en ufiez autrefois lorfque j'étais
habitant de Remusberg, où le pauvre *Keyferling* que je
regrette et que je regretterai toujours, vous admirait.
Mais *Voltaire* devenu courtifan ne fait donner que des

louanges ; le métier en eſt , je l'avoue , moins
dangereux. Ne penſez pas cependant que ma gloire 1749.
poëtique ſe fût offenſée de vos corrections ; je n'ai
point la fatuité de préſumer qu'un allemand faſſe
de bons vers français.

> La critique douce et civile
> Pour un auteur eſt un grand bien ;
> Dans ſon amour propre imbécille,
> Sur ſes défauts il ne voit rien.
> Ce flambeau divin qui l'éclaire
> Bleſſe à la vérité ſes yeux ,
> Mais bientôt il n'en voit que mieux ;
> Il corrige , il devient ſévère.
> Qui tend à la perfection,
> Limant , poliſſant ſon ouvrage,
> Diſtingue la correction
> De la ſatire et de l'outrage.

Ayez donc la bonté de ne point m'épargner ; je
ſens que je pourrai faire mieux , mais il faut que
vous me diſiez comment.

Ne penſez-vous pas que de bien faire des vers eſt
un acheminement pour bien écrire en proſe ? le ſtyle
n'en deviendrait-il pas plus énergique , ſur-tout ſi
l'on prend garde de ne point charger la proſe d'épi-
thètes , de périphraſes et de tours trop poëtiques ?

J'aime beaucoup la philoſophie et les vers. Quand
je dis philoſophie , je n'entends ni la géométrie ni
la métaphyſique : la première quoique ſublime n'eſt
point faite pour le commerce des hommes ; je l'abandonne à quelque rêve-creux d'anglais ; qu'il gouverne

—— le ciel comme il lui plaira, je m'en tiens à la planète que j'habite ; pour la métaphyſique, c'eſt, comme vous le dites très-bien, un ballon enflé de vent. Quand on fait tant que de voyager dans ce pays-là, on s'égare entre des précipices et des abymes ; et je me perſuade que la nature ne nous a point faits pour deviner ſes ſecrets, mais pour coopérer au plan qu'elle s'eſt propoſé d'exécuter. Tirons tout le parti que nous pouvons de la vie ; et ne nous embarraſ-ſons point ſi ce ſont des mobiles ſupérieurs qui nous font agir, ou ſi c'eſt notre liberté. Si cependant j'oſais haſarder mon ſentiment ſur cette matière, il me ſemble que ce ſont nos paſſions et les conjonc-tures dans leſquelles nous nous trouvons qui nous déterminent. Si vous voulez remonter *ad priora*, je ne ſais point ce qu'on en pourra conclure. Je ſens bien que c'eſt ma volonté qui me fait faire des vers, tant bons que mauvais ; mais j'ignore ſi c'eſt une impul-ſion étrangère qui m'y force : toutefois lui devrais-je ſavoir mauvais gré de ne pas mieux m'inſpirer.

Ne vous étonnez point de mon *ode ſur la guerre;* ce ſont, je vous aſſure, mes ſentimens. Diſtinguez l'homme d'état du philoſophe, et ſachez qu'on peut faire la guerre par raiſon, qu'on peut être politique par devoir et philoſophe par inclination. Les hommes ne ſont preſque jamais placés dans le monde ſelon leur choix : de-là vient qu'il y a tant de cordon-niers, de prêtres, de miniſtres et de princes, mauvais.

Si tout était bien aſſorti
Sur ce ridicule hémiſphère,
L'ouvrier, quittant ſon outil,
Serait amiral ou corſaire ;

Le roi peut-être charbonnier ;
Le général un maltotier ;
Le berger maître de la terre ;
L'auteur un grand foudre de guerre ;
Mais raffurons-nous là-deffus ,
Chacun confervera fa place ;
Le monde va par fes vieux us ;
Et jufqu'à la dernière race
On y verra mêmes abus.

A propos de vers , vous me demandez ce que je penfe de la tragédie de *Crébillon*. J'admire l'auteur de Rhadamifte, d'Electre et de Sémiramis , qui font de toute beauté ; et le Catilina de *Crébillon* me paraît l'Attila de *Corneille* , avec cette différence , que le moderne eft bien au-deffus de fon prédéceffeur pour la fabrique des vers. Il paraît que *Crébillon* a trop défiguré un trait de l'hiftoire romaine , dont les moindres circonftances font connues. De tout fon fujet , *Crébillon* ne conferve que le caractère de *Catilina*. *Cicéron* , *Caton*, la république romaine et le fond de la pièce , tout eft fi fort changé et même avili , que l'on n'y reconnaît rien que les noms. Par cela même *Crébillon* a manqué d'intéreffer fes auditeurs. *Catilina* y eft un fourbe furieux que l'on voudrait voir punir, et la république romaine un affemblage de fripons pour lefquels on eft indifférent. Il fallait peindre Rome grande , et les fupports de fa liberté auffi généreux que fages et vertueux ; alors le parterre ferait devenu citoyen romain , et aurait tremblé avec *Cicéron* fur les entreprifes audacieufes de *Catilina*. De plus , il n'y a aucun endroit où le projet de la

—— conjuration foit clairement développé ; on ignore quel était le véritable deſſein de *Catilina ;* et il me ſemble que ſa conduite eſt celle d'un homme ivre. Vous aurez remarqué encore que les interlocuteurs varient à chaque ſcène ; il ſemble qu'ils n'y viennent que pour faire changer de dialogue à *Catilina :* on peut retrancher de la pièce, ſans y rien changer, *Lentulus* et les ambaſſadeurs gaulois qui ne ſont que des perſonnages inutiles, pas même épiſodiques. Le quatrième acte eſt le plus mauvais de tous ; ce n'eſt qu'un perſifflage ; et dans le cinquième acte, *Catilina* vient ſe tuer dans le temple, parce que l'auteur avait beſoin d'une cataſtrophe. Il n'y a aucune raiſon valable qui l'amène là ; il ſemble qu'il devait ſortir de Rome comme fit effectivement le vrai *Catilina.*

Ce n'eſt que la beauté de l'élocution et le caractère de *Catilina* qui ſoutiennent cette pièce ſur le théâtre français. Par exemple, lorſque *Catilina* eſt amoureux, c'eſt comme un conjuré, rempli d'ambition, doit l'être.

C'eſt l'ouvrage des ſens, non le faible de l'ame.

Quelle force n'y a - t - il pas dans ces caractères rapides de *Cicéron* et de *Caton ?*

Timide, ſoupçonneux èt prodigue de plaintes, *&c.*

En un mot, cette pièce me paraît un dialogue divinement rimé. Souvenez-vous cependant que la critique eſt aiſée et que l'art eſt difficile.

Je n'ai compté vous revoir que cet été ; ſi cela ſe

peut,

peut, et que vous faffiez un tour ici au mois de juillet, cela me fera beaucoup de plaifir. Je vous promets la lecture d'un poëme épique de quatre mille vers ou environ , dont *Valory* eft le héros ; il n'y manque que cette fervante qui alluma dans vos fens des feux féditieux que fa pudeur fut réprimer vivement. Je vous promets même des belles plus traitables. Venez fans dents , fans oreilles , fans yeux et fans jambes , fi vous ne le pouvez autrement : pourvu que ce je ne fais quoi qui vous fait penfer et qui vous infpire de fi belles chofes , foit du voyage , cela me fuffit. Je recevrai volontiers les fragmens des campagnes de *Louis XV* , mais je verrai avec plus de fatisfaction encore la fin du *Siècle de Louis XIV*. Vous n'achevez rien , et cet ouvrage feul ferait la réputation d'un homme. Il n'y a plus que vous de poëte français , et que *Voltaire* et *Montefquieu* qui écrivent en profe. Si vous faites divorce avec les Mufes , à qui fera-t-il déformais permis d'écrire ? ou , pour mieux dire , de quel ouvrage moderne pourra-t-on foutenir la lecture ?

Ne boudez donc point avec le public , et n'imitez point le dieu d'*Abraham* , d'*Ifaac* et de *Jacob* , qui punit les crimes des pères jufqu'à la quatrième géné-ration. Les perfécutions de l'envie font un tribut que le mérite paye au vulgaire. Si quelques miférables auteurs clabaudent contre vous , ne vous imaginez pas que les nations et la poftérité en feront les dupes. Malgré la vétufté des temps nous admirons encore les chefs - d'œuvre d'Athènes et de Rome : les cris d'*Efchine* n'obfcurciffent point la gloire de *Démofthènes* ; et quoi qu'en dife *Lucain* , *Céfar* paffe

——— et paſſera pour un des plus grands hommes que
1749. l'humanité ait produits. Je vous garantis que vous
ferez diviniſé après votre mort. Cependant ne
vous hâtez pas de devenir dieu ; contentez-vous
d'avoir votre apothéoſe en poche , et d'être eſtimé
de toutes les perſonnes qui ſont au-deſſus de l'envie
et des préjugés , au nombre deſquelles je vous prie
de me compter.

LETTRE XCV.

DU ROI.

De Potſdam , le 5 mars.

IL y a de quoi purger toute la France avec les
pilules que vous me demandez , et de quoi tuer vos
trois académies. Ne vous imaginez pas que ces pilules
ſoient des dragées ; vous pourriez vous y tromper.
J'ai ordonné à d'*Arget* de vous envoyer de ces pilules
qui ont une ſi grande réputation en France , et que
le défunt *Sthal* feſait faire par ſon cocher : il n'y a ici
que les femmes groſſes qui s'en ſervent. Vous êtes en
vérité bien ſingulier de me demander des remèdes , à
moi qui fus toujours incrédule en fait de médecine.

> Quoi! vous avez l'eſprit crédule
> A l'égard de vos médecins,
> Qui, pour vous dorer la pilule,
> N'en ſont pas moins des aſſaſſins!

Vous n'avez plus qu'un pas à faire,
Et je vois mon dévot Voltaire
Nasiller chez les capucins.

Faites ce que vous pourrez pour vous guérir; il n'y a de vrai bien en ce monde que la santé; que ce soit les pilules, le séné ou les clystères qui vous rétablissent, peu importe : les moyens sont indifférens, pourvu que j'aye encore le plaisir de vous entendre; car il ne sera plus possible de vous voir : vous devez être tout-à-fait invisible à présent.

Malgré la sorbonne plénière,
J'avais fermement dans l'esprit
Que l'homme n'est qu'une matière
Qui naît, végette et se détruit:
De cette opinion qu'on blâme
Je reconnais enfin les torts;
Car j'admire votre belle ame,
Et je ne vous crois plus de corps.

Je vous envoie encore une épître qui contient l'apologie de ces pauvres rois contre lesquels tout l'univers glose, en enviant cent fois leur fortune prétendue. J'ai d'autres ouvrages que je vous enverrai successivement : c'est mon délassement que de faire des vers. Si je péche du côté de l'élocution, du moins trouverez-vous des choses dans mes épîtres, et point de ce paralogisme vain, de cette crême fouettée qui n'étale que des mots et point de pensées. Ce n'est qu'à vous autres, *Virgiles* et *Horaces* français, qu'il est permis d'employer cet heureux choix de mots harmonieux, cette variété de tours , de paſſer naturellement du ſtyle ſérieux à l'enjoué, et d'allier les fleurs de l'éloquence aux fruits du bon ſens.

Nous autres étrangers qui ne renonçons pas pour notre part à la raiſon , nous ſentons cependant que nous ne pouvons jamais atteindre à l'élégance et à la pureté que demandent les lois rigoureuſes de la poëſie françaiſe. Cette étude demande un homme tout entier; mille devoirs , mille occupations me diſtraient. Je ſuis un galérien enchaîné ſur le vaiſſeau de l'Etat, ou comme un pilote qui n'oſe ni quitter le gouvernail ni s'endormir ſans craindre le ſort du malheureux *Palinure.* Les Muſes demandent des retraites et une entière égalité d'ame dont je ne peux preſque jouir. Souvent après avoir fait trois vers on m'interrompt; ma muſe ſe refroidit , et mon eſprit ne ſe remonte pas facilement. Il y a de certaines ames privilégiées qui font des vers dans le tumulte des cours comme dans les retraites de Cirey , dans les priſons de la baſtille comme ſur des paillaſſes en voyage; la mienne n'a pas l'honneur d'être de ce nombre; c'eſt un ananas qui porte dans des ſerres , et qui périt en plein air.

Adieu; paſſez par tous les remèdes que vous voudrez, mais ſur-tout ne trompez pas mes eſpérances, et venez me voir. Je vous promets une couronne nouvelle de nos plus beaux lauriers, une fillette pucelle à votre uſage, et des vers en votre honneur,

LETTRE XCVI.

DU ROI.

Avril.

Dans votre profe délicate
Vous avancez très-poliment
Que je ne fuis qu'un automate,
Un ftoïque fans fentiment;
Mes larmes coulent pour Electre,
Je fuis fenfible à l'amitié,
Mais le plus héroïque fpectre
Ne m'infpire que la pitié.

1749.

Votre cardinal *Quirini* eft bien digne du temps des fpectres et des fortiléges : vous connaiffez votre monde ; et c'était bien s'adreffer, de lui dire que tout catholique étant obligé de croire aux miracles, le parterre fe trouvait obligé en confcience de trembler devant l'ombre de *Ninus* ; je vous réponds que le bibliothécaire de fa Sainteté approuvera fort cette doctrine orthodoxe. Pour moi, qui ne fuis qu'un maudit hérétique, vous me permettrez d'être d'un fentiment différent, et de vous dire ingénument ce que je penfe de votre tragédie. Quelque détour que vous preniez pour cacher le nœud de Sémiramis, ce n'en eft pas moins l'ombre de *Ninus :* c'eft cette ombre qui infpire des remords dévorans à fa veuve parricide ; c'eft l'ombre qui permet galamment à fa veuve de convoler en fecondes noces. L'ombre fait entendre du fond de son tombeau une voix gémissante à son fils ; il fait mieux, il vient en personne effrayer le conseil de la reine, et atterrer la ville de Babylone ; il arme enfin son fils du poignard dont *Ninias* assassine sa mère. Il est si vrai que défunt *Ninus* fait le nœud de votre tragédie, que sans les rêves et les apparitions différentes de cette ame errante, la pièce ne pourrait pas se jouer. Si j'avais un rôle à choisir dans cette tragédie, je prendrais celui du revenant ; il y fait tout. Voilà ce que vous dit la critique. L'admiration ajoute, avec la même sincérité, que les caractères sont soutenus à merveille, que la vérité parle par vos acteurs, que l'enchaînure des scènes est faite avec un grand art. *Sémiramis* inspire une terreur mêlée de pitié. Le féroce et artificieux *Assur*, mis en opposition avec le fier et généreux *Ninias*, forme un contraste admirable ; on déteste le premier ; aussi ne lui arrive-t-il aucune catastrophe dans l'action, parce qu'elle n'aurait produit aucun effet. On s'intéresse à *Ninias*, mais on est étonné de la façon dont il tue sa mère ; c'est le moment où il faut se faire la plus forte illusion. On est un peu fâché contre *Azéma* qu'elle porte des paquets, et que ses quiproquo soient la cause de la catastrophe ; toute la pièce est versifiée avec force, les vers me paraissent de la plus belle harmonie, et dignes de l'auteur de la Henriade. J'aime mieux cependant lire cette tragédie que de la voir représenter, parce que le spectre me paraîtrait risible, et que cela serait contraire au devoir que je me suis proposé de remplir exactement, de pleurer à la tragédie et de rire à la comédie.

Du temps de Plaute et d'Euripide,
Le parterre morigéné
Suivait ce goût fage et folide ;
Par malheur il eſt furanné.

Vous dirai-je encore un mot fur la tragédie ? Les grandes paſſions me plaiſent fur le théâtre ; je fens une fatisfaction fecrète lorſque l'auteur trouve moyen de remuer et de tranſporter mon ame par la force de fon éloquence ; mais ma délicateſſe fouffre lorſque les paſſions héroïques fortent de la vraiſemblance. Les machines font trop outrées dans un fpectacle ; au lieu d'émouvoir, elles deviennent puériles. S'il fallait opter, j'aimerais mieux dans la tragédie moins d'élévation et plus de naturel. Le fublime outré donne dans l'extravagance ; *Charles XII* a été le feul homme de tout ce fiècle qui eut ce caractère théâtral ; mais pour le bonheur du genre humain les *Charles XII* font rares. Il y a une Mariamne de *Triſtan* qui commence par ce vers :

Fantôme injurieux qui troubles mon repos. . . . .

Ce n'eſt pas certainement comme nous parlons ; apparemment que c'eſt le langage des habitans de la lune. Ce que je dis des vers doit s'entendre également de l'action ; pour qu'une tragédie me plaiſe, il faut que les perfonnages ne montrent les paſſions que telles qu'elles font dans les hommes vifs et dans les hommes vindicatifs. Il ne faut dépeindre les hommes ni comme des démons, ni comme des anges, car ils ne font ni l'un ni l'autre, mais puifer leurs traits dans la nature.

O 4

Pardon, mon cher *Voltaire*, de cette difcuſſion ; je vous parle comme fefait la fervante de *Molière* ; je vous rends compte des impreſſions que les chofes font fur mon ame ignorante. J'ai trouvé dans le volume que je viens de recevoir, l'éloge que vous faites des officiers qui ont péri dans cette guerre ; ce qui eſt digne de vous ; et j'ai été furpris que nous nous foyons rencontrés, fans le favoir, dans le choix du même fujet. Les regrets que me caufait la perte de quelques amis, me firent naître l'idée de leur payer, au moins après leur mort, un faible tribut de reconnaiſſance ; et je compofai ce petit ouvrage où le cœur eut plus de part que l'efprit ; mais ce qu'il y a de fingulier, c'eſt que le mien eſt en vers, et celui du poëte en profe. *Racine* n'eut de fa vie de triomphe plus éclatant que lorfqu'il traitait le même fujet que *Pradon*. J'ai vu combien mon barbouillage était inférieur à votre éloge. Votre profe apprend à mes vers comme ils auraient dû s'énoncer.

Quoique je fois de tous les mortels celui qui importune le moins les dieux par mes prières, la première que je leur adreſſerai fera conçue en ces termes :

> O Dieux qui douez les poëtes
> De tant de fublimes faveurs,
> Ah ! rendez vos grâces parfaites,
> Et qu'ils foient un peu moins menteurs !

Si les dieux daignent m'exaucer, je vous verrai l'année qui vient à Sans-fouci ; et fi vous êtes d'humeur à corriger de mauvais vers, vous trouverez à qui parler. *Vale.*

LETTRE XCVII.

DE M. DE VOLTAIRE.

A Paris, le 15 mai.

J'AURAI l'honneur d'être purgé
De la main royale et chérie
Qu'on vit, bravant le préjugé,
Saigner l'Autriche et la Hongrie.

   Grand Prince, je vous remercie
Des salutaires petits grains
Qu'avec des vers un peu malins
Me départ votre courtoisie.

   L'inventeur de la poësie,
Ce dieu que si bien vous servez,
Ce dieu dont l'esprit vous domine,
Fut aussi, comme vous savez,
L'inventeur de la médecine.

   Mais vous avez aux champs de Mars
Fait connaître à toute la terre
Que ce dieu qui préside aux arts
Est maître dans l'art de la guerre.

   C'est peu d'avoir, par maint écrit,
Etendu votre renommée;
L'Autriche à ses dépens apprit
Ce que vaut un homme d'esprit
Qui conduit une bonne armée.

1749.

Il prévoit d'un œil pénétrant,
Il combine avec prud'hommie,
Avec ardeur il entreprend ;
Jamais fot ne fut conquérant,
Et pour vaincre il faut du génie.

Je crois actuellement votre Majefté à Neifs ou à Glogau, fefant quelques bonnes épigrammes contre les Ruffes. Je vous fupplie, Sire, d'en faire auffi contre le mois de mai qui mérite fi peu le nom de printemps, et pendant lequel nous avons froid comme dans l'hiver. Il me paraît que ce mois de mai eft l'emblème des réputations mal acquifes. Si les pilules dont votre Majefté a honoré ma caducité peuvent me rendre quelque vigueur, je n'irai pas chercher les chambrières de M. de *Valory* ; l'efpèce féminine ne me ferait pas faire une demi-lieue, j'en ferais mille pour vous faire encore ma cour. Mais je vous prie de m'accorder une grâce qui vous coûtera peu ; c'eft de vouloir bien conquérir quelques provinces vers le Midi, comme Naples et la Sicile, ou le royaume de Grenade et l'Andaloufie. Il y a plaifir à vivre dans ces pays-là ; l'on y a toujours chaud. Votre Majefté ne manquerait pas de les vifiter tous les ans, comme elle va au grand Glogau, et j'y ferais un courtifan très-affidu. Je vous parlerais de vers ou de profe fous des berceaux de grenadiers et d'orangers, et vous ranimeriez ma verve glacée ; je jetterais des fleurs fur les tombeaux des *Keyferling* et du fucceffeur de *la Croze* (1) que votre Majefté avait fi heureufement

(1) Erudit célèbre.

arraché à l'Eglise pour l'attacher à votre perfonne ;
et je voudrais comme eux mourir fort tard à votre
fervice ; car en vérité, Sire , il eft bien trifte de vivre
fi long-temps loin de *Frédéric le grand.*

LETTRE XCVIII.

DU ROI.

Le 16 de mai.

VOILA ce qui s'appelle écrire. J'aime votre franchife ; oui , votre critique m'inftruit plus en deux
lignes, que ne feraient vingt pages de louanges.

Ces vers que vous avez trouvés paffables , font
ceux qui m'ont le moins coûté. Mais quand la penfée, la céfure et la rime fe trouvent en oppofition ;
alors je fais de mauvais vers , et je ne fuis pas heureux
en corrections.

Vous ne vous apercevez pas des difficultés qu'il
me faut furmonter pour faire paffablement quelques
ftrophes. Une heureufe difpofition de la nature , un
génie facile et fécond vous ont rendu poëte fans qu'il
vous en ait rien coûté : je rends juftice à l'infériorité
de mes talens ; je nage dans cet océan poëtique avec
des joncs et des veffies fous les bras. Je n'écris pas
auffi bien que je penfe ; mes idées font fouvent plus
fortes que mes expreffions , et dans cet embarras je
fais le moins mal que je peux.

J'étudie à préfent vos critiques et vos corrections,
elles pourront m'empêcher de retomber dans mes

—— fautes précédentes ; mais il en refte encore tant à
1749. éviter, qu'il n'y a que vous feul qui puiffiez me
fauver de ces écueils.

Sacrifiez-moi, je vous prie, ces deux mois que
vous me promettez. Ne vous ennuyez point de
m'inftruire : fi l'extrême envie que j'ai d'apprendre,
et de réuffir dans une fcience qui de tout temps a
fait ma paffion, peut vous récompenfer de vos
peines, vous aurez lieu d'être fatisfait.

J'aime les arts par la raifon qu'en donne *Cicéron*.
Je ne m'élève point aux fciences par la raifon que
les belles-lettres font utiles en tout temps, et qu'avec
tout l'algèbre du monde, on n'eft fouvent qu'un fot
lorfqu'on ne fait pas autre chofe. Peut-être dans dix
ans la fociété tirera-t-elle de l'avantage des courbes
que des fonge-creux d'algébriftes auront quarrées
laborieufement. J'en félicite d'avance la poftérité ;
mais, à vous parler vrai, je ne vois dans tous ces
calculs qu'une fcientifique extravagance. Tout ce
qui n'eft ni utile ni agréable, ne vaut rien. Quant
aux chofes utiles, elles font toutes trouvées ; et pour
les agréables, j'efpère que le bon goût n'y admettra
point d'algèbre.

Je ne vous enverrai plus ni profe ni vers. Je vous
compte ici au commencement de juillet, et j'ai tout
un fatras poëtique dont vous pourrez faire la diffec-
tion ; cela vaut mieux que de critiquer *Crébillon* ou
quelque autre, où certainement vous ne trouverez
ni des fautes auffi groffières ni en auffi grand nombre
que dans mes ouvrages.

Il n'y a que des chardons à cueillir fur les bords
de la Néva, et point de lauriers : ne vous imaginez

point que j'aille là pour faire mon bonheur ; vous ———
me trouverez ici, pacifique citoyen de Sans-fouci,
menant la vie d'un particulier philofophe.

Si vous aimez à préfent le bruit et l'éclat, je vous
confeille de ne point venir ici; mais fi une vie douce
et unie ne vous déplaît pas, venez, et rempliffez vos
promeffes. Mandez-moi précifément le jour que vous
partirez ; et fi la marquife *du Châtelet* eft une ufurière,
je compte de m'arranger avec elle pour vous emprunter à gages, et pour lui payer par jour quelque
intérêt qu'il lui plaira pour fon poëte, fon bel efprit,
fon . . . &c.

Adieu ; j'attends votre réponfe.

FÉDÉRIC.

LETTRE XCIX.

DU ROI.

Le 10 de juin.

JAMAIS on n'a fait d'auffi jolis vers pour des pilules ;
ce n'eft point parce que j'y fuis loué : je connais en
cela l'ufage des rois et des poëtes ; mais en fefant
abftraction de ce qui me regarde, je trouve ces vers
charmans.

Si des purgatifs produifent d'auffi bons vers, je
pourrais bien prendre une prife de féné pour voir ce
qu'elle opérera fur moi.

Ce que vous avez cru être une épigramme fe trouve
être une ode ; je vous l'envoie avec une épigramme

—— contre les médecins. J'ai lieu d'être un peu de mauvaise
1749. humeur contre leurs procédés ; j'ai la goutte, et ils
ont penfé me tuer à force de fudorifiques.

Ecoutez , j'ai la folie de vous voir ; ce fera une
trahifon fi vous ne voulez pas vous prêter à me faire
paffer cette fantaifie. Je veux étudier avec vous ; j'ai
du loifir cette année , DIEU fait fi j'en aurai une autre.
Mais , pour que vous ne vous imaginiez pas que
vous allez en Laponie , je vous enverrai une douzaine
de certificats par lefquels vous apprendrez que ce
climat n'eft pas tout-à-fait fans aménité.

On fait aller fon corps comme l'on veut. Lorfque
l'ame dit : Marche ; il obéit. Voilà un de vos propres
apophtegmes dont je veux bien vous faire reffouvenir.

Madame *du Châtelet* accouche dans le mois de
feptembre ; vous n'êtes pas une fage-femme, ainfi
elle fera fort bien fes couches fans vous ; et, s'il le
faut , vous pourrez alors être de retour à Paris. Croyez
d'ailleurs que les plaifirs que l'on fait aux gens , fans
fe faire tirer l'oreille , font de meilleure grâce et plus
agréables que lorfqu'on fe fait tant folliciter.

Si je vous gronde, c'eft que c'eft l'ufage des goutteux.
Vous ferez ce qu'il vous plaira ; mais je n'en ferai pas
la dupe , et je verrai bien fi vous m'aimez férieufement,
ou fi tout ce que vous me dites n'eft qu'un verbiage
de tragédie.

FÉDÉRIC.

LETTRE C.

DU ROI.

A Sans-fouci, le 15 de juillet.

Des lois de l'homicide Mars
Bellifle peut m'inftruire en maître,
Mais du bon goût et des beaux arts
Il n'eft que vous qui pouvez l'être;
Vous qui parlez comme les dieux
Leur fublime et charmant langage,
Vous qu'un talent victorieux
Rend immortel par chaque ouvrage,
Vous qui menez vingt arts de front,
Et qui joignez dans votre ftyle
A la profe de Cicéron
Des vers tels qu'en fefait Virgile.

1749.

Je ne veux que vous pour maître en tout ce qui regarde la langue, le goût et le département du Parnaffe. Il faut que chacun faffe fon métier. Lorfque le maréchal de *Bellifle* vétillera fur la pureté du langage, *Bruhl* donnera des leçons militaires et fera des commentaires fur les campagnes du grand *Turenne*, et je compoferai un traité fur la vérité de la religion chrétienne.

Votre académie devient plaifante dans fes choix. Ces juges de la langue françaife vont abandonner

—— *Vaugelas* pour le bréviaire ; cela paraît un peu fin-
1749. gulier aux étrangers.

> Enfin donc votre académie
> Va faire un couvent de dévots;
> L'art de penfer et le génie
> En font exclus par les cagots.

> Qui veut le fuffrage et l'eftime
> De ces quarante perroquets ,
> N'a qu'à favoir fon catéchifme,
> Au demeurant point de français.

> Dans cette cohue indocile
> Apollon et les doctes fœurs
> N'honoreront de leurs faveurs
> Que Richelieu, vous et Bellifle.

Vous êtes, mon cher *Voltaire*, comme les mauvais
chrétiens ; vous renvoyez votre converfion d'un jour
à l'autre. Après m'avoir donné des efpérances pour
l'été , vous me remettez à l'automne. Apparemment qu'*Apollon* , comme dieu de la médecine ,
vous ordonne de préfider aux couches de madame
du Châtelet. Le nom facré de l'amitié m'impofe
filence , et je me contente de ce qu'on me promet.

Je corrige à préfent une *douzaine* d'épîtres que j'ai
faites , et quelques petites pièces , afin qu'à votre
arrivée vous y trouviez un peu moins de fautes. Vous
pouvez voir par l'argument de mon poëme quel en eft
le fujet. Le fond de l'hiftoire eft vrai. D'*Arget* , alors
fecrétaire de *Valory* , fut enlevé de nuit , par un
partifan

partifan autrichien, dans une chambre voifine de ——
celle où couchait fon maître. La furprife de *Franquini* 1749.
fut extrême quand il s'aperçut qu'il tenait le fecrétaire
au lieu de l'ambaffadeur. Tout ce qui entre d'ailleurs
dans ce poëme, n'eft que fiction ; vous le verrez
ici, car il n'eft pas fait pour être rendu public. Si
j'avais le crayon de *Raphaël* et le pinceau de *Rubens*,
j'effayerais mes forces en peignant les grandes actions
des hommes ; mais avec les talens de *Calot* on ne
fait que des charges et des caricatures.

J'ai vu ici le héros de la France, ce faxon, ce
Turenne du fiècle de *Louis XV;* je me fuis inftruit
par fes difcours, non pas dans la langue françaife,
mais dans l'art de la guerre. Ce maréchal pourrait
être le profeffeur de tous les généraux de l'Europe.
Il a vu nos fpectacles ; il m'a dit à cette occafion
que vous aviez donné une nouvelle comédie au
théâtre, que Nanine avait eu beaucoup de fuccès.
J'ai été étonné d'apprendre qu'il paraiffait de vos
ouvrages dont j'ignorais jufqu'au nom. Autrefois je les
voyais en manufcrit, à préfent j'apprends par d'autres
ce qu'on en dit ; et je ne les reçois qu'après que les
libraires en ont fait une feconde édition.

Je vous facrifie tous mes griefs, fi vous venez ici ;
finon, craignez l'épigramme : le hafard peut m'en
fournir une bonne. Un poëte, quelque mauvais qu'il
foit, eft un animal qu'il faut ménager.

Adieu ; j'attends la chute des feuilles avec autant
d'impatience qu'on attend au printemps le moment
de les voir pouffer.

FÉDÉRIC.

LETTRE CI.

DU ROI.

A Sans-fouci, le 15 d'augufte.

1749. Si mes vers ont contribué à l'épître que je viens de recevoir (1), je les regarde comme mon plus bel ouvrage. Quelqu'un qui affifta à la lecture de cette épître s'écria dans une efpèce d'enthoufiafme : *Voltaire et le maréchal de Saxe ont le même fort ; ils ont plus de vigueur dans leur agonie que d'autres en pleine fanté.*

Admirez cependant la différence qu'il y a entre nous deux ; vous m'affurez que mes vers ont excité votre verve, et les vôtres ont penfé me faire abjurer la poëfie. Je me trouve fi ignorant dans votre langue, et fi fec d'imagination, que j'ai fait vœu de ne plus écrire. Mais vous favez malheureufement ce que font les vœux des poëtes, les zéphyrs les emportent fur leurs ailes, et notre fouvenir s'envole avec eux.

Il faut être français et poffféder vos talens pour manier votre lyre. Je corrige, j'efface ; je lime mes mauvais ouvrages pour les purifier de quantité de fautes dont ils font remplis. On dit que les joueurs de luth accordent leur inftrument la moitié de leur vie, et en touchent l'autre. Je paffe la mienne à écrire, et fur-tout à effacer. Depuis que j'entrevois quelque certitude à votre voyage, je redouble de févérité fur moi-même.

Soyez fûr que je vous attends avec impatience, charmé de trouver un *Virgile* qui veut bien me

(1) Voyez le *Commentaire hiftorique*, page 149, Mél. littér. tome II.

servir de *Quintilien. Lucine* eft bien oifeufe, à mon
gré ; je voudrais que madame *du Châtelet* fe dépê-
chât, et vous auffi. Vous penfez ne faire qu'un faut
du baptême de Cirey à la meffe de notre nouvelle
églife. La charité eft éteinte dans le cœur des chrétiens ; les collectes n'ont pu fournir de quoi couvrir
cette églife ; et à moins que de vouloir entendre la
meffe en plein vent, il n'y a pas moyen de l'y dire.

   Marquez-moi, je vous prie, la route que vous
tiendrez, et dans quel temps vous ferez fur mes
frontières, afin que vous trouviez des chevaux. Je
fais bien que *Pégafe* vous porte, mais il ne connaît
que le chemin de l'immortalité : je vous la fouhaite
le plus tard poffible, en vous affurant que vous ne
ferez pas reçu avec moins d'empreffement que vous
n'êtes attendu avec impatience.

FÉDÉRIC.

LETTRE CII.

DE M. DE VOLTAIRE.

A Lunéville, le 18 augufte.

J'AI reçu vos vers très-plaifans
Sur notre trifte académie.
Nos quarante font fort favans,
Des mots ils fentent l'énergie,
Et de profe et de poëfie
Ils donnent des prix tous les ans ;
Ils font fur-tout des complimens ;
Mais aucun n'a votre génie.

P 2

1749.

Votre Majefté penfe bien que j'ai plus d'envie de lui faire ma cour qu'elle n'en a de me fouffrir auprès d'elle. Croyez que mon cœur a fait très-fouvent le voyage de Berlin, tandis que vous penfiez qu'il était ailleurs. Vous avez excité la crainte, l'admiration, l'intérêt chez les hommes. Permettez que je vous dife que j'ai toujours pris la liberté de vous aimer. Cela ne fe dit guère aux rois ; mais j'ai commencé fur ce pied-là avec votre Majefté, et je finirai de même. J'ai bien de l'impatience de voir votre Lutrin, ou votre Batrachomyomachie homérique fur M. de *Valory*.

> Mais un miniftre d'importance,
> Envoyé du roi très-chrétien,
> Et fa bedaine et fa preftance,
> Le courage du Pruffien,
> La fuite de l'Autrichien
> Que votre active vigilance
> A cinq fois battu comme un chien ;
> Tout ce grand fracas héroïque,
> Vos aventures, vos combats,
> Ont un air un peu plus épique
> Que les grenouilles et les rats
> Chantés par ce poëte unique
> Qu'on admire et qu'on ne lit pas.

Votre Majefté, en me parlant des maréchaux de *Bellifle* et de *Saxe*, dit qu'il faut que chacun faffe fon métier : vraiment, Sire, vous en parlez bien à votre aife, vous qui faites tant de métiers à la fois, celui de conquérant, de politique, de légiflateur, et, ce qui pis eft, le mien qu'affurément vous faites le plus

1749.

agréablement du monde. Vous m'avez remis fur les voies de ce métier que j'avais abandonné. J'ai l'honneur de joindre ici un petit effai d'une nouvelle tragédie de Catilina : en voici le premier acte ; peut-être a-t-il été fait trop vîte. J'ai fait en huit jours ce que *Crébillon* avait mis vingt-huit ans à achever ; je ne me croyais pas capable d'une fi épouvantable diligence ; mais j'étais ici fans mes livres. Je me fouvenais de ce que votre Majefté m'avait écrit fur le Catilina de mon confrère : elle avait trouvé mauvais, avec raifon, que l'hiftoire romaine y fût entièrement corrompue ; elle trouvait qu'on avait fait jouer à *Catilina* le rôle d'un bandit extravagant, et à *Cicéron* celui d'un imbécille. Je me fuis fouvenu de vos critiques très-juftes ; vos bontés polies pour mon vieux confrère ne vous avaient pas empêché d'être un peu indigné qu'on eût fait un tableau fi peu reffemblant de la république romaine. J'ai voulu efquiffer la peinture que vous défiriez ; c'eft vous qui m'avez fait travailler ; jugez ce premier acte ; c'eft le feul que je puiffe actuellement avoir l'honneur d'envoyer à votre Majefté ; les autres font encore barbouillés. Voyez fi j'ai réhabilité *Cicéron*, et fi j'ai attrapé la reffemblance de *Céfar*.

> Entre ces deux héros prenez votre balance,
>   Décidez entre leurs vertus :
> Céfar, je le prévois, aura la préférence ;
> Quelque jufte qu'on foit, c'eft notre reffemblance
>   Qui nous touche toujours le plus.

Je ne vous ai point envoyé cette comédie de Nanine. J'ai cru qu'une petite fille que fon maître épouſe, ne valait pas trop la peine de vous être préſentée. Mais, ſi votre Majeſté l'ordonne, je la ferai tranſcrire pour elle. Je ſuis actuellement avec le ſénat romain, et je tâche de mériter le ſuffrage de *Frédéric le grand*,

> De qui je ſuis avec ardeur
> Le très-proſterné ſerviteur
> Et l'éternel admirateur,
> Sans être jamais ſon flatteur.

V O L T A I R E.

L E T T R E   C I I I.

D U   R O I.

A Potſdam, le 4 de ſeptembre.

JE reçois votre Catilina dont il m'eſt impoſſible de deviner la ſuite. Il n'eſt pas plus poſſible de juger d'une tragédie par un ſeul acte, que d'un tableau par une ſeule figure. J'attends d'avoir tout vu pour vous dire ce que je penſe du deſſein, de la conduite, de la vraiſemblance, du pathétique et des paſſions. Il ne me convient pas d'expoſer mes doutes à l'un des quarante juges de la langue françaiſe, ſur la partie de l'élocution; ſi cependant mon confrère en *Apollon* et mon concitoyen le comte *Bar* m'avait envoyé cet acte, je vous demanderais ſi l'on peut dire:

Tyran par la parole, il faut finir ton règne. (1)

Si le ſens ne donne pas lieu à l'équivoque, je crois qu'on peut dire: *Son éloquence l'a rendu le tyran*

(1) Ce vers ne ſe trouve plus dans Rome ſauvée.

de sa patrie, il faut finir son règne. Mais, selon la construction du vers, nous autres Allemands qui peut-être n'entendons pas bien les finesses de la langue, nous comprenons que c'est *par la parole qu'il faut finir son règne.*

Je suis bien osé de vous communiquer mes remarques. Si cependant j'ai eu quelque scrupule sur ce vers-là, il ne m'a pas empêché de me livrer avec plaisir à l'admiration d'une infinité de beaux endroits où l'on reconnaît les traits de ce pinceau qui fit Brutus, la Mort de César, &c. &c.

Votre lettre est charmante ; il n'y a que vous qui puissiez en écrire de pareilles. Il semble que la France soit condamnée d'enterrer avec vous dix personnes d'esprit que différens siècles lui avaient fait naître.

Puisque madame *du Châtelet* fait des livres, je ne crois pas qu'elle accouche par distraction. Dites-lui donc qu'elle se dépêche, car j'ai hâte de vous voir. Je sens l'extrême besoin que j'ai de vous, et le grand secours dont vous pouvez m'être. La passion de l'étude me durera toute ma vie. Je pense sur cela comme *Cicéron*, et comme je le dis dans une de mes épîtres. En m'appliquant je puis acquérir toutes sortes de connaissances ; celle de la langue française, je veux vous la devoir. Je me corrige autant que mes lumières me le permettent ; mais je n'ai point de puriste assez sévère pour relever toutes mes fautes. Enfin je vous attends, et je prépare la réception du gentilhomme ordinaire et du génie extraordinaire.

On dit à Paris que vous ne viendrez point, et je dis que oui, car vous n'êtes point un faussaire ; et si l'on vous accusait d'être indiscret, je dirais que cela

1749.

peut être ; de vous laiffer voler, j'y acquiefcerais ; d'être coquet, encore. Vous êtes enfin comme l'éléphant blanc pour lequel le roi de Perfe et l'empereur du Mogol fe font la guerre, et dont ils augmentent leurs titres quand ils font affez heureux pour le poffeder. Adieu. Si vous venez ici, vous verrez à la tête des miens, *Fédéric, par la grâce de Dieu, roi de Pruffe, électeur de Brandebourg, poffeffeur de Voltaire, &c. &c.*

LETTRE CIV.

DU ROI.

Le 25 de novembre.

D'OLIVET me foudroie, à ce que je vois. Je fuis plus ignorant que je ne me l'étais cru. Je me garderai bien de faire le purifte et de parler de ce que je n'entends pas ; mon filence me préfervera des foudres des d'*Olivets* et des *Vaugelas*. Je me garderai bien encore de vous envoyer de mes ouvrages : fi vous laiffez voler les vôtres, que ferait-ce des miens ? Vous travaillez pour votre réputation et pour l'honneur de votre nation ; fi je barbouille du papier, c'eft pour mon amufement ; et on pourrait me le pardonner, pourvu que je déchiraffe ces ouvrages après les avoir achevés. Lorfqu'on approche de quarante ans et que l'on fait de mauvais vers, il faut dire comme le mifanthrope : *Si j'en fefais d'auffi méchans, je me garderais bien de les montrer aux gens.*

1749.

Nous avions à Berlin un ambaſſadeur ruſſe qui depuis vingt ans étudiait la philoſophie ſans y avoir compris grand'choſe. Le comte de *Keyſerling*, dont je parle, et qui a ſoixante ans bien comptés, partit de Berlin avec ſon gros profeſſeur. Il eſt à Dreſde à préſent, il étudie toujours, et il eſpère d'être un écolier paſſable dans vingt ou trente ans d'ici. Je n'ai point ſa patience, et je ne ſonge pas à vivre auſſi long-temps. Quiconque n'eſt pas poëte à vingt ans, ne le deviendra de ſa vie. Je n'ai point aſſez de pré-ſomption pour me flatter du contraire, ni je ne ſuis aſſez aveugle pour ne me pas rendre juſtice.

Envoyez-moi donc vos ouvrages par généroſité, et ne vous attendez à rien de ma part qu'à des applaudiſſemens. Je veux *imiter de Conrard le ſilence prudent;* mais cela ne me rendra point inſenſible aux beautés de la poëſie. J'eſtimerai d'autant plus vos ouvrages que j'ai éprouvé l'impoſſibilité d'y atteindre.

Ne me faites plus de tracaſſeries ſur les *on dit. On dit* eſt la gazette des ſots. Perſonne n'a mal parlé de vous dans ce pays-ci. Je ne ſais dans quel livre d'*Argens* bavarde ſur *Euripide :* qui vous dit que c'eſt vous? S'il avait voulu vous déſigner, n'aurait-il pas choiſi *Virgile* plutôt qu'*Euripide?* Tout le monde vous aurait reconnu à ce coup de pinceau ; et dans le paſſage que vous me citez, je ne vois aucun rapport avec la réception qu'on vous a faite ici.

Ne vous forgez donc pas des monſtres pour les combattre. Féraillez, s'il le faut, avec les ennemis réels que votre mérite vous a faits en France, et ne vous imaginez pas d'en trouver où il n'y en a point : ou ſi vous aimez les tracaſſeries, ne m'y mêlez

——— jamais ; je n'y entends rien , ni ne veux jamais rien y entendre.

Je vois , par tous les arrangemens que vous pre-nez , le peu d'efpérance qu'il me refte de vous voir. Vous ne manquerez pas d'excufes ; une imagination auffi vive que la vôtre eft intariffable. Tantôt ce fera une tragédie dont vous voudrez voir le fuccès, tantôt des arrangemens domeftiques ; ou bien le roi *Staniflas*, ou des nouveaux *on dit*. Enfin je fuis plus incrédule fur ce voyage que fur l'arrivée du Meffie que les Juifs attendent encore.

Il paraît ici une *élégie* . . . . ferait - elle de vous ? Voici le premier vers :

Un fommeil éternel a donc fermé ces yeux , &c.

Mandez-le moi, je vous prie ; j'ai quelques doutes là-deffus ; vous feul pouvez les éclaircir.

J'attends avec impatience le grand envoi que vous m'annoncez , et je vous admirerai tout ingrat et abfent que vous êtes , parce que je ne faurais m'en empêcher.

Adieu ; je vais voir les agréables folies de *Roland*, et les héroïques fottifes de *Coriolan*. Je vous fouhaite tranquillité , joie et longue vie.

FÉDÉRIC.

LETTRE CV.

DU ROI.

Avril.

Quoi! vous envoyez vos écrits
Au frondeur de Sémiramis,
A l'incrédule qui de l'ombre
Du grand Ninus n'est point épris,
Qui sur un ton caustique et sombre
Ose juger vos beaux esprits!
Ce trait désarme ma colère;
Enfin je retrouve Voltaire,
Ce Voltaire du temps jadis,
Qui savait aimer ses amis,
Et qui sur-tout savait leur plaire.

1750.

Voilà une lettre comme j'en recevais autrefois de Cirey. Je redouble d'envie de vous revoir, de parler de littérature, et de m'instruire des choses que vous seul pouvez m'apprendre. Je vous fais mes remercîmens de votre nouvelle édition. Comme je savais vos vieilles épîtres par cœur, j'ai reconnu toutes les corrections et additions que vous y avez faites; j'en ai été charmé : ces épîtres étaient belles, mais vous y avez ajouté de nouvelles beautés.

Vous accoutumerez le parterre à tout ce que vous voudrez; des vers de la beauté des vôtres peuvent par leur imposture faire illusion sur le fond des choses. Je

———— fuis curieux de voir Orefte ; comment vous aurez remplacé *Palaméde*, et de quelles autres beautés vous aurez enrichi cette tragédie ; fi vous penfiez à moi, vous me feriez la galanterie de me l'envoyer. Je fuis prévenu pour vous, il ne tient donc qu'à vous de recevoir mes applaudiffemens ; mais fe foucie-t-on à Paris que des Vandales et des barbares fifflent ou battent des mains à Berlin ?

Cet éloge de nos officiers tués à la guerre me rappelle une anecdote du feu czar. *Pierre I* fe mêlait de pharmacie et de médecine ; il donnait des remèdes à fes courtifans malades ; et lorfqu'il avait expédié quelques boyards pour l'autre monde, il célébrait leurs obsèques avec magnificence, et honorait leur convoi funèbre de fa préfence. Je me trouve à l'égard de ces pauvres officiers dans un cas à peu-près femblable ; des raifons d'Etat m'obligèrent à les expofer à des dangers où ils ont péri, pouvais-je faire moins que d'orner leurs tombeaux d'épitaphes fimples et véritables ? Venez au moins corriger ce morceau plein de fautes, pour lequel je m'intéreffe plus que pour tous mes autres ouvrages. Des affaires m'appellent en Pruffe au mois de juin ; mais, du premier de juillet jufqu'au mois de feptembre, je pourrai difpofer de mon temps, je pourrai étudier aux pieds de *Gamaliel*, je pourrai

Vous admirer et vous entendre,
Et du grand art de Cicéron,
De Thucydide et de Maron,
M'inftruire, et par vos foins apprendre
Le chemin du facré vallon :
Mais, pour y mériter un nom,

Du feu que votre efprit recèle
Daignez à ma froide raifon
Communiquer une étincelle,
Et j'égalerai Crébillon.

Comment voulez-vous que je juge qui de vous ou
de madame d'*Aiguillon* a raifon? Si la ducheffe produit
le Teftament politique du cardinal de *Richelieu* en
original, il faudra bien l'en croire. Les grands hommes
ne le font ni tous les momens ni en toute chofe. Un
miniftre raffemblera toutes fes forces, il emploiera
toute la fagacité de fon efprit dans une affaire qu'il
juge importante, et il marquera beaucoup de négli-
gence dans une autre qu'il croit médiocre. Si je
me repréfente le cardinal de *Richelieu* rabaiffant les
grands du royaume, établiffant folidement l'autorité
royale, foutenant la gloire des Français contre des
ennemis puiffans et étrangers, étouffant des guerres
inteftines, détruifant le parti des calviniftes, et fefant
élever une digue à travers la mer pour affiéger la
Rochelle ; fi je me repréfente cette ame ferme occupée
des plus grands projets, et capable des réfolutions les
plus hardies, le Teftament politique me paraît trop
puéril pour être fon ouvrage. Peut-être étaient-ce des
idées jetées fur le papier ; peut-être ne voulait-il pas
dire tout ce qu'il penfait, pour fe faire regretter
d'autant plus. Si j'avais vécu avec ce cardinal, j'en
parlerais plus pofitivement; à préfent je ne peux que
deviner.

Des grandeurs et des petiteffes,
Quelques vertus, plus de faibleffes.

Font le bizarre compofé
Du héros le plus avifé ;
Il jette un rayon de lumière,
Mais ce foleil dans fa carrière
Ne brille pas d'un feu conftant ;
L'efprit le plus profond s'éclipfe ;
Richelieu fit fon Teftament,
Et Newton fon Apocalypfe.

Je ne fouhaite pour la nouvelle année que de la
fanté et de la patience à l'auteur de la Henriade. S'il
m'aime encore, je le verrai face à face, je l'admirerai
à Sans-fouci, et je lui en dirai davantage.

LETTRE CVI.

DU ROI.

A Potfdam , le 25 d'avril.

J'ESPERAIS qu'au premier fignal
Les Grâces et votre génie
Viendraient fans cérémonial
Réveiller ma mufe affoupie ;
Mais de ce bonheur idéal
L'efpérance eft évanouie,
Et dans ce féjour martial
D'Arnaud, votre charmant vaffal,
N'eft arrivé qu'en compagnie
De fa mufe aimable et polie.
Lorfqu'on n'a point l'original,
Heureux qui retient la copie !

Il eſt enfin venu ce d'*Arnaud* qui s'eſt tant fait attendre. Il m'a remis votre lettre, ces vers char-mans qui font toujours honte aux miens, et je redouble d'impatience de vous revoir. A quoi ſert-il que la nature m'ait fait naître votre contemporain, ſi vous m'empêchez de profiter de cet avantage ?

1750.

> Depuis deux mille ans nous liſons
> Les vers de Virgile et d'Horace;
> Avec eux plus ne converſons.
> Qui pourrait les voir face à face
> S'inſtruirait bien par leurs leçons!
>
> Oui, la mort ainſi que l'abſence
> Sépare les pauvres humains;
> L'Homère même de la France
> Eſt pour nous, ſes contemporains,
> Qui vivons loin de ſa préſence,
> Auſſi mort que ces grands romains.
>
> Tous les ſiècles feront les maîtres
> De vos ouvrages immortels;
> Ils pourront à leur tour connaître
> Tant de talens univerſels.
> Pour moi j'oſe un peu plus prétendre;
> Avide de tous vos écrits,
> Je veux, de vos charmes épris,
> Vous voir, vous lire et vous entendre.

Dans ce moment je reçois le tome où ſe trouve Oreſte, une lettre ſur les menſonges, &c. et une autre au maréchal de *Schullembourg*. Vous m'avez

—— placé tout au milieu d'une lettre où je suis surpris de me trouver. Vous savez relever les petites chofes par la manière dont vous les mettez en œuvre. Je vois combien vous êtes un grand maître en éloquence. Oui , si l'éloquence ne transporte pas des montagnes comme la foi, elle abaisse les hauteurs, elle relève les fonds , elle est maîtresse de la nature, et surtout du cœur humain. La belle science ! qu'heureux font ceux qui la possèdent , et sur-tout qui la manient avec autant de supériorité que vous !

J'ai cru que vous aviez , il y a long-temps , ces Mémoires de notre académie. On les relie actuellement , et on vous les enverra incontinent. Vous y trouverez répandus quelques-uns de mes ouvrages ; mais je dois vous avertir que ce ne font que des esquisses. J'ai employé depuis , un temps considérable à les corriger. On en fait actuellement une édition avec des augmentations et des corrections nombreuses , qui sera plus digne de votre attention. Vous l'aurez dès que l'imprimeur aura achevé sa besogne.

Vous me demandez mon poëme ; mais il ne peut point se montrer. D'*Arnaud* vous mandera ce qu'il contient.

> J'osais de mes pinceaux hardis
> Croquer le ciel du fanatique ,
> Son enfer et son paradis ,
> Et me gausser en hérétique
> De ces foudres hors de pratique
> Dont Rome écrase les maudits ;
> Mais de mes vers tant étourdis ,

Dont

Dont je connais le ton cauftique,
Je cache le recueil épique
A vos indifcrets de Paris.

Certain Boyer qui chez vous brille,
Grand frondeur de plaifans écrits,
Ferait condamner par fes cris
Mes pauvres vers à la baftille.
Je hais ces funeftes lambris;
Ma Mufe, les Jeux et les Ris
Dans ma demeure tant gentille
Ne craignent point pareils mépris.
C'eft affez lorfqu'en fa jeuneffe
On a tâté de la prifon ;
Mais dans l'âge de la fageffe,
Y retourner c'eft déraifon.

Ainfi, mon cher *Voltaire*, fi vous voulez voir de
mes fottifes, il faut venir fur les lieux : il n'y a plus
moyen de reculer. Le poëme, à la vérité, ne vous
payera pas des fatigues du voyage; mais le poëte
qui vous aime en vaut peut - être la peine. Vous
verrez ici un philofophe qui n'a d'autre paffion que
celle de l'étude, et qui fait, par les difficultés qu'il
trouve dans fon travail, reconnaître le mérite de ceux
qui comme vous y réuffiffent auffi fupérieurement.

Il eft ici une petite communauté qui érige des
autels au dieu invifible ; mais prenez-y bien garde,
des hérétiques élèveront furement quelques autels à
Baal, fi notre dieu ne fe montre bientôt. Je n'en dis
pas davantage. Adieu.

FÉDÉRIC.

LETTRE CVII.

DE M. DE VOLTAIRE.

A Paris , le 20 mai.

1750.

GRAND Roi, voici donc le recueil
De ma dernière rapſodie.
Si j'avais quelque grain d'orgueil,
De Fédéric un ſeul coup d'œil
Me rendrait de la modeſtie.
Votre tribunal eſt l'écueil
Où notre vanité ſe briſe ;
L'œuvre que votre goût-mépriſe
Dès ce moment tombe au cercueil ;
Rien n'eſt plus juſte : votre accueil
Eſt ce qui nous immortaliſe.

A propos d'immortalité , Sire , j'aurai l'honneur
de vous avouer que c'eſt une fort belle choſe ; il n'y
a pas moyen de vous dire du mal de ce que vous
avez ſi bien gagné. Mais il vaut mieux vivre deux
ou trois mois auprès de votre Majeſté que trente
mille ans dans la mémoire des hommes. Je ne ſais
pas ſi d'*Arnaud* ſera immortel ; mais je le tiens fort
heureux dans cette courte vie.

La mienne ne tient plus qu'à un petit fil, et je
ferais fort en colère ſi ce petit fil eſt coupé avant que
j'aie encore eu la conſolation de revoir le grand
homme de ce ſiècle. Vos vers ſur le cardinal de

Richelieu ont été retenus par cœur. Le moyen de ——————
s'en empêcher !   1750.

> *Richelieu fit fon Teftament,*
> *Et Newton fon Apocalypfe.*

Cela eft fi naturel, fi aifé, fi vrai, fi bien dit, fi
court, fi dégagé de fuperfluités, qu'il eft impoffible
de ne s'en pas fouvenir. Ces vers font déjà un proverbe. Vous êtes affurément le premier roi de Pruffe
qui ait fait des proverbes en France. Votre Majefté
verra dans la rapfodie ci-jointe mes raifons contre
madame d'*Aiguillon*.

> Jugez ce Teftament fameux
> Qu'en vain d'Aiguillon veut défendre;
> Vous en avez bien jugé deux
> Plus difficiles à comprendre.

Je ne verrai donc jamais, Sire, votre *Valoriade* ?
il y a une ode dans un recueil de votre académie ;
je n'ai ni le recueil ni l'ode. C'eft bien la peine de
vous aimer pour être traité ainfi. Oh, le mauvais
marché que j'ai fait là !

Je vous donne toute mon ame fans reftriction.

LETTRE CVIII.

DE M. DE VOLTAIRE.

SIRE,

—— Ce que j'ai vu dans les gazettes eſt-il croyable?
1753. On abuſe du nom de votre Majeſté pour empoiſon-
ner les derniers jours d'une vie que je vous ai
conſacrée. Quoi! on m'accuſe d'avoir avancé que
Kœnig écrivait contre vos ouvrages! Ah, Sire, il en
eſt auſſi incapable que moi. Votre Majeſté ſait ce
que je lui en ai écrit (1). Je vous ai toujours dit
la vérité, et je vous la dirai juſqu'au dernier moment
de ma vie. Je ſuis au déſeſpoir de n'être point allé à
Bareith; une partie de ma famille, qui va m'attendre
aux eaux, me force d'aller chercher une guériſon
que vos bontés ſeules pourraient me donner. Je vous
ferai toujours tendrement dévoué, quelque choſe
que vous faſſiez. Je ne vous ai jamais manqué, je
ne vous manquerai jamais. Je reviendrai à vos pieds
au mois d'octobre; et ſi la malheureuſe aventure de *la
Beaumelle* n'eſt pas vraie; ſi *Maupertuis* en effet n'a pas
trahi le ſecret de vos ſoupers, et ne m'a point calom-
nié pour exciter *la Beaumelle* contre moi; s'il n'a pas
été par ſa haine l'auteur de mes malheurs, j'avouerai
que j'ai été trompé, et je lui demanderai pardon
devant votre Majeſté et devant le public. Je m'en ferai
une vraie gloire. Mais, ſi la lettre de *la Beaumelle* eſt

(1) Voyez la lettre à M. *Kœnig*, 17 novembre 1752, volume III des
Mélanges littéraires.

vraie, fi les faits font conftatés, fi je n'ai pris d'ailleurs le parti de *Kœnig* qu'avec toute l'Europe littéraire, voyez, Sire, ce que les philofophes *Marc-Aurèle* et *Julien* auraient fait en pareil cas. Nous fommes tous vos ferviteurs, et vous auriez pu d'un mot tout concilier. Vous êtes fait pour être notre juge, et non notre adverfaire. Votre plume refpectable eût été dignement employée à nous ordonner de tout oublier; mon cœur vous répond que j'aurais obéi. Sire, ce cœur eft encore à vous; vous favez que l'enthoufiafme m'avait amené à vos pieds, il m'y ramènera. Quand j'ai conjuré votre Majefté de ne plus m'attacher à elle par des penfions, elle fait bien que c'était uniquement préférer votre perfonne à vos bienfaits. Vous m'avez ordonné de les recevoir, ces bienfaits, mais jamais je ne vous ferai attaché que pour vous-même; et je vous jure encore entre les mains de fon Alteffe royale madame la margrave de *Bareith*, par qui je prends la liberté de faire paffer ma lettre, que je vous garderai jufqu'au tombeau les fentimens qui m'amenèrent à vos pieds lorfque je quittai pour vous tout ce que j'avais de plus cher, et que vous daignâtes me jurer une amitié éternelle. (1)

---

(1) Voyez la lettre du Roi, du 23 auguste 1750, dans le *Commentaire hiftorique*, &c. Mélanges littér. tome II, page 147.

LETTRE CIX.

DE M. DE VOLTAIRE.

Octobre.

SIRE,

—— Ne vous effrayez pas d'une longue lettre, qui eſt la
1757. ſeule choſe qui puiſſe vous effrayer.

J'ai été reçu chez votre Majeſté avec des bontés
ſans nombre ; je vous ai appartenu, mon cœur vous
appartiendra toujours. Ma vieilleſſe m'a laiſſé toute ma
vivacité pour ce qui vous regarde, en la diminuant
pour tout le reſte. J'ignore encore dans ma retraite
paiſible ſi votre Majeſté a été à la rencontre du corps
d'armée de M. de *Soubiſe*, et ſi elle s'eſt ſignalée par
de nouveaux ſuccès. Je ſuis peu au fait de la ſituation
préſente des affaires ; je vois ſeulement qu'avec la
valeur de *Charles XII*, et avec un eſprit bien ſupérieur
au ſien, vous vous trouvez avoir plus d'ennemis à
combàttre qu'il n'en eut quand il revint à Stralſund;
mais il y a une choſe bien ſûre, c'eſt que vous aurez
plus de réputation que lui dans la poſtérité, parce
que vous avez remporté autant de victoires ſur des
ennemis plus aguerris que les ſiens, et que vous avez
fait à vos ſujets tous les biens qu'il n'a pas faits,
en ranimant les arts, en fondant des colonies, en
embelliſſant les villes. Je mets à part d'autres talens
auſſi ſupérieurs que rares, qui auraient ſuffi à vous
immortaliſer. Vos plus grands ennemis ne peuvent

vous ôter aucun de ces mérites; votre gloire est donc absolument hors d'atteinte. Peut-être cette gloire est-elle actuellement augmentée par quelque victoire, mais nul malheur ne vous l'ôtera. Ne perdez jamais de vue cette idée, je vous en conjure.

Il s'agit à préfent de votre bonheur; je ne parlerai pas aujourd'hui des treize cantons. Je m'étais livré au plaifir de dire à votre Majefté combien elle eft aimée dans le pays que j'habite, mais je fais qu'en France elle a beaucoup de partifans; je fais très-pofitivement qu'il y a bien des gens qui défirent le maintien de la balance que vos victoires avaient établie. Je me borne à vous dire des vérités fimples, fans ofer me mêler en aucune façon de politique; cela ne m'appartient pas. Permettez-moi feulement de penfer que, fi la fortune vous était entièrement contraire, vous trouveriez une reffource dans la France, garante de tant de traités; que vos lumières et votre efprit vous ménageraient cette reffource; qu'il vous refterait toujours affez d'Etats pour tenir un rang très-confidérable dans l'Europe; que le grand électeur votre bifaïeul n'en a pas été moins refpecté pour avoir cédé quelques-unes de fes conquêtes. Permettez-moi, encore une fois, de penfer ainfi en vous foumettant mes penfées. Les *Caton* et les *Othon*, dont votre Majefté trouve la mort belle, n'avaient guère autre chofe à faire qu'à fervir ou qu'à mourir; encore *Othon* n'était-il pas fûr qu'on l'eût laiffé vivre; il prévint par une mort volontaire celle qu'on lui eût fait fouffrir. Nos mœurs et votre fitua-tion font bien loin d'exiger un tel parti; en un mot votre vie eft très-néceffaire: vous fentez combien elle eft chère à une nombreufe famille, et à tous ceux

—— qui ont l'honneur de vous approcher. Vous favez
1757. que les affaires de l'Europe ne font jamais long-temps
dans la même affiette, et que c'eſt un devoir pour un
homme tel que vous de ſe réferver aux événemens.
J'oſe vous dire bien plus ; croyez-moi, ſi votre courage vous portait à cette extrémité héroïque, elle ne
ſerait pas approuvée ; vos partiſans la condamneraient
et vos ennemis en triompheraient. Songez encore aux
outrages que la nation fanatique des bigots ſerait à
votre mémoire. Voilà tout le prix que votre nom
recueillerait d'une mort volontaire ; et en vérité il ne
faudrait pas donner à ces lâches ennemis du genre
humain le plaiſir d'inſulter à votre nom ſi reſpectable.

Ne vous offenſez pas de la liberté avec laquelle vous
parle un vieillard qui vous a toujours révéré et aimé,
et qui croit, d'après une longue expérience, qu'on
peut tirer de très-grands avantages du malheur. Mais
heureuſement nous ſommes très-loin de vous voir
réduit à des extrémités ſi funeſtes, et j'attends tout
de votre courage et de votre eſprit, hors le parti malheureux que ce même courage peut me faire craindre.
Ce ſera une conſolation pour moi en quittant la vie
de laiſſer ſur la terre un roi philoſophe.

LETTRE CX.

DE M. DE VOLTAIRE.

Octobre.

SIRE,

VOTRE épître d'Erfurth (1) est pleine de morceaux admirables et touchans. Il y aura toujours de très-belles choses dans ce que vous ferez, et dans ce que vous écrirez. Souffrez que je vous dise ce que j'ai écrit à son Altesse royale votre digne sœur, que cette épître fera verser des larmes, si vous n'y parlez pas des vôtres. Mais il ne s'agit pas ici de discuter avec votre Majesté ce qui peut perfectionner ce monument d'une grande ame et d'un grand génie ; il s'agit de vous, et de l'intérêt de toute la faîne partie du genre humain, que la philosophie attache à votre gloire et à votre conservation.

Vous voulez mourir (2); je ne vous parle pas ici de l'horreur douloureuse que ce dessein m'inspire. Je vous conjure de soupçonner au moins que du haut rang où vous êtes, vous ne pouvez guère voir quelle est l'opinion des hommes, quel est l'esprit du temps. Comme roi on ne vous le dit pas, comme philosophe et comme grand homme vous ne voyez que les exemples des grands hommes de l'antiquité. Vous

1757.

---

(1) Le testament du roi, avant la bataille de Rosback. Voyez le *Comment. historique*, &c.

(2) Voyez dans la Correspondance générale, année 1757, les lettres de M. de *Voltaire* et de M. le duc de *Richelieu*.

aimez la gloire, vous la mettez aujourd'hui à mourir d'une manière que les autres hommes choisissent rarement, et qu'aucun des souverains de l'Europe n'a jamais imaginée depuis la chute de l'empire romain. Mais, hélas! Sire, en aimant tant la gloire, comment pouvez-vous vous obstiner à un projet qui vous la fera perdre? Je vous ai déjà représenté la douleur de vos amis, le triomphe de vos ennemis, et les insultes d'un certain genre d'hommes qui mettra lâchement son devoir à flétrir une action généreuse.

J'ajoute, car voici le temps de tout dire, que personne ne vous regardera comme le martyr de la liberté; il faut se rendre justice : vous savez dans combien de cours on s'opiniâtre à regarder votre entrée en Saxe comme une infraction du droit des gens. Que dira-t-on dans ces cours? que vous avez vengé sur vous-même cette invasion; que vous n'avez pu résister au chagrin de ne pas donner la loi. On vous accusera d'un désespoir prématuré quand on saura que vous avez pris cette résolution funeste dans Erfurth, quand vous étiez encore maître de la Silésie et de la Saxe. On commentera votre épître d'Erfurth, on en fera une critique injurieuse; on sera injuste, mais votre nom en souffrira.

Tout ce que je représente à votre Majesté est la vérité même. Celui que j'ai appelé le *Salomon du Nord* s'en dit davantage dans le fond de son cœur.

Il sent qu'en effet s'il prend ce funeste parti, il y cherche un honneur dont pourtant il ne jouira pas. Il sent qu'il ne veut pas être humilié par des ennemis personnels; il entre donc dans ce triste parti de l'amour propre, du désespoir. Écoutez contre ces

sentimens votre raison supérieure ; elle vous dit que
vous n'êtes point humilié, et que vous ne pouvez
l'être ; elle vous dit qu'étant homme comme un
autre, il vous restera (quelque chose qui arrive)
tout ce qui peut rendre les autres hommes heureux ;
biens, dignités, amis. Un homme qui n'est que roi
peut se croire très-infortuné quand il perd des Etats ;
mais un philosophe peut se passer d'Etats. Encore,
sans que je me mêle en aucune façon de politique,
je ne peux croire qu'il ne vous en restera pas assez
pour être toujours un souverain considérable. Si vous
aimiez mieux mépriser toute grandeur comme ont
fait *Charles-Quint*, la reine *Christine*, le roi *Casimir*,
et tant d'autres, vous soutiendriez ce personnage
mieux qu'eux tous ; et ce serait pour vous une grandeur nouvelle. Enfin tous les partis peuvent convenir, hors le parti odieux et déplorable que vous
voulez prendre. Serait-ce la peine d'être philosophe si
vous ne saviez pas vivre en homme privé ? ou si en
demeurant souverain vous ne saviez pas supporter
l'adversité ?

Je n'ai d'intérêt dans tout ce que je dis que le bien
public et le vôtre. Je suis bientôt dans ma soixante et
cinquième année, je suis né infirme ; je n'ai qu'un
moment à vivre ; j'ai été bien malheureux, vous
le savez ; mais je mourrais heureux si je vous laissais
sur la terre mettant en pratique ce que vous avez si
souvent écrit.

LETTRE CXI.

DE M. DE VOLTAIRE.

Le 13 novembre.

SIRE,

1757.

Votre épître à d'*Argens* m'avait fait trembler; celle dont votre Majesté m'honore, me raffure. Vous fembliez dire un trifte adieu dans toutes les formes, et vouloir précipiter la fin de votre vie. Non-feulement ce parti défefpérait un cœur comme le mien, qui ne vous a jamais été affez développé, et qui a toujours été attaché à votre perfonne, quoi qu'il ait pu arriver; mais ma douleur s'aigriffait des injuftices qu'une grande partie des hommes ferait à votre mémoire.

Je me rends à vos trois derniers vers, auffi admirables par le fens que par les circonftances où ils font faits.

> *Pour moi, menacé du naufrage,*
> *Je dois, en affrontant l'orage,*
> *Penfer, vivre et mourir en roi.*

Ces fentimens font dignes de votre ame, et je ne veux entendre autre chofe par ces vers, finon que vous vous défendrez jufqu'à la dernière extrémité avec votre courage ordinaire. C'eft une des preuves de ce courage fupérieur aux événemens, de faire de beaux vers dans une crife où tout autre pourrait à peine faire un peu de profe. Jugez fi ce nouveau

1757.

témoignage de la supériorité de votre ame doit faire souhaiter que vous viviez. Je n'ai pas le courage, moi, d'écrire en vers à votre Majesté dans la situation où je vous vois ; mais permettez que je vous dise tout ce que je pense.

Premièrement, soyez très-sûr que vous avez plus de gloire que jamais. Tous les militaires écrivent de tous côtés, qu'après vous être conduit à la bataille du 18 comme le prince de *Condé* à Sénef, vous avez agi dans tout le reste en *Turenne*. *Grotius* disait : Je puis souffrir les injures et la misère, mais je ne peux vivre avec les injures, la misère et l'ignominie ensemble. Vous êtes couvert de gloire dans vos revers ; il vous reste de grands Etats : l'hiver vient ; les choses peuvent changer. Votre Majesté sait que plus d'un homme considérable pensent qu'il faut une balance, et que la politique contraire est une politique détestable ; ce sont leurs propres paroles.

J'oserai ajouter que *Charles XII*, qui avait votre courage avec infiniment moins de lumières, et moins de compassion pour ses peuples, fit la paix avec le czar sans s'avilir. Il ne m'appartient pas d'en dire davantage ; et votre raison supérieure vous en dit cent fois plus.

Je dois me borner à représenter à votre Majesté combien sa vie est nécessaire à sa famille, aux Etats qui lui demeureront, aux philosophes qu'elle peut éclairer et soutenir, et qui auraient, croyez-moi, beaucoup de peine à justifier devant le public une mort volontaire contre laquelle tous les préjugés s'élèveraient. Je dois ajouter que quelque personnage que vous fassiez, il sera toujours grand.

1757.

Je prends du fond de ma retraite plus d'intérêt à votre fort, que je n'en prenais dans Potfdam et dans Sans-fouci. Cette retraite ferait heureufe , et ma vieilleffe infirme ferait confolée , fi je pouvais être affuré de votre vie , que le retour de vos bontés me rend encore plus chère.

J'apprends que Monfeigneur le prince de Pruffe eft très-malade; c'eft un nouveau furcroît d'affliction, et une nouvelle raifon de vous conferver. C'eft très-peu de chofe, j'en conviens, d'exifter pour un moment au milieu des chagrins, entre deux éternités qui nous engloutiffent ; mais c'eft à la grandeur de votre courage à porter le fardeau de la vie, et c'eft être véritablement roi que de foutenir l'adverfité en grand homme.

LETTRE CXII.

DU ROI.

A Breflau, le 16 de janvier.

1758.

J'AI reçu votre lettre du 22 de novembre et du 2 de janvier en même temps (1). J'ai à peine le temps de faire de la profe, bien moins des vers pour répondre aux vôtres. Je vous remercie de la part que vous prenez aux heureux hafards qui m'ont feconfé à la fin d'une campagne où tout femblait perdu. Vivez heureux et tranquille à Genève ; il n'y a que cela dans le monde ; et faites des vœux pour que la fièvre chaude héroïque de l'Europe fe guériffe bientôt, pour

(1) On n'a point trouvé ces lettres, et plufieurs autres qui manquent également.

que le triumvirat se détruife , et que les tyrans de cet univers ne puiffent pas donner au monde les chaînes qu'ils lui préparent.

FÉDÉRIC.

Je ne fuis malade ni de corps ni d'efprit , mais je me repofe dans ma chambre. Voilà ce qui a donné lieu aux bruits que mes ennemis ont femés. Mais je peux leur dire comme *Démofthènes* aux Athéniens : Eh bien ! fi *Philippe* était mort , que ferait-ce ? ô Athéniens ! vous vous feriez bientôt un autre *Philippe*.

O Autrichiens ! votre ambition , votre défir de tout dominer , vous feraient bientôt d'autres ennemis ; et les libertés germaniques et celles de l'Europe ne manqueront jamais de défenfeurs.

LETTRE CXIII.

DE M. DE VOLTAIRE.

Le 15 avril.

Puisque vous êtes fi grand maître
Dans l'art des vers et des combats ,
Et que vous aimez tant à l'être ,
Rimez donc , bravez le trépas ;
Inftruifez , ravagez la terre ;
J'aime les vers, je hais la guerre ,
Mais je ne m'oppoferai pas
A votre fureur militaire ;

Chaque efprit a fon caractère :
Je conçois qu'on a du plaifir
A favoir comme vous faifir
L'art de tuer et l'art de plaire.

Cependant reffouvenez-vous de celui qui a dit
autrefois :

Et quoique admirateur d'Alexandre et d'Alcide,
J'euffe aimé mieux choifir les vertus d'Ariftide.

Cet *Ariftide* était un bon homme ; il n'eût point
propofé de faire payer à l'archevêque de Maïence
les dépens et dommages de quelque pauvre ville
grecque ruinée. Il eft clair que votre Majefté a
encouru les cenfures de Rome en imaginant fi plaifamment de faire payer à l'Eglife les pots que vous
avez caffés. Pour vous relever de l'excommunication majeure, je vous ai confeillé, en bon citoyen,
de payer vous-même. Je me fuis fouvenu que votre
Majefté m'avait dit fouvent que les peuples de ***
étaient des fots. En vérité, Sire, vous êtes bien
bon de vouloir régner fur ces gens-là. Je crois vous
propofer un très-bon marché en vous priant de les
donner à qui les voudra.

Je m'imaginais qu'un grand homme,
Qui bat le monde et qui s'en rit,
N'aimait à dominer que fur des gens d'efprit,
Et je voudrais le voir à Rome.

Comme je fuis très-fâché de payer trois vingtièmes
de mon bien, et de me ruiner pour avoir l'honneur
de

de vous faire la guerre, vous croirez peut-être que
c'est par ladrerie que je vous propose la paix : point 1758.
du tout ; c'est uniquement afin que vous ne risquiez
pas tous les jours de vous faire tuer par des croates,
des houssards et autres barbares qui ne savent pas ce
que c'est qu'un beau vers.

Vos ministres auront sans doute à Bréda de plus
belles vues que les miennes. M. le duc de *Choiseul*,
M. de *Kaunitz*, M. *Pitt* ne me disent point leur
secret. On dit qu'il n'est connu que d'un M. de
Saint-Germain, qui a soupé autrefois dans la ville de
Trente avec les pères du concile, et qui aura probablement l'honneur de voir votre Majesté dans une
cinquantaine d'années. C'est un homme qui ne meurt
point, et qui sait tout. Pour moi, qui suis près de
finir ma carrière et qui ne sais rien, je me borne à
souhaiter que vous connaissiez M. le duc de *Choiseul*.

Votre Majesté m'écrit qu'elle va se mettre à être
un vaurien ; voilà une belle nouvelle qu'elle m'apprend là ! et qui êtes-vous donc, vous autres maîtres
de la terre ? Je vous ai vu aimer beaucoup ces vau-
riens de *Trajan*, de *Marc - Aurèle* et de *Julien :*
ressemblez-leur toujours ; mais ne me brouillez pas
avec M. le duc de *Choiseul* dans vos goguettes.

Et sur ce, je présente à votre Majesté mon respect,
et prie honnêtement la Divinité qu'elle donne la paix
à ses images.

LETTRE CXIV.

DE M. DE VOLTAIRE.

Le 2 mai.

1758.

HEROS du Nord, je favais bien
Que vous avez vu les derrières
Des guerriers du roi très-chrétien
A qui vous taillez des croupières ;
Mais que vos rimes familières
Immortalifent les beaux cus
De ceux que vous avez vaincus,
Ce font des faveurs fingulières.
Nos blanc-poudrés font convaincus
De tout ce que vous favez faire ;
Mais les *ons*, les *its* et les *us*
A préfent ne vous touchent guère.
Mars, votre autre dieu tutélaire ;
Brife la lyre de Phébus.
Horace, Lucrèce et Pétrone
Dans l'hiver font vos courtifans ;
Vos beaux printemps font pour Bellone ;
Vous vous amufez en tout temps.

Il n'y a rien de fi plaifant, Sire, que le congé que vous avez donné, daté du 6 novembre 1757 ; cependant il me femble que dans ce mois de novembre vous couriez à bride abattue à Breflau, et que c'eft en courant que vous chantâtes nos derrières. Le bel

arrêt du parlement de Paris fur le bon fens philofophique de d'*Argens* (1), et fur la loi naturelle,   1758,
pourrait bien auffi avoir fa part dans l'hiftoire des
culs; mais c'eft dans le divin chapitre des torche-culs
de Gargantua. La befogne de ces meffieurs ne mérite
guère qu'on en faffe un autre ufage. On a traité à
peu-près ainfi à la cour les impertinentes remontrances que cette compagnie a faites. On ne pourra
jamais leur reprocher *la Philofophie du bon fens.* On
dit que Paris eft plus fou que jamais, non pas de
cette folie que le génie peut quelquefois permettre,
mais de cette folie qui reffemble à la fottife. Je ne
veux pas, Sire, avoir celle d'abufer plus long-temps
des momens de votre Majefté; je volerais les Autrichiens à qui vous les confacrez. Je prie DIEU toujours
qu'il vous donne la paix, et que fon règne nous
advienne. Car en vérité au milieu de tant de maf-
facres, c'eft le règne du diable, et les philofophes
qui difent que tout eft bien ne connaiffent guère leur
monde. Tout fera bien quand vous ferez à Sans-
fouci, et que vous direz :

> *Alors, cher Cinéas, victorieux, contens,*
> *Nous pouvons rire à l'aife et prendre du bon temps.*

(1) La *Philofophie du bon fens*, ouvrage du marquis d'*Argens*, condamné
par le parlement, à peu-près dans le même temps que le poëme de M. de
Voltaire fur la Loi naturelle.

LETTRE CXV.

DU ROI.

Le 6 d'octobre.

1758.

IL vous a été facile de juger de ma douleur par la perte que j'ai faite. Il y a des malheurs réparables par la conſtance et par un peu de courage, mais il y en a d'autres contre leſquels toute la fermeté dont on veut s'armer, et tous les diſcours des philoſophes ne ſont que des ſecours vains et inutiles ; ce ſont de ceux-ci dont ma malheureuſe étoile m'accable dans les momens les plus embarraſſans et les plus remplis de ma vie.

Je n'ai point été malade comme on vous l'a dit ; mes maux ne conſiſtent que dans des coliques hémorrhoïdales et quelquefois néphrétiques. Si cela eût dépendu de moi, je me ferais volontiers dévoué à la mort, que ces ſortes d'accidens amènent tôt ou tard, pour ſauver et pour prolonger les jours de celle qui ne voit plus la lumière (1). N'en perdez jamais la mémoire, et raſſemblez, je vous prie, toutes vos forces pour élever un monument à ſon honneur. Vous n'avez qu'à lui rendre juſtice ; et ſans vous écarter de la vérité, vous trouverez la matière la plus ample et la plus belle.

Je vous ſouhaite plus de repos et de bonheur que je n'en ai.

FÉDÉRIC.

(1) La margrave de *Bareith*.

LETTRE CXVI.

DE M. DE VOLTAIRE.

Sur la mort de fon Alteffe royale madame la margrave de Bareith.

Décembre.

Ombre illuftre, ombre chère, ame héroïque et pure, ——
Toi que mes triftes yeux ne ceffent de pleurer,　　1758.
Quand la fatale loi de toute la nature
　　　Te conduit dans la fépulture,
　　　Faut-il te plaindre ou t'admirer?

　　Les vertus, les talens ont été ton partage,
　　　　Tu vécus, tu mourus en fage;
　Et voyant à pas lents avancer le trépas,
　　　　Tu montras le même courage
　Qui fait voler ton frère au milieu des combats.

　　Femme fans préjugés, fans vice et fans molleffe
　Tu bannis loin de toi la Superftition,
　Fille de l'Impofture et de l'Ambition,
　　　　Qui tyrannife la Faibleffe.

　　Les Langueurs, les Tourmens, miniftres de la Mort,
　　　　T'avaient déclaré la guerre;
　　　　Tu les bravas fans effort,
　　　　Tu plaignis ceux de la terre.

R 3

Hélas ! si tes conseils avaient pu l'emporter
Sur le faux intérêt d'une aveugle vengeance,
Que de torrens de sang on eût vu s'arrêter !
Quel bonheur t'aurait dû la France !

Ton cher frère aujourd'hui, dans un noble repos,
Recueillerait son ame à soi-même rendue ;
Le philosophe, le héros
Ne serait affligé que de t'avoir perdue.

Sur ta cendre adorée il jetterait des fleurs
Du haut de son char de victoire,
Et les mains de la Paix et les mains de la Gloire
Se joindraient pour sécher ses pleurs.

Sa voix célébrerait ton amitié fidelle,
Les échos de Berlin répondraient à ses chants :
Ah ! j'impose silence à mes tristes accens,
Il n'appartient qu'à lui de te rendre immortelle.

Voilà, Sire, ce que ma douleur me dicta quelque
temps après le premier saisissement dont je fus accablé
à la mort de ma protectrice. J'envoie ces vers à votre
Majesté, puisqu'elle l'ordonne. Je suis vieux ; elle
s'en apercevra bien. Mais le cœur qui sera toujours
à vous et à l'adorable sœur que vous pleurez, ne
vieillira jamais. Je n'ai pu m'empêcher de me souvenir dans ces faibles vers des efforts que cette digne
princesse avait faits pour rendre la paix à l'Europe.
Toutes ses lettres (vous le savez sans doute) avaient
passé par moi. Le ministre (1), qui pensait absolument

(1) Le cardinal de *Tencin*. L'abbé de *Bernis* l'obligea de signer une lettre
qu'il lui envoya pour rompre toute négociation, et cette adroite politique
nous a valu la paix glorieuse de 1763. Voyez le *Commentaire historiq.*
Mélauges littér, tome II, page 185.

comme elle, et qui ne put lui répondre que par
une lettre qu'on lui dicta, en eſt mort de chagrin.
Je vois avec douleur dans ma vieilleſſe accablée
d'infirmités tout ce qui ſe paſſe; et je me conſole
parce que j'eſpère que vous ſerez auſſi heureux que
vous méritez de l'être. Le médecin *Tronchin* dit que
votre colique hémorrhoïdale n'eſt point dangereuſe;
mais il craint que tant de travaux n'altèrent votre
ſang. Cet homme eſt ſurement le plus grand médecin
de l'Europe, le ſeul qui connaiſſe la nature. Il m'avait
aſſuré qu'il y avait du remède pour l'état de votre
auguſte ſœur ſix mois avant ſa mort. Je fis ce que je
pus pour engager ſon Alteſſe royale à ſe mettre
entre les mains de *Tronchin;* elle ſe confia à des
ignorans entêtés; et *Tronchin* m'annonça ſa mort
deux mois avant le moment fatal. Je n'ai jamais
ſenti un déſeſpoir plus vif. Elle eſt morte victime
de la confiance de ceux qui l'ont traitée. Conſervez-
vous, Sire, car vous êtes néceſſaire aux hommes.

1758.

LETTRE CXVII.

DU ROI.

A Breſlau , le 23 de janvier.

1759.

J'AI reçu les vers que vous avez faits : apparemment que je ne me ſuis pas bien expliqué. Je déſire quelque choſe de plus éclatant et de public. Il faut que toute l'Europe pleure avec moi une vertu trop peu connue. Il ne faut point que mon nom partage cet éloge ; il faut que tout le monde ſache qu'elle eſt digne de l'immortalité ; et c'eſt à vous de l'y placer.

On dit qu'*Appelles* était le ſeul digne de peindre *Alexandre* : je crois votre plume la ſeule digne de rendre ce ſervice à celle qui ſera le ſujet éternel de mes larmes.

Je vous envoie des vers faits dans un camp, et que je lui envoyais un mois avant cette cruelle cataſtrophe qui nous en prive pour jamais. Ces vers ne ſont certainement pas dignes d'elle , mais c'était du moins l'expreſſion vraie de mes ſentimens. En un mot je ne mourrai content que lorſque vous vous ſerez ſurpaſſé dans ce triſte devoir que j'exige de vous.

Faites des vœux pour la paix : mais quand même la victoire la ramènerait , cette paix et la victoire ni tout ce qu'il y a dans l'univers n'adouciront la douleur cruelle qui me conſume.

Vivez plus heureux à Lauſane , &c.

FÉDÉRIC.

LETTRE CXVIII.

DU ROI.

A Breſlau, le 2 de mars.

VOTRE lettre contient une contradiction dans les termes et dans les choſes. Vous marquez que votre imagination s'éteint, et en même temps vous en rempliſſez toute votre lettre. Il fallait être plus ſur ſes gardes en m'écrivant, et ſupprimer ce beau feu qui vous anime encore à ſoixante-cinq ans. Je crains bien que vous ne ſoyez dans le cas de la plupart des hommes qui s'occupent de l'avenir et oublient le paſſé.

1759.

> Et comme à l'intérêt l'ame humaine eſt liée,
> La vertu qui n'eſt plus eſt bientôt oubliée.

Mes vers ne ſont point faits pour le public. Je n'ai ni aſſez d'imagination, ni ne poſsède aſsez bien la langue pour faire de bons vers; et les médiocres ſont déteſtables. Ils ſont ſoufferts entre amis, et voilà tout. Je vous en envoie de genres différens, mais qui ont le même goût de terroir, et qui ſe reſſentent du temps où ils ont été faits. Et comme vous êtes à préſent riche et puiſſant ſeigneur, ne craignant point de vous faire payer cher le port de mes balivernes, je vous envoie en même temps toutes ſortes de miſères que je me ſuis amuſé à faire par intervalles.

J'en viens à l'article qui semble vous toucher le plus, et je vous donne toute assurance de ne plus songer au passé, et de vous satisfaire; mais laissez auparavant mourir en paix un homme que vous avez cruellement persécuté (1), et qui, selon toutes les apparences, n'a plus que peu de jours à vivre.

Pour ce que je vous ai demandé, je vous avoue que je l'ai toujours très-fort dans l'esprit; soit prose, soit vers, tout m'est égal. Il faut un monument pour éterniser cette vertu si pure, si rare, et qui n'a pas été assez généralement connue. Si j'étais persuadé de bien écrire, je n'en chargerais personne: mais comme vous êtes certainement le premier de notre siècle, je ne puis m'adresser qu'à vous.

Pour moi je suis sur le point de recommencer ma maudite vie errante. Souvent il m'arrive de recevoir des lettres de Berlin vieilles de six mois: ainsi je ne fais pas état de recevoir sitôt votre réponse. Mais j'espère que vous n'oublierez point un ouvrage qui sera de votre part un acte de reconnaissance. Adieu.

FÉDÉRIC.

(1) *Maupertuis*, président de l'académie de Berlin.

LETTRE CXIX.

DU ROI.

A Breslau, le 12 de mars.

Il faut avouer que vos mois ne ressemblent pas aux —————
semaines du prophète *Daniel* : ses semaines sont des 1759.
siècles et vos mois des jours.

J'ai reçu cette ode qui vous a si peu coûté, qui
est très-belle, et qui certainement ne vous fera pas
déshonneur. C'est le premier moment de consolation
que j'ai eu depuis cinq mois. Je vous prie de la faire
imprimer, et de la répandre dans les quatre parties du
monde. Je ne tarderai pas long-temps à vous en
témoigner ma reconnaissance.

Je vous envoie une vieille épître que j'ai faite il y
a un an ; et comme il y est parlé de vous, c'est à vous
à vous défendre, si vous croyez qu'on le puisse. Ce
sont de mauvais vers, mais je suis persuadé que ce
sont des vérités qu'ils disent. Je pense au moins ainsi.
Plus on vieillit et plus on se persuade que sa sacrée
majesté *le Hasard* fait les trois quarts de la besogne
de ce misérable univers, et que ceux qui pensent être
les plus sages, sont les plus fous de l'espèce à deux
jambes et sans plumes dont nous avons l'honneur
d'être.

On peut en conscience me pardonner et des solé-
cismes et de mauvais vers dans le tumulte et parmi
les soins et les embarras dont je suis sans cesse environné.

Vous voulez favoir ce que *Néaulme* imprime : vous me le demandez à moi qui ne fais pas fi *Néaulme* eft encore au monde, qui n'ai pas mis depuis près de trois ans le pied à Berlin, qui ne fais que des nouvelles de *Fermer*, de *Daun*, de *Soubife*, de *Lautrihauffen*, et d'une efpèce d'hommes dont vous vous fouciez très-peu, et dont je ferais bien aife de ne pas être obligé de m'informer.

Adieu ; vivez heureux, et maintenez la paix dans votre feigneurie fuiffe, car la guerre de la plume et de l'épée n'ont que rarement d'heureux fuccès. Je ne fais quel fera mon fort cette année ; en cas de malheur je me recommande à vos prières, et je vous demande une meffe pour tirer mon ame du purgatoire, s'il y en a un dans l'autre monde qui foit pire que la vie que je mène en celui-ci.

FÉDÉRIC.

LETTRE CXX.

DU ROI.

A Breflau, le 21 de mars.

Vous ne vous êtes pas trompé tout-à-fait : je fuis fur le point de me mettre en marche. Quoique ce ne foit pas pour des fiéges, toutefois c'eft pour réfifter à mes perfécuteurs.

J'ai été ravi de voir les changemens et les additions que vous avez faits à votre ode. Rien ne me fait plus

de plaifir que ce qui regarde cette matière-là. Les
nouvelles ftrophes font très-belles, et je fouhaiterais
fort que le tout fût déjà imprimé. Vous pourrez y
ajouter une lettre felon votre bon plaifir : et quoique
je fois très-indifférent fur ce qu'on peut dire de moi
en France et ailleurs, on ne me fâchera pas en vous
attribuant mon *Hiftoire de Brandebourg*. C'eft la trouver très-bien écrite, et c'eft plutôt me louer que me
blâmer.

Dans les grandes agitations où je vais entrer, je
n'aurai pas le temps de favoir fi on fait des libelles
contre moi en Europe, et fi on me déchire. Ce que
je faurai toujours, et dont je ferai témoin, c'eft que
mes ennemis font bien des efforts pour m'accabler.
Je ne fais pas fi cela en vaut la peine. Je vous fouhaite la tranquillité et le repos dont je ne jouirai pas
tant que l'acharnement de l'Europe me perfécutera.
Adieu.

FÉDÉRIC.

N. B. Vous m'avez tant parlé du médecin *Tronchin*,
que je vous prie de le confulter fur la fanté de mon
frère *Ferdinand*, qui eft très-mauvaife. Dans le courant
de l'année paffée il a eu deux fièvres chaudes dont il
lui eft refté de grandes faibleffes. A cela fe font joints
les fymptômes d'une fueur de nuit et d'une toux avec
expectoration. Les médecins jufqu'ici croient qu'il
crache une vomique, et pour moi qui ai tant vu de
maladies pareilles, funeftes à tous ceux qui en ont
été attaqués, je crains beaucoup pour fa vie ; non
pas les effets d'une mort prochaine, mais d'un acca-
blement qui le conduira au tombeau à la chute des

feuilles. Je crois ne devoir rien négliger pour les fecours que l'art peut fournir, quoique j'aye très-peu de confiance en tous les médecins.

Je vous prie de confulter *Tronchin* pour favoir ce qu'il en penfe, et s'il croit pouvoir le fauver. Je dois ajouter à ceci pour le médecin que les urines font fort rouges et fort colorées, que l'expectoration fent mauvais, que la faibleffe eft grande, l'abattement confidérable, qu'il y a tous les fymptômes d'une fièvre lente qui cependant ne paraît point le jour pendant lequel le pouls eft faible. Je fouhaite qu'il en ait meilleure efpérance que moi.

LETTRE CXXI.

DE M. DE VOLTAIRE.

Aux Délices, le 27 mars.

SIRE,

JE reçois la lettre dont votre Majefté m'honore, écrite le 2 mars de la main de votre fecrétaire, mon compatriote fuiffe, fignée *Fédéric*. Il paraît que votre Majefté n'avait pas encore reçu le petit monument qu'elle a voulu que je dreffaffe de mes faibles mains à votre adorable fœur. En voici donc une copie que je hafarde encore dans ce paquet; je le recommande à DIEU, aux houffards et aux curieux qui ouvrent les lettres. Votre paquet que j'ai reçu avec votre lettre contenait votre ode au prince *Henri*, votre épître à milord *Maréchal*, et votre ode au prince

Ferdinand. Il y a dans cette ode un certain endroit ——
dont il n'appartient qu'à vous d'être l'auteur. Ce
n'eft pas affez d'avoir du génie pour écrire ainfi , il
faut encore être à la tête de cent cinquante mille
hommes. Votre Majefté me dit dans fa lettre qu'il
paraît que je ne défire que les brimborions dont vous
me faites l'honneur de me parler. Il eft vrai qu'après
plus de vingt ans d'attachement , vous auriez pu ne
me pas ôter des marques qui n'ont d'autre prix à
mes yeux que celui de la main qui me les avait
données. Je ne pourrais même porter ces marques
de mon ancien dévouement pour vous pendant la
guerre ; mes terres font en France ; il eft vrai qu'elles
font fur la frontière de Suiffe ; il eft vrai même
qu'elles font entièrement libres , et que je ne paye
rien à la France ; mais enfin elles y font fituées.
J'ai en France foixante mille livres de rente ; mon
fouverain m'a confervé par un brevet la place de
gentilhomme ordinaire de fa chambre. Croyez très-
fermement que les marques de bonté et de juftice
que vous voulez me donner , ne me toucheraient
que parce que je vous ai toujours regardé comme
un grand homme. Vous ne m'avez jamais connu.

Je ne vous demande point du tout les bagatelles
dont vous croyez que j'ai tant d'envie ; je n'en veux
point ; je ne voulais que votre bonté : je vous ai
toujours dit vrai quand je vous ai dit que j'aurais
voulu mourir auprès de vous.

Votre Majefté me traite comme le monde entier ;
elle s'en moque quand elle dit que le préfident fe
meurt. Le préfident vient d'avoir à Bafle un procès
avec une fille qui voulait être payée d'un enfant

qu'il lui a fait. Plût à Dieu que je puffe avoir un tel procès; j'en fuis un peu loin; j'ai été très-malade, et je fuis très-vieux : j'avoue que je fuis très-riche, très - indépendant , très-heureux ; mais vous manquez à mon bonheur, et je mourrai bientôt fans vous avoir vu ; vous ne vous en fouciez guère, et je tâche de ne m'en point foucier. J'aime vos vers, votre profe , votre efprit , votre philofophie hardie et ferme. Je n'ai pu vivre fans vous, ni avec vous. Je ne parle point au roi , au héros, c'eft l'affaire des fouverains ; je parle à celui qui m'a enchanté, que j'ai aimé , et contre qui je fuis toujours fâché.

LETTRE CXXII.

DE M. DE VOLTAIRE.

Le 30 mars.

QUOIQUE tout le monde foit en armes et en alarmes , j'ai pourtant reçu tous les paquets de votre Majefté. L'épître à fa béatitude madame l'abbeffe de Quedlimbourg fur fa facrée majefté *le Hafard*, a bien un grand fonds de vérité , et fi cette épître était rabotée , je la regarderais comme le meilleur de vos ouvrages , et le plus philofophique. Il me paraît, par la date , que votre Majefté s'amufa à faire ces vers quelques jours avant notre belle aventure de Rosback. Certainement vous étiez le feul alors en Allemagne qui fiffiez des vers. Le hafard n'a pas été pour nous. Je penfe que celui qui met fes bottes

à

à quatre heures du matin , a un grand avantage au ———
jeu contre celui qui monte en carroffe à midi. Je 1759.
fouhaite paffionnément que tout ce jeu finiffe , et que
vos jours foient auffi tranquilles qu'ils font brillans.
Votre Majefté daigne n'être pas mécontente du tribut
de louange et de regret que j'ai payé à la mémoire
de la plus refpectable princeffe qui fût au monde. Il
eft vrai que mon cœur dicta l'éloge affez vîte ; la
réflexion l'a corrigé lentement. Pardonnez , mais
voici encore une ftrophe que je foumets à votre
jugement. Je n'avais pas , ce me femble , affez parlé
du courage avec lequel cette digne princeffe a fini
fa vie.

Illuftres meurtriers , victimes mercenaires ,
Qui , redoutant la honte et furmontant la peur ,
Animés l'un par l'autre aux combats fanguinaires ,
Fuiriez fi vous l'ofiez , et mourez par honneur ;
  Une femme , une princeffe
  Qui dédaigna la molleffe ,
  Qui du fort foutint les coups ,
  Et qui vit d'une ame égale
  Venir fon heure fatale ,
  Etait plus brave que vous.

Sort foutint , fait une cacophonie défagréable ; *venir* ,
me paraît faible. Je ne trouve pas mieux , et j'avoue
qu'après l'art de gagner des batailles , celui de faire
des vers eft le plus difficile.

 Fuiriez fi vous l'ofiez ; parlez pour vous , Meffieurs ,
dira votre Majefté ; et moi chétif , je foutiens que fi
Céfar fe trouvait feul pendant la nuit expofé incognito

1759.

—— à une batterie de canon, et qu'il n'y eût d'autre moyen de fauver fa vie qu'en fe mettant dans un tas de fumier, ou dans quelque chofe de mieux, on y trouverait le lendemain matin *Caius Julius Cefar* plongé jufqu'au cou.

Cette lettre trouvera peut-être votre Majefté à quelque batterie, mais non pas dans un tas de fumier. Heureux ceux qui font fur leur fumier comme moi!

Recevez avec bonté, Sire, les refpects et les folies du vieux fuiffe.

LETTRE CXXIII.

DU ROI.

A Bolekelhaïn, le 11 d'avril.

DISTINGUEZ, je vous prie, les temps où les ouvrages ont été faits. Les Triftes d'*Ovide* et l'Art d'aimer ne font pas contemporains. Mes élégies ont leur temps marqué par l'affreufe cataftrophe qui laiffera un trait enfoncé dans mon cœur autant que mes yeux feront ouverts. Les autres pièces ont été faites dans des intervalles qui fe trouvent toujours, quelque vive que foit la guerre. Je me fers de toutes mes armes contre mes ennemis; je fuis comme le porc-épic, qui fe hériffant fe défend de toutes fes pointes. Je n'affure pas que les miennes foient bonnes; mais il faut faire ufage de toutes fes facultés, telles qu'elles font, et porter des coups à fes adverfaires les mieux affenés que l'on peut.

Il femble qu'on ait oublié dans cette guerre-ci ce que c'eft que les bons procédés et la bienféance. Les nations les plus policées font la guerre en bêtes féroces. J'ai honte de l'humanité ; j'en rougis pour le fiècle. Avouons la vérité, les arts et la philofophie ne fe répandent que fur le petit nombre ; la groffe maffe, le peuple, et le vulgaire de la nobleffe, refte ce que la nature l'a fait, c'eft-à-dire, de méchans animaux.

Quelque réputation que vous ayez, mon cher *Voltaire*, ne penfez pas que les houffards autrichiens connaiffent votre écriture. Je puis vous affurer qu'ils fe connaiffent mieux en eau-de-vie qu'en beaux vers et en célèbres auteurs.

Nous allons commencer dans peu une campagne qui fera pour le moins auffi rude que la précédente. Le prince *Ferdinand* épaule bien ma droite. Dieu fait quelle en fera l'iffue. Mais de quoi je puis vous affurer pofitivement, c'eft qu'on ne m'aura pas à bon marché, et que, fi je fuccombe, il faudra que l'ennemi fe fraye par un carnage affreux le chemin à ma deftruction.

Adieu ; je vous fouhaite tout ce qui me manque.

FÉDÉRIC.

N. B. On dit qu'on a brûlé à Paris votre *Poëme de la loi naturelle*, la *Philofophie du bon fens*, et l'*Efprit*, ouvrage d'*Helvétius*. Admirez comme l'amour propre fe flatte ; je tire une efpèce de gloire que la même époque de la guerre que la France me fait, devienne celle qu'on fait à Paris au bon fens.

S 2

LETTRE CXXIV.

DU ROI.

A Landshut, le 18 d'avril.

Vos lettres m'ont été rendues fans que houffards, ni français, ni autres barbares les aient ouvertes. L'on peut écrire tout ce que l'on veut et très-impunément, fans avoir cent foixante mille hommes, pourvu qu'on ne faffe rien imprimer. Et fouvent on fait imprimer des chofes plus fortes que je n'en ai jamais écrites ni n'en écrirai, fans qu'il en arrive le moindre mal à l'auteur ; témoin votre Pucelle. Pour moi je n'écris que pour me diffiper.

Tout homme qui n'eft pas né français, ou habitué depuis long-temps à Paris, ne faurait poffeder la langue au degré de perfection fi néceffaire pour faire de bons vers ou de la profe élégante. Je me rends affez de juftice fur ce fujet, et je fuis le premier à apprécier mes misères à leur jufte valeur ; mais cela m'amufe et me diftrait ; voilà le feul mérite de mes ouvrages. Vous avez trop de connaiffances et trop de goût pour applaudir à d'auffi faibles talens.

L'éloquence et la poëfie demandent toute l'application d'un homme ; mon devoir m'oblige de m'appliquer à préfent et très-férieufement à autres chofes. En confidérant tout cela, vous devez avouer que des amufemens auffi frivoles ne doivent entrer en aucune confidération.

1759.

Je ne me moque de perfonne ; mais je me fens —————
piqué contre des ennemis qui veulent m'écrafer 1759.
autant qu'il eft en eux. Et certainement je ne fuis
pas condamnable d'employer toutes les armes de
mon arfenal pour me défendre et pour leur nuire.
Après l'acharnement cruel qu'ils ont témoigné contre
moi, il n'eft plus temps de les ménager.

Je vous félicite d'être encore gentilhomme ordinaire du *Bien-aimé*. Ce ne fera pas fa patente qui
vous immortalifera ; vous ne devrez votre apothéofe
qu'à la Henriade, à l'Oedipe, à Brutus, Sémiramis,
Mérope, le Duc de Foix, &c. &c. Voilà ce qui
fera votre réputation tant qu'il y aura des hommes
fur la terre qui cultiveront les lettres, tant qu'il y
aura des perfonnes de goût et des amateurs du talent
divin que vous poffédez.

Pour moi je pardonne en faveur de votre génie
toutes les tracafferies que vous m'avez faites à Berlin,
tous les libelles de Leipfick, et toutes les chofes que
vous avez dites ou fait imprimer contre moi, qui
font fortes, dures et en grand nombre, fans que j'en
conferve la moindre rancune.

Il n'en eft pas de même de mon pauvre préfident
que vous avez pris en grippe. J'ignore s'il fait des
enfans ou s'il crache les poumons. Cependant on ne
peut que lui applaudir s'il travaille à la propagation
de l'efpèce, lorfque toutes les puiffances de l'Europe
font des efforts pour la détruire.

Je fuis accablé d'affaires et d'arrangemens. La
campagne va s'ouvrir inceffamment. Mon rôle eft
d'autant plus difficile, qu'il ne m'eft pas permis de
faire la moindre fottife, et qu'il faut me conduire

—— prudemment et avec fageffe huit grands mois de
1759. l'année. Je ferai ce que je pourrai ; mais je trouve la
tâche bien dure. Adieu.

FÉDÉRIC.

LETTRE CXXV.

DU ROI.

A Landshut, le 22 d'avril.

JE vous ai envoyé mes vers à ma fœur *Amélie*,
comme l'efquiffe d'une épître. Je n'ai ni l'efprit affez
libre, ni affez de temps pour faire quelque chofe de
fini. Et d'ailleurs quelques inadvertances, quelques
crimes de lèfe-majefté contre *Vaugelas* ou d'*Olivet*,
ne doivent pas vous furprendre. Le moyen d'écrire
purement en Allemagne et de ne pas commettre des
fautes d'ignorance et contre l'ufage, quand je vois
tant de poëtes français domiciliés à Paris, dont les
ouvrages en fourmillent. Je remarque de plus qu'il
faut avoir un bon critique qui vous faffe obferver les
fautes que l'amour propre nous voile, qui marque
les endroits faibles et défectueux. Je vois affez bien
les négligences des autres, et dans la compofition je
demeure aveugle fur les miennes. Voilà comme les
hommes font faits.

Votre nouvelle ftrophe de cette funefte ode eft
belle. Je pafferais les petites bagatelles qui vous arrê-
tent. Ne dites pas que *Marfyas* juge *Apollon*, fi je
m'efcrime avec vous de poëfie.

Au lieu de *du fort foutient les coups*, on peut mettre ——— *affronte les coups;* et au lieu de *venir fon heure fatale*, *approcher l'heure fatale.*

J'avoue que *fon heure* fatale vaut mieux que *l'heure* fatale; c'eft à vous d'en juger.

Pour l'ode en général, elle eft très-belle. Voici les difficultés qu'un ignorant vous propofe. Vous le confondrez peut-être, fondé fur l'autorité des d'*Olivets*, des quarante, et de toute la république.

> Quand la mort qu'ils ont bravée
> Dans cette foule abreuvée
> Du fang qu'ils ont répandu.

Dans cette foule abreuvée, amphibologie: eft-ce la mort ou la foule qui eft abreuvée? j'entends bien votre idée; mais un grand poëte comme vous ne doit point avoir recours à un commentaire pour expliquer fa penfée.

V^e ftrophe. Je fus battu à Hockirk le moment que ma digne fœur expirait.

VIe ftrophe admirable. VIIe, VIIIe excellentes. IXe de même. La dernière partie de la Xe ne répond pas au commencement.

La ftupide ignorance, les *Midas*, les *Homères*, les *Zoïles* font étrangers au fujet de l'ode, et ne fervent là que de rempliffage. Il s'agit de ma fœur et non d'*Homère* ni de *Zoïle.*

Strophe XIe bonne. XIIe, *qui font des cours les plus belles*, infame cheville. Le fens finit, *qui font des cours; les plus belles* n'eft qu'un rempliffage fans beauté, digne de *Mævius* et non pas de *Virgile.* Cela demande abfolument une correction, cela eft lâche et faible.

Strophe XIIIe. *Du temps qui fuit toujours, tu fis toujours ufage.* La répétition de *toujours* eſt ſans grâce. Si moi, écolier, je devais corriger ce vers, je ſuerais ſang et eau ; mais *Voltaire* n'eſt pas *Voltaire* en vain. C'eſt à lui à y donner plus de force. *Lueur obſcure plus affreuſe que la nuit;* cela eſt digne des *ténèbres viſibles* de *Milton,* dont l'auteur de la Henriade s'eſt tant moqué.

Les ſtrophes XIV et XVes ſont admirables.

Je crois vous voir à la lecture de ma lettre. Quel écolier ! direz-vous ; qu'il faſſe premièrement de bons vers, et qu'enſuite il ſe mêle de reprendre ceux des autres. Mais je vous le dis encore : je ne vois goutte aux miens, je les trouve ſouvent faibles, mais je n'ai pas le talent de les faire meilleurs. D'ailleurs ne prenez jamais pour juge de vos vers un général d'armée qui ſe trouve vis-à-vis de l'ennemi : c'eſt le moment où l'on eſt le moins traitable.

J'ai dérangé le projet de campagne de M. *Daun* et des Français, ſans preſque remuer de ma place. Je ſuis occupé à préſent à d'autres ſottiſes de cette eſpèce ; et tant que cette chienne de vie durera, ne croyez pas trouver en moi un critique indulgent. On prend l'eſprit de ſon métier ; et dans ces momens d'alarmes je fais main-baſſe, ſi je peux, ſur l'ennemi et ſur tous les vers qui ne me plaiſent pas, hormis les miens.

Adieu, hermite ſuiſſe : ne vous fâchez pas contre *Don Quichotte* qui jetait au feu les vers de l'*Arioſte,* qui ne valaient pas les vôtres, et ayez quelque indulgence pour un cenſeur germanique qui vous écrit des fins fonds de la Siléſie.

FÉDÉRIC.

LETTRE CXXVI.

DU ROI.

A Landshut, le 28 d'avril.

Je vous suis fort obligé de la connaissance que vous m'avez fait faire avec monsieur *Candide;* c'est *Job* 1759. habillé à la moderne. Il faut le confesser, monsieur *Panglofs* ne saurait prouver ses beaux principes, et le meilleur des mondes possibles est très-méchant et très-malheureux. Voilà la seule espèce de roman que l'on peut lire ; celui-ci est instructif, et prouve mieux que des argumens *in barbara, celarent,* &c.

Je reçois en même temps cette triste ode qui est bien corrigée et très-embellie; mais ce n'est qu'un monument, et cela ne rend pas ce qu'on a perdu et qui mérite d'être à jamais regretté.

Je souhaite que vous ayez bientôt occasion de travailler pour la paix, et je vous promets que je trouverai admirable tout ouvrage fait à cette occasion-là. Il y a bien apparence que nous n'arriverons pas sans carnage à cet heureux jour. Vous croyez qu'on n'a du courage que par honneur, j'ose vous dire qu'il y a plus d'une sorte de courage : celui qui vient du tempérament, qui est admirable pour le commun soldat; celui qui vient de la réflexion, qui convient à l'officier; celui qu'inspire l'amour de la patrie, que tout bon citoyen doit avoir ; enfin celui qui doit son origine au fanatisme de la gloire, que l'on admire dans *Alexandre*, dans *Céfar*, dans *Charles XII* et dans le grand *Condé*. Voilà les différens inftincts qui conduifent les hommes au danger. Le péril en foi-même n'a rien d'attrayant ni d'agréable, mais on ne penfe guère au rifque quand on eft une fois engagé.

Je n'ai pas connu *Jules-Céfar*, cependant je fuis très-sûr que de nuit ou de jour, il ne fe ferait jamais caché; il était trop généreux pour prétendre expofer fes compagnons fans partager avec eux le péril. On a des exemples même que des généraux au défefpoir de voir une bataille fur le point d'être perdue fe font fait tuer exprès, pour ne point furvivre à leur honte.

Voilà ce que me fournit ma mémoire fur ce courage que vous perfiflez. Je vous affure même que j'ai vu exercer de grandes vertus dans les batailles, et qu'on n'y eft pas auffi impitoyable que vous le croyez. Je pourrais vous en citer mille exemples; je me borne à un feul.

A la bataille de Rosback un officier français bleffé et couché fur la place, demandait à cor et à cri un lavement : voulez-vous bien croire que cent perfonnes officieufes fe font empreffées pour le lui procurer? Un lavement anodin, reçu fur un champ de bataille, en préfence d'une armée, cela eft certainement fingulier; mais cela eft vrai, et connu de tout le monde. Dans cette tragi-comédie que nous jouons, il arrive fouvent des aventures bouffonnes qui ne reffemblent à rien, et qu'une paix de mille ans ne produirait pas; mais il faut avouer qu'elles font cruellement achetées.

Je vous remercie de la confultation du médecin ——
Tronchin. Je l'ai d'abord envoyée à mon frère qui eft   1759.
à Schwet auprès de ma fœur : je lui ai recommandé
de s'attacher fcrupuleufement au régime qu'on lui
prefcrit. Je vous prie de demander ce que *Tronchin*
voudrait d'argent pour faire le voyage ; je ne veux
rien négliger de ce que je puis contribuer à la guérifon de ce cher frère ; et quoique j'aye auffi peu de
foi pour les docteurs en médecine que pour ceux en
théologie, je ne pouffe pas l'incrédulité jufqu'à
douter des bons effets que le régime peut procurer.
Je les fens moi-même : je n'aurais pu fupporter les
affreufes fatigues que j'ai eues, fi je ne m'étais mis à une
diète qui paraît févère à tous ceux qui m'approchent.
Refte à favoir fi la vie vaut la peine d'être confervée
par tant de foins, et fi ceux-là ne font pas les plus
fages et les plus heureux qui l'ufent tout de fuite.
C'eft à monfieur *Martin* et à maître *Panglofs* à difcuter
cette matière, et à moi à me battre tant qu'on fe
battra.

Pour vous qui êtes fpectateur de la pièce fanglante
qu'on joue, vous pourrez nous fifler tous tant que
nous fommes. Grand bien vous faffe ; foyez perfuadé
que je n'envie pas votre bonheur : je fuis convaincu
que l'on ne peut jouir que lorfqu'on n'eft en guerre
ni de plume ni d'épée. *Vale*.

FÉDÉRIC.

LETTRE CXXVII.

DU ROI.

A Landshut, le 18 de mai.

1759.

Non, ma muſe qui vous pardonne
Tant de lardons malicieux,
N'aſſocia jamais Pétrone
A ces auteurs ingénieux
Qui m'accompagnent en tous lieux,
Et partagent avec Bellone
Des momens courts et précieux
Qu'un loiſir fugitif me donne.

Je déteſte l'impur bourbier
Où ce bel eſprit trop cynique
A trempé ſa plume impudique,
Et je ne veux point me ſouiller
Dans la ſange de ſon fumier.

La mémoire eſt un réceptacle ;
Le jugement d'un choix exquis
Ne doit remplir ce tabernacle
Que d'œuvres qui ſe ſont acquis,
Au ſein de leur natal pays,
Le droit de paſſer pour oracle.
C'eſt pourquoi, vainquant tout obſtacle,

Je vous lis et je vous relis.
J'allaite ma mufe françaife
Aux tetons tendres et polis
Que Racine m'offre à fon aife ;
Quelquefois , ne vous en déplaife ,
Je m'entretiens avec Rouffeau ;
Horace , Lucrèce et Boileau
Font en tout temps ma compagnie ;
Sur eux fe règle mon pinceau ,
Et dans ma fantafque manie
J'aurais enfin produit du beau ,
S'il ne manquait à mon cerveau
Le feu de leur divin génie.

Si vous confultez une carte géographique vous trouverez le lieu où une boutade de gaieté et de folie produifit ce congé. Nous avons pourfuivi ces gens qui nous tournaient le derrière jufqu'à Erfurt , et de là nous avons pris le chemin de la Siléfie.

Vous autres habitans des Délices , vous croyez donc que ceux qui marchent fur les traces des *Amadis* et des *Rolands* , doivent fe battre tous les jours pour vous divertir ? Apprenez , ne vous en déplaife , que nous avons affez donné de ces tragédies , les campagnes paffées , au public ; qu'il y aura certainement encore quelque héroïque boucherie ; mais nous fuivrons le proverbe de l'empereur *Augufte* , *feftina lenté*.

Vos français brûlent les bons livres et bouleverfent gaiement le fyftême de leurs finances pour complaire à leurs chers alliés. Grand bien leur faffe. Je ne crains ni leur argent ni leurs épées. Si le hafard ne favorife pas éternellement les trois illuftriffimes ....

qui m'affaillent de tous côtés, j'efpère qu'elles feront (pour conferver la figure de rhétorique) .... J'éprouve le fort d'*Orphée* : des dames de cette efpèce et d'un auffi bon caractère veulent me déchirer, mais certainement elles n'auront pas ce plaifir.

A propos de fottifes, vous voulez favoir les aventures de l'abbé de *Prades;* cela ferait un gros volume. Pour fatisfaire votre curiofité il vous fuffira de favoir que l'abbé eut la faibleffe de fe laiffer féduire, pendant mon féjour à Drefde, par un fecrétaire que *Broglie* y avait laiffé en partant. Il fe fit nouvellifte de l'armée ; et comme ce métier n'eft pas ordinairement goûté à la guerre, on l'a envoyé jufqu'à la paix dans une retraite d'où il n'y a aucunes nouvelles à écrire. Il y a bien d'autres chofes ; mais cela ferait trop long à dire. Il m'a joué ce beau tour dans le temps même que je lui avais conféré un gros bénéfice dans la cathédrale de Breflau.

Vous avez fait le Tombeau de la Sorbonne ; ajoutez-y celui du parlement qui radote fi fort qu'il ne la fera pas longue. Pour vous, vous ne mourrez point. Vous dicterez encore des Délices des lois au Parnaffe ; vous carefferez encore l'*inf...* d'une main et l'égratignerez de l'autre ; vous la traiterez comme vous en ufez envers moi et envers tout le monde.

> Vous avez, je le préfume,
> En chaque main une plume ;
> L'une confite en douceur
> Charme par fon ton flatteur
> L'amour propre qu'elle allume,
> L'abreuvant de fon erreur ;

L'autre eft un glaive vengeur
Que Tifiphone et fa fœur
Ont plongé dans le bitume
Et toute l'âcre noirceur
De l'infernale amertume ;
Il vous bleffe, il vous confume,
Perce les os et le cœur.
Si Maupertuis meurt du rhume,
Si dans Bafle on vous l'inhume,
Ce glaive en fera l'auteur.

Pour moi, nourriffon d'Horace,
Qui n'ai jamais eu l'honneur
De grimper fur le Parnaffe
Parmi la maudite race
Des beaux efprits, qui tracaffe
Et remplit ce lieu d'horreur,
Je vous demande pour grâce,
S'il arrive quelque jour
Que mon nom par vous s'enchâffe
Dans vos vers ou vos difcours,
Que fans rufes ni détours
La bonne plume l'y place.

Je fouhaite paix et falut non pas au gentilhomme ordinaire, non pas à l'hiftoriographe du *Bien-aimé*, non pas au feigneur de vingt feigneuries dans la Suifferie, mais à l'auteur de la Henriade, de la Pucelle, de Brutus, de Mérope, &c.

FÉDÉRIC.

LETTRE CXXVIII.

DE M. DE VOLTAIRE.

19 mai.

SIRE,

1759.

VOUS êtes auffi bon frère que bon général ; mais il n'eſt pas poſſible que *Tronchin* aille à Schwet auprès du prince votre frère ; il y a ſept ou huit perſonnes de Paris abandonnées des médecins , qui ſe ſont fait tranſporter à Genève ou dans le voiſinage , et qui croient ne reſpirer qu'autant que *Tronchin* ne les quitte pas. Votre Majeſté penſe bien que parmi le nombre de ces perſonnes je ne compte point ma pauvre nièce qui languit depuis ſix ans ; d'ailleurs *Tronchin* gouverne la ſanté des enfans de France, et envoie de Genève ſes avis deux fois par ſemaine ; il ne peut s'écarter , il prétend que la maladie de monſeigneur le prince *Ferdinand* ſera longue. Il conviendrait peut-être que le malade entreprît le voyage qui contribuerait encore à ſa ſanté en le feſant paſſer d'un climat aſſez froid dans un air plus tempéré. S'il ne peut prendre ce parti, celui de faire inſtruire *Tronchin* toutes les femaines de ſon état, eſt le plus avantageux.

Comment avez-vous pu imaginer que je puſſe jamais laiſſer prendre une copie de votre écrit adreſſé à M. le prince de Brunſwick ? Il y a certainement de très-belles choſes ; mais elles ne ſont pas faites pour être montrées à ma nation. Elle n'en ſerait pas

flattée ;

flattée ; le roi de France le ferait encore moins , et
je vous refpecte trop l'un et l'autre pour jamais laiffer
tranfpirer ce qui ne fervirait qu'à vous rendre irré-
conciliables. Je n'ai jamais fait de vœux que pour la
paix. J'ai encore une grande partie de la correfpondance de madame la margrave de *Bareith* avec le
cardinal de *Tencin* , pour tâcher de procurer un bien
fi néceffaire à une grande partie de l'Europe. J'ai
été le dépofitaire de toutes les tentatives faites pour
parvenir à un but fi défirable ; je n'en ai pas abufé ,
et je n'abuferai pas de votre confiance au fujet d'un
écrit qui tendrait à un but abfolument contraire.
Soyez dans un parfait repos fur cet article. Ma
malheureufe nièce que cet écrit a fait trembler , l'a
brûlé , et il n'en refte de veftige que dans ma mémoire, qui en a retenu trois ftrophes trop belles.

Je tombe des nues quand vous m'écrivez que je
vous ai dit des duretés ; vous avez été mon idole
pendant vingt années de fuite , *je l'ai dit à la terre ,
au ciel , à Gufman même ;* mais votre métier de héros,
et votre place de roi ne rendent pas le cœur bien
fenfible ; c'eft dommage , car ce cœur était fait pour
être humain , et fans l'héroïfme et le trône , vous
auriez été le plus aimable des hommes dans la fociété.

En voilà trop fi vous êtes en préfence de l'ennemi,
et trop peu fi vous étiez avec vous-même dans le
fein de la philofophie qui vaut encore mieux que la
gloire.

Comptez que je fuis toujours affez fot pour vous
aimer, autant que je fuis affez jufte pour vous admirer ; reconnaiffez la franchife , et recevez avec bonté
le profond refpect du fuiffe V O L T A I R E.

LETTRE CXXIX.

DE M. DE VOLTAIRE.

Juin.

1759.

Vos derniers vers font aifés et coulans,
Ils femblent faits fur les heureux modèles
Des Sarafins, des Chaulieux, des Chapelles :
Ce temps n'eft plus. Vous êtes du bon temps.
Mais pardonnez au lubrique évangile
Du bon Pétrone, et fouffrez fa gaîté.
Je vous connais, vous femblez difficile ;
Mais vous aimez un peu d'impureté,
Quand on y joint la pureté du ftyle.
Pour Maupertuis de poix-réfine enduit,
S'il fait un trou jufqu'au centre du monde,
Si dans ce trou male-mort le conduit,
J'en fuis fâché ; car mon ame n'abonde
En fiel amer, en dépit fans retour.
Ce n'eft pas moi qui le mine et le tue ;
Ah ! c'eft bien lui qui m'a privé du jour,
Puifque c'eft lui qui m'ôta votre vue.

Voilà tout ce que je peux répondre, moi malingre et affublé d'une fluxion fur les yeux, au plus malin des rois, et au plus aimable des hommes, qui me fait fans ceffe des balafres, et qui crie qu'il eft égratigné. Balafrez MM. de *Daun* et de *Fermer*, mais épargnez votre vieille et maigre victime.

Votre Majefté dit qu'elle ne craint point notre
argent. En vérité le peu que nous en avons n'eft pas
redoutable. Quant à nos épées vous leur avez donné
une petite leçon; Dieu vous doint la paix, Sire, et
que toutes les épées foient remifes dans le fourreau!
ce font les dignes vœux d'un philofophe fuiffe. Tout
le monde fe reffent de ces horreurs d'un bout de
l'Europe à l'autre. Nous venons d'effuyer à Lyon
une banqueroute de dix-huit cents mille francs, grâce
à cette belle guerre.

Pour le parlement de Paris, ce tripot de tuteurs
des rois diffère un peu du parlement d'Angleterre.
Les fottifes dites à haute voix par tant de gens en
robe, et avocats et procureurs, ont germé dans la
tête de *Damiens*, bâtard de *Ravaillac ;* les fottifes pro-
noncées par les jéfuites ont coûté un bras au roi de
Portugal ; joignez à cela ce qui fe paffe de la Viftule
au Mein, et voilà le meilleur des mondes poffibles
tout trouvé.

Encore une fois, puiffiez-vous terminer bientôt
cette malheureufe befogne ! vous êtes légiflateur,
guerrier, hiftorien, poëte, muficien, mais vous êtes
auffi philofophe. Après avoir tracaffé toute fa vie
dans l'héroïfme et dans les arts, qu'emporte-t-on
dans le tombeau ? un vain nom qui ne nous appartient plus ; tout eft affliction ou vanité, comme
difait l'autre *Salomon*, qui n'était pas celui du Nord.
A Sans-fouci, à Sans-fouci, le plutôt que vous pourrez.

De *Prades* eft donc un *Doëg*, un *Achitophel ?* quoi !
il vous a trahi quand vous l'accablez de biens ! O
meilleur des mondes poffibles, où êtes-vous ! Je fuis
manichéen comme *Martin*.

1759.

———
1759.

Votre Majesté me reproche dans ses très-jolis vers de caresser quelquefois l'*Inf*...; eh, mon Dieu, non; je ne travaille qu'à l'extirper, et j'y réuffis beaucoup parmi les honnêtes gens. J'aurai l'honneur de vous envoyer dans peu un petit morceau qui ne sera pas indifférent.

Ah! croyez-moi, Sire, j'étais tout fait pour vous; je suis honteux d'être plus heureux que vous, car je vis avec des philosophes, et vous n'avez autour de vous que d'excellens meurtriers en habits écourtés. A Sans-souci, Sire, à Sans-souci; mais qu'y fera votre diablesse d'imagination? est-elle faite pour la retraite? oui, vous êtes fait pour tout.

LETTRE CXXX.

DU ROI.

A Reichstenersdorf, le 2 de juillet.

VOTRE muse se rit de moi
Quand pour la paix elle m'implore.
Je la désire, je l'honore;
Mais je n'impose point la loi
Au Bien-aimé, votre grand roi,
A la Hongroise qu'il adore,
A la Rufficnne que j'abhorre,
A ce tripot d'ambitieux
De qui les secrets merveilleux,
Que Tronchin sait et que j'ignore,
Ne sauraient réparer les cerveaux vicieux
Qu'en leur donnant de l'ellébore.

Vous à la paix tant animé,
   Vous qu'on dit avoir l'honneur d'être
Le vice-chambellan du fecond Bien-aimé,
A la paix, s'il fe peut, difpofez votre maître.

C'eft à lui qu'il faut s'adreffer, ou à fon d'*Amboife*
en fontange (1). Mais ces gens ont la tête pleine de
projets ambitieux; ils font un peu difficiles ; ils veulent être les arbitres des fouverains, et c'eft ce que
des gens qui penfent comme moi ne veulent nullement fouffrir. J'aime la paix tout autant que vous la
défirez ; mais je la veux bonne, folide et honorable.
Socrate ou *Platon* auraient penfé comme moi fur ce
fujet, s'ils s'étaient trouvés placés dans le maudit point
que j'occupe en ce monde.

Croyez-vous qu'il y ait du plaifir à mener cette
chienne de vie, à voir et faire égorger des inconnus,
à perdre journellement fes connaiffances et fes amis,
à voir fans ceffe fa réputation expofée aux caprices du
hafard, à paffer toute l'année dans les inquiétudes
et les appréhenfions, à rifquer fans fin fa vie et fa
fortune ?

Je connais certainement le prix de la tranquillité,
les douceurs de la fociété, les agrémens de la vie, et
j'aime à être heureux autant que qui que ce foit. Quoique je défire tous ces biens, je ne veux cependant pas
les acheter par des baffeffes et des infamies. La philofophie nous apprend à faire notre devoir, à fervir
fidèlement notre patrie au prix de notre fang, de
notre repos, à lui facrifier tout notre être. L'illuftre

(1) La marquife de *Pompadour.*

T 3

—— *Zadig* effuya bien des aventures qui n'étaient pas de
1759. fon goût, *Candide* de même ; ils prirent cependant
leur mal en patience. Quel plus bel exemple à fuivre
que celui de ces héros !

Croyez-moi, nos habits écourtés valent vos talons
rouges, les peliffes hongroifes et les juftaucorps verds
des Roxelans. On eft actuellement aux trouffes de
ces derniers qui, par leur bálourdife, nous donnent
beau jeu. Vous verrez que je me tirerai encore d'embarras cette année, et que je me délivrerai des verds
et des blancs.

Il faut que le Saint-Efprit ait infpiré à rebours cette
créature bénite par fa fainteté (2) ; il paraît avoir
bien du plomb dans le derrière. Je fortirai d'autant plus furement de tout ceci que j'ai dans mon
camp une vraie héroïne, une pucelle plus brave que
Jeanne d'Arc. Cette divine fille eft née en pleine
Veftphalie, aux environs de Hildesheim. J'ai de plus
un fanatique venu de je ne fais où, qui jure fon
dieu et fon grand diable que nous taillerons tout en
pièces.

Voici donc comme je raifonne. Le bon roi *Charles*
chaffa les Anglais des Gaules à l'aide d'une pucelle,
il eft donc clair que par les fecours de la mienne
nous vaincrons les trois *dames* ; car vous favez que
dans le paradis les faints confervent toujours un peu
de tendre pour les pucelles. J'ajoute à ceci que
Mahomet avait fon pigeon, *Sertorius* fa biche, votre
enthoufiafte des Cévènes fa groffe *Nicole*, et je conclus

(2) Le pape *Rezzonico* (*Clément XIII*) avait envoyé une épée bénite
et un bonnet doublé d'agnus au maréchal *Daun*, qui avait eu la bêtife
de fe prêter à cette facétie digne du treizième fiècle.

que ma pucelle et mon infpiré me vaudront au ——
moins tout autant. 1759.

Ne mettez point fur le compte de la guerre, des malheurs et des calamités qui n'y ont aucun rapport.

L'abominable entreprife de *Damiens*, le cruel affaffinat intenté contre le roi de Portugal, font de ces attentats qui fe commettent en paix comme en guerre; ce font les fuites de la fureur et de l'aveuglement d'un zèle abfurde. L'homme reftera, malgré les écoles de philofophie, la plus méchante bête de l'univers; la fuperftition, l'intérêt, la vengeance, la trahifon, l'ingratitude, produiront jufqu'à la fin des fiècles des fcènes fanglantes et tragiques, parce que les paffions, et très-rarement la raifon, nous gouvernent. Il y aura toujours des guerres, des procès, des dévaftations, des peftes, des tremblemens de terre, des banqueroutes. C'eft fur ces matières que roulent toutes les annales de l'univers.

Je crois, puifque cela eft ainfi, qu'il faut que cela foit néceffaire. Maître *Panglofs* vous en dira la raifon. Pour moi qui n'ai pas l'honneur d'être docteur, je vous confeffe mon ignorance. Il me paraît cependant que fi un être bienfefant avait fait l'univers, il nous aurait rendus plus heureux que nous ne le fommes. Il n'y a que l'égide de *Zénon* pour les calamités, et les couronnes du jardin d'*Epicure* pour la fortune.

Preffez votre laitage, faites cuver votre vin et faucher vos prés fans vous inquiéter fi l'année fera abondante ou ftérile. Le gentilhomme du *Bien-aimé* m'a promis, tout vieux lion qu'il eft, de donner un coup de patte à l'*Inf*.... J'attends fon livre. Je vous

T 4

1759. envoie en attendant un *Akakia* contre fa fainteté, qui, je m'en flatte, édifiera votre béatitude.

Je me recommande à la mufe du général des capucins, de l'architecte de l'églife de Ferney, du prieur des filles du Saint-Sacrement, et de la gloire mondaine du pape *Rezzonico*, de la pucelle *Jeanne*, &c.

En vérité je n'y tiens plus. J'aimerais autant parler du comte de *Sabines*, du chevalier de *Tufculum*, et du marquis d'*Andès*. Les titres ne font que la décoration des fots ; les grands hommes n'ont befoin que de leur nom.

Adieu ; fanté et profpérité à l'auteur de la Henriade, au plus malin et au plus féduifant des beaux efprits qui ont été et qui feront dans le monde. *Vale*.

FÉDÉRIC.

LETTRE CXXXI.

DU ROI.

Du Ringfvormek, le 18 de juillet.

Vous êtes en vérité une fingulière créature ; quand il me prend envie de vous gronder, vous me dites deux mots, et le reproche expire au bout de ma plume.

Avec l'heureux talent de plaire,
Tant d'art, de grâces et d'efprit,
Lorfque fa malice m'aigrit,
Je pardonne tout à Voltaire,
Et fens que de mon cœur contrit
Il a défarmé la colère.

Voilà comme vous me traitez. Pour votre nièce, qu'elle me brûle ou me rôtiſſe, cela m'eſt aſſez indifférent. Ne penſez pas non plus que je ſois auſſi ſenſible que vous l'imaginez à ce que vos évêques en *ic* ou en *ac* diſent de moi. J'ai le ſort de tous les acteurs qui jouent en public; ils ſont favoriſés des uns, et vilipendés des autres. Il faut ſe préparer à des ſatires, à des calomnies, et à une multitude de menſonges qu'on débite ſur notre compte; mais cela ne trouble en rien ma tranquillité. Je vais mon chemin; je ne fais rien contre la voix intérieure de ma conſcience; et je me ſoucie très-peu de quelle façon mes actions ſe peignent dans la cervelle d'êtres quelquefois très-peu penſans à deux pieds, ſans plumes.

Puiſque vous êtes ſi bon pruſſien (ce dont je me félicite), je crois devoir vous faire part de ce qui ſe paſſe ici.

L'homme à toque et à épée papale s'eſt placé ſur les confins de la Saxe et de la Bohème. Je me ſuis mis vis-à-vis de lui dans une poſition avantageuſe en tout ſens. Nous en ſommes à préſent à ces coups d'échec qui préparent la partie. Vous qui jouez ſi bien ce jeu, vous ſavez que tout dépend de la manière dont on a entablé. Je ne ſaurais vous dire à quoi ceci mènera. Les Ruſſes ſont pendus au croc. *Dohna* n'a pas dit: *Sta, ſol*, comme *Joſué*, de défunte mémoire; mais, *ſta, urſus;* et l'ours s'eſt arrêté.

En voilà aſſez pour votre cours militaire. J'en viens à la fin de votre lettre.

Je ſais bien que je vous ai idolâtré tant que je vous

—— ai cru ni tracaffier , ni méchant ; mais vous m'avez joué des tours de tant d'efpèces.... N'en parlons plus ; je vous ai tout pardonné avec un cœur chrétien. Après tout, vous m'avez fait plus de plaifir que de mal. Je m'amufe davantage avec vos ouvrages , que je ne me reffens de vos égratignures. Si vous n'aviez point de défauts , vous rabaifferiez trop l'efpèce humaine , et l'univers aurait raifon d'être jaloux et envieux de vos avantages.

A préfent on dit : *Voltaire eft le plus beau génie de tous les fiècles ; mais du moins je fuis plus doux , plus tranquille , plus fociable que lui.* Et cela confole le vulgaire de votre élévation.

Au moins je vous parle comme ferait votre confeffeur. Ne vous en fâchez pas , et tâchez d'ajouter à tous vos avantages les nuances de perfection que je fouhaite de tout mon cœur pouvoir admirer en vous.

On dit que vous mettez *Socrate* en tragédie ; j'ai de la peine à le croire. Comment faire entrer des femmes dans la pièce ? l'amour n'y peut être qu'un froid épifode ; le fujet ne peut fournir qu'un bel acte cinquième ; le Phédon de *Platon* une belle fcène ; et voilà tout.

Je fuis revenu de certains préjugés , et je vous avoue que je ne trouve pas du tout l'amour déplacé dans la tragédie , comme dans le Duc de Foix , dans Zaïre , dans Alzire ; et quoi qu'on en dife , je ne lis jamais Bérénice fans répandre des larmes. Dites que je pleure mal à propos : penfez-en ce que vous voudrez ; mais on ne me perfuadera jamais qu'une pièce qui me remue et qui me touche , foit mauvaife.

Voici une multitude d'affaires qui me surviennent. ——
Vivez en paix ; et fi vous n'avez d'autre inquiétude **1759.**
que celle de mon reffentiment , vous pouvez avoir
l'efprit en repos fur cet article. *Vale.*

F É D É R I C.

LETTRE CXXXII.

DE M. DE VOLTAIRE.

Augufte.

Vous n'êtes pas ce fils d'un infenfé ,
Huilé dans Reims , et par l'Anglais preffé ,
Que fon Agnès fi fidelle et fi fage
Aima toujours , ayant tant careffé
Tantôt un moine et tantôt un beau page.
A Jeanne d'Arc vous n'avez point recours ,
Son pucelage et fon baudet profane
Et faint Denis font de faibles fecours ;
Le vrai Denis, le héros de nos jours ,
Je le connais , et je fais quel eft l'âne.
    Pour la Pucelle , en vérité ,
    Il faut que vous alliez dans Vienne
    Au tribunal de chafteté :
    Allez , que rien ne vous retienne ;
    Et retournez à Sans-fouci ,
    Quand dans vos courfes éternelles
    Vous aurez vu chez l'ennemi
    Et des héros et des pucelles.

Vos vers font charmans , et fi votre Majefté a battu fes
ennemis , ils font encore meilleurs ; mais pour votre

1759.

Akakia papal, je le trouve très-adroit ; il est fait de façon que les trois quarts des proteftans le croiront véritable : il y a là de quoi faire rire les gens qui ont le nez fin, et de quoi animer les fots de bonne foi de la confeffion *in*, *met*, *uber*. J'attends quelques pièces édifiantes qu'un fage de mes amis doit m'envoyer d'Orient. Je les ferai parvenir à votre Majefté ; mais j'ai peur qu'elle ne foit pas de loifir cette fin de campagne, et qu'elle foit fi occupée à donner fur les oreilles aux Abares, Bulgares, Roxelans, Scythes et Maffagètes, qu'elle n'ait pas de temps à donner à la philofophie et à la deftruction de l'*Inf*.... Je prendrai la liberté de recommander en mourant cette *Infame* à fa Majefté par mon teftament. Elle eft plus fon ennemie qu'elle ne croit ; fa pucelle et fon fanatique font quelque chofe, mais cette pucelle et ce fanatique ne réformeront pas l'Occident, et *Frédéric* était fait pour l'éclairer. J'aurai l'honneur de lui en parler plus au long.

LETTRE CXXXIII.

DU ROI.

Le 22 de feptembre.

LA duchefle de *Saxe-Gotha* m'envoie votre lettre, &c. Comme je viens d'être étrangement balotté par la fortune, les correfpondances ont toutes été interrompues. Je n'ai point reçu votre paquet du 29 ; c'eft

même avec bien de la peine que je fais paſſer cette
lettre, ſi elle eſt aſſez heureuſe de paſſer.

Ma poſition n'eſt pas ſi déſeſpérée que mes ennemis
le débitent. Je finirai encore bien ma campagne ; je
n'ai pas le courage abattu ; mais je vois qu'il s'agit de
paix. Tout ce que je peux vous dire de poſitif ſur cet
article, c'eſt que j'ai de l'honneur pour dix ; et que,
quelque malheur qui m'arrive, je me ſens incapable
de faire une action qui bleſſe le moins du monde ce
point ſi ſenſible et ſi délicat pour un homme qui
penſe en preux chevalier, ſi peu conſidéré de ces
infames politiques qui penſent comme des mar-
chands.

Je ne ſais rien de ce que vous avez voulu me faire
ſavoir ; mais, pour faire la paix , voilà deux çondi-
tions dont je ne me départirai jamais : 1°. De la
faire conjointement avec mes fidèles alliés ; 2°. De
la faire honorable et glorieuſe. Voyez-vous ! il ne
me reſte que l'honneur ; je le conſerverai au prix de
mon ſang.

Si on veut la paix, qu'on ne me propoſe rien qui
répugne à la délicateſſe de mes ſentimens. Je ſuis dans
les convulſions des opérations militaires ; je ſuis
comme les joueurs qui ſont dans le malheur, et qui
s'opiniâtrent contre la fortune. Je l'ai forcée de revenir
à moi plus d'une fois, comme une maîtreſſe volage.
J'ai affaire à de ſi ſottes gens qu'il faut néceſſairement
qu'à la fin j'aye l'avantage ſur eux ; mais qu'il arrive
tout ce qui plaira à ſa ſacrée majeſté le Haſard, je ne
m'en embarraſſe pas. J'ai juſqu'ici la conſcience nette
des malheurs qui me ſont arrivés. La bataille de
Minden , celle de Cadix , et la perte du Canada

1759.

font des argumens capables de rendre la raifon aux Français auxquels l'ellébore autrichien l'avait brouillée. Je ne demande pas mieux que la paix, mais je la veux non flétriffante. Après avoir combattu avec fuccès contre toute l'Europe, il ferait bien honteux de perdre par un trait de plume ce que j'ai maintenu par l'épée.

Voilà ma façon de penfer; vous ne me trouverez pas à l'eau-rofe; mais *Henri IV*, mais *Louis XIV*, mes ennemis même que je peux citer, ne l'ont pas été plus que moi. Si j'étais né particulier, je céderais tout pour l'amour de la paix; mais il faut prendre l'efprit de fon état. Voilà tout ce que je peux vous dire jufqu'à préfent. Dans trois ou quatre femaines la correfpondance fera plus libre, &c.

FÉDÉRIC.

LETTRE CXXXIV.

DU ROI.

Du camp près de Wilsdruff, le 17 de novembre.

GRAND merci de la tragédie de Socrate. Elle devrait confondre le fanatifme abfurde, vice dominant à préfent en France, et qui, ne pouvant exercer fa fureur ambitieufe fur des fujets de politique, s'acharne fur les livres et fur les apôtres du bon fens,

Les frocards, les mitrés, les chapeaux d'écarlate,
Lifent en frémiffant le drame de Socrate ;
L'atrabilaire amas de docteurs, de cagots,
De la raifon humaine implacables bourreaux,
En pâliffant de rage, en bouffiffant leur rate,
D'abfurdes zélateurs vont foulever les flots.
Si des Athéniens vous empruntez le dos
Pour porter à ceux-ci quelques bons coups de patte,
Les contre-coups font tous fentis par vos bigots.

Déjà leur cabale eft accrue
Du concours impofant des Mélites nouveaux,
Pédantefques tyrans, la honte des barreaux.
On s'empreffe, on opine, et la troupe incongrue,
En vous épargnant la ciguë,
Pour mieux honorer vos travaux,
Elève des bûchers, entaffe des fagots.

Le brafier étincelle, et déjà part la flamme
Qu'allume la main de l'Infame
Pour confumer ce bel efprit,
Ce brillant précepteur d'un peuple qu'il éclaire ;
Mais au lieu de griller Voltaire,
Ils ne pourront rôtir que fon malin écrit.

Je vous en fais mes condoléances. Cependant, tout
pefé, tout bien examiné, il vaut mieux le livre que
l'homme. Vous devez bien croire que je ne me join-
drai pas à ces gens-là ; et fi vous vous plaignez que
je vous mords, c'eft à mon infçu, ou du moins
fans intention. Penfez, je vous prie, que je fuis
environné d'ennemis, preffé de toutes parts ; l'un

—— me pique, l'autre m'éclabouffe ; ici l'on m'infulte ;
1759. enfin la patience fuccombe. L'inftinct d'un fentiment trop vif l'emporte fur la voix de la raifon ; la
colère irritée s'enflamme , et je fuis dans quelques
momens ,

> Comme un fanglier écumant
> Qui réfifte et qui fe défend
> Contre les durs affauts d'une meute aguerrie.
> On le pourfuit avec furie ;
> Il attaque , il bleffe , il pourfend ,
> Et donne à propos de fa dent
> Des coups à la race ennemie
> Qui le fuit de loin en jappant.
> Trop irrité , dans fa colère
> Il brave le fer inhumain ,
> Et brouillant les objets qu'il trouve en fon chemin ,
> Un innocent agneau lui paraît un cerbère.
> L'homme , ainfi que cet animal ,
> S'il fouffre , irrité par le mal ,
> Livre à l'inftinct des fens fa faible intelligence.
> Sous le defpotifme fatal
> De la fanguinaire vengeance ,
> Souvent fon aveugle fureur
> Confond le crime et l'innocence.
> Le fage qui voit fon erreur
> Le plaint , la déplore , et foupire ;
> Détournant fes pas fans rien dire,
> Il fuit d'un malheureux l'efprit rempli d'aigreur.

Laiffez-moi donc ronger mon frein tant que durera
cette pénible campagne , et attendez qu'un ciel ferein

ait

ait fuccédé à tant d'obfcurs nuages. Votre imagination
brillante me promène à Vienne ; vous m'introduifez 1759.
au confeil de chafteté ; mais fachez que l'expérience
m'apprend ce que c'eft de fe frotter à de méchantes
femmes.

> Hélas , penfez-vous qu'à mon âge ,
> Le corps en rut , l'efprit volage ,
> L'on cherche , d'amour agité ,
> De Vénus le doux badinage ,
> Les plaifirs et la volupté ?
> Ce temps heureux , c'eft bien dommage ,
> Loin de moi s'eft précipité ;
> Et les eaux du fleuve Léthé
> En ont même effacé l'image.
> La tendre fleur du pucelage ,
> Ni l'empire de la beauté ,
> Sur un vieillard courbé , voûté ,
> Ne gagnent qu'un faible avantage.
> Le confeil de la chafteté
> Devient par force mon partage ;
> Continence eft néceffité ;
> A cinquante ans on eft trop fage.

Je n'ai point eu cette campagne-ci de vifion béatifique dans le goût de celle de *Moïfe*. Les barbares
Cofaques et Tartares , gens infames à confidérer en
tout fens , ont brûlé et ravagé des contrées , et commis
des inhumanités atroces. Voilà tout ce que j'ai vu
d'eux. Ces triftes fpectacles ne me mettent pas de
bonne humeur.

Correfp. du roi de P... &c.   Tome II. V

La Fortune inconstante et fière
Ne traite pas ses courtisans
Toujours d'une égale manière.
Ces fous nommés héros , et qui courent les champs,
Couverts de sang et de poussière ,
Voltaire , n'ont pas tous les ans
La faveur de voir le derrière
De leurs ennemis insolens.
Pour les humilier, la quinteuse déesse
Quelquefois les oblige eux-même à le montrer :
Oui , nous l'avons tourné dans un jour de détresse ;
Les Russes ont pu s'y mirer.
Cette glace pour eux n'a point été traîtresse ;
On les a vus , pleins d'allégresse ,
S'y pavaner et s'admirer.
Voilà le fort de ma vieillesse !
Cependant cet homme béni
Par l'Antechrist siégeant à Rome ,
Ce Fabius , ce plaisant homme
Qui sur sa tête réunit
De la vanité la plus folle
Le brillant et frêle symbole ,
Commence à décamper de nuit.
Je n'ose dire qu'il s'enfuit ;
Jusqu'ici sa pudeur nous cache
Cette attitude qui le fâche.
Mais comptez sur moi : nous verrons
Dans peu ces cus dodus et ronds ,
Sans façon , sans tant de grimaces ,
Sans honte nous montrer leurs faces.
Mais certain duc s'illustrant à jamais
Sauvera l'empire français ,

Sans capitaine, fans finance,

Sans Amérique, fans prudence,

1759.

Jufqu'en fes fondemens fapé par les Anglais.

Couvrant tous ces fujets d'un voile de décence,

Et lâchant quelques mots remplis de complaifance,

Des cieux fur notre fphère il conduira la paix ;

Moi, quittant le harnois et le cafque et l'épée

De trop de fang humain trempée,

Je partirai foudain d'ici ;

J'irai, confolant ma vieilleffe

Par l'étude de la fageffe,

M'enfevelir à Sans-fouci.

Ce lieu me vaut les Délices. Par illufion je croirai vivre hors du grand monde, et quelquefois j'y ferai folitaire.

Jouiffez de votre hermitage ; ne troublez pas les cendres de ceux qui repofent au tombeau ; que la mort au moins mette fin à vos injuftes haines. Penfez que les rois, après s'être long - temps battus, font enfin la paix. Ne pourrez - vous jamais la faire ? Je crois que vous feriez capable, comme *Orphée*, de defcendre aux enfers, non pas pour fléchir *Pluton*, non pas pour ramener la belle *Emilie*, mais pour pour-fuivre dans ce féjour de douleur un ennemi que votre rancune n'a que trop perfécuté dans ce monde (1). Sacrifiez - moi votre vengeance, ou plutôt immolez-la à votre propre réputation ; que le plus grand génie de la France foit auffi l'homme le plus généreux de fa nation. La vertu, votre devoir vous parlent par

(1) *Maupertuis*, qui venait de mourir à Bafle.

V 2

——— ma bouche ; n'y foyez pas infenfible , et faites une
1759. action digne des belles maximes que vous débitez
avec tant d'élégance et de force dans vos ouvrages.

Nous touchons à la fin de notre campagne ; elle
fera bonne ; et je vous écrirai dans une huitaine de
jours de Drefde , avec plus de tranquillité et de fuite
qu'à préfent.

Adieu ; négociez , travaillez , jouiffez , écrivez en
paix ; et que le dieu des philofophes , en vous infpi-
rant des fentimens plus doux , vous conferve comme
le plus bel organe de la raifon et de la vérité.

F É D É R I C.

LETTRE CXXXV.

DU ROI.

A Fridberg , le 24 de février.

——— DE combien de lauriers vous êtes-vous couvert,
1760. Au théâtre , au lycée , au temple de l'hiftoire ?
Amant des filles de Mémoire ,
Leurs immenfes tréfors vous font toujours ouverts,
Vous y puifez la double gloire
D'exceller par la profe ainfi que par les vers ;
Malgré tous ces écrits dont vous êtes le père,
Un laurier manque encor fur le front de Voltaire.

Après tant d'ouvrages parfaits ,
Avec l'Europe je croirais ,
Si par une habile manœuvre
Ses soins nous ramènent la paix ,
Que ce fera fon vrai chef - d'œuvre.

Voilà ce que je penfe avec toute l'Europe. *Virgile* a fait d'auffi beaux vers que vous, mais il n'a jamais fait de paix. Ce fera un avantage que vous gagnerez fur tous vos confrères du Parnaffe , fi vous y réuffiffez.

Je ne fais qui m'a trahi et qui s'eft avifé de donner au public des rapfodies qui étaient bonnes pour m'amufer , et qui n'ont jamais été faites à intention d'être publiées. Après tout, je fuis fi accoutumé à des trahifons, à des mauvaifes manœuvres, à des perfidies , que je ferais bien heureux que tout le mal qu'on m'a fait , et que d'autres projettent encore de me faire, fe bornât à l'édition furtive de ces vers. Vous favez mieux que je ne le peux dire que ceux qui écrivent pour le public doivent refpecter fes goûts et même fes préjugés. Voilà ce qui a donné des nuances différentes aux auteurs, felon les fiècles dans lefquels ils ont écrit ; et pourquoi les hommes mêmes les plus fupérieurs à leur temps, n'ont pas laiffé de s'impofer le joug de la mode. Pour moi qui ai voulu être poëte incognito , on me traduit malgré moi devant le public ; et je jouerai un fot rôle. Qu'importe ? je le leur rendrai bien.

Vous me parlez de détails d'une affaire qui ne font jamais venus jufqu'à moi. Je fais que l'on vous a fait rendre à Francfort mes vers et des babioles ; mais je n'ai ni fu , ni voulu qu'on touchât à vos effets et à votre argent. Cela étant, vous pouvez le redemander de droit : ce que j'approuverai fort; et *Schmit* n'aura fur ce fujet aucune protection à attendre de moi.

Je ne fais quel eft ce *Brédo* dont vous me parlez. Il vous a dit vrai. Le fer et la mort ont fait un ravage affreux parmi nous ; et ce qu'il y a de trifte, c'eft que nous ne fommes pas encore à la fin de la tragédie. Vous pouvez juger facilement de l'effet que d'auffi cruelles fecouffes font fur moi : je m'enveloppe dans mon ftoïcifme le plus que je peux. La chair et le fang fe révoltent fouvent contre cet empire tyrannique de la raifon ; mais il faut y céder. Si vous me voyiez, à peine me reconnaîtriez-vous : je fuis vieux, caffé, grifon, ridé ; je perds les dents et la gaieté. Si cela dure, il ne reftera de moi-même que la manie de faire des vers, et un attachement inviolable à mes devoirs et au peu d'hommes vertueux que je connais. Ma carrière eft difficile, femée de ronces et d'épines. J'ai éprouvé de toutes les fortes de chagrins qui peuvent affliger l'humanité, et je me fuis fouvent répété ces beaux vers :

Heureux qui retiré dans le temple des fages, &c.

Il paraît ici quantité d'ouvrages que l'on vous donne : *le Salomon* que vous avez eu la méchanceté de faire brûler par le parlement, une comédie, *La femme qui a raifon*, enfin une *Oraifon funèbre de frère Berthier*. Je n'ai à ripofter à toutes ces pièces que par celles que je vous envoie, qui certainement ne les valent pas ; mais je fais la guerre de toutes les façons à mes ennemis ; plus ils me perfécuteront, et plus

je leur taillerai de la besogne. Et si je péris, ce sera
sous un tas de leurs libelles, parmi des armes brisées
sur un champ de bataille ; et je vous réponds que
j'irai en bonne compagnie dans ce pays où votre
nom n'est pas connu , et où les *Boyer* et les *Turenne*
sont égaux.

Je serais bien aise de vous recevoir : je vous souhaite
mille bonheurs : mais où ? quand ? et comment ?
Voilà des problèmes que d'*Alembert* ni le grand *Newton*
ne sauraient résoudre.

Adieu ; vivez heureux et en paix, et n'oubliez pas
ceux que le diable, ou je ne sais quel être malfesant,
lutine.

FÉDÉRIC.

LETTRE CXXXVI.

DE M. DE VOLTAIRE.

Au château de Tourney, par Genève, 21 avril.

S I R E ,

Un petit moine de Saint-Just disait à *Charles-Quint :
Sacrée Majesté, n'êtes-vous pas lasse d'avoir troublé le
monde ? faut-il encore désoler un pauvre moine dans sa
cellule ?* Je suis le moine, mais vous n'avez pas renoncé
aux grandeurs et aux misères humaines comme
Charles-Quint. Quelle cruauté avez-vous de me dire
que je calomnie *Maupertuis*, quand je vous dis que
le bruit a couru qu'après sa mort on avait trouvé les
œuvres du philosophe de Sans-souci dans sa cassette ?

V 4

Si en effet on les y avait trouvées, cela ne prouverait-il pas au contraire qu'il les avait gardées fidèlement; qu'il ne les avait communiquées à perfonne, et qu'un libraire en aurait abufé; ce qui aurait difculpé des perfonnes qu'on a peut-être injuftement accufées. Suis-je d'ailleurs obligé de favoir que *Maupertuis* vous les avait renvoyées? Quel intérêt ai-je à parler mal de lui? que m'importe fa perfonne et fa mémoire? en quoi ai-je pu lui faire tort en difant à votre Majefté qu'il avait gardé fidèlement votre dépôt jufqu'à fa mort? Je ne fonge moi-même qu'à mourir, et mon heure approche, mais ne la troublez pas par des reproches injuftes, et par des duretés qui font d'autant plus fenfibles que c'eft de vous qu'elles viennent.

Vous m'avez fait affez de mal, vous m'avez brouillé pour jamais avec le roi de France; vous m'avez fait perdre mes emplois et mes penfions; vous m'avez maltraité à Francfort, moi et une femme innocente, une femme confidérée, qui a été traînée dans la boue et mife en prifon; et enfuite, en m'honorant de vos lettres, vous corrompez la douceur de cette confolation par des reproches amers. Eft-il poffible que ce foit vous qui me traitiez ainfi; quand je ne fuis occupé depuis trois ans qu'à tâcher, quoique inutilement, de vous fervir fans aucune autre vue que celle de fuivre ma façon de penfer!

Le plus grand mal qu'aient fait vos œuvres, c'eft qu'elles ont fait dire aux ennemis de la philofophie répandus dans toute l'Europe : Les philofophes ne peuvent vivre en paix, et ne peuvent vivre enfemble. Voici un roi qui ne croit pas en JESUS-CHRIST, il appelle à fa cour un homme qui n'y croit point,

et il le maltraite ; il n'y a nulle humanité dans les
prétendus philofophes , et DIEU les punit les uns par
les autres.

Voilà ce que l'on dit, voilà ce qu'on imprime de
tous côtés ; et pendant que les fanatiques font unis,
les philofophes font difperfés et malheureux. Et tandis
qu'à la cour de Verfailles et ailleurs, on m'accufe de
vous avoir encouragé à écrire contre la religion
chrétienne, c'eft vous qui me faites des reproches,
et qui ajoutez ce triomphe aux infultes des fanatiques!
Cela me fait prendre le monde en horreur avec juftice;
j'en fuis heureufement éloigné dans mes domaines
folitaires. Je bénirai le jour où je cefferai en mourant
d'avoir à fouffrir, et fur-tout de fouffrir par vous,
mais ce fera en vous fouhaitant un bonheur dont
votre pofition n'eft peut-être pas fufceptible, et que
la philofophie feule pourrait vous procurer dans les
orages de votre vie, fi la fortune vous permet de
vous borner à cultiver long-temps ce fonds de fageffe
que vous avez en vous ; fonds admirable, mais altéré
par les paffions inféparables d'une grande imagination, un peu par l'humeur, et par des fituations
épineufes qui verfent du fiel dans votre ame ; enfin
par le malheureux plaifir que vous vous êtes toujours fait de vouloir humilier les autres hommes,
de leur dire, de leur écrire des chofes piquantes;
plaifir indigne de vous, d'autant plus que vous êtes
plus élevé au-deffus d'eux par votre rang et par vos
talens uniques. Vous fentez fans doute ces vérités.

Pardonnez à ces vérités que vous dit un vieillard
qui a peu de temps à vivre. Et il vous les dit avec
d'autant plus de confiance que, convaincu lui-même

de fes misères et de fes faibleffes infiniment plus grandes que les vôtres, mais moins dangereufes par fon obfcurité, il ne peut être foupçonné par vous de fe croire exempt de torts, pour fe mettre en droit de fe plaindre de quelques-uns des vôtres. Il gémit des fautes que vous pouvez avoir faites autant que des fiennes, et il ne veut plus fonger qu'à réparer avant fa mort les écarts funeftes d'une imagination trompeufe, en fefant des vœux fincères pour qu'un auffi grand homme que vous foit auffi heureux et auffi grand en tout qu'il doit l'être.

LETTRE CXXXVII.

DU ROI.

Au camp de Porcelaine, à Meiffen, le premier mai.

De l'art de Céfar et du vôtre
J'étais trop amoureux dans ma jeune faifon ;
Mais je vois au flambeau qu'allume ma raifon
Que j'ai mal réuffi dans l'un comme dans l'autre.
Depuis ce vrai héros qui force à l'admirer,
Parmi ceux que l'hiftoire eut foin de confacrer,
Il n'en eft prefque aucun, exceptez-en Turenne,
Condé, Guftave-Adolphe, Eugène,
Que l'on ofe lui comparer.
Sur le Parnaffe, après Virgile,
Je vois paffer dix-fept cents ans
Où le génie humain ftérile
S'efforce vainement d'atteindre à fes talens.

Et si le Tasse a su nous plaire
Par certains détails de ses chants,
Sa fable mal ourdie altère
La beauté de ses traits brillans.
Le seul fils d'Apollon, le seul digne adversaire
Qu'au cygne de Mantoue on ait droit d'opposer,
Vous l'avez deviné, je me le persuade :
C'est l'auteur que la Henriade
Mérita d'immortaliser.
Pour moi je me renferme en mes justes limites ;
Et loin de me flatter d'atteindre en mon chemin
Les talens du poëte, et du héros romain,
Je borne mes faibles mérites
Au devoir d'être juste, au plaisir d'être humain.

Vous me demandez des vers ; c'est comme si l'Océan demandait de l'eau à un ruisseau. Voici donc une *ode aux Germains*, une *épître à d'Alembert*, une autre épître sur le commencement de cette campagne, et un conte. Tout cela a été bon pour m'amuser ; mais je ne cesse de le répéter, cela n'est bon que pour cela. Il faut faire des vers comme vous, *Racine* ou *Boileau*, pour qu'ils aillent à la postérité ; et ce qui n'est pas digne d'elle, ne doit point être public.

Vous badinez au sujet de la paix ; s'il s'agit de badiner, vous saurez que depuis que j'ai lu l'*Arioste*, j'ai pris monseigneur de Maïence en aversion ; et depuis l'aventure de Lisbonne, l'Eglise ne saurait trop payer les horreurs qu'elle protége ni le scandale qu'elle donne. Quoi que pense M. de *Choiseul*, il faudra pourtant qu'avec le temps il prête l'oreille, et très-fort même, à ce que j'ai imaginé. Je ne m'explique pas, mais on verra en moins de deux mois.... toute la fcène fe changer en Europe ; et vous-même vous conviendrez que je n'étais pas au bout de mes reffources, et que j'ai eu raifon de refufer à votre duc mon parc de Clèves.

Or fus, monfieur le comte de *Tourney*, vous favez que dans le paradis les premiers fujets de nos premiers pères furent des bêtes ; vous connaiffez l'attachement que tant de perfonnes ont pour les animaux, chiens, finges, chats ou perroquets, et j'efpère que vous conviendrez encore que fi toutes les facrées et clémentes majeftés qui gouvernent, devaient renoncer au nombre de leurs très-humbles fujets qui n'ont pas le fens commun, leur cour s'éclaircirait la première, et leurs efclaves difparaîtraient. A quoi les réduiriez-vous ? avec quoi feraient-ils la guerre ? qui cultiverait les champs ? qui travaillerait ? &c. &c. Le paradis d'Eden n'eft donc, felon moi, qu'une allégorie qui ne fignifie autre chofe, que pour deux hommes d'efprit dans une fociété, il s'en trouve mille que frère *Lourdis* a fabriqués.

Pour votre duc, monfieur le Comte, vous le louez mal, à mon fens, en m'affurant qu'il fait des vers comme moi. Je ne fuis pas affez dépourvu de goût pour ne pas fentir que les miens ne valent pas grand'chofe. Vous le loueriez mieux fi vous pouviez me perfuader (ce qui eft difficile) que ledit duc ne foit endiablé des Autrichiens ; et je foutiens en outre que ni *Socrate* ni le jufte *Ariftide* n'auraient jamais confenti qu'on démembrât, le moins du monde, la république grecque ; en quoi j'imite leur façon de penfer.

1760.

C'eſt à préſent que je dois déployer toutes les voiles de la politique et de l'art militaire. Ces filous qui me font la guerre, m'ont donné des exemples que j'imiterai au pied de la lettre. Il n'y aura point de congrès à Bréda, et je ne poſerai les armes qu'après avoir fait encore trois campagnes. Ces poliſſons verront qu'ils ont abuſé de mes bonnes diſpoſitions, et nous ne ſignerons la paix que le roi d'Angleterre à Paris, et moi à Vienne.

Mandez cette nouvelle à votre petit duc ; il en pourra faire une gentille épigramme. Et vous, monſieur le Comte, vous payerez des vingtièmes juſqu'à extinction de vos finances.

On m'a mis en colère ; j'ai raſſemblé toutes mes forces ; et tous ces drôles qui feſaient les impertinens, apprendront à qui ils ſe ſont joués.

Le comte de *Saint - Germain* eſt un conte pour rire (1). Pour votre duc, il ne ſera pas long-temps miniſtre ; ſongez qu'il a duré deux printemps. Cela eſt exorbitant en France, et preſque ſans exemple. Sous ce règne-ci les miniſtres n'ont pas pouſſé des racines dans leurs places.

Je vous ai envoyé mon *Charles XII :* je n'en ai fait tirer que douze exemplaires que j'ai donnés à mes amis. Il ne m'en eſt reſté aucun. C'eſt encore de ce genre d'ouvrages qui ſont bons dans de petites ſociétés, mais qui ne ſont pas faits pour le public. Je ſuis un *dilettante* en tout genre ; je puis dire mon ſentiment ſur les grands maîtres ; je peux vous juger, et

(1) C'était un aventurier qui ſe donnait pour immortel ; il avait aſſiſté JESUS-CHRIST au calvaire, et s'était trouvé au concile de Trente ; il vivait moitié aux dépens des dupes qui le croyaient un adepte, moitié aux dépens des miniſtres qui l'employaient comme eſpion.

1760.

avoir mon opinion du mérite de *Virgile* ; mais je ne fuis pas fait pour le dire en public, parce que je n'ai pas atteint à la perfection de l'art. Que je me trompe ou non, ma fociété indulgente relèvera mes bévues et me pardonnera ; il n'en eft pas de même du public ; il faut être plus circonfpect en écrivant pour lui que pour fes amis. Mes ouvrages font comme ces propos de table où l'on penfe tout haut, où l'on parle fans fe gêner, et où l'on ne fe formalife point d'être contredit.

Lorfque j'ai quelques momens de refte, la déman-geaifon d'écrire me prend ; je ne me refufe pas ce léger plaifir ; cela m'amufe, me diffipe, et me rend enfuite plus difpofé au travail dont je fuis chargé.

Pour vous parler à préfent raifon, vous devez croire que je n'étais point auffi preffé de la paix qu'on fe l'eft imaginé en France, et qu'on ne devait point me parler d'un ton d'arbitre. On s'en mordra les doigts à coup sûr ; et pour moi (ou pour mieux dire pour les intérêts de l'Etat que je gouverne) il n'y perdra rien.

Adieu ; vivez en paix, que mes vers vous caufent un profond fommeil, et vous donnent des rêves agréables. Si au moins vous vouliez m'en marquer les fautes groffières, encore ferait-ce quelque chofe ? Les corrections ne me coûtent rien à préfent.

Je vous recommande, monfieur le Comte, à la protection de la très-fainte immaculée Vierge, et à celle de monfieur fon fils I. p.

FÉDÉRIC.

N. B. Tous ceux qui étudient le protocole du cérémonial pourront prendre copie de la fin de cette

lettre, et en augmenter le ftyle de la chancellerie par ———
ce tour nouveau. Si vous voulez le communiquer 1760.
au faint père, peut-être lui ferez-vous plaifir; et la
chancellerie des brefs pourra s'en fervir.

LETTRE CXXXVIII.

D U R O I.

A Meiffen, le 12 de mai.

JE fais très-bien que j'ai des défauts, et même de
grands défauts. Je vous affure que je ne me traite
pas doucement, et que je ne me pardonne rien, quand
je me parle à moi-même. Mais j'avoue que ce travail
ferait moins infructueux fi j'étais dans une fituation
où mon ame n'eût pas à fouffrir des fecouffes auffi
impétueufes et des agitations auffi violentes que
celles auxquelles elle a été expofée depuis un temps,
et auxquelles probablement elle fera encore en
butte.

La paix s'eft envolée avec les papillons; il n'en eft
plus queftion du tout. On fait de toutes parts de
nouveaux efforts, et l'on veut fe battre jufque *in fecula
feculorum.*

Je n'entre point dans la recherche du paffé. Vous
avez eu fans doute les plus grands torts envers moi.
Votre conduite n'eût été tolérée par aucun philofophe. Je vous ai tout pardonné; et même je veux tout
oublier. Mais fi vous n'aviez pas eu affaire à un

——— fou amoureux de votre beau génie, vous ne vous en feriez pas tiré auffi bien chez tout autre. Tenez-le-vous donc pour dit, et que je n'entende plus parler de cette nièce qui m'ennuie, et qui n'a pas autant de mérite que fon oncle pour couvrir fes défauts. On parle de la fervante de *Molière*, mais perfonne ne parlera de la nièce de *Voltaire*. Pour mes vers et mes rapfodies, je n'y penfe pas : j'ai bien ici d'autres affaires ; et j'ai fait divorce avec les Mufes jufqu'à des temps plus tranquilles.

Au mois de juin la campagne commencera. Il n'y aura pas là de quoi rire ; plutôt de quoi pleurer. Souvenez-vous que *Phihihu* (∗) eft en plein voyage. Si un certain petit duc poffédé d'une centaine de légions de démons autrichiens ne fe fait promptement exorcifer, qu'il craigne le voyageur qui pourrait écrire d'étranges chofes à fon fublime empereur.

Je ferai la guerre de toute façon à mes ennemis. Ils ne peuvent pas me faire mettre à la baftille. Après toute la mauvaife volonté qu'ils me témoignent, c'eft une bien faible vengeance que celle de les perfiffler.

On dit qu'on fait de nouvelles cabrioles fur le tombeau de l'abbé *Pâris*. On dit qu'on brûle à Paris tous les bons livres ; qu'on y eft plus fou que jamais, non pas d'une joie aimable, mais d'une folie fombre et taciturne. Votre nation eft de toutes celles de l'Europe la plus inconféquente ; elle a beaucoup d'efprit, mais point de fuite dans les idées. Voilà comme elle paraît dans toute fon hiftoire.

(∗) C'eft le titre d'un ouvrage du *R. de P.*

Il

Il faut que ce foit un caractère indélébile qui lui eft empreint. Il n'y a d'exceptions dans cette longue fuite de règnes que quelques années de *Louis XIV.* Le règne de *Henri IV* ne fut pas affez tranquille ni affez long pour qu'on en puiffe faire mention. Durant l'adminiftration de *Richelieu*, on remarque de la liaifon dans les projets, et du nerf dans l'exécution ; mais en vérité ce font de bien courtes époques de fageffe pour une auffi longue hiftoire de folies.

La France a pu produire des *Defcartes*, des *Mallebranches*, mais ni des *Leibnitz*, ni des *Lockes*, ni des *Newtons.* En revanche, pour le goût vous furpaffez toutes les autres nations, et je me rangerai fous vos étendards quant à ce qui regarde la fineffe du difcernement, et le choix judicieux et fcrupuleux des véritables beautés de celles qui n'en ont que l'apparence. C'eft une grande avance pour les belles-lettres, mais ce n'eft pas tout.

J'ai lu beaucoup de livres nouveaux qui paraiffent, en regrettant le temps que je leur ai donné. Je n'ai trouvé de bon qu'un nouvel ouvrage de d'*Alembert*, fur-tout fes Elémens de philofophie et fon Difcours encyclopédique. Les autres livres qui me font tombés entre les mains ne font pas dignes d'être brûlés.

Adieu ; vivez en paix dans votre retraite, et ne parlez pas de mourir. Vous n'avez que foixante-deux ans, et votre ame eft encore pleine de ce feu qui anime les corps et les foutient. Vous m'enterrerez, moi et la moitié de la génération préfente. Vous aurez le plaifir de faire un couplet malin fur mon tombeau, et je ne m'en fâcherai pas : je vous en donne l'abfolution

1760.

d'avance. Vous ne ferez pas mal de préparer les matières dès à préfent ; peut-être les pourrez-vous mettre en œuvre plus tôt que vous ne le croyez. Pour moi je m'en irai là-bas raconter à *Virgile* qu'il y a un français qui l'a furpaffé dans fon art. J'en dirai autant aux *Sophocles* et aux *Euripides* : je parlerai à *Thucydide* de votre hiftoire, à *Quinte-Curce* de votre Charles XII ; et je me ferai peut-être lapider par tous ces morts jaloux de ce qu'un feul homme a réuni en lui leurs mérites différens. Mais *Maupertuis* pour les confoler fera lire dans un coin l'Akakia à *Zoïle*.

Il faut mettre un *remora* dans les lettres que l'on écrit à des indifcrets : c'eft le feul moyen de les empêcher de les lire aux coins des rues et en plein marché.

FÉDÉRIC.

LETTRE CXXXIX.

DU ROI.

A Radeberg, le 21 juin.

JE reçois deux de vos lettres à la fois, l'une du 30 de mai, l'autre du 3 de juin. Vous me remerciez de ce que je vous rajeunis : j'ai donc été dans l'erreur de bonne foi. L'année 1718 a paru votre Oedipe ; vous aviez alors 19 ans, donc....

Nous allions livrer bataille hier ; l'ennemi, qui était ici, s'eft retiré fur Radeberg, et mon coup fe

trouve manqué. Voilà des nouvelles que vous pouvez
débiter par toute la Suisserie, fi vous le voulez.   1760.

Vous me parlez toujours de la paix : j'ai fait tout
ce que j'ai pu pour la ménager entre la France et
l'Angleterre à mon inclusion. Les Français ont voulu
me jouer, et je les plante là : cela est tout fimple.
Je ne ferai point de paix fans les Anglais, et ceux-là
n'en feront point fans moi. Je me ferais plutôt châtrer
que de prononcer encore la fyllabe de paix à vos
Français.

Qu'est-ce que fignifie cet air pacifique que votre
duc affecte vis-à-vis de moi ? Vous ajoutez qu'il ne
peut pas agir felon fa façon de penfer. Que m'importe cette façon de penfer, s'il n'a point le libre
arbitre de fe conduire en conféquence ? J'abandonne
le tripot de Verfailles au patelinage de ceux qui
s'amufent aux intrigues. Je n'ai point de temps à
perdre à ces futilités : et, duffé-je périr, je m'adref-
ferais plutôt au grand mogol qu'à *Louis le bien-aimé*,
pour fortir du labyrinthe où je me trouve.

Je n'ai rien dit contre lui. Je me repens amèrement
d'en avoir écrit en vers plus de bien qu'il n'en mérite.
Et fi pendant la préfente guerre, dont je le regarde
comme le promoteur, je ne l'ai pas épargné dans
quelques pièces, c'est qu'il m'avait outré, et que je
me défends de toutes mes armes, quelque mal affilées
qu'elles foient. Ces rogatons ne font d'ailleurs connus
de perfonne. Je ne comprends donc rien à ces perfon-
nalités, à moins que par-là vous ne défigniez la
Pompadour.

Je ne crois cependant pas qu'un roi de Pruffe
ait des ménagemens à garder avec une demoifélle

X 2

Poiſſon, ſur-tout ſi elle eſt arrogante, et qu'elle manque à ce qu'elle doit de reſpect à des têtes couronnées.

Voilà ma confeſſion, voilà tout ce que je pourrais dire à *Minos*, à *Rhadamante*, ſi j'étais obligé de comparaître à leur tribunal. Mais on me fait parler ſouvent ſans que j'aye ouvert la bouche. On peut avoir mis ſur mon compte des choſes auxquelles je n'ai pas penſé. Ce ſont des tours dont la cour de Vienne s'eſt ſouvent ſervie, et qui dans plus d'une occaſion lui ont réuſſi.

Cette tracaſſerie, dans le fond, ne vaut pas la peine que j'en parle davantage. Vous faut-il des douceurs? à la bonne heure. Je vous dirai des vérités. J'eſtime en vous le plus beau génie que les ſiècles aient porté; j'admire vos vers, j'aime votre proſe, ſur-tout ces petites pièces détachées de vos Mélanges de littérature. Jamais aucun auteur avant vous n'a eu le tact auſſi fin, ni le goût auſſi ſûr, auſſi délicat que vous l'avez. Vous êtes charmant dans la converſation; vous ſavez inſtruire et amuſer en même temps. Vous êtes la créature la plus ſéduiſante que je connaiſſe, capable de vous faire aimer de tout le monde, quand vous le voulez. Vous avez tant de grâces dans l'eſprit que vous pouvez offenſer et mériter en même temps l'indulgence de ceux qui vous connaiſſent. Enfin vous ſeriez parfait ſi vous n'étiez pas homme.

Contentez-vous de ce panégyrique abrégé. Voilà toutes les louanges que vous aurez de moi aujourd'hui. J'ai des ordres à donner, des lieux à reconnaître, des diſpoſitions à faire et des dépêches à dicter.

Je recommande monsieur le comte de *Tourney* à la
protection de son ange gardien, de la très-sainte et
immaculée Vierge, et du chevalier puîné du p... *Vale.*

1760.

FÉDÉRIC.

LETTRE CXL.

D U   R O I.

Le 31 d'octobre.

J E vous suis obligé de la part que vous prenez à
quelques bonnes fortunes passagères que j'ai excro-
quées au hasard. Depuis ce temps les Russes ont fait
une suration dans le Brandebourg : j'y suis accouru,
ils se sont sauvés tout de suite, et je me suis tourné
vers la Saxe, où les affaires demandaient ma présence.
Nous avons encore deux grands mois de campagne
par devers nous ; celle-ci a été la plus dure et la plus
fatigante de toutes : mon tempérament s'en ressent,
ma santé s'affaiblit, et mon esprit baisse à proportion
que son étui menace ruine.

Je ne sais quelle lettre on a pu intercepter, que
j'écrivis au marquis d'*Argens :* il se peut qu'elle soit
de moi ; peut-être a-t-elle été fabriquée à Vienne.

Je ne connais le duc de *Choiseul* ni d'*Eve* ni d'*Adam.*
Peu m'importe qu'il ait des sentimens pacifiques ou
guerriers. S'il aime la paix, pourquoi ne la fait-il
pas ? Je suis si occupé de mes affaires, que je n'ai pas

—————
1760. le temps de penſer à celles des autres. Mais laiſſons là tous ces illuſtres ſcélérats, ces fléaux de la terre et de l'humanité,

Dites-moi, je vous prie, de quoi vous aviſez-vous d'écrire l'hiſtoire des loups et des ours de la Sibérie? Et que pourrez-vous rapporter du czar qui ne ſe trouve dans la vie de *Charles XII* ? Je ne lirai point l'hiſtoire de ces barbares; je voudrais même pouvoir ignorer qu'ils habitent notre hémiſphère.

Votre zèle s'enflamme contre les jéſuites et contre les ſuperſtitions. Vous faites bien de combattre contre l'erreur; mais croyez-vous que le monde changera ? L'eſprit humain eſt faible ; plus des trois quarts des hommes ſont faits pour l'eſclavage du plus abſurde fanatiſme. La crainte du diable et de l'enfer leur faſcine les yeux, et ils déteſtent le ſage qui veut les éclairer. Le gros de notre eſpèce eſt ſot et méchant. J'y recherche en vain cette image de DIEU dont les théologiens aſſurent qu'elle porte l'empreinte. Tout homme a une bête féroce en ſoi ; peu ſavent l'enchaî-ner, la plupart lui lâchent le frein, lorſque la terreur des lois ne les retient pas.

Vous me trouverez peut-être trop miſanthrope. Je ſuis malade; je ſouffre; et j'ai affaire à une demi-douzaine de coquins et de coquines, qui démonte-raient un *Socrate*, un *Antonin* même. Vous êtes heureux de ſuivre le conſeil de *Candide*, et de vous borner à cultiver votre jardin. Il n'eſt pas donné à tout le monde d'en faire autant. Il faut que le bœuf trace un ſillon, que le roſſignol chante, que le dauphin nage, et que je faſſe la guerre.

1760.

Plus je fais ce métier et plus je me perfuade que la fortune y a la plus grande part. Je ne crois pas que je le ferai long-temps : ma fanté baiffe à vue d'œil, et je pourrais bien aller bientôt entretenir *Virgile* de la Henriade, et defcendre dans ce pays où nos chagrins, nos plaifirs et nos efpérances ne nous fuivent plus, où votre beau génie et celui d'un goujat font réduits à la même valeur, où enfin on fe retrouve dans l'état qui précéda la naiffance.

Peut-être dans peu vous pourrez vous amufer à faire mon épitaphe. Vous direz que j'aimai les bons vers et que j'en fis de mauvais, que je ne fus pas affez ftupide pour ne pas eftimer vos talens ; enfin vous rendrez de moi le compte que *Babouc* rendit de Paris au génie *Ituriel*.

Voici une grande lettre pour la pofition où je me trouve. Je la trouve un peu trop noire ; cependant elle partira telle qu'elle eft ; elle ne fera point interceptée en chemin, et demeurera dans le profond oubli où je la condamne.

Adieu ; vivez heureux, et dites un petit *benedicite* en faveur des pauvres philofophes qui font en purgatoire.

FÉDÉRIC.

LETTRE CXLI.

DU ROI.

À Berlin , le premier de janvier. (1)

1765.

JE vous ai cru fi occupé à écrafer l'*inf…*, que je n'ai pu préfumer que vous penfiez à autre chofe. Les coups que vous lui avez portés l'auraient terraffée il y a long-temps, fi cette hydre ne renaiffait fans ceffe du fond de la fuperftition répandue fur toute la face de la terre. Pour moi, détrompé dès long-temps des charlataneries qui féduifent les hommes , je range le théologien , l'aftrologue , l'adepte et le médecin dans la même catégorie.

J'ai des infirmités et des maladies : je me guéris moi-même par le régime et par la patience. La nature a voulu que notre efpèce payât à la mort un tribut de deux et demi pour cent. C'eft une loi immuable contre laquelle la faculté s'oppofera vainement : et quoique j'aye très-grande opinion de l'habileté du fieur *Tronchin*, il ne pourra cependant pas difconvenir qu'il y a peu de remèdes fpécifiques, et qu'après tout des herbes et des minéraux pilés ne peuvent ni refaire ni redreffer des refforts ufés et à demi détruits par le temps.

Les plus habiles médecins droguent le malade pour tranquillifer fon imagination, et le guériffent par le

(1) On n'a rien trouvé de 1761 à 1764.

régime : et comme je ne trouve pas que des élixirs
et des potions puiffent me donner la moindre confolation, dès que je fuis malade, je me mets à un
régime rigoureux ; et jufqu'ici je m'en fuis bien
trouvé.

Vous pouvez donc confoler l'Europe de la perte
importante qu'elle croyait faire de mon individu ;
(quoique je la trouve des plus minces) car, quoique je
ne jouiffe pas d'une fanté bien ferme ni bien brillante,
cependant je vis ; et je ne fuis pas du fentiment que
notre exiftence vaille qu'on fe donne la peine de la
prolonger, quand même on le pourrait.

D'ailleurs, je vous fuis fort obligé de la part que
vous prenez à ma fanté, et des chofes obligeantes
que vous me dites. Je regrette que votre âge donne
de juftes appréhenfions de voir finir avec vous cette
pépinière de grands hommes et de beaux génies,
qui ont fignalé le fiècle de *Louis XIV*. Sur ce je prie
DIEU qu'il vous ait en fa fainte et digne garde.

FÉDÉRIC.

LETTRE CXLII.

DU ROI.

A Sans-fouci, le 24 d'octobre.

1765.

Si je n'ai pas l'art de vous rajeunir, j'ai toutefois le défir de vous voir vivre long-temps pour l'ornement et l'inftruction de notre fiècle. Que ferait-ce des belles-lettres fi elles vous perdaient? Vous n'avez point de fucceffeur. Vivez donc le plus long-temps que cela fera poffible.

Je vois que vous avez à cœur l'établiffement de la petite colonie dont vous m'avez parlé (1). Je fuis embarraffé comment vous répondre fur bien des articles. Cette maifon de Mailan dont vous me parlez, proche de Clèves, a été ruinée par les Français ; et, autant que je me le rappelle, elle a été donnée en propriété à quelqu'un qui s'eft engagé de la rétablir pour fon ufage. Les fermes que j'ai en ce pays-là s'amodient, et je ne faurais paffer un contrat avec un autre fermier qu'après que l'échéance du bail fera terminée.

Cela n'empêchera pas que votre colonie ne s'établiffe ; et je crois que le moyen le plus fimple ferait que ces gens envoyaffent quelqu'un à Clèves pour

(1) Il s'agiffait d'établir à Clèves une petite colonie de philofophes français qui y pourraient dire librement la vérité, fans craindre ni miniftres, ni prêtres, ni parlemens.

voir ce qui ferait à leur convenance, et de quoi je ———
puis difpofer en leur faveur. Ce fera le moyen le plus 1765,
court, et qui abrégera tous les mal-entendus auxquels
l'éloignement des lieux et l'ignorance du local pourraient donner lieu.

Je vous félicite de la bonne opinion que vous avez
de l'humanité. Pour moi, qui connais beaucoup cette
efpèce à deux pieds, fans plumes, par les devoirs de
mon état, je vous prédis que ni vous ni tous les
philofophes du monde ne corrigeront le genre humain
de la fuperftition à laquelle il tient. La nature a mis
cet ingrédient dans la compofition de l'efpèce : c'eft
une crainte, c'eft une faibleffe, c'eft une crédulité,
une précipitation de jugement, qui par un penchant ordinaire entraîne les hommes dans le fyftême
merveilleux.

Il eft peu d'ames philofophiques et d'une trempe
affez forte pour détruire en elles les profondes racines
que les préjugés de l'éducation y ont jetées. Vous
en voyez dont le bon fens eft détrompé des erreurs
populaires, qui fe révoltent contre les abfurdités, et
qui à l'approche de la mort redeviennent fuperftitieux par crainte et meurent en capucins : vous en
voyez d'autres dont la façon de penfer dépend de
leur digeftion, bonne ou mauvaife.

Il ne fuffit pas, à mon fens, de détromper les
hommes ; il faudrait pouvoir leur infpirer le courage
d'efprit, ou la fenfibilité et la terreur de la mort
triompheront des raifonnemens les plus forts et les
plus méthodiques.

Vous penfez, parce que les quakers et les fociniens
ont établi une religion fimple, qu'en la fimplifiant

encore davantage on pourrait fur ce plan fonder une nouvelle croyance. Mais j'en reviens à ce que j'ai déjà dit; et fuis prefque convaincu que fi ce troupeau fe trouvait confidérable, il enfanterait en peu de temps quelque fuperftition nouvelle, à moins qu'on ne choifît, pour le compofer, que des ames exemptes de crainte et de faibleffe. Cela ne fe trouve pas communément.

Cependant je crois que la voix de la raifon, à force de s'élever contre le fanatifme, pourra rendre la race future plus tolérante que celle de notre temps: et c'eft beaucoup gagner.

On vous aura l'obligation d'avoir corrigé les hommes de la plus cruelle, de la plus barbare folie qui les ait poffédés, et dont les fuites font horreur.

Le fanatifme et la rage de l'ambition ont ruiné des contrées floriffantes dans mon pays. Si vous êtes curieux du total des dévaftations qui fe font faites, vous faurez qu'en tout j'ai fait rebâtir huit mille maifons en Siléfie; en Poméranie et dans la nouvelle Marche fix mille cinq cents : ce qui fait, felon *Newton* et d'*Alembert*, quatorze mille cinq cents habitations.

La plus grande partie a été brûlée par les Ruffes. Nous n'avons pas fait une guerre auffi abominable; et il n'y a eu de détruit de notre part que quelques maifons dans les villes que nous avons affiégées, dont le nombre certainement n'approche pas de mille. Le mauvais exemple ne nous a pas féduits; et j'ai de ce côté-là ma confcience exempte de tout reproche.

A préfent que tout eft tranquille et rétabli, les philofophes par préférence trouveront des afiles chez moi, par-tout où ils voudront, à plus forte raifon l'ennemi de *Baal*, ou de ce culte que dans le pays où vous êtes on appelle la *proftituée de Babylone*.

Je vous recommande à la fainte garde d'*Epicure*, d'*Ariftipe*, de *Locke*, de *Gaffendi*, de *Bayle* et de toutes ces ames épurées de préjugés, que leur génie immortel a rendus des chérubins attachés à l'arche de la vérité.

FÉDÉRIC.

Si vous voulez nous faire paffer quelques livres dont vous parlez, vous ferez plaifir à ceux qui efpèrent en celui qui délivrera fon peuple du joug des impofteurs.

LETTRE CXLIII.

DU ROI.

A Berlin, le 8 de janvier.

Non, il n'eft point de plus plaifant vieillard que vous. Vous avez confervé toute la gaieté et l'aménité de votre jeuneffe. Votre lettre fur les miracles m'a fait pouffer de rire. Je ne m'attendais pas à m'y trouver, et je fus furpris de m'y voir placé entre les Autrichiens et les cochons. Votre efprit eft encore jeune, et tant qu'il reftera tel, il n'y a rien à craindre pour le corps. L'abondance de cette liqueur qui circule dans les nerfs et qui anime le cerveau, prouve que vous avez encore des reffources pour vivre.

Si vous m'aviez dit il y a dix ans ce que vous dites en finiffant votre lettre, vous feriez encore ici.

Il n'y a que les talens qui diftinguent le vulgaire des grands hommes. On peut s'empêcher de commettre des crimes; mais on ne peut corriger un tempérament qui produit de certains défauts.

Comme la terre la plus fertile, en même temps qu'elle porte le froment, fait éclore l'ivraie, l'*infame* ne donne que des herbes venimeufes. Il vous eft réfervé de l'écrafer avec votre redoutable maffue, avec les ridicules que vous répandez fur elle, et qui portent plus de coups que tous les argumens. Peu d'hommes favent raifonner, tous craignent le ridicule.

Il eft certain que ce qu'on appelle honnêtes gens en tout pays commence à penfer. Dans la fuperftitieufe Bohème, en Autriche, ancien fiége du fanatifme, les perfonnes de mife commencent à ouvrir les yeux. Les images des faints n'ont plus ce culte dont elles avaient joui autrefois. Quelques barrières que la cour oppofe à l'entrée des bons ouvrages, la vérité perce nonobftant toutes ces féverités. Quoique les progrès ne foient pas rapides, c'eft toutefois un grand point que de voir un certain monde qui déchire le bandeau de la fuperftition.

Dans nos pays proteftans on va plus vîte; et peut-être ne faudra-t-il plus qu'un fiècle pour que les animofités qui naquirent des parties *fub utrâque*, et la forbonne, foient entièrement éteintes. De ce vafte domaine du fanatifme, il ne refte guère que la Pologne, le Portugal, l'Efpagne et la Bavière, où la craffe ignorance et l'engourdiffement des efprits maintiennent encore la fuperftition.

1766.

Pour vos Génevois, depuis que vous y êtes, ils font non-feulement mécroyans, ils font encore devenus tous de beaux efprits. Ils font des converfations entières en antithèfes et en épigrammes. C'eft un miracle par vous opéré. Qu'eft-ce que reffufciter un mort en comparaifon de donner de l'imagination à qui la nature en a refufé ? En France, aucun conte de balourdife qui ne roule fur un fuiffe ; en Allemagne, quoique nous ne paffions pas pour les plus découplés, nous plaifantons cependant la nation helvétique. Vous avez tout changé. Vous créez des êtres où vous réfidez : vous êtes le *Prométhée* de Genève. Si vous étiez demeuré ici, nous ferions à préfent quelque chofe. Une fatalité qui préfide aux chofes de la vie, n'a pas voulu que nous jouiffions de tant d'avantages.

A peine aviez-vous quitté votre patrie que la belle littérature y tomba en langueur ; et je crains que la géométrie n'étouffe en ce pays le peu de germe qui pouvait reproduire les beaux arts. Le bon goût fut enterré à Rome dans le tombeau de *Virgile*, d'*Ovide* et d'*Horace* : je crains que la France en vous perdant n'éprouve le fort des Romains.

Quoi qu'il arrive, j'ai été votre contemporain. Vous durerez autant que j'ai à vivre, et je m'embarraffe peu du goût, de la ftérilité ou de l'abondance de la poftérité.

Adieu ; cultivez votre jardin, car voilà ce qu'il y a de plus fage.

FÉDÉRIC.

LETTRE CXLIV.

DE M. DE VOLTAIRE.

Premier février.

SIRE,

1766.

JE vous fais très-tard mes remercîmens, mais c'est que j'ai été sur le point de ne vous en faire jamais aucun. Ce rude hiver m'a presque tué; j'étais tout près d'aller trouver *Bayle* et de le féliciter d'avoir eu un éditeur qui a encore plus de réputation que lui dans plus d'un genre; il aurait sûrement plaisanté avec moi de ce que votre Majesté en a usé avec lui comme *Jurieu*; elle a tronqué l'article *David.* Je vois bien qu'on a imprimé l'ouvrage sur la seconde édition de *Bayle.* C'est bien dommage de ne pas rendre à ce *David* toute la justice qui lui est due; c'était un abominable juif, lui et ses pseaumes. Je connais un roi plus puissant que lui et plus généreux, qui à mon gré fait de meilleurs vers. Celui-là ne fait point danser les collines comme des beliers, et les beliers comme des collines. Il ne dit point qu'il faut écraser les petits enfans contre la muraille au nom du Seigneur, il ne parle point éternellement d'aspics et de basilics. Ce qui me plaît sur-tout de lui, c'est que dans toutes ses épîtres il n'y a pas une seule pensée qui ne soit vraie; son imagination ne s'égare point.

La

La juſteſſe eſt le fonds de ſon eſprit ; et en effet ſans
juſteſſe il n'y a ni eſprit ni talent.

1766.

Je prends la liberté de lui envoyer un caillou du
Rhin pour un boiſſeau de diamans. Voilà les ſeuls
marchés que je puiſſe faire avec lui.

Les dévotes de Verſailles n'ont pas été trop
contentes du peu de confiance que j'ai en Ste *Geneviève ;*
mais le monarque philoſophe prendra mon parti.

Puiſque les aventures de Neuchâtel l'ont fait rire,
en voici d'autres que je ſouhaite qui l'amuſent.
Comme ce ſont des affaires graves qui ſe paſſent
dans ſes Etats, il eſt juſte qu'elles ſoient portées au
tribunal de ſa raiſon.

Il y a en France un nouveau procès tout ſemblable
à celui des *Calas ;* et il paraîtra dans quelque temps
un mémoire ſigné de pluſieurs avocats, qui pourra
exciter la curioſité et la ſenſibilité. On verra que nos
papiſtes ſont toujours perſuadés que les proteſtans
égorgent leurs enfans pour plaire à DIEU. Si ſa Majeſté
veut avoir ce mémoire, je la ſupplie de me faire dire
par quelle voie je dois l'adreſſer. J'ignore s'il le faut
mettre à la poſte, ou le faire partir par les chariots
d'Allemagne.

LETTRE CXLV.

DU ROI.

A Potſdam, le 25 février.

—— 1766. J'AURAIS été fâché de vous ſavoir ſi tôt en la compagnie de *Bayle*. Hâtez-vous lentement à faire ce voyage, et ſouvenez-vous que vous faites l'ornement de la littérature françaiſe dans ce ſiècle où les lettres humaines commencent à dépérir. Mais vous vivrez long-temps : votre vieilleſſe eſt comme l'enfance d'*Hercule*. Ce dieu écraſait des ſerpens dans ſon berceau ; et vous, chargé d'années, vous écraſez l'*inf*....

Vos vers ſur la mort du dauphin ſont beaux. Je crois qu'ils ont attaqué Sᵗᵉ *Geneviève* mal à propos, parce que la reine et la moitié de la cour ont fait des vœux ridicules au cas que le dauphin en réchappât. Vous n'ignorez pas ſans doute la ſainte converſation de l'évêque de Beauvais avec DIEU, qui lui répondit: *Nous verrons ce que nous avons à faire.*

Dans un temps où les évêques parlent à DIEU, et où les reines font des pélerinages, les oſſemens des bergères l'emportent ſur les ſtatues des héros, et on plante là les philoſophes et les poëtes. Les progrès de la raiſon humaine ſont plus lents qu'on ne les croit. En voici la véritable cauſe : preſque tout le monde ſe contente d'idées vagues des choſes ; peu

ont le temps de les examiner et de les approfondir. ——
Les uns, garrottés par les chaînes de la fuperftition dès   1766.
leur enfance, ne veulent ou ne peuvent les brifer;
d'autres, livrés aux frivolités, n'ont pas un mot de
géométrie dans leur tête, et jouiffent de la vie fans
qu'un moment de réflexion interrompe leurs plaifirs.
Ajoutez à cela des ames timides, des femmes peureu-
fes; et ce total compofe la fociété. S'il fe trouve donc
un homme fur mille qui penfe, c'eft beaucoup.
Vous et vos femblables écrivez pour lui; le refte fe
fcandalife, et vous damne charitablement. Pour moi
qui ne vous fcandalife point, je ferai mon profit
honnête du mémoire des avocats et de toutes les
bonnes pièces que vous voudrez m'envoyer.

Je crois qu'il faut que toute la correfpondance de
la Suiffe paffe par Francfort-au-Mein pour nous
parvenir. Je n'en fuis cependant pas informé au
jufte. Ah! fi du moins vous aviez fait quelque féjour
à Neuchâtel, vous auriez donné de l'efprit au modé-
rateur, à la fainte féquelle. A préfent ce canton eft
comme la Béotie en comparaifon de Ferney et des
lieux où vous habitez, et nous comme les Lapons.
N'oubliez pas ces Lapons; ils aiment vos ouvrages,
et s'intéreffent à votre confervation.

FÉDÉRIC.

LETTRE CXLVI.

DU ROI.

A Potſdam , le 7 d'auguſte.

1766. Mon neveu m'a écrit qu'il ſe propoſait de viſiter en paſſant le philoſophe de Ferney. Je lui envie le plaiſir qu'il a eu de vous entendre. Mon nom était de trop dans vos converſations ; et vous aviez tant de matières à traiter , que leur abondance ne vous impoſait pas la néceſſité d'avoir recours au philoſophe de Sans-ſouci pour fournir à vos entretiens.

Vous me parlez d'une colonie de philoſophes qui ſe propoſent de s'établir à Clèves : je ne m'y oppoſe point ; je puis leur accorder tout ce qu'ils demandent, au bois près que le ſéjour de leurs compatriotes a preſque entièrement détruit dans ces forêts, toutefois à condition qu'ils ménagent ceux qui doivent être ménagés, et qu'en imprimant ils obſervent de la décence dans leurs écrits.

La ſcène qui s'eſt paſſée à Abbeville eſt tragique : mais n'y a-t-il pas de la faute de ceux qui ont été punis ? faut-il heurter de front des préjugés que le temps a conſacrés dans l'eſprit des peuples ? Et ſi l'on veut jouir de la liberté de penſer, faut-il inſulter à la croyance établie ? Quiconque ne veut point remuer, eſt rarement perſécuté. Souvenez-vous de ce mot de *Fontenelle* : fi j'avais la main pleine de vérités, je penferais plus d'une fois avant de l'ouvrir.

Le vulgaire ne mérite pas d'être éclairé; et fi votre parlement a févi contre ce malheureux jeune homme qui a frappé le figne que les chrétiens révèrent comme le fymbole de leur falut, accufez-en les lois du royaume (1). C'eft felon ces lois que tout magiftrat fait ferment de juger; il ne peut prononcer la fentence que felon ce qu'elles contiennent ; et il n'y a de reffource pour l'accufé qu'en prouvant qu'il n'eft pas dans le cas de la loi.

Si vous me demandiez fi j'aurais prononcé un arrêt auffi dur, je vous dirais que non, et que, felon mes lumières naturelles, j'aurais proportionné la punition au délit. Vous avez brifé une ftatue, je vous condamne à la rétablir : vous n'avez pas ôté le chapeau devant le curé de la paroiffe qui portait ce que vous favez, eh bien, je vous condamne à vous préfenter quinze jours confécutifs fans chapeau à l'églife : vous avez lu les ouvrages de *Voltaire*, oh, çà, monfieur le jeune homme, il eft bon de vous former le jugement; pour cet effet on vous enjoint d'étudier la Somme de St *Thomas* et le guide-âne de monfieur le curé. L'étourdi aurait peut-être été puni plus févèrement de cette manière qu'il ne l'a été par les juges; car l'ennui eft un fiècle, et la mort un moment.

(1) Il n'exiftait aucune loi en France d'après laquelle on pût condamner le chevalier de *la Barre* ; et ce qui le prouve, c'eft que depuis vingt ans aucun des membres du tribunal que cet arrêt a couvert d'opprobre, n'a ofé la citer ; mais il eft vrai qu'ils en ont fuppofé l'exiftence, ce qui prouve ou une ignorance honteufe de la légiflation, ou un fanatifme porté jufqu'à la démence.

1766.

Que le ciel ou la deſtinée écarte cette mort de votre tête, et que vous éclairiez doucement et paiſiblement ce ſiècle que vous illuſtrez ! Si vous venez à Clèves, j'aurai encore le plaiſir de vous revoir et de vous aſſurer de l'admiration que votre génie m'a toujours inſpirée. Sur ce je prie DIEU qu'il vous ait en ſa ſainte et digne garde.

FÉDÉRIC.

LETTRE CXLVII.

DU ROI.

A Potſdam, le 13 d'auguſte.

JE compte que vous aurez déjà reçu ma réponſe à votre avant-dernière lettre. Je ne puis trouver l'exécution d'Abbeville auſſi affreuſe que l'injuſte ſupplice de *Calas*. Ce *Calas* était innocent ; le fanatiſme ſe ſacrifie cette victime, et rien dans cette action atroce ne peut ſervir d'excuſe aux juges. Bien loin de là, ils ſe ſouſtraient aux formalités des procédures, et ils condamnent au ſupplice ſans avoir des preuves, des convictions, des témoins.

Ce qui vient d'arriver à Abbeville eſt d'une nature bien différente. Vous ne conteſterez pas que tout citoyen doit ſe conformer aux lois de ſon pays : or il y a des punitions établies par les légiſlateurs pour ceux qui troublent le culte adopté par la nation. La diſcrétion, la décence, ſur-tout le reſpect que tout citoyen doit aux lois, obligent donc de ne point insulter au culte reçu, et d'éviter le scandale et l'insolence. Ce sont ces lois de sang qu'on devrait réformer, en proportionnant la punition à la faute; mais tant que ces lois rigoureuses demeureront établies, les magistrats ne pourront pas se dispenser d'y conformer leur jugement.

Les dévots en France crient contre les philosophes et les accusent d'être la cause de tout le mal qui arrive. Dans la dernière guerre, il y eut des insensés qui prétendirent que l'Encyclopédie était cause des infortunes qu'essuyaient les armées françaises. Il arrive pendant cette effervescence que le ministère de Versailles a besoin d'argent, et il sacrifie au clergé qui en promet, des philosophes qui n'en ont point et qui n'en peuvent donner. Pour moi qui ne demande ni argent ni bénédiction, j'offre des asiles aux philosophes, pourvu qu'ils soient sages, qu'ils soient aussi pacifiques que le beau titre dont ils se parent le sous-entend; car toutes les vérités ensemble qu'ils annoncent ne valent pas le repos de l'ame, seul bien dont les hommes puissent jouir sur l'atome qu'ils habitent. Pour moi qui suis un raisonneur sans enthousiasme, je désirerais que les hommes fussent raisonnables, et sur-tout qu'ils fussent tranquilles.

Nous connaissons les crimes que le fanatisme de religion a fait commettre. Gardons-nous d'introduire le fanatisme dans la philosophie : son caractère doit être la douceur et la modération. Elle doit plaindre la fin tragique d'un jeune homme qui a commis une extravagance; elle doit démontrer la rigueur excessive d'une loi faite dans un temps grossier et ignorant;

mais il ne faut pas que la philofophie encourage à de pareilles actions, ni qu'elle fronde des juges qui n'ont pu prononcer autrement qu'ils l'ont fait.

Socrate n'adorait pas les *Deos majores et minores gentium ;* toutefois il affiftait aux facrifices publics. *Gaffendi* allait à la meffe, et *Newton* au prône.

La tolérance dans une fociété doit affurer à chacun la liberté de croire ce qu'il veut; mais cette tolérance ne doit pas s'étendre à autorifer l'effronterie et la licence de jeunes étourdis qui infultent audacieufement à ce que le peuple révère. Voilà mes fentimens, qui font conformes à ce qu'affurent la liberté et la fureté publique, premier objet de toute légiflation.

Je parie que vous penfez en lifant ceci : cela eft bien allemand, cela fe reffent bien du flegme d'une nation qui n'a que des paffions ébauchées.

Nous fommes, il eft vrai, une efpèce de végétaux en comparaifon des Français : auffi n'avons-nous produit ni Jérufalem délivrée, ni Henriade. Depuis que l'empereur *Charlemagne* s'avifa de nous faire chrétiens, en nous égorgeant, nous le fommes reftés; à quoi peut-être a contribué notre ciel toujours chargé de nuages, et les frimats de nos longs hivers.

Enfin prenez-nous tels que nous fommes : *Ovide* s'accoutuma bien aux mœurs des peuples de Tomes; et j'ai affez de vaine gloire pour me perfuader que la province de Clèves vaut mieux que le lieu où le Danube fe jette par fept bouches dans la mer Noire. Sur ce je prie DIEU qu'il vous ait en fa fainte et digne garde.

FÉDÉRIC.

LETTRE CXLVIII.

DU ROI.

A Breflau, le premier de feptembre.

Vous aurez vu par ma lettre précédente que des ——— philofophes paifibles doivent s'attendre d'être bien reçus chez moi. Je n'ai point vu le fils de l'*Hippocrate* moderne, et ne lui ai point parlé. Je ne fais ce qui peut être tranfpiré du deffein de vos philofophes ; je m'en lave les mains. Je fuis ici dans une province où l'on préfère la phyfique à la métaphyfique : on cultive les champs, on a rebâti huit mille maifons, et l'on fait des milliers d'enfans par an, pour remplacer ceux qu'une fureur politique et guérrière a fait périr.

1766.

Je ne fais fi, tout bien confidéré, il n'eft pas plus avantageux de travailler à la population qu'à faire de mauvais argumens. Les feigneurs et le peuple, occupés de leur rétabliffement, vivent en paix ; et ils font fi pleins de leur ouvrage que perfonne ne fait attention au culte de fon voifin. Les étincelles de haine de religion qui fe ranimaient fouvent avant la guerre, font éteintes; et l'efprit de tolérance gagne journellement dans la façon de penfer des habitans. Croyez que le défœuvrement donne lieu à la plupart des difputes. Pour les éteindre en France, il ne faudrait que renouveler les temps des défaites de Poitiers et d'Azincourt ; vos eccléfiaftiques et vos parlemens,

1766.

fortement occupés de leurs propres affaires, ne penferaient qu'à eux, et laisseraient le public et le gouvernement tranquilles. C'est une proposition à faire à ces messieurs : je doute toutefois qu'ils l'approuvent.

Vos ouvrages sont répandus ici, et entre les mains de tout le monde. Il n'y a point de climat, point de peuple où votre nom ne perce, point de société policée où votre réputation ne brille.

Jouissez de votre gloire, et jouissez-en long-temps. Sur ce je prie DIEU qu'il vous ait en sa sainte et digne garde.

FÉDÉRIC.

LETTRE CXLIX.

DU ROI.

A Sans-souci, le 13 de septembre.

Vous n'avez pas besoin de me recommander les philosophes : ils seront tous bien reçus, pourvu qu'ils soient modérés et paisibles. Je ne peux leur donner ce que je n'ai pas. Je n'ai point le don des miracles, et ne puis ressusciter les bois du parc de Clèves que les Français ont coupés et brûlés ; mais d'ailleurs ils y trouveront asile et sureté.

Il me souvient d'avoir lu dans ce livre brûlé dont vous me parlez, qu'il était imprimé à Berne ; les Bernois ont donc exercé une juridiction légitime sur

cet ouvrage. Ils ont brûlé des conciles, des contro-
verfes, des fanatiques et des papes : à quoi j'applaudis
fort, en qualité d'hérétique. Ce ne font que des
niaiferies, en comparaifon de ce qui vient de fe
paffer à Abbeville. Rôtir des hommes paffe la rail-
lerie ; jeter du papier au feu, c'eft humeur.

Vous devriez par repréfailles faire un *auto-da-fé* à
Ferney, et condamner aux flammes tous les ouvrages
de théologie et de controverfe de votre voifinage, en
raffemblant autour du brafier des théologiens de toute
fecte pour les régaler de ce doux fpectacle. Pour moi
dont la foi eft tiède, je tolère tout le monde, à condition qu'on me tolère, moi, fans m'embarraffer même
de la foi des autres.

Vos miffionnaires deffilleront les yeux à quelques
jeunes gens qui les liront ou les fréquenteront. Mais
que de bêtes dans le monde qui ne penfent point !
que de perfonnes livrées au plaifir, que le raifonne-
ment fatigue ! que d'ambitieux occupés de leurs
projets ! fur ce grand nombre, combien peu de gens
aiment à s'inftruire et à s'éclairer ! Le brouillard épais
qui aveuglait l'humanité aux Xe et XIIIe fiècles, eft
diffipé ; cependant la plupart des yeux font myopes ;
quelques-uns ont les paupières collées.

Vous avez en France les *convulfionnaires ;* en Hollande on connaît les *fins*, ici les *piétiftes.* Il y aura de
ces efpèces là tant que le monde durera, comme il
fe trouve des chênes ftériles dans les forêts, et des
frelons près des abeilles.

Croyez que fi des philofophes fondaient un gouvernement, qu'au bout d'un demi-fiècle le peuple fe

1766.

forgerait des superstitions nouvelles , et qu'il attacherait son culte à un objet quelconque qui frapperait les sens , ou il se ferait de petites idoles , ou il révérerait le tombeau de ses fondateurs , ou il invoquerait le soleil ; ou quelque absurdité pareille l'emporterait sur le culte pur et simple de l'Etre suprême.

La superstition est une faiblesse de l'esprit humain ; elle est inhérente à cet être ; elle a toujours été, elle sera toujours. Les objets d'adoration pourront changer comme vos modes de France ; mais que m'importe qu'on se prosterne devant une pâte de pain azyme, devant le bœuf *Apis*, devant l'arche d'alliance, ou devant une statue ? Le choix ne vaut pas la peine ; la superstition est la même, et la raison n'y gagne rien.

Mais de se bien porter à soixante-dix ans, d'avoir l'esprit libre, d'être encore l'ornement du Parnasse à cet âge, comme dans sa première jeunesse, cela n'est pas indifférent. C'est votre destin : je souhaite que vous en jouissiez long-temps, et que vous soyez aussi heureux que le comporte la nature humaine. Sur ce je prie DIEU qu'il vous ait en sa sainte et digne garde.

FÉDÉRIC.

LETTRE CL.

DU ROI.

A Sans-fouci, le 3 de novembre.

Je ne fuis pas le feul qui remarque que le génie et
les talens font plus rares en France et en Europe dans
notre fiècle, qu'à la fin du fiècle précédent. Il vous
refte trois poëtes, mais qui font du fecond ordre :
la Harpe, *Marmontel* et *Saint-Lambert*. Les injuftices
qui fe font à Abbeville n'empêchent pas qu'un pari-
fien de génie n'achève une bonne tragédie.

Il eft fans doute affreux d'égorger des innocens avec
le glaive de la loi ; mais la nation en rougit ; mais le
gouvernement penfera fans doute à prévenir de tels
abus. Il faut encore confidérer que plus un Etat eft
vafte, plus il eft expofé à ce que des fubalternes abufent de l'autorité qui leur eft confiée. Le feul moyen
de l'empêcher eft d'obliger tous les tribunaux du
royaume de ne mettre en exécution les arrêts de
mort, qu'après qu'un confeil fuprême a revu les procédures et confirmé leur fentence.

Il me femble que le jeune poëte, auteur du Triumvirat, n'a pas plus que foixante-treize ans. J'en juge
ainfi, parce qu'un commençant ne connaît ni ne fent
des nuances auffi fines qu'il en eft dans le caractère
d'*Octave* ; que les deux actes que j'ai lus font fans
déclamation, et d'une fimplicité qui ne plaît qu'après
avoir épuifé toutes les fufées de la rhétorique. En

1766.

fuppofant même qu'un jeune homme ait fait cet
ouvrage, il eft sûr qu'un fage l'a retouché et refondu.
Vous m'en avez donné trop et trop peu pour vous
arrêter en fi beau chemin. Je vous compare aux rois :
il en coûte à obtenir leur premier bienfait ; celui-là
donné, on les accoutume à donner de même.

J'ai lu votre article *Julien* avec plaifir. Cependant j'aurais défiré que vous euffiez plus ménagé cet
abbé de *la Bletterie* ; tout dévot, tout janféniste qu'il
eft, il a rendu le premier hommage à la vérité ; il a
rendu juftice, quoique avec des ménagemens qu'il
lui convenait de garder ; il a rendu juftice, dis-je,
au caractère de *Julien*. Il ne l'a point appelé *apoftat*.
Il faut tenir compte à un janféniste de fa fincérité.
Je crois qu'il aurait été plus adroit de lui donner des
éloges, comme on applaudit à un enfant qui commence à balbutier, pour l'encourager à mieux faire.

Le paffage d'*Ammien-Marcellin* eft interpolé fans
doute : vous n'avez, pour vous en convaincre, qu'à
lire ce qui précède et ce qui fuit. Ces deux phrafes
fe lient fi bien, que la fraude faute aux yeux. C'était
le bon temps, dans les premiers fiècles : on accom-
modait les ouvrages à fon gré. *Jofephe* s'en eft reffenti
également. L'évangile de *Jean* demeure. Tout ce qui
m'étonne c'eft que meffieurs les correcteurs ne fe
foient pas aperçus de certaines incongruités qu'ils
auraient pu rectifier avec un coup de plume, comme
la double généalogie, la prophétie dont vous faites
mention, et nombre d'erreurs de noms de ville, de
géographie, &c. &c. : les ouvrages marqués au fceau
de l'humanité, c'eft-à-dire, de bévues, d'inconfé-
quences, de contradictions, devaient ainfi fe déceler

eux-mêmes. L'abrutiſſement de l'eſpèce humaine , ——
durant tant de ſiècles , a prolongé le fanatiſme. Enfin 1766.
vous avez été le *Bellérophon* qui a terraſſé cette
chimère.

Vivez donc pour achever d'en diſperſer les reſtes.
Mais ſur-tout ſongez que le repos et la tranquillité
d'eſprit ſont les ſeuls biens dont nous puiſſions jouir
durant notre pélerinage, et qu'il n'eſt aucune gloire
qui en approche. Je vous ſouhaite ces biens , et je
jure par *Epicure* et par *Ariſtide* que perſonne de vos
admirateurs ne s'intéreſſe plus que moi à votre
félicité.

FÉDÉRIC.

LETTRE CLI.

DU ROI.

A Sans-fouci , le 25 de novembre.

CET extrait du Dictionnaire de *Bayle* dont vous me
parlez , eſt de moi. Je m'y étais occupé dans un temps
où j'avais beaucoup d'affaires : l'édition s'en eſt reſ-
ſentie. On en prépare à préſent une nouvelle où les
articles des courtiſanes feront remplacés par ceux
d'*Ovide* et de *Lucrèce* , et dans laquelle on reſtituera
le bon article de *David*.

Je vous envoie , comme vous le ſouhaitez , cet
extrait informe , et qui ne répond point à mon deſſein.
Il ſera ſuivi de la nouvelle édition , dès qu'elle ſera

——— achevée. Mais ce ne font que de légères chiquenaudes que j'applique fur le nez de l'*inf...*; il n'eft donné qu'à vous de l'écrafer.

Cette *inf...* a eu le fort des catins. Elle a été honorée tant qu'elle était jeune ; à préfent dans la décrépitude , chacun l'infulte. Le marquis d'*Argens* l'a affez maltraitée dans fon *Julien.* Cet ouvrage eft moins incorrect que les autres; cependant je n'ai pas été content de la fortie qu'il fait à propos de rien contre *Maupertuis.* Il ne faut point troubler la cendre des morts. Quelle gloire y a-t-il de combattre un homme que la mort a défarmé ? *Maupertuis* fans doute a fait un mauvais ouvrage ; c'eft une plaifanterie gravement écrite. Il aurait pu l'égayer pour que perfonne ne pût s'y tromper. Vous prîtes la chofe au tragique ; vous attaquâtes férieufement un badinage ; et avec votre redoutable maffue d'*Hercule* vous écrasâtes un moucheron.

Pour moi qui voulais conferver la paix dans la maifon , je fis tout ce que je pus pour vous empêcher d'éclater.

Vous n'avez rien perdu en quittant ce pays. Vous voilà à Ferney entre votre nièce et des occupations que vous aimez, refpecté comme le dieu des beaux arts, comme le patriarche des écrafeurs, couvert de gloire, et jouiffant de votre vivant de toute votre réputation ; d'autant plus qu'éloigné au-delà de cent lieues de Paris, on vous confidère comme mort, et l'on vous rend juftice.

Mais de quoi vous avifez-vous de me demander des vers ? *Plutus* a-t-il jamais requis *Vulcain* de lui fournir de l'or ? *Thétis* a-t-elle jamais follicité le

Rubicon

Rubicon de lui donner fon filet d'eau? Puifque dans ——— 1766.
un temps où les rois et les empereurs étaient acharnés
à me dépouiller, un miférable, s'alliant avec eux, me
pilla mon livre; puifqu'il a paru, je vous en envoie
un exemplaire en gros caractère. Si votre nièce fe
coiffe à la grecque ou à l'éclipfe, elle pourra s'en
fervir pour des papillotes.

J'ai fait des poëfies médiocres: en fait de vers, les
médiocres et les mauvais font égaux. Il faut écrire
comme vous, ou fe taire.

Il n'y a pas long-temps qu'un anglais qui vous a
vu, a paffé ici; il m'a dit que vous étiez un peu
voûté, mais que ce feu que *Prométhée* déroba, ne
vous manque point. C'eft l'huile de la lampe: ce feu
vous foutiendra. Vous irez à l'âge de *Fontenelle* en
vous moquant de ceux qui vous payent des rentes
viagères, et en fefant une épigramme quand vous
aurez achevé le fiècle. Enfin, comblé d'ans, raffafié de
gloire et vainqueur de l'*inf*..., je vous vois monter
l'Olympe, foutenu par les génies de *Lucrèce*, de
Sophocle, de *Virgile* et de *Locke*, placé entre *Newton*
et *Epicure*, fur un nuage brillant de clarté.

Penfez à moi quand vous entrerez dans votre
gloire, et dites comme celui que vous favez: *Ce foir
tu feras affis à ma table.*

Sur ce je prie DIEU qu'il vous ait en fa fainte et
digne garde.

FÉDÉRIC.

LETTRE CLII.

DE M. DE VOLTAIRE.

5 janvier.

SIRE,

—— JE me doutais bien que votre mufe fe réveillerait
1767. tôt ou tard. Je fais que les autres hommes feront
étonnés qu'après une guerre fi longue et fi vive,
occupé du foin de rétablir votre royaume, gouvernant fans miniftres, entrant dans tous les détails,
vous puiffiez cependant faire des vers français ; mais
moi je n'en fuis pas furpris, parce que j'ai fort l'honneur de vous connaître : mais ce qui m'étonne, je
vous l'avoue, c'eft que vos vers foient bons ; je ne
m'y attendais pas après tant d'années d'interruption.
Des penfées fortes et vigoureufes, un coup d'œil
jufte fur les faibleffes des hommes, des idées profondes et vraies, c'eft-là votre partage dans tous les
temps ; mais pour du nombre et de l'harmonie, et
très-fouvent même des fineffes de langage, à trois
cents lieues de Paris, dans la Marche de Brandebourg ;
ce phénomène doit être affurément remarqué par
notre académie de Paris.

Savez-vous bien, Sire, que votre Majefté eft
devenue un auteur qu'on épluche ?

Notre doyen, mon gros abbé d'*Olivet*, vient, dans
une nouvelle édition de la Profodie françaife, de vous

critiquer fur le mot *crêpe*, dont vous avez retranché
impitoyablement le dernier *e* dans une lettre à moi
adreffée et imprimée dans les Oeuvres du philofophe
de Sans-fouci ; mais je ne crois pas que cette édition ait
été faite fous vos yeux : quoi qu'il en foit, vous
voilà devenu un auteur claffique, examiné comme
Racine par notre doyen, cité devant notre tribunal
des mots, et condamné fans appel à faire *crêpe* de
deux fyllabes.

Je me joins au doyen, et je vais intenter au philofophe de Sans-fouci une accufation toute contraire.
Vous avez donné deux fyllabes au mot *hait* dans
votre beau difcours du ftoïcien.

> *Votre goût offenfé* haït *l'abfinthe amère.*

Nous ne vous pafferons pas cela. Le verbe *haïr*
n'aura jamais deux fyllabes à l'indicatif, *je hais, tu
hais, il hait ;* vous auriez beau nous battre encore :

Nous pourrions bien haïr les infidélités
De ceux qui par humeur ont fait de fots traités ;
Nous pourrions bien haïr la fauffe politique
De ceux qui, s'uniffant avec nos ennemis,
Ont fervi les deffeins d'une cour tyrannique,
Et qui fe font perdus pour perdre leurs amis ;

mais nous ne ferons jamais il *hait* de deux fyllabes ;
prenez, Sire, votre parti là-deffus, et ayez la bonté
de changer ce vers ; cela vous fera bien aifé.

Où eft le temps, Sire, où j'avais le bonheur de
mettre des points fur les *i* à Sans-fouci et à Potfdam ?
Je vous affure que ces deux années ont été les plus
agréables de ma vie. J'ai eu le malheur de faire bâtir

un château fur les frontières de France et je m'en repens bien. Les Patagons, la poix réfine, l'exaltation de l'ame, et le trou pour aller tout droit au centre de la terre, m'ont écarté de mon véritable centre. J'ai payé ce trou bien chèrement. J'étais fait pour vous. J'achève ma vie dans ma petite et obfcure fphère, précifément comme vous paffez la vôtre au milieu de votre grandeur et de votre gloire. Je ne connais que la folitude et le travail ; ma fociété eft compofée de cinq ou fix perfonnes qui me laiffent une liberté entière, et avec qui j'en ufe de même ; car la fociété fans la liberté eft un fupplice. Je fuis votre *Gilles* en fait de fociété et de belles-lettres.

J'ai eu ces jours-ci une très-légère attaque d'apoplexie caufée par ma faute. Nous fommes prefque toujours les artifans de nos difgrâces. Cet accident m'a empêché de répondre à votre Majefté auffitôt que je l'aurais voulu.

Le diable eft déchaîné dans Genève. Ceux qui voulaient fe retirer à Clèves reftent. La moitié du confeil et fes partifans fe font enfuis ; l'ambaffadeur de France eft parti incognito, et eft venu fe réfugier chez moi.

J'ai été obligé de lui prêter mes chevaux pour retourner à Soleure. Les philofophes qui fe deftinent à l'émigration font fort embarraffés, ils ne peuvent vendre aucun effet ; tout commerce eft ceffé, toutes les banques font fermées. Cependant on écrira à M. le baron de *Verder* conformément à la permiffion donnée par votre Majefté ; mais je prévois que rien ne pourra s'arranger qu'après la fin de l'hiver,

J'attends avec la plus vive reconnaissance les douze belles préfaces (1), monument précieux d'une raison ferme et hardie, qui doit être la leçon des philosophes.

Vous avez grande raison, Sire ; un prince courageux et sage, avec de l'argent, des troupes, des lois, peut très-bien gouverner les hommes sans le secours de la religion, qui n'est faite que pour les tromper ; mais le sot peuple s'en fera bientôt une, et tant qu'il y aura des fripons et des imbécilles, il y aura des religions. La nôtre est sans contredit la plus ridicule, la plus absurde et la plus sanguinaire qui ait jamais infecté le monde.

Votre Majesté rendra un service éternel au genre humain en détruisant cette infame superstition, je ne dis pas chez la canaille, qui n'est pas digne d'être éclairée et à laquelle tous les jougs sont propres ; je dis chez les honnêtes gens, chez les hommes qui pensent, chez ceux qui veulent penser. Le nombre en est très-grand, c'est à vous de nourrir leur ame ; c'est à vous de donner du pain blanc aux enfans de la maison, et de laisser le pain noir aux chiens. Je ne m'afflige de toucher à la mort que par mon profond regret de ne vous pas seconder dans cette noble entreprise, la plus belle et la plus respectable qui puisse signaler l'esprit humain.

Alcide de l'Allemagne, soyez-en le *Nestor* ; vivez trois âges d'homme pour écraser la tête de l'hydre.

(1) Il s'agit de douze exemplaires de l'*Avant-propos* mis par le roi au-devant d'un Abrégé de l'histoire ecclésiastique de *Fleuri*, en 2 vol. in-12. Berne, 1767.

LETTRE CLIII.

DU ROI.

A Berlin, le 16 de janvier.

—— 1767.

J'AI lu toutes les pièces que vous m'avez envoyées. Je trouve le Triumvirat rempli de beaux détails. Les pièces contre l'*inf*... font fi fortes, que depuis *Celfe* on n'a rien publié de plus frappant. L'ouvrage de *Boulanger* eft fupérieur à l'autre (1), et plus à la portée des gens du monde pour qui de longues déductions fatiguent l'efprit, relâché et détendu par les frivolités.

Il ne refte plus de refuge au fantôme de l'erreur. Il a été flagellé et frappé fur toutes fes faces, fur tous fes côtés. Par-tout je vois fes bleffures, et nulle part d'empyriques empreffés à pallier fon mal. Il eft temps de prononcer fon oraifon funèbre et de l'enterrer. Vous défaites le charme, et l'illufion fe diffipe en fumée. Je crains bien qu'il n'en foit pas ainfi des troubles inteftins de Genève. J'augure, felon les nouvelles publiques, que nous touchons au dénouement qui caufera ou une révolution dans le gouvernement, ou quelque tragédie fanglante...

Quoi qu'il en arrive, les malheureux trouveront un afile ouvert où ils le fouhaitent. C'eft à eux à déterminer le moment où ils voudront en profiter.

La cour de France traite ces gens avec une hauteur inouie, et j'avoue que j'ai peine à concevoir pourquoi fa décifion fe trouve actuellement diamétralement oppofée à celle qu'elle porta fur la même

(1) Quelques ouvrages philofophiques de M. de *Voltaire* furent publiés d'abord fous les noms de *Boulanger*, *Fréret*, *Bolingbroke*, &c.

affaire , il y a trente années. Ce qui était jufte alors
doit l'être à préfent. Les lois fur lefquelles cette
république eft fondée n'ont point changé ; le jugement devrait donc être le même. Voilà ce que l'on
penfe dans le Nord fur cette affaire.

1767.

Peut-être dans le Sud fait-on des glofes fur la
liberté de confcience follicitée pour les diffidens. Je
me fuis fourré dans la *comparfa*, et je n'ai pas voulu
jouer un rôle principal dans cette fcène. Les rois
d'Angleterre et du Nord ont pris le même parti :
l'impératrice de Ruffiedécidera cette querelle avec
la république de Pologne comme elle pourra. Les
diffentions polonaifes et les négociations italiennes
font à peu-près de la même efpèce : il faut vivre
long-temps et avoir une patience angélique pour en
voir la fin.

Je vous fouhaite , en attendant , la bonne année ,
fanté , tranquillité et bonheur , et qu'*Apollon* , ce dieu
des vers et de la médecine, vous comble de fes doubles
faveurs. *Vale.*

FÉDÉRIC.

LETTRE CLIV.

DU ROI.

A Potfdam, le 10 de février.

———
1767.

L'ACCIDENT qui vous eft arrivé attrifte tous ceux qui l'ont appris. Nous nous flattons cependant que ce fera fans fuite : vous n'avez prefque point de corps, vous n'êtes qu'efprit ; et cet efprit triomphe des maladies et des infirmités de la nature qu'il vivifie.

Je vous félicite des avantages qu'a remportés le peuple de Genève fur le confeil des deux-cents et fur les médiateurs. Cependant il paraît que ce fuccès paffager ne fera pas de longue durée. Le canton de Berne et le roi très-chrétien font des ogres qui avalent de petites républiques en fe jouant. On ne les offenfe pas impunément ; et fi ces ogres fe mettent de mau-vaife humeur, c'en eft fait à tout jamais de notre Rome calvinifte. Les caufes fecondes en décideront. Je fouhaite qu'elles tournent les chofes à l'avantage des bourgeois, qui me paraiffent avoir le droit pour eux. Au cas de malheur, ils trouveront l'afile qu'ils ont demandé, et les avantages qu'ils défirent.

Je vous remercie des corrections de mes vers ; j'en ferai bon ufage. La poëfie eft un délaffement pour moi. Je fais que le talent que j'ai eft des plus bornés ; mais c'eft un plaifir d'habitude dont je me

priverais avec peine, qui ne porte préjudice à perfonne, d'autant plus que les pièces que je compofe
n'ennuyeront jamais le public, qui ne les verra pas.

Je vous envoie encore deux contes. C'eft un genre
différent que j'ai effayé pour varier la monotonie
des fujets graves, par des matières légères et badines.
Je crois que vous devez avoir reçu des Abrégés de
Fleuri, autant qu'on en a pu trouver chez le libraire.

Voilà les jéfuites qui pourraient bien fe faire
chaffer d'Efpagne. Ils fe font mêlés de ce qui ne les
regardait pas, et la cour prétend favoir qu'ils ont
excité les peuples à la fédition.

Ici dans mon voifinage, l'impératrice de Ruffie fe
déclare protectrice des diffidens; les évêques polonais
en font furieux. Quel malheureux fiècle pour la cour
de Rome ! on l'attaque ouvertement en Pologne,
on a chaffé fes gardes du corps, de France et de
Portugal. Il paraît qu'on en fera autant en Efpagne.

Les philofophes fapent ouvertement les fondemens
du trône apoftolique : on perfifle le grimoire du
magicien ; on éclabouffe l'auteur de fa fecte ; on
prêche la tolérance; tout eft perdu. Il faut un miracle
pour relever l'Eglife. C'eft elle qui eft frappée d'un coup
d'apoplexie terrible ; et vous aurez encore la confolation de l'enterrer et de lui faire fon épitaphe,
comme vous fîtes autrefois pour la Sorbonne.

L'anglais *Woolfton* prolonge la durée de l'*inf...*,
felon fon calcul, à deux cents ans; il n'a pu calculer
ce qui eft arrivé tout récemment. Il s'agit de détruire
le préjugé qui fert de fondement à cet édifice. Il
s'écroule de lui-même, et fa chute n'en devient que
plus rapide.

Voilà ce que *Bayle* a commencé de faire ; il a été suivi par nombre d'anglais, et vous avez été réservé pour l'accomplir.

Jouiffez long-temps en paix de toutes les fortes de lauriers dont vous êtes couvert ; jouiffez de votre gloire et du rare bonheur de voir qu'à votre couchant vos productions font auffi brillantes qu'à votre aurore.

Je fouhaite que ce couchant dure long-temps, et je vous affure que je fuis un de ceux qui y prends le plus d'intérêt.

FÉDÉRIC.

LETTRE CLV.

DU ROI.

A Potfdam , le 20 de février.

JE fuis bien aife que ce livre qu'on a eu tant de peine à trouver ici, vous foit parvenu , puifque vous le fouhaitiez. Ce pauvre abbé *Fleuri* qui en eft l'auteur , a eu le chagrin de l'avoir vu mettre à l'*index* à la cour de Rome. Il faut avouer que l'Hiftoire de l'Eglife eft plutôt un fujet de fcandale que d'édification.

L'auteur de la préface a raifon, en ce qu'il foutient que l'ouvrage des hommes fe décèle dans toute la conduite des prêtres qui altèrent cette religion (fainte en elle-même) de concile en concile , la furchargent d'articles de foi, et puis la tournent toute en pratiques extérieures , et finiffent enfin par faper les

mœurs avec leurs indulgences et leurs difpenfes, qui
ne femblent inventées que pour foulager les hommes
du poids de la vertu : comme fi la vertu n'était pas
d'une néceffité abfolue pour toute fociété, comme fi
quelque religion pouvait être tolérée fitôt qu'elle
devient contraire aux bonnes mœurs.

Il y aurait de quoi compofer des volumes fur cette
matière ; et les petits ruiffeaux que je pourrais fournir fe perdraient dans les immenfes réfervoirs et les
vaftes mers de votre feigneurie de Ferney. Vous
écrire fur ce fujet, ce ferait porter des corneilles à
Athènes.

J'en viens à vos pauvres Génevois. Selon ce que
difent les papiers publics , il paraît que votre miniftère de Verfailles s'eft radouci fur ce fujet. Je le
fouhaite pour le bien de l'humanité. Pourquoi
changer les lois d'un peuple qui veut les conferver ?
Pourquoi tracaffer ? Certainement il n'en reviendra
pas une grande gloire à la France d'avoir pu opprimer
une pauvre république voifine. C'eft les Anglais qu'il
faut vaincre, c'eft contre eux qu'il y a de la réputation à gagner ; car ces gens font fiers et favent fe
défendre. Je ne fais fi on réuffira en France à établir
leur banque. L'idée en eft bonne ; mais moi qui vois
ces chofes de loin, et qui peux me tromper, je ne
crois pas qu'on ait bien pris fon temps pour l'établir.
Il faut avoir du crédit pour en former une ; et felon
les bruits populaires, le gouvernement en manque.

Je vous fais mes remercîmens de la façon dont
vous avez défendu mes barbarifmes et mes folécifmes
envers l'abbé d'*Olivet*. Vous, et les grands orateurs,
rendez toutes les caufes bonnes. Si vous vous le

—— propoſiez, vous me donneriez aſſez d'amour propre
1767. pour me croire infaillible comme un des quarante ;
tant l'art de perſuader eſt un don précieux !

Je voudrais l'avoir pour perſuader aux Polonais
la tolérance. Je voudrais que les diſſidens fuſſent
heureux, mais ſans enthouſiaſme, et de façon que
la république fût contente. Je ne ſais point ce que
penſe le roi de Pologne, mais je crois que tout cela
pourra s'ajuſter doucement en modérant les prétentions des uns, et en portant les autres à ſe relâcher
ſur quelque choſe.

Le ſaint père a envoyé un bref dans ce pays-là :
il n'y eſt queſtion que de la gloire du martyre, de
l'aſſiſtance miraculeuſe de DIEU, du fer, du feu, de
l'obſtination, du zèle, &c. &c. Le Saint-Eſprit l'inſpire
bien mal, et lui a fait faire depuis ſon pontificat toutes
choſes à contre-ſens. A quoi bon donc être inſpiré ?

Il y a ici une comteſſe polonaiſe. Elle ſe nomme
Crazinska : c'eſt une eſpèce de phénomène. Cette
femme a un amour décidé pour les lettres ; elle a
appris le latin, le grec, le français, l'italien et l'anglais ; elle a lu tous les auteurs claſſiques de chaque
langue, et les poſsède bien. L'ame d'un bénédictin
réſide dans ſon corps : avec cela, elle a beaucoup
d'eſprit, et n'a contre elle que la difficulté de s'exprimer
en français, langue dont l'uſage ne lui eſt pas encore
auſſi familier que l'intelligence. Avec pareille recommandation vous jugerez ſi elle a été bien accueillie.
Elle a de la ſuite dans la converſation, de la liaiſon
dans les idées, et aucune des frivolités de ſon ſexe.
Ce qu'il y a d'étonnant, c'eſt qu'elle s'eſt formée
elle-même, ſans aucun ſecours. Voilà trois hivers

qu'elle paffe à Berlin avec les gens de lettres, en
fuivant ce penchant irréfiftible qui l'entraîne.

Je prêche fon exemple à toutes nos femmes, qui
auraient bien une autre facilité que cette polonaife à
fe former ; mais elles ne connaiffent pas la félicité
de ceux qui cultivent les lettres : et parce que cette
volupté n'eft pas vive, elles ne la reconnaiffent pas
pour telle. Vous, quoique dans un âge avancé,
vous leur devez encore les plus heureux momens de
votre vie. Quand tous les autres plaifirs paffent,
celui-là refte ; c'eft le fidèle compagnon de tous les
âges et de toutes les fortunes.

Puiffiez-vous encore en jouir long-temps pour le
bien de ces lettres mêmes, pour éclairer les aveugles,
et pour défendre mes barbarifmes ! Je le fouhaite de
tout mon cœur. *Vale.*

FÉDÉRIC.

LETTRE CLVI.

DU ROI.

A Potfdam, le 28 de février.

JE félicite l'Europe des productions dont vous l'avez
enrichie pendant plus de cinquante années, et je fouhaite que vous en ajoutiez encore autant que les
Fontenelle, les *Fleuri* et les *Neftor* en ont vécu. Avec
vous finit le fiècle de *Louis XIV.* De cette époque
fi féconde en grands hommes, vous êtes le dernier
qui nous refte. Le dégoût des lettres, la fatiété des

—— chefs-d'œuvre que l'efprit humain a produits , un
1767. efprit de calcul, voilà le goût du temps préfent.

Parmi la foule de gens d'efprit dont la France
abonde , je ne trouve pas de ces efprits créateurs ,
de ces vrais génies qui s'annoncent par de grandes
beautés , des traits brillans , et des écarts même. On
fe plaît à analyfer tout. Les Français fe piquent à
préfent d'être profonds. Leurs livres femblent faits
par de froids raifonneurs : et ces grâces qui leur
étaient fi naturelles , ils les négligent.

Un des meilleurs ouvrages que j'aye lu de long-
temps , eft ce factum pour les *Calas* , fait par un
avocat dont le nom ne me revient pas. Ce factum
eft plein de traits de véritable éloquence , et je crois
l'auteur digne de marcher fur les traces de *Boffuet* , &c.
non comme théologien , mais comme orateur.

Vous êtes environné d'orateurs qui haranguent
à coups de baïonnettes et de cartouches : c'eft un
voifinage défagréable pour un philofophe qui vit en
retraite , plus encore pour les Génevois.

Cela me rappelle le conte du fuiffe qui mangeait
une omelette au lard un jour maigre , et qui, enten-
dant tonner , s'écria : Grand Dieu ! voilà bien du
bruit pour une omelette au lard. Les Génevois pourraient faire cette exclamation en s'adreffant à *Louis XV*.
La fin de ce blocus ne tournera pas à l'avantage du
peuple. Ce qu'ils pourraient faire de plus judicieux ,
ferait de céder aux conjonctures et de s'accommoder.
Si l'obftination et l'animofité les en empêchent , leur
dernière reffource eft l'afile que je leur prépare , et
qui fe trouve dans un lieu que vous jugez très-bien
qui leur fera convenable,

Je ne fais quel eft le jeune homme dont vous me parlez. Je m'informerai s'il fe trouve à Véfel quelqu'un de ce nom. En cas qu'il y foit, votre recommandation ne lui fera pas inutile.

Voici de fuite trois jugemens bien honteux pour les parlemens de France. Les *Calas*, les *Sirven* et *la Barre* devraient ouvrir les yeux au gouvernement, et le porter à la réforme des procédures criminelles : mais on ne corrige les abus que quand ils font parvenus à leur comble. Quand ces cours de juftice auront fait rouer quelque duc et pair par diftraction, les grandes maifons crieront, les courtifans mèneront grand bruit, et les calamités publiques parviendront au trône.

Pendant la guerre il y avait une contagion à Breflau. On enterrait cent vingt perfonnes par jour ; une comteffe dit : *Dieu merci, la grande noblesse eft épargnée ; ce n'eft que le peuple qui meurt.* Voilà l'image de ce que penfent les gens en place, qui fe croient pétris de molécules plus précieufes que ce qui fait la compofition du peuple qu'ils oppriment. Cela a été ainfi prefque de tout temps. L'allure des grandes monarchies eft la même. Il n'y a guère que ceux qui ont fouffert l'oppreffion qui la connaiffent et la déteftent. Ces enfans de la fortune, qu'elle a engourdis dans la profpérité, penfent que les maux du peuple font exagération, que des injuftices font des méprifes ; et pourvu que le premier reffort aille, il importe peu du refte.

Je fouhaite, puifque la deftinée du monde eft d'être mené ainfi, que la guerre s'écarte de votre habitation, et que vous jouiffiez paifiblement dans votre

1767.

retraite d'un repos qui vous eſt dû, ſous les ombrages des lauriers d'*Apollon :* je ſouhaite encore que dans cette douce retraite vous ayez autant de plaiſir que vos ouvrages en ont donné à vos lecteurs. A moins d'être au troiſième ciel, vous ne ſauriez être plus heureux.

FÉDÉRIC.

LETTRE CLVII.

DE M. DE VOLTAIRE.

Du 3 mars.

SIRE,

J'ENTENDS très-bien l'aventure des deux chiens, et je l'entends d'autant mieux que je ſuis un peu mordu. Mes petites poſſeſſions touchent aux portes de Genève. Tout commerce eſt interrompu par cette ridicule guerre ; elle n'enſanglante pas encore la terre, mais elle la ruine. Vos chiens répondent très-pertinemment à nos héros français et bernois. Il eſt certain que ſi les animaux raiſonnaient avec les hommes, ils auraient toujours raiſon, car ils ſuivent la nature, et nous l'avons corrompue.

A l'égard du violon, je crains de n'entendre pas le mot de l'énigme. Eſt-ce le roi de Pologne qui, ne pouvant par lui-même venir à bout de ſes évêques, s'eſt voulu ſecrétement appuyer de votre Majeſté, de la Ruſſie, de l'Angleterre et du Danemarck, et qui n'eſt actuellement appuyé que de la Ruſſie ? eſt-ce l'impératrice de Ruſſie qui ſoutient ſeule à préſent le fardeau qu'elle avait voulu partager avec trois puiſſances ?

Il

Il me paraît que je tourne autour du mot de ——
l'énigme, mais je peux me tromper; vous ſavez que 1767.
je ne ſuis pas grand politique.

Votre alliée l'impératrice a eu la bonté de m'envoyer ſon mémoire juſtificatif, qui m'a ſemblé bien
fait. C'eſt une choſe aſſez plaiſante, et qui a l'air de
la contradiction, de ſoutenir l'indulgence et la tolérance, les armes à la main; mais auſſi l'intolérance eſt
ſi odieuſe qu'elle mérite qu'on lui donne ſur les
oreilles. Si la ſuperſtition a fait ſi long-temps la guerre,
pourquoi ne la ferait-on pas à la ſuperſtition? *Hercule*
allait combattre les brigands, et *Bellérophon* les chimères; je ne ſerais pas fâché de voir des *Hercules* et
des *Bellérophons* délivrer la terre des brigands et des
chimères catholiques.

Quoi qu'il en ſoit, vos deux contes ſont bien plaiſans; votre génie eſt toujours le même: votre raiſon
ſupérieure eſt toujours ingénieuſe et gaie. J'eſpère que
votre Majeſté daignera m'envoyer quelque nouveau
conte ſur la folie de ne vouloir pas qu'un prince
afferme ſon bien, lorſqu'il eſt permis au dernier
payſan d'affermer le ſien; cela ne me paraît pas juſte,
et mérite aſſurément un troiſième conte.

J'ai eu l'honneur de vous parler dans ma dernière
lettre du nommé *Morival*, cadet dans un de vos
régimens à Véſel; c'eſt un jeune homme très-bien
né, et dont on rend de fort bons témoignages. Eſt-il
concevable qu'il ait été condamné à être brûlé vif
chez des picards, pour n'avoir pas ſalué une proceſſion
de capucins, et pour avoir chanté deux chanſons?
L'inquiſition elle-même ne commettrait pas de pareilles
horreurs. Pour peu qu'on jette les yeux ſur la ſcène

—— de ce monde, on paffe la moitié de fa vie à rire et
1767. l'autre moitié à frémir.

Confervez-moi, Sire, vos bontés, pour le peu de
temps que j'ai encore à végéter et à ramper fur ce
malheureux et ridicule tas de boue.

LETTRE CLVIII.

DU ROI.

A Potfdam, le 24 mars.

JE vous plains de ce que votre retraite eft entourée
d'armes : il n'eft donc aucun féjour à l'abri du
tumulte ! Qui croirait qu'une république dût être
bloquée par des voifins qui n'ont aucun empire fur
elle ? Mais je me flatte que cet orage paffera, et que
les Génevois ne fe roidiront pas contre la violence,
ou que le miniftère français modérera fa fougue.

Ce que je fais de l'impératrice de Ruffie, c'eft qu'elle
a été follicitée par les diffidens de leur prêter fon
affiftance, et qu'elle a fait marcher des argumens
munis de canons et de baïonnettes pour convaincre
les évêques polonais des droits que ces diffidens
prétendent avoir.

Il n'eft point réfervé aux armes de détruire l'*inf*...
elle périra par le bras de la Vérité et par la féduction
de l'intérêt. Si vous voulez que je développe cette
idée, voici ce que j'entends :

J'ai remarqué, et d'autres comme moi, que les
endroits où il y a le plus de couvens de moines,

font ceux où le peuple eft le plus aveuglément livré ——— à la fuperftition : il n'eft pas douteux que, fi l'on 1767. parvient à détruire ces afiles du fanatifme, le peuple ne devienne un peu indifférent et tiède fur ces objets, qui font actuellement ceux de fa vénération. Il s'agirait donc de détruire les cloîtres, au moins de commencer à diminuer leur nombre. Ce moment eft venu, parce que le gouvernement français et celui d'Autriche font endettés, qu'ils ont épuifé les reffources de l'induftrie pour acquitter les dettes, fans y parvenir. L'appât de riches abbayes et de couvens bien rentés eft tentant. En leur repréfentant le mal que les cénobites font à la population de leurs Etats, ainfi que l'abus du grand nombre de *Cucullati* qui rempliffent leurs provinces, en même temps la facilité de payer en partie leurs dettes, en y appliquant les tréfors de ces communautés qui n'ont point de fuc-ceffeurs, je crois qu'on les déterminerait à commencer cette réforme : et il eft à préfumer qu'après avoir joui de la fécularifation de quelques bénéfices, leur avidité engloutira le refte.

Tout gouvernement qui fe déterminera à cette opération, fera ami des philofophes, et partifan de tous les livres qui attaqueront les fuperftitions popu-laires et le faux zèle des hypocrites qui voudraient s'y oppofer.

Voilà un petit projet que je foumets à l'examen du patriarche de Ferney. C'eft à lui, comme au père des fidèles, de le rectifier et de l'exécuter.

Le patriarche m'objectera peut-être ce que l'on fera des évêques : je lui réponds qu'il n'eft pas temps d'y toucher encore; qu'il faut commencer par détruire

—— ceux qui foufflent l'embrafement du fanatifme au
1767. cœur du peuple. Dès que le peuple fera refroidi, les
évêques deviendront de petits garçons dont les fouverains difpoferont, par la fuite des temps, comme
ils voudront.

La puiffance des eccléfiaftiques n'eft que d'opinion;
elle fe fonde fur la crédulité des peuples. Eclairez ces
derniers, l'enchantement ceffe.

Après bien des peines, j'ai déterré le malheureux
compagnon de *la Barre* : il fe trouve porte-enfeigne
à Véfel, et j'ai écrit pour lui.

On me marque de Paris qu'on prépare au théâtre
français, avec appareil, la repréfentation des Scythes.
Vous ne vous contentez pas d'éclairer votre patrie,
vous lui donnez encore du plaifir. Puiffiez-vous lui
en donner long-temps, et jouir dans votre doux afile
des délices que vous avez procurées à vos contemporains, et qui s'étendront à la race future autant qu'il
y aura des hommes qui aimeront les lettres, et d'ames
fenfibles qui connaîtront la douceur de pleurer. *Vale.*

FÉDÉRIC.

LETTRE CLIX.

DE M. DE VOLTAIRE.

5 avril.

SIRE,

JE ne sais plus quand les chiens qui se battent pour un os, et à qui on donne cent coups de bâton, comme le dit très-bien votre Majesté, pourront aller demander un chenil dans vos Etats (1). Tous ces petits dogues-là, accoutumés à japper sur leurs paliers, deviennent indécis de jour en jour. Je crois qu'il y a deux familles qui partent incessamment, mais je ne puis parler aux autres, la communication étant interdite par un cordon de troupes dont on vante déjà les conquêtes. On nous a pris plus de douze pintes de lait, et plus de quatre paires de pigeons. Si cela continue, la campagne sera extrêmement glorieuse. Ce ne font pourtant pas les malheurs de la guerre qui me font regretter le temps que j'ai passé auprès de votre Majesté.

Je ne me consolerai jamais du malheur qui me fait achever ma vie loin de vous. Je suis heureux autant qu'on peut l'être dans ma situation, mais je suis loin du seul prince véritablement philosophe. Je sais fort bien qu'il y a beaucoup de souverains

1767.

(1) M. de *Voltaire* voulait alors que Vésel servît d'asile aux proscrits de Genève. Il avait essayé quelque temps auparavant d'y établir une colonie de philosophes français.

Aa 3

qui penſent comme vous, mais où eſt celui qui pourrait faire la préface de cette Hiſtoire de l'Egliſe? où eſt celui qui a l'ame aſſez forte et le coup-d'œil aſſez juſte pour oſer voir et dire qu'on peut très-bien régner ſans le lâche ſecours d'une ſecte? où eſt le prince aſſez inſtruit pour ſavoir que depuis dix-ſept cents ans la ſecte chrétienne n'a jamais fait que du mal?

Vous avez vu ſur cette matière bien des écrits auxquels il n'y a rien à répondre. Ils ſont peut-être un peu trop longs, ils ſe répètent peut-être quelque-fois les uns les autres. Je ne condamne pas toutes ces répétitions, ce ſont les coups de marteau qui enfoncent le clou dans la tête du fanatiſme; mais il me ſemble qu'on pourrait faire un excellent recueil de tous ces livres, en élaguant quelques ſuperfluités, et en reſſerrant les preuves. Je me ſuis long-temps flatté qu'une petite colonie de gens ſavans et ſages viendrait ſe conſacrer dans vos Etats à éclairer le genre humain. Mille obſtacles à ce deſſein s'accu-mulent tous les jours.

Si j'étais moins vieux, ſi j'avais de la ſanté, je quitterais ſans regret le château que j'ai bâti et les arbres que j'ai plantés, pour venir achever ma vie dans le pays de Clèves avec deux ou trois philoſo-phes, et pour conſacrer mes derniers jours, ſous votre protection, à l'impreſſion de quelques livres utiles. Mais, Sire, ne pouvez-vous pas, ſans vous compromettre, faire encourager quelque libraire de Berlin à les réimprimer, et à les faire débiter dans l'Europe à un prix qui en rende la vente facile? ce ſerait un amuſement pour votre Majeſté, et ceux qui

travailleraient à cette bonne œuvre en feraient récom-
penfés dans ce monde plus que dans l'autre.

Comme j'allais continuer à vous demander cette
grâce, je reçois la lettre dont votre Majefté m'honore
du 24 mars. Elle a bien raifon de dire que l'*inf*...ne
fera jamais détruite par les armes ; car il faudrait
alors combattre pour une autre fuperftition qui ne
ferait reçue qu'en cas qu'elle fût plus abominable.
Les armes peuvent détrôner un pape, dépofféder un
électeur eccléfiaftique, mais non pas détrôner l'impofture.

Je ne conçois pas comment vous n'avez pas eu
quelque bon évêché pour les frais de la guerre, par
le dernier traité ; mais je fens bien que vous ne
détruirez la fuperftition chrifticole que par les armes
de la raifon.

Votre idée de l'attaquer par les moines eft d'un
grand capitaine. Les moines une fois abolis, l'erreur
eft expofée au mépris univerfel. On écrit beaucoup
en France fur cette matière ; tout le monde en parle.
Les bénédictins eux-mêmes ont été fi honteux de
porter une robe couverte d'opprobre, qu'ils ont
préfenté une requête au roi de France pour être
fécularifés, mais on n'a pas cru cette grande affaire
affez mûre ; on n'eft pas affez hardi en France, et les
dévots ont encore du crédit.

Voici un petit imprimé qui m'eft tombé fous la
main ; il n'eft pas long, mais il dit beaucoup. Il
faut attaquer le monftre par les oreilles comme à la
gorge.

J'ai chez moi un jeune homme, nommé M. de *la
Harpe*, qui cultive les lettres avec fuccès. Il a fait une

épître d'un moine au fondateur de la Trappe, qui me
paraît excellente. J'aurai l'honneur de l'envoyer à
votre Majefté par le premier ordinaire. Je ne crois pas
qu'on le condamne à être difloqué et brûlé à petit
feu comme cet infortuné qui eft à Véfel, et que je
fais être un très-bon fujet. Je remercie votre Majefté,
au nom de la raifon et de la bienfefance, de la protection qu'elle accorde à cette victime du fanatifme
de nos druides.

Les Scythes font un ouvrage fort médiocre. Ce
font plutôt les petits cantons fuiffes et un marquis
français que les Scythes et un prince perfan. *Thiriot*
aura l'honneur d'envoyer de Paris cette rapfodie à
votre Majefté.

Je fuis toujours fâché de mourir hors de vos Etats.
Que votre Majefté daigne me conferver quelque
fouvenir pour ma confolation.

LETTRE CLX.

DU ROI.

A Potſdam, le 5 de mai.

J'AURAIS cru, pendant les troubles qui déſolaient l'Europe, que la terre de Ferney et la ville de Genève étaient l'arche où quelques juſtes furent préſervés des calamités publiques. Mais, il faut l'avouer, il n'eſt aucun lieu où l'inquiétude des hommes et l'enchaînement fatal des cauſes ne puiſſent amener ce fléau. Je plains les citoyens de la Rome calviniſte de ſe trouver réduits à la dure néceſſité d'abandonner leur patrie, ou de renoncer aux priviléges de leur liberté. Ils ont affaire à trop forte partie, et les Français les traitent à la rigueur. *Lentulus*, qui a fait un tour en ſa patrie, s'était propoſé de paſſer chez vous ſi ce cordon impénétrable ne l'en eût empêché. Voilà comme tout ſe dénature par les lois de la viciſſitude.

La ville de Jéruſalem, bâtie par le peuple de DIEU, eſt poſſédée par les Turcs : le capitole, cet aſile des nations, ce lieu auguſte où s'aſſemblait un ſénat maître de l'univers, eſt maintenant habité par des récollets ; et Ferney, douce et agréable retraite philoſophique, ſert de quartier général aux troupes françaiſes. Mais vous adoucirez ces guerriers farouches, comme *Orphée*, votre devancier, apprivoiſa les tigres et les lions.

Il eſt fâcheux que vous ſoyez aſſujetti, comme le reſte des êtres, aux infirmités de l'âge : il faudrait

1767.

que les corps joints à des ames privilégiées comme la vôtre, en fuffent exempts. Les arts et la fociété de notre petite contrée regretteront à jamais votre perte. Ce ne font pas de celles qu'on répare facilement ; auffi votre mémoire ne périra - t - elle pas parmi nous.

Vous pouvez vous fervir de nos imprimeurs felon vos défirs. Ils jouiffent d'une liberté entière ; et comme ils font liés avec ceux d'Hollande, de France et d'Allemagne, je ne doute pás qu'ils n'aient des voies pour faire paffer les livres où ils le jugent à propos.

Voilà pourtant un nouvel avantage que nous venons d'emporter en Efpagne : les jéfuites font chaffés de ce royaume. De plus les cours de Verfailles, de Vienne et de Madrid ont demandé au pape la fuppreffion d'un nombre confidérable de couvens. On dit que le faint père fera obligé d'y confentir, quoique en enrageant. Cruelle révolution ! A quoi ne doit pas s'attendre le fiècle qui fuivra le nôtre ? La cognée eft mife à la racine de l'arbre : d'une part, les philofophes s'élèvent contre les abfurdités d'une fuperftition révérée ; d'une autre, les abus de la diffipation forcent les princes à s'emparer des biens de ces reclus, les fuppôts et les trompettes du fanatifme. Cet édifice fapé par fes fondemens va s'écrouler ; et les nations tranfcriront dans leurs annales que *Voltaire* fut le promoteur de cette révolution, qui fe fit au XIXe fiècle dans l'efprit humain.

Qui aurait dit au XIIe fiècle que la lumière qui éclairerait le monde, viendrait d'un petit bourg fuiffe, nommé Ferney ? Tous les grands hommes communiquent leur célébrité aux lieux qu'ils habitent, et au temps où ils fleuriffent.

On m'écrit de Paris qu'on m'enverra les Scythes. Je fuis bien fûr que cette pièce fera intéreffante et pathétique : heureux talens, qui font le charme de toutes vos tragédies ! J'ai vu des tragédies et des panégyriques du jeune poëte dont vous me parlez ; il a du feu et verfifie bien. Je vous fuis obligé de fon épître que vous voulez me communiquer. On m'a envoyé le Bélifaire de *Marmontel*. Il faut que la forbonne ait été de bien mauvaife humeur pour condamner l'envie que l'auteur a de fauver *Cicéron* et *Marc-Aurèle*. Je foupçonnerais plutôt que le gouvernement a cru apercevoir quelques allufions du règne de *Juftinien* à celui de *Louis XV*, et que, pour chagriner l'auteur, il a lâché contre lui la forbonne, comme un mâtin accoutumé d'aboyer contre qui on l'excite.

Confervez-vous toutefois, et ménagez votre vieilleffe dans votre quartier général de Ferney. Souvenez-vous qu'*Archimède*, pendant qu'on donnait l'affaut à la ville qu'il défendait, réfolvait tranquillement un problème ; et foyez perfuadé que le roi *Hiéron* s'intéreffait moins à la confervation de fon géomètre, que moi à celle du grand homme que le cordon des troupes françaifes entoure.

FÉDÉRIC.

LETTRE CLXI.

DU ROI.

A Potſdam, le 31 de juillet.

—— J'ai cru avec le public que vous aviez changé de
1767. domicile. Des lettres de Paris nous aſſuraient que
vous alliez vous établir à Lyon, et j'attribuais votre
long ſilence à votre déménagement ; la cauſe que
vous en alléguez eſt bien plus fâcheuſe.

Le poëme ſur les Génevois m'était parvenu par
Thiriot. Je n'en ai que deux chants ; vous me feriez
plaiſir de m'envoyer l'ouvrage entier. J'admirais en
le liſant ce feu d'imagination que les frimats de la
Suiſſe et le froid des ans n'ont pu éteindre ; et comme
cet ouvrage eſt écrit avec autant de gaieté que de
chaleur, je vous croyais plus vivant que jamais.
Enfin vous êtes échappé de ce nouveau danger, et
vous allez ſans doute nous régaler de quelque poëme
ſur le Styx, ſur *Caron*, ſur *Cerbère*, et ſur tous ces
objets que vous avez vus de ſi près. Vous nous devez
la relation de ce voyage : vous vous trouverez à votre
aiſe en la feſant, inſtruit par l'exemple de tant de
voyageurs qui ne ſe font pas gênés en nous racontant
ce qu'ils n'ont jamais vu dans des pays réels. Votre
champ vous fournit la mythologie, la théologie et
la métaphyſique. Quelle carrière pour l'imagination !
Mais revenons à ce monde-ci.

On y vieillit prodigieusement, mon cher *Voltaire* : tout a bien changé depuis le temps passé que vous vous rappelez. Mon estomac, qui ne digère presque plus, m'a contraint de renoncer aux soupers. Je lis le soir, ou je fais conversation. Mes cheveux sont blanchis, mes dents s'en vont, mes jambes sont abymées par la goutte. Je végette encore, et je m'aperçois que le temps fixe une différence sensible entre quarante et cinquante-six ans. Ajoutez à cela que depuis la paix j'ai été surchargé d'affaires, de sorte qu'il ne me reste dans la tête qu'un peu de bon sens avec une passion renaissante pour les sciences et pour les beaux arts. Ce sont eux qui font ma consolation et ma joie.

Votre esprit est plus jeune que le mien : sans doute que vous avez bu de la fontaine de Jouvence, ou vous avez trouvé quelque secret ignoré des grands hommes qui vous ont devancé.

Vous allez retravailler le *Siècle de Louis XIV* : mais n'est-il pas dangereux d'écrire les faits qui tiennent à nos temps ? c'est l'arche du Seigneur, il ne faut pas y toucher. Ceci me donne lieu de vous proposer un doute que je vous prie de résoudre. On dit le siècle d'*Auguste*, le siècle de *Louis XIV*: jusqu'à quel temps doit s'étendre ce siècle ? combien avant la naissance de celui qui lui donne son nom, et combien après sa mort ? Votre réponse décidera un petit différent littéraire qui s'est élevé ici à cette occasion.

J'envie à *Lentulus* le plaisir qu'il a eu de vous voir. Comme vous me parlez de lui, je suppose qu'il aura été à Ferney. Il vous a vu *facies ad faciem*, comme le grand *Condé* mourant espérait voir DIEU. Pour moi

—— je ne vois rien que mon jardin. Nous avons célébré

1767. des noces, et puis des fiançailles. J'établis ma famille. J'ai plus de neveux et de nièces que vous n'en avez. Nous menons tous une vie paisible et philosophique.

On parle aussi peu des diffidens et de ce qu'ils décideront que des Génevois et des héros qui les entourent. Toutefois j'ai appris avec plaisir qu'on les laisse tranquilles. S'ils sont sages, ils auront hâte de s'accommoder et de ne plus rechercher dorénavant l'arbitrage de voisins plus puissans qu'eux.

Vivez donc pour l'honneur des lettres; que votre corps puisse se rajeunir comme votre esprit; et si je ne puis vous entendre, que je puisse vous lire, vous admirer et faire des vœux pour le patriarche de Ferney!

FÉDÉRIC.

LETTRE CLXII.

DE M. DE VOLTAIRE.

Novembre.

SIRE,

Un bohémien qui a beaucoup d'efprit et de philofophie, nommé M. *Grimm*, m'a mandé que vous
aviez initié l'empereur à nos faints myftères, et que
vous n'étiez pas trop content que j'euffe paffé près de
deux ans fans vous écrire.

Je remercie votre Majefté très-humblement de ce
petit reproche : je lui avouerai que j'ai été fi fâché et
fi honteux du peu de fuccès de la tranfmigration de
Clèves, que je n'ai ofé depuis ce temps-là préfenter
aucune de mes idées à votre Majefté. Quand je fonge
qu'un fou et qu'un imbécille comme St *Ignace* a trouvé
une douzaine de profélytes qui l'ont fuivi, et que je
n'ai pas pu trouver trois philofophes, j'ai été tenté
de croire que la raifon n'était bonne à rien ; d'ailleurs,
quoi que vous en difiez, je fuis devenu bien vieux,
et malgré toutes mes coquetteries avec l'impératrice
de Ruffie, le fait eft que j'ai été long-temps mourant
et que je me meurs.

Mais je reffufcite et je reprends tous mes fentimens
envers votre Majefté, et toute ma philofophie pour

1769.

—— lui écrire aujourd'hui , au fujet d'une petite extrava-
1769. gance anglaife qui regarde votre perfonne. Elle fe
doutera bien que cette démence anglaife n'eft pas
gaie ; il y a beaucoup de fages en Angleterre ; mais il
y a autant de fombres enthoufiaftes. L'un de ces
énergumènes, qui peut-être a de bonnes intentions,
s'eft avifé de faire imprimer dans la gazette de la cour
qu'on appelle *The Whitehall Evening-Poft*, le 7 octobre,
une prétendue lettre de moi à votre Majefté , dans
laquelle je vous exhorte à ne plus corrompre la
nation que vous gouvernez. Voici les propres mots
fidèlement traduits. ,, Quelle pitié , fi l'étendue de
,, vos connaiffances, vos talens et vos vertus ne vous
,, fervaient qu'à pervertir ces dons du ciel pour faire
,, la mifère et la défolation du genre humain! Vous
,, n'avez rien à défirer , Sire, dans ce monde que
,, l'augufte titre d'un héros chrétien. ,,

Je me flatte que ce fanatique imprimera bientôt
une lettre de moi au grand turc *Mouftapha* , dans
laquelle j'exhorterai fa Hauteffe à être un héros
mahométan : mais comme *Mouftapha* n'a veine
qui tende à le faire un héros , et que ma véritable
héroïne l'impératrice de Ruffie y a mis bon ordre,
je ne crois pas que j'entreprenne cette converfion
turque. Je m'en tiens aux princes et aux princeffes
du Nord, qui me paraiffent plus éclairés que tout
le férail de Conftantinople.

Je ne réponds autre chofe à l'auteur qui m'impute
cette belle lettre à votre Majefté , que ces quatre
lignes-ci : ,, J'ai vu dans le *The Whitehall Evening-Poft*,
du 7 octobre 1769, N° 3668 , *une prétendue lettre de moi
à fa Majefté le roi de Pruffe ; cette lettre eft bien fotte ,*
cependant

cependant je ne l'ai point écrite. Fait à Ferney le 29 octobre
1769, VOLTAIRE. ,,

Il y a par-tout, Sire, de ces esprits également
abfurdes et méchans, qui croient ou qui font femblant de croire qu'on n'a point de religion quand on
n'eft pas de leur fecte. Ces fuperftitieux coquins
reffemblent à la *Philaminte* des Femmes favantes de
Molière; ils difent :

Nul ne doit plaire à Dieu que nous et nos amis.

J'ai dit quelque part que *la Motte le Vayer,* précepteur du frère de *Louis XIV,* répondit un jour à un de
ces maroufles : *Mon ami, j'ai tant de religion, que je
ne fuis pas de ta religion.*

Ils ignorent, ces pauvres gens, que le vrai culte, la
vraie piété, la vraie fageffe eft d'adorer DIEU comme
le père commun de tous les hommes fans diftinction, et d'être bienfefant.

Ils ignorent que la religion ne confifte ni dans les
rêveries des bons quakers, ni dans celles des bons
anabaptiftes ou des piétiftes, ni dans l'impanation et
l'invination, ni dans un pélerinage à Notre-Dame de
Lorette, à Notre-Dame des neiges, ou à Notre-Dame
des fept douleurs; mais dans la connaiffance de l'Etre
fuprême qui remplit toute la nature, et dans la vertu.

Je ne vois pas que ce foit une piété bien éclairée
qui ait refufé aux diffidens de Pologne les droits que
leur donne leur naiffance, et qui ait appelé les janif-
faires de notre faint père le turc au fecours des bons
catholiques romains de la Sarmatie. Ce n'eft point
probablement le Saint-Efprit qui a dirigé cette affaire,
à moins que ce ne foit un faint efprit du révérend père

—— *Malagrida*, ou du révérend père *Guignard*, ou du
1769. révérend père *Jacques Clément*.

Je n'entre point dans la politique qui a toujours
appuyé la caufe de DIEU, depuis le grand *Conflantin*,
affaffin de toute fa famille, jufqu'au meurtre de
Charles I qu'on fit affaffiner par le bourreau, l'Evangile
à la main ; la politique n'eft pas mon affaire : je me
fuis toujours borné à faire mes petits efforts pour
rendre les hommes moins fots et plus honnêtes. C'eft
dans cette idée que, fans confulter les intérêts de
quelques fouverains, (intérêts à moi très-inconnus)
je me borne à fouhaiter très-paffionnément que les
barbares Turcs foient chaffés inceffamment du pays
de *Xénophon*, de *Socrate*, de *Platon*, de *Sophocle* et
d'*Euripide*. Si l'on voulait, cela ferait bientôt fait ;
mais on a entrepris autrefois fept croifades de la
fuperftition, et on n'entreprendra jamais une croifade
d'honneur : on en laiffera tout le fardeau à *Catherine*.

Au refte, Sire, je fuis dans mon lit depuis un an ;
j'aurais voulu que mon lit fût à Clèves.

J'apprends que votre Majefté, qui n'eft pas faite
pour être au lit, fe porte mieux que jamais, que
vous êtes engraiffé, que vous avez des couleurs brillantes. Que le grand Etre qui remplit l'univers vous
conferve ! Soyez à jamais le protecteur des gens qui
penfent, et le fléau des ridicules.

Agréez le profond refpect de votre ancien ferviteur,
qui n'a jamais changé d'idées, quoi qu'on dife.

LETTRE CLXIII.

DU ROI.

A Potſdam , le 25 de novembre.

Vous avez trop de modeſtie, ſi vous avez pu croire ——— 1769. qu'un ſilence comme celui que vous avez gardé pendant deux ans peut être ſupporté avec patience. Non ſans doute. Tout homme qui aime les lettres , doit s'intéreſſer à votre conſervation , et être bien aiſe quand vous-même lui en donnez des nouvelles. Que des ſuiſſes s'établiſſent à Clèves , ou qu'ils reſtent à Genève, ce n'eſt pas ce qui m'intéreſſe ; mais bien de ſavoir ce que fait le héros de la raiſon , le *Prométhée* de nos jours qui apporta la lumière céleſte pour éclairer des aveugles , et les déſabuſer de leurs préjugés et de leurs erreurs.

Je ſuis bien aiſe que des ſottiſes anglaiſes vous aient reſſuſcité : j'aimerais les extravagans qui feraient de pareils miracles. Cela n'empêche pas que je ne prenne l'auteur anglais pour un ancien picte qui ne connaît pas l'Europe. Il faut être bien nouveau pour vous traduire en père de l'Egliſe, qui par pitié de mon ame travaille à ma converſion. Il ſerait à ſouhaiter que vos évêques français euſſent une pareille opinion de votre orthodoxie; vous n'en vivriez que plus tranquille.

Quant au grand turc, on le croit très-orthodoxe à Rome comme à Verſailles. Il combat, à ce que ces

Bb 2

1769.

messieurs prétendent, pour la foi catholique, apostolique et romaine. C'est le croissant qui défend la croix, qui soutient les évêques et les confédérés de Pologne contre ces maudits hérétiques, tant grecs que dissidens, et qui se bat pour la plus grande gloire du très-saint père. Si je n'avais pas lu l'histoire des croisades dans vos ouvrages, j'aurais peut-être pu m'abandonner à la folie de conquérir la Palestine, de délivrer Sion et cueillir les palmes d'Idumée; mais les sottises de tant de rois et de paladins qui ont guerroyé dans ces terres lointaines, m'ont empêché de les imiter, assuré que l'impératrice de Russie en rendrait bon compte. Je borne mes soins à exhorter messieurs les confédérés à l'union et à la paix, à leur marquer la différence qu'il y a entre persécuter leur religion et exiger d'eux qu'ils ne persécutent pas les autres : enfin je voudrais que l'Europe fût en paix, et que tout le monde fût content. Je crois que j'ai hérité ces sentimens de feu l'abbé de *Saint-Pierre*; et il pourra m'arriver comme à lui de demeurer le seul de ma secte.

Pour passer à un sujet plus gai, je vous envoie un prologue de comédie que j'ai composé à la hâte, pour en régaler l'électrice de Saxe qui m'a rendu visite. C'est une princesse d'un grand mérite, et qui aurait bien valu qu'un meilleur poëte la chantât. Vous voyez que je conserve mes anciennes faiblesses : j'aime les belles-lettres à la folie; ce sont elles seules qui charment nos loisirs et qui nous procurent de vrais plaisirs. J'aimerais tout autant la philosophie, si notre faible raison y pouvait découvrir les vérités cachées à nos yeux, et que notre vaine curiosité recherche si avidement : mais apprendre à connaître, c'est apprendre à douter. J'abandonne donc cette mer si féconde en écueils d'abfurdités, perfuadé que tous 1769. les objets abftraits de nos fpéculations étant hors de notre portée, leur connaiffance nous ferait entièrement inutile, fi nous pouvions y parvenir.

Avec cette façon de penfer, je paffe ma vieilleffe tranquillement; je tâche de me procurer toutes les brochures du neveu de l'abbé *Bazin* : il n'y a que fes ouvrages qu'on puiffe lire.

Je lui fouhaite longue vie, fanté et contentement; et, quoi qu'il ait dit, je l'aime toujours.

FÉDÉRIC.

LETTRE CLXIV.

DE M. DE VOLTAIRE.

Décembre.

Mon cher *Lorrain* (1), je ne fais pas comment vous vous appelez aujourd'hui, mais au bout de dix-huit ans j'ai reconnu votre écriture. Je vois que vous avez travaillé fous un grand maître. Vous êtes donc de l'académie de Berlin; affurément vous en faites l'ornement et l'inftruction. Vous me paraiffez un grand philofophe dans le féjour des revues, des canons et des baïonnettes. Comment avez-vous pu allier des objets fi contraires? Il n'y a point de cour en

(1) Cette lettre eft une réponfe à l'envoi d'un ouvrage manufcrit du roi de Pruffe, fur les principes de la morale. M. de *Voltaire* l'adreffe au copifte de cet ouvrage, dont il fuppofe qu'il a reconnu l'écriture.

—— Europe où l'on affocie ces deux ennemis. Vous me direz peut-être que *Marc-Aurèle* et *Julien* avaient trouvé ce fecret, qu'il a été perdu jufqu'à nos jours, et que vous vivez auprès d'un maître qui l'a reffufcité. Cela eft vrai, mon cher *Lorrain;* mais ce maître ne donne pas le génie.

Il faut que vous en ayez beaucoup pour que vous ayez enfin montré par votre écrit la vraie manière d'être vertueux fans être un fot et fans être un enthoufiafte.

Vous avez raifon, vous touchez au but. C'eft l'amour propre bien dirigé qui fait les hommes de bon fens véritablement vertueux. Il ne s'agit plus que d'avoir du bon fens ; et tout le monde en a fans doute affez pour vous comprendre, puifque votre écrit eft, comme tous les bons ouvrages, à la portée de tout le monde.

Oui, l'amour propre eft le vent qui enfle les voiles, et qui conduit le vaiffeau dans le port. Si le vent eft trop violent, il nous fubmerge : fi l'amour propre eft défordonné, il devient frénéfie. Or il ne peut être frénétique avec du bon fens. Voilà donc la raifon mariée à l'amour propre : leurs enfans font la vertu et le bonheur. Il eft vrai que la raifon a fait bien des fauffes couches avant de mettre ces deux enfans au monde. On prétend encore qu'ils ne font pas entièrement fains, et qu'ils ont toujours quelques petites maladies ; mais ils s'en tirent avec du régime.

Je vous admire, mon cher *Lorrain*, quand je lis ces paroles : *Qu'y a-t-il de plus beau et de plus admirable que de tirer d'un principe même qui peut mener au vice, la fource du bien et de la félicité publique !*

On dit que vous faites auſſi aux Velches l'hon- ——
neur d'écrire en vers dans leur langue ; je voudrais 1769.
bien en voir quelques-uns. Expliquez-moi comment
vous êtes parvenu à être poëte, philoſophe, orateur,
hiſtorien et muſicien. On dit qu'il y a dans votre
pays un génie qui apparaît les jeudis à Berlin, et que
dès qu'il eſt entré dans une certaine ſalle, on entend
une ſymphonie excellente, dont il a compoſé les plus
beaux airs. Le reſte de la ſemaine il ſe retire dans un
château bâti par un nécromant, de là il envoie des
influences ſur la terre. Je crois l'avoir aperçu, il y
a vingt ans ; il me ſemble qu'il avait des ailes, car il
paſſait en un clin d'œil d'un empire à un autre. Je
crois même qu'il me fit tomber par terre d'un coup
d'aile.

Si vous le voyez ou ſur un laurier ou ſur des roſes,
car c'eſt là qu'il habite, mettez-moi à ſes pieds,
ſuppoſé qu'il en ait, car il ne doit pas être fait
comme les hommes. Dites-lui que je ne ſuis pas
rancunier avec les génies. Aſſurez-le que mon plus
grand regret à ma mort ſera de n'avoir pas vécu à
l'ombre de ſes ailes, et que j'oſe chérir ſon univerſalité
avec l'admiration la plus reſpectueuſe.

LETTRE CLXV.

DE M. DE VOLTAIRE.

A Ferney, 9 décembre.

1769.

QUAND Thaleſtris, que le Nord admira,
Rendit viſite à ce vainqueur d'Arbelle,
Il lui donna bals, ballets, opéra,
Et fit de plus de jolis vers pour elle.
Tous deux avaient infiniment d'eſprit ;
C'était, dit-on, plaiſir de les entendre :
On avouait que Jupiter ne fit
Des Thaleſtris que du temps d'Alexandre.

Pauſanias, dans ſes *Pruſſiaques*, dit qu'*Alexandre*
pouſſait ſon amour pour les beaux arts juſqu'à faire
des vers dans la langue des Velches, et qu'il mettait
toujours dans ſes vers un ſel peu commun, de
l'harmonie, des idées vraies, une grande connaiſ-
ſance des hommes, et qu'il feſait ces vers avec une
facilité incroyable, que ceux qu'il fit pour *Thaleſtris*
étaient pleins de grâce et d'harmonie.

Il ajoute que ſes talens étonnaient beaucoup les
Macédoniens et les Thraces, qui ſe connaiſſaient peu
en vers grecs, et qu'ils apprenaient par les autres
nations combien leur maître avait d'eſprit ; car pour
eux ils ne le connaiſſaient que comme un brave
guerrier, qui ſavait gouverner comme ſe battre.

Il y avait, dit *Plutarque*, dans ce temps-là, un
vieux velche retiré vers les montagnes du Caucaſe,

qui avait été autrefois à la cour d'*Alexandre*, et qui ——
vivait aussi heureux qu'on pouvait l'être loin du   1769.
camp du vainqueur d'Arbelles et de *Basroc*. Ce vieux
radoteur disait souvent qu'il était très-fâché de mourir
sans avoir fait encore une fois sa cour au héros de la
Macédoine.

SIRE,

Je ne doute pas que vous n'ayez dans votre cour
des savans qui ont lu *Plutarque* et *Xénophon* dans la
bibliothéque de votre nouveau palais; ils pourront
vous montrer les passages grecs que j'ai l'honneur de
vous citer, et votre Majesté verra que rien n'est plus
vrai.

Je donnerais tout le mont Caucase pour voir ce
velche deux jours à la cour d'*Alexandre*.

LETTRE CLXVI.

DU ROI.

À Berlin, le 4 de janvier.

Le vieux citadin du Caucase,
Ressuscité de son tombeau,   ——
Carracole encor sur Pégase   1770.
Plus lestement qu'un jouvenceau.
J'aimerais mieux me voir à table
Avec ce velche plein d'appas,
Esprit fécond, toujours aimable,
Qu'avec son grec Pausanias.

Le vieux velche a beaucoup d'érudition ; cependant il paraît qu'il perſiffle un peu ce pauvre thrace qu'il *alexandriſe* : ce pauvre thrace eſt un homme très-ordinaire, qui n'a jamais poſſédé les grands talens du vainqueur du Granique, et qui auſſi n'a point eu ſes vices. Il a fait des vers en velche, parce qu'il en fallait, et que pour ſon malheur perſonne que lui dans ſon pays n'était atteint de la rage de la métromanie. Il a envoyé ſes vers au vice-dieu qu'*Apollon* a établi ſon vicaire dans ce monde ; il a ſenti que c'était envoyer des corneilles à Athènes, mais il a cru que c'était un hommage qu'il fallait rendre à ce vice-dieu, comme de certaines ſectes de papegais en rendent au vieux qui préſide ſur les ſept montagnes.

Quand vous avez pris des pilules, vous purgez de meilleurs vers que tous ceux qu'on fait actuellement en Europe. Pour moi je prendrais toute la rhubarbe de la Sibérie et tout le ſéné des apothicaires ſans que jamais je fiſſe un chant de la Henriade. Tenez, voyez-vous, mon cher, chacun naît avec un certain talent : vous avez tout reçu de la nature ; cette bonne mère n'a pas été auſſi libérale envers tout le monde. Vous compoſez vos ouvrages pour la gloire, et moi pour mon amuſement. Nous réuſſiſſons l'un et l'autre, mais d'une manière bien différente : car tant que le ſoleil éclairera le monde, tant qu'il ſe conſervera une teinture de ſcience, une étincelle de goût, tant qu'il y aura des eſprits qui aimeront des penſées ſublimes, tant qu'il ſe trouvera des oreilles ſenſibles à l'harmonie, vos ouvrages dureront, et votre nom remplira l'eſpace des ſiècles qui mène à l'éternité ; pour les miens on dira : C'eſt beaucoup

que ce roi n'ait pas été tout-à-fait imbécille ; cela
eſt paſſable. S'il était né particulier, il aurait pourtant
pu gagner ſa vie en ſe feſant correcteur chez quelque
libraire ; et puis on jette là le livre, et puis on en fait
des papillotes, et puis il n'en eſt plus queſtion.

Mais, comme ne fait pas des vers qui veut, et
qu'on barbouille du papier plus facilement en proſe,
je vous envoie un *Mémoire* deſtiné pour l'académie.
Le ſujet eſt grave, la matière eſt philoſophique ; et je
me flatte que vous conviendrez du principe que j'ai
tâché de démontrer de mon mieux.

J'eſpère que cela me vaudra quelques brochures
de Ferney. Si vous voulez nous barroterons nos
marchandiſes : c'eſt un commerce que j'eſpère faire
avec avantage, car les denrées de Ferney valent mieux
que tout ce que la Thrace peut produire.

J'attends ſur cela votre réponſe, vous aſſurant que
perſonne ne connaît mieux le prix du ſolitaire du
Caucaſe que le philoſophe de Sans-ſouci.

FÉDÉRIC.

1770.

LETTRE CLXVII.

DU ROI.

A Potſdam, le 17 de février.

—— 1770. Le pauvre *Lorrain*, dont vous vous ſouvenez, trouve une grande différence des copies qu'il fait à préſent de celles qu'il feſait autrefois. A préſent, il écrit pour le temps ; il y a dix-huit ans, c'était pour l'immortalité. Il n'en eſt pas moins flatté de l'approbation que vous donnez à ſon ouvrage, qui roule ſur des idées dont on trouve le germe dans l'Eſprit d'*Helvétius* et dans les Eſſais de d'*Alembert*. L'un écrit avec une métaphyſique trop ſubtile, et l'autre ne fait qu'indiquer ſes idées.

Le pauvre *Lorrain* ſent qu'il vous a importuné par l'envoi des rêveries de ſon maître ; mais, par une ſuite de l'élévation où ſe trouve le patriarche de Ferney, il doit s'attendre à ces ſortes d'hommages et d'importunités. Le patriarche demande des vers en velche d'un auteur tudeſque, il en aura ; mais il ſe repentira de les avoir demandés. Ces vers ſont adreſſés à une dame qu'il doit connaître ; ils ont été faits à l'occaſion d'un propos de table, où cette dame ſe plaignait de la difficulté de trouver un juſte milieu entre le trop et le trop peu. Ce ſont de ces vers de ſociété dont Paris furniſſait autrefois d'amples recueils, qui commencent à devenir

plus rares.

Le pauvre *Lorrain* eft bien embarraffé à découvrir le génie dont vous lui parlez ; il l'a cherché partout. Ce n'eft pas fans raifon : les rofes et les lauriers ont tous été tranfplantés en Ruffie ; de forte qu'il le cherche en vain. Ce *Lorrain* fuppofe que la brillante imagination qui triomphe à Ferney du temps et des infirmités de l'âge, a tracé de fantaifie le tableau de ce génie, et qu'il en eft comme du jardin des Hefpérides et de la fontaine de Jouvence, que la grave antiquité a fi long-temps recherchés inutilement.

Si cependant il était queftion d'un bon vieux radoteur de philofophe qui habite une vigne de ces environs, il a chargé le *Lorrain* de vous affurer qu'il regrette fort le patriarche de Ferney, qu'il voudrait qu'il fût poffible encore de le recueillir chez lui et de l'affocier à fes études ; qu'au moins ce patriarche peut être affuré que perfonne n'apprécie mieux fon mérite, et n'aime plus que lui fon beau génie.

FÉDÉRIC.

LETTRE CLXVIII.

DE M. DE VOLTAIRE.

A Ferney, 9 mars.

1770.

C'EN eſt trop d'avoir tout ce feu
Qui ſi vivement vous inſpire,
Qui luit, qui plaît, et qu'on admire,
Quand les autres en ont trop peu.

Sur les humains trop d'avantages,
Dans vos exploits, dans vos écrits,
Etonnent les grands et les ſages,
Qui devant vous ſont trop petits.

J'eus trop d'eſpoir dans ma jeuneſſe,
Et dans l'âge mûr trop d'ennuis ;
Mais dans la vieilleſſe où je ſuis,
Hélas ! j'ai trop peu de ſageſſe.

De France on dit que, dans ce temps,
Quelques Muſes ſe ſont bannies ;
Nous n'avons pas trop de ſavans ;
Nous avons trop peu de génies.

Vivre et mourir auprès de vous,
C'eût été pour moi trop prétendre ;
Et ſi mon ſort eſt trop peu doux,
C'eſt à lui que je veux m'en prendre.

SIRE,

Il eſt clair que vous avez trop de tout, et moi trop peu. Votre épître à madame de *Morian* ſur ce ſujet eſt charmante. Il y a plus de trente ans que vous m'étonnez tous les jours. Je conçois bien comment un jeune pariſien oiſif peut faire de jolis vers français, quand il n'a rien à faire le matin que ſa toilette; mais qu'un roi du Nord, qui gouverne tout ſeul une vingtaine de provinces, faſſe ſans peine des vers à la *Chaulieu*, des vers qui ſont à la fois d'un poëte et d'un homme de bonne compagnie, c'eſt ce qui me paſſe. Quoi, vous nous battez en Turinge et vous faites des vers mieux que nous! C'eſt là qu'il y a du trop; et vous me cauſez trop de regrets de ne pas mourir auprès de votre Majeſté héroïque et poëtique.

LETTRE CLXIX.

DE M. DE VOLTAIRE.

A Ferney, 27 avril.

SIRE,

QUAND vous étiez malade, je l'étais bien auſſi, et je feſais même tout comme vous de la proſe et des vers, à cela près que mes vers et ma proſe ne valaient pas grand'choſe; je conclus que j'étais fait pour vivre et mourir auprès de vous, et qu'il y a eu du mal-entendu ſi cela n'eſt pas arrivé.

Me voilà capucin pendant que vous êtes jéfuite, c'eft encore une raifon de plus qui devait me retenir à Berlin; cependant on dit que frère *Ganganelli* a condamné mes œuvres, ou du moins celles que les libraires vendent fous mon nom.

Je vais écrire à fa Sainteté que je fuis très-bon catholique, et que je prends votre Majefté pour mon répondant.

Je ne renonce point du tout à mon auréole; et comme je fuis près de mourir d'une fluxion de poitrine, je vous prie de me faire canonifer au plus vîte: cela ne vous coûtera que cent mille écus; c'eft marché donné.

Pour vous, Sire, quand il faudra vous canonifer, on s'adreffera à *Marc-Aurèle*. Vos dialogues font tout-à-fait dans fon goût comme dans fes principes: je ne fais rien de plus utile. Vous avez trouvé le fecret d'être le défenfeur, le légiflateur, l'hiftorien et le précepteur de votre royaume; tout cela eft pourtant vrai: je défie qu'on en dife autant de *Mouftapha*. Vous devriez bien vous arranger pour attraper quelques dépouilles de ce gros cochon; ce ferait rendre fervice au genre humain.

Pendant que l'empire ruffe et l'empire ottoman fe choquent avec un fracas qui retentit jufqu'aux deux bouts du monde, la petite république de Genève eft toujours fous les armes; mon manoir eft rempli d'émigrans qui s'y réfugient. La ville de *Jean Calvin* n'eft pas édifiante pour le moment préfent.

Je n'ai jamais vu tant de neige et tant de fottifes. Je ne verrai bientôt rien de tout cela, car je me meurs.

Daignez

Daignez recevoir la bénédiction de frère *François*, ——
et m'envoyer celle de St *Ignace*.   1770.

Reftez un héros fur la terre, et n'abandonnez pas
abfolument la mémoire d'un homme dont l'ame a
toujours été aux pieds de la vôtre.

LETTRE CLXX.

DE M. DE VOLTAIRE.

A Ferney, 4 mai.

SIRE,

JE me flatte que votre fanté eft entièrement raffermie ;
je vous ai vu autrefois vous faire faigner à cloche-
pied immédiatement après un accès de goutte, et
monter à cheval le lendemain : vous faites encore
plus aujourd'hui ; vos dialogues à la *Marc-Aurèle*
font fort au-deffus d'une courfe à cheval et d'une
parade.

Je ne fais fi votre Majefté eft encore autant dans le
goût des tableaux qu'elle eft dans celui de la morale.
L'impératrice de Ruffie en fait acheter à préfent de
tous les côtés : on lui en a vendu pour cent mille
francs à Genève ; cela fait croire qu'elle a de l'argent
de refte pour battre *Mouftapha* ; je voudrais que vous
vous amufaffiez à battre *Mouftapha* auffi, et que vous
partageaffiez avec elle ; mais je ne fuis chargé que de
propofer un tableau à votre Majefté, et nullement
la guerre contre le Turc. M. *Hennin*, réfident de

Correfp. du roi de P... &c.   Tome II.   Cc

—— France à Genève, a le tableau des trois Grâces de
1770. *Vanloo*, haut de fix pieds, avec des bordures. Il le veut
vendre onze mille livres ; voilà tout ce que j'en fais.
Il était deftiné pour le feu roi de Pologne. S'il convient
à votre nouveau palais, vous n'avez qu'à ordonner
qu'on vous l'envoie, et voilà ma commiffion faite.

Comme j'ai prefque perdu la vue au milieu des
neiges du mont Jura, ce n'eft pas à moi à parler de
tableaux. Je ne puis guère non plus parler de vers
dans l'état où je fuis ; car fi votre Majefté a eu la
goutte, votre vieux ferviteur fe meurt de la poitrine.
Nous avons l'hiver pour printemps dans nos Alpes.
Je ne fais fi la nature traite mieux les fables de Berlin ;
mais je me fouviens que le temps était toujours
beau auprès de votre Majefté. Je la fupplie de me
conferver fes bontés et de n'avoir point de goutte. Je
fuis plus près du paradis qu'elle, car elle n'eft que
protectrice des jéfuites, et moi je fuis réellement
capucin ; j'en ai la patente avec le portrait de
St *François*, tiré fur l'original.

Je me mets à vos pieds, malgré mes honneurs divins.

Frère François Voltaire.

LETTRE CLXXI.

DU ROI.

A Charlotembourg, le 24 de mai.

Je vous crois très-capucin, puisque vous le voulez, —— et même sûr de votre canonisation parmi les saints de l'Eglise. Je n'en connais aucun qui vous soit comparable; et je commence par dire : *Sancte Voltarie, ora pro nobis.*

1770.

Cependant le saint père vous a fait brûler à Rome. Ne pensez pas que vous soyez le seul qui ayez joui de cette faveur : l'Abrégé de *Fleuri* a eu un sort tout semblable. Il y a je ne sais quelle affinité entre nous qui me frappe. Je suis le protecteur des jésuites ; vous, des capucins ; vos ouvrages sont brûlés à Rome ; les miens aussi. Mais vous êtes saint, et je vous cède la préférence.

Comment, monsieur le Saint, vous vous étonnez qu'il y ait une guerre en Europe dont je ne sois pas! cela n'est pas trop canonique. Sachez donc que les philosophes, par leurs déclamations perpétuelles contre ce qu'ils appellent brigands mercenaires, m'ont rendu pacifique. L'impératrice de Russie peut guerroyer à son aise : elle a obtenu de *Diderot*, à beaux deniers comptans, une dispense pour faire battre les Russes contre les Turcs. Pour moi qui crains les censures philosophiques, l'excommunication encyclopédique, et de commettre un crime de lèse-philosophie, je me tiens en

Cc 2

───── repos. Et comme aucun livre n'a paru encore contre les fubfides, j'ai cru qu'il m'était permis, felon les lois civiles et naturelles, d'en payer à mon allié auquel je les dois; et je fuis en règle vis-à-vis de ces précepteurs du genre humain qui s'arrogent le droit de feffer princes, rois et empereurs qui défobéiffent à leurs règles.

Je me fuis refondu par la lecture d'un ouvrage intitulé : *Effai fur les préjugés*. Je vous envoie quelques remarques qu'un folitaire de mes amis a faites fur ce livre. Je m'imagine que ce folitaire s'eft affez rencontré avec votre façon de penfer, et avec cette modération dont vous ne vous départez jamais dans les écrits que vous avouez vôtres. Au refte, je ne penfe plus à mes maux; c'eft l'affaire de mes jambes de s'accoutumer à la goutte comme elles pourront. J'ai d'autres occupations : je vais mon chemin, clopinant et boitant, fans m'embarraffer de ces bagatelles. Lorfque j'étais malade, en recevant votre lettre, le fouvenir de *Panetius* me rendit mes forces. Je me rappelai la réponfe de ce philofophe à *Pompée* qui défirait de l'entendre; et je me dis qu'il ferait honteux pour moi que la goutte m'empêchât de vous écrire.

Vous me parlez de tableaux fuiffes; mais je n'en achète plus depuis que je paye des fubfides. Il faut favoir prefcrire des bornes à fes goûts comme à fes paffions.

Au refte, je fais des vœux fincères pour la corroboration et l'énergie de votre poitrine. Je crois toujours qu'elle ne vous fera pas faux bond fitôt. Contentez-vous des miracles que vous faites en vie, et ne vous hâtez pas d'en opérer après votre mort.

Vous êtes sûr des premiers, et les philosophes pourraient suspecter les autres. Sur quoi je prie St *Jean* du désert, St *Antoine*, St *François* d'Assise et St *Cucufin* de vous prendre tous en leur sainte et digne garde.

FÉDÉRIC.

LETTRE CLXXII.

DE M. DE VOLTAIRE.

8 juin.

Quand un cordelier incendie
Les ouvrages d'un capucin,
On sent bien que c'est jalousie,
Et l'effet de l'esprit malin.
Mais lorsque d'un grand souverain
Les beaux écrits il associe
Aux farces de saint Cucufin,
C'est une énorme étourderie.
Le saint père est un pauvre saint ;
C'est un sot moine qui s'oublie ;
Au hasard il excommunie.
Qui trop embrasse mal étreint.

Voilà votre Majesté bien payée de s'être vouée à St *Ignace ;* passe pour moi chétif, qui n'appartiens qu'à St *François*.

Le malheur, Sire, c'est qu'il n'y a rien à gagner à punir frère *Ganganelli;* plût à Dieu qu'il eût quelque

Cc 3

bon domaine dans votre voifinage, et que vous ne fuffiez pas fi loin de Notre-Dame de Lorette!

> Il eft beau de favoir railler
> Ces arlequins feseurs de bulles ;
> J'aime à les rendre ridicules ;
> J'aimerais mieux les dépouiller.

Que ne vous chargez-vous du vicaire de *Simon Barjone*, tandis que l'impératrice de Ruffie épouffette le vicaire de *Mahomet*? Vous auriez à vous deux purgé la terre de deux étranges fottifes. J'avais autrefois conçu ces grandes efpérances de vous ; mais vous vous êtes contenté de vous moquer de Rome et de moi, d'aller droit au folide, et d'être un héros très-avifé.

J'avais dans ma petite bibliothéque l'Effai fur les préjugés, mais je ne l'avais jamais lu ; j'avais effayé d'en parcourir quelques pages, et n'ayant vu qu'un verbiage fans efprit, j'avais jeté là le livre. Vous lui faites trop d'honneur de le critiquer ; mais béni foyez-vous d'avoir marché fur des cailloux, et d'avoir taillé des diamans. Les mauvais livres ont quelquefois cela de bon, qu'ils en produifent d'utiles.

> De la fange la plus groffière
> On voit fouvent naître des fleurs,
> Quand le dieu brillant des neuf Sœurs
> La frappe d'un trait de lumière.

Tâchez, je vous prie, Sire, d'avoir pitié de mes vieux préjugés en faveur des Grecs contre les Turcs ; j'aime mieux la famille de *Socrate* que les defcendans d'*Orcan*, malgré mon profond refpect pour les fouverains.

Sire, vous favez bien que, fi vous n'étiez pas roi, ────
j'aurais voulu vivre et mourir auprès de vous.　　1770.

Le vieux malade hermite.

Je vois que vous ne voulez point des trois Grâces
de M. *Hennin ;* celles qui vous infpirent quand vous
écrivez, font beaucoup plus grâces.

LETTRE CLXXIII.

DU ROI.

A Sans-fouci, le 7 de juillet.

Que le faint père ait fait brûler
Un gros tas de mes rapfodies,
Je faurai, pour m'en confoler,
Me chauffer à leurs incendies,
Et mettre aux pieds de Jéfus-Chrift,
En bon enfant de faint Ignace,
Tout ce que j'ai jamais écrit
Sans l'affiftance de la grâce,
Suffifante comme efficace.

Mais ce fuiffe du paradis
Etait ivre, ou du moins bien gris,
Lorfqu'il ofa traiter de même
Les ouvrages de mon bon faint,
Nouveau patron de Cucufin.
J'appelle de cet anathème,
Au corps du concile prochain.

Cc 4

Il paraît même très-plaufible ,
Et malgré Loyola je crois
Que le faint père en tels exploits
Ne fut jamais moins infaillible.

Ce bon cordelier du Vatican n'eft pas, après tout,
auffi hargneux qu'on fe l'imagine. S'il fait brûler
quelques livres, c'eft feulement pour que l'ufage ne
s'en perde pas ; et d'ailleurs les nez romains aiment à
flairer l'odeur de cette fumée.

Mais n'admirez-vous pas avec quelle patience ,
digne de l'agneau fans tache, il s'eft laiffé enlever le
comtat d'Avignon ? combien peu il y penfe, et dans
quelle concorde il vit avec le très-chrétien ? Pour
moi, j'aurais tort de me plaindre de lui : il me laiffe
mes chers jéfuites que l'on perfécute par-tout. J'en
conferverai la graine précieufe pour en fournir un
jour à ceux qui voudraient cultiver chez eux cette
plante fi rare. Il n'en eft pas de même du fultan
turc.

Si monfieur le mamamouchi
Ne s'était point mêlé des troubles de Pologne,
Il n'aurait point avec vergogne
Vu fes fpahis mis en hachi ;
Et de certaine impératrice
(Qui vaut feule deux empereurs)
Reçu, pour prix de fon caprice ,
Des leçons qui devraient abaiffer fes hauteurs.
Vous voyez comme elle s'acquitte
De tant de devoirs importans.
J'admire , avec le vieil hermite ,
Ses immenfes projets, fes exploits éclatans ;

> Quand on pofsède fon mérite,
> On peut fe paffer d'affiftans.

C'eft pourquoi il me fuffit de contempler fes grands fuccès, de faire une guerre de bourfe très-philofophique, et de profiter de ce temps de tranquillité pour guérir entièrement les plaies que la dernière guerre nous a faites, et qui faignent encore.

> Et quant à monfieur le vicaire,
> (Je dis vicaire du bon Dieu)
> Je le laiffe en paix en fon lieu,
> S'amufer avec fon bréviaire.
> Hélas ! il n'eft que trop puni
> En vivant de cette manière :
> Du fage en tout pays honni,
> Payé pour tromper le vulgaire,
> Et tremblant qu'un jour en fon nid
> Il n'entre un rayon de lumière.

Lorette ferait à côté de ma vigne, que certainement je n'y toucherais pas. Ses tréfors pourraient féduire des *Mandrins*, des *Conflans*, des *Turpins*, des *Rich*... et leurs pareils. Ce n'eft pas que je refpecte les dons que l'abrutiffement a confacrés, mais il faut épargner ce que le public vénère ; il ne faut point donner de fcandale : et, fuppofé qu'on fe croie plus fage que les autres, il faut, par complaifance, par commifération pour leurs faibleffes, ne point choquer leurs préjugés. Il ferait à fouhaiter que les prétendus philofophes de nos jours penfaffent de même.

Un ouvrage de leur boutique m'eft tombé entre les mains : il m'a paru fi téméraire, que je n'ai pu

—— m'empêcher de faire quelques remarques fur le *Syf-*
1770. *tême de la nature*, que l'auteur arrange à fa façon. Je
vous communique ces remarques ; et fi je me fuis
rencontré avec votre façon de penfer, je m'en applaudirai. J'y joins une élégie fur la mort d'une dame
d'honneur de ma fœur *Amélie*, dont la perte lui fut
très-fenfible. Je fais que j'envoie ces balivernes au
plus grand poëte du fiècle, qui le difpute à tout ce
que l'antiquité a produit de plus parfait : mais vous
vous fouviendrez qu'il était d'ufage, dans les temps
reculés, que les poëtes portaffent leurs tributs au
temple d'*Apollon*. Il y avait même, du temps d'*Augufte*,
une bibliothéque confacrée à ce dieu, où les *Virgile*,
les *Ovide*, les *Horace* lifaient publiquement leurs
écrits. Dans ce fiècle où Ferney s'élève fur les ruines
de Delphes, il eft bien jufte que l'on y envoie fes
offrandes : il ne manque au génie qui occupe ces
lieux que l'immortalité.

> Vous en jouirez bien par vos divins écrits ;
> Ils font faits pour plaire à tout âge,
> Ils favent éclairer le fage,
> Et répandre des fleurs fur les Jeux et les Ris.
> Quel illuftre deftin, quel fort pour un poëme
> D'aller toujours de pair avec l'éternité !
> Ah ! qu'à cette félicité
> Votre corps ait fa part de même !

Ce font des vœux auxquels tous les hommes de
lettres doivent fe joindre ; ils doivent vous confidérer
comme une colonne qui foutient feule par fa force
un bâtiment prêt à s'écrouler, et dont des barbares

ſapent déjà les fondemens. Un eſſaim de géomètres ——
mirmidons perſécute déjà les belles-lettres , en leur 1770.
preſcrivant des lois pour les dégrader. Que n'arri-
vera-t-il pas lorſqu'elles manqueront de leur unique
appui , et lorſque de froids imitateurs de votre beau
génie s'efforceront en vain de vous remplacer ? Dieu
me garde de n'avoir pour amuſement que de courtes
et arides ſolutions de problèmes plus ennuyeux encore
qu'inutiles. Mais ne prévenons point un avenir auſſi
fâcheux , et contentons-nous de jouir de ce que nous
poſſédons.

> O compagnes d'une déeſſe !
> Vous que par des ſoins aſſidus
> Voltaire fut en ſa jeuneſſe
> Débaucher des pas de Vénus ,
> Grâces , veillez ſur ſes années :
> Vous lui devez tous vos ſecours ;
> Apollon pour jamais unit vos deſtinées ,
> Obtenez d'Alecto d'en prolonger le cours.

FÉDÉRIC.

LETTRE CLXXIV.

DE M. DE VOLTAIRE.

27 juillet.

SIRE,

—— Vous et le roi de la Chine vous êtes à préfent les
1770. deux feuls fouverains qui foient philofophes et poëtes.
Je venais de lire un extrait de deux poëmes de l'empereur *Kienlong*, lorfque j'ai reçu la profe et les vers
de *Frédéric le grand*. Je vais d'abord à votre profe,
dont le fujet intéreffe tous les hommes, auffi-bien que
vous autres maîtres du monde. Vous voilà comme
Marc-Aurèle qui combattait par fes réflexions morales
le fyftême de *Lucrèce*.

J'avais déjà vu une petite réfutation du Syftême de
la nature par un homme de mes amis. Il a eu le bonheur de fe rencontrer plus d'une fois avec votre
Majefté : c'eft bon figne quand un roi et un fimple
homme penfent de même ; leurs intérêts font fouvent
fi contraires, que, quand ils fe réuniffent dans leurs
idées, il faut bien qu'ils aient raifon.

Il me femble que vos remarques doivent être
imprimées : ce font des leçons pour le genre humain.
Vous foutenez d'un bras la caufe de DIEU, et vous
écrafez de l'autre la fuperftition. Il ferait bien digne
d'un héros d'adorer publiquement DIEU et de donner
des foufflets à celui qui fe dit fon vicaire. Si vous ne
voulez pas faire imprimer vos remarques dans votre

capitale, comme *Kienlong* vient de faire imprimer ſes ——
poëſies à Pékin, daignez m'en charger, et je les 1770.
publierai ſur le champ.

L'athéiſme ne peut jamais faire aucun bien, et la
ſuperſtition a fait des maux à l'infini : ſauvez-nous
de ces deux gouffres. Si quelqu'un peut rendre ce
ſervice au monde, c'eſt vous.

Non-ſeulement vous réfutez l'auteur, mais vous
lui enſeignez la manière dont il devait s'y prendre
pour être utile.

De plus, vous donnez ſur les oreilles à frère
Ganganelli et aux ſiens; ainſi, dans votre ouvrage,
vous rendez juſtice à tout le monde. Frère *Ganganelli*
et ſes arlequins devaient bien ſavoir avec le reſte de
l'Europe de qui eſt la belle préface de l'Abrégé de
Fleuri. Leur inſolence abſurde n'eſt pas pardonnable.
Vos canons pourraient s'emparer de Rome, mais ils
feraient trop de mal à droite et à gauche : ils en
feraient à vous-même, et nous ne ſommes plus au
temps des Hérules et des Lombards, mais nous
ſommes au temps des *Kienlong* et des *Frédéric*.
Ganganelli ſera aſſez puni d'un trait de votre plume ;
votre Majeſté réſerve ſon épée pour de plus belles
occaſions.

Permettez-moi de vous faire une petite repréſen-
tation ſur l'intelligence entre les rois et les prêtres,
que l'auteur du Syſtême reproche aux fronts couronnés
et aux fronts tonſurés. Vous avez très-grande raiſon
de dire qu'il n'en eſt rien, et que notre philoſophe
athée ne ſait pas comment va aujourd'hui le train du
monde. Mais c'eſt ainſi, Meſſeigneurs, qu'il allait
autrefois ; c'eſt ainſi que vous avez commencé ; c'eſt

ainfi que les *Albouins*, les *Théodorics*, les *Clovis* et leurs premiers succeffeurs ont manœuvré avec les papes. Partageons les dépouilles ; prends les dixmes , et laiffe-moi le refte ; bénis ma conquête, je protégerai ton ufurpation : rempliffons nos bourfes ; dis de la part de DIEU qu'il faut m'obéir , et je te baiferai les pieds. Ce traité a été figné du fang des peuples par les conquérans et par les prêtres.. Cela s'appelle *les deux puiffances.*

Enfuite les deux puiffances fe font brouillées, et vous favez ce qu'il en a coûté à votre Allemagne et à l'Italie. Tout a changé enfin de nos jours. Au diable s'il y a deux puiffances dans les Etats de votre Majefté et dans le vafte empire de *Catherine II*! Ainfi vous avez raifon pour le temps préfent ; et le philofophe athée a raifon pour le temps paffé.

Quoi qu'il en foit, il faut que votre ouvrage foit public. *Ne tenez pas votre chandelle fous le boiffeau*, comme dit l'autre.

Les peuples font encor dans une nuit profonde ;
Nos fages à tâtons font prêts à s'égarer :
Mille rois comme vous ont défolé le monde ;
C'eft à vous feul de l'éclairer.

Ce que vous dites en vers de mon héroïne *Catherine II* eft charmant, et mérite bien que je vous faffe une infidélité.

Je ne fais fi c'eft le prince héréditaire de Brunfwick où un autre prince de ce nom qui va fe fignaler pour elle ; voilà un héroïfme de croifade.

J'avoue que je ne conçois pas comment l'empereur ne faifit pas l'occafion pour s'emparer de la Bofnie

et de la Servie ; ce qui ne coûterait que la peine du
voyage. On perd le moment de chaffer le Turc de 1770.
l'Europe : il ne reviendra peut-être plus ; mais je
me confolerai fi, dans ce charivari, votre Majefté
arrondit fa Pruffe.

En attendant , vous écoutez les mouvemens de
votre cœur fenfible : vous êtes homme quand vous
n'êtes pas roi ; vos vers à madame la princeffe *Amélie*
font de l'ame à laquelle j'ai été attaché depuis trente
ans, et à laquelle je le ferai le dernier moment de ma
vie, malgré le mal que m'a fait votre royauté , et
dont je fouffre encore le contre-coup fur la frontière
de mon drôle de pays natal.

LETTRE CLXXV.

DU ROI.

A Potfdam , le 18 d'augufte.

NE cachez *point votre lumière fous le boiffeau.* C'était
fans doute à vous que ce paffage s'adreffait ; votre
génie eft un flambeau qui doit éclairer le monde.
Mon partage a été celui d'une faible chandelle qui
fuffit à peine pour m'éclairer, et dont la pâle lueur
difparaît à l'éclat de vos rayons.

Lorfque j'eus achevé mon ouvrage contre l'athéifme,
je crus ma réfutation très-orthodoxe : je la relus, et
je la trouvai bien éloignée de l'être. Il y a des endroits
qui ne fauraient paraître fans effaroucher les timides
et fcandalifer les dévots. Un petit mot qui m'eft

——— échappé fur l'éternité du monde, me ferait lapider dans votre patrie, fi j'y étais né particulier, et que je l'y euffe fait imprimer. Je fens que je n'ai point du tout l'ame ni le ftyle théologiques. Je me contente donc de conferver en liberté mes opinions, fans les répandre et les femer dans un terrain qui leur eft contraire.

Il n'en eft pas de même des vers au fujet de l'impératrice de Ruffie : je les abandonne à votre difpofition ; fes troupes, par un enchaînement de fuccès et de profpérité, me juftifient. Vous verrez dans peu le fultan demander la paix à *Catherine*, et celle-ci, par fa modération, ajouter un nouveau luftre à fes victoires.

J'ignore pourquoi l'empereur ne fe mêle point de cette guerre. Je ne fuis point fon allié. Mais fes fecrets doivent être connus de M. de *Choifeul*, qui pourra vous les expliquer.

Le cordelier de Saint-Pierre a brûlé mes écrits, et ne m'a point excommunié à pâques, comme fes prédécefleurs en ont eu la coutume. Ce procédé me réconcilie avec lui ; car j'ai l'ame bonne, et vous favez combien j'aime à communier.

Je pars pour la Siléfie et vas trouver l'empereur qui m'a invité à fon camp de Moravie, non pas pour nous battre comme autrefois, mais pour vivre en bons voifins. Ce prince eft aimable et plein de mérite. Il aime vos ouvrages, et les lit autant qu'il peut : il n'eft rien moins que fuperftitieux. Enfin c'eft un empereur comme de long-temps il n'y en a eu en Allemagne. Nous n'aimons ni l'un ni l'autre les ignorans et les barbares ; mais ce n'eft pas une

raifon

raifon pour les extirper : s'il fallait les détruire, les —————
Turcs ne feraient pas les feuls. Combien de nations 1770.
plongées dans l'abrutiffement et devenues agreftes
faute de lumières !

Mais vivons, et laiffons vivre les autres. Puiffiez-
vous furtout vivre long-temps, et ne point oublier
qu'il eft des gens dans le nord de l'Allemagne qui ne
ceffent de rendre juftice à votre beau génie !

Adieu ; à mon retour de Moravie, je vous en
dirai davantage.

FÉDÉRIC.

LETTRE CLXXVI.

DE M. DE VOLTAIRE.

A Ferney, le 20 augufte.

SIRE,

LE philofophe d'*Alembert* m'apprend que le grand
philofophe de la fecte et de l'efpèce de *Marc-Aurèle*,
le cultivateur et le protecteur des arts, a bien voulu
encourager l'anatomie en daignant fe mettre à la tête
de ceux qui ont foufcrit pour un fquelette : ce fquelette poffède une vieille ame très-fenfible ; elle eft
pénétrée de l'honneur que lui fait votre Majefté.
J'avais cru long-temps que l'idée de cette caricature
était une plaifanterie ; mais puifque l'on emploie
réellement le cifeau du fameux *Pigal*, et que le
nom du plus grand homme de l'Europe décore cette

——— entreprife de mes concitoyens, je ne fais rien de fi férieux. Je m'humilie en fentant combien je fuis indigne de l'honneur que l'on me fait, et je me livre en même temps à la plus vive reconnaiffance.

L'académie françaife a infcrit dans fes regiftres la lettre dont vous avez honoré M. d'*Alembert* à ce fujet. J'ai appris tout cela à la fois : je fuis émer- veillé, je fuis à vos pieds, je vous remercie, je ne fais que dire.

La Providence, pour rabattre mon orgueil qui s'enflerait de tant de faveurs, veut que les Turcs aient repris la Gréce; du moins elle permet que les gazettes le difent. C'eft un coup très-funefte pour moi. Ce n'eft pas que j'aye un pouce de terre vers Athènes ou vers Corinthe : hélas! je n'en ai que vers la Suiffe; mais vous favez quelle fête je me fefais de voir les petits-fils des *Sophocles* et des *Démofthènes* délivrés d'un ignorant bacha. On aurait traduit en grec votre excellente réfutation du Syftême de la nature, et on l'aurait imprimée avec une belle eftampe dans l'endroit où était autrefois le lycée.

J'avais ofé faire une réponfe de mon côté; ainfi DIEU avaît pour lui les deux hommes les moins fuperftitieux de l'Europe; ce qui devait lui plaire beaucoup. Mais je trouvai ma réponfe fi inférieure à la vôtre, que je n'ofai pas vous l'envoyer. De plus, en riant des anguilles du jéfuite *Néedham*, que *Buffon*, *Maupertuis* et le traducteur de *Lucrèce* avaient adoptées, je ne pus m'empêcher de rire auffi de tous ces beaux fyftêmes, de celui de *Buffon* qui prétend que les Alpes ont été fabriquées par la mer; de celui qui donne aux hommes des marfouins pour origine; et

enfin de celui qui exaltait son ame pour prédire ———
l'avenir.

J'ai toujours fur le cœur le mal irréparable qu'il
m'a fait; je ne penferai jamais à la calomnie du *linge
donné à blanchir à la blanchiffeufe*, à cette calomnie
infipide qui m'a été mortelle, et à tout ce qui s'en eft
fuivi, qu'avec une douleur qui empoifonnera mes
derniers jours. Mais tout ce que m'apprend d'*Alembert*
des bontés de votre Majefté eft un baume fi puiffant fur mes bleffures, que je me fuis reproché cette
douleur qui me pourfuit toujours. Pardonnez-la à un
homme qui n'avait jamais eu d'autre ambition que
de vivre et de mourir auprès de vous, et qui vous
eft attaché depuis plus de trente ans.

Il y a plufieurs copies de votre admirable ouvrage:
permettez qu'on l'imprime dans quelque recueil ou
à part; car furement il paraîtra et fera imprimé incor-
rectement. Si votre Majefté daigne me donner fes
ordres, l'hommage du philofophe de Sans-fouci à la
Divinité fera du bien aux hommes. Le roi des
déiftes confondra les athées et les fanatiques à la fois:
rien ne peut faire un meilleur effet.

Daignez agréer le tendre refpect du vieux folitaire
Voltaire.

LETTRE CLXXVII.

DU ROI.

A Potſdam , le 16 de ſeptembre.

1770.

—— Je n'ai point été fâché que les ſentimens que j'annonce au ſujet de votre ſtatue , dans une lettre écrite à M. d'*Alembert*, aient été divulgués. Ce ſont des vérités dont j'ai toujours été intimement convaincu, et que *Maupertuis* ni perſonne n'ont effacées de mon eſprit. Il était très-juſte que vous jouiſſiez vivant de la reconnaiſſance publique, et que je me trouvaſſe avoir quelque part à cette démonſtration de vos contemporains, en ayant eu tant au plaiſir que leur ont fait vos ouvrages.

Les bagatelles que j'écris ne ſont pas de ce genre: elles ſont un amuſement pour moi. Je m'inſtruis moi-même en penſant à des matières de philoſophie, ſur leſquelles je griffonne quelquefois trop hardiment mes penſées. Cet ouvrage ſur le Syſtême de la nature eſt trop hardi pour les lecteurs actuels auxquels il pourrait tomber entre les mains. Je ne veux ſcandaliſer perſonne ; je n'ai parlé qu'à moi-même en l'écrivant. Mais dès qu'il s'agit de s'énoncer en public, ma maxime conſtante eſt de ménager la délicateſſe des oreilles ſuperſtitieuſes, de ne choquer perſonne, et d'attendre que le ſiècle ſoit aſſez éclairé pour qu'on puiſſe impunément penſer tout haut.

Laiſſez donc, je vous prie, ces faibles ouvrages dans l'obſcurité où l'auteur les a condamnés : donnez

au public, en leur place, ce que vous avez écrit fur le ———
même fujet, et qui fera préférable à mon bavardage.

Je n'entends plus parler des Grecs modernes. Si
jamais les fciences refleuriffent chez eux, ils feront
jaloux qu'un gaulois, par fa Henriade, ait furpaffé
leur *Homère*, que ce même gaulois l'ait emporté fur
Sophocle, fe foit égalé à *Thucydide*, et ait laiffé loin
derrière lui *Platon*, *Arifote* et toute l'école du portique.

Pour moi, je crois que les barbares poffeffeurs de
ces belles contrées feront obligés d'implorer la clé-
mence de leurs vainqueurs, et qu'ils trouveront dans
l'ame de *Catherine* autant de modération à conclure
la paix que d'énergie pour pouffer vivement la guerre.
Et quant à cette fatalité qui préfide aux événemens,
felon que le prétend l'auteur du Syftême de la nature,
je ne fais quand elle amènera des révolutions qui
pourront reffufciter les fciences, enfevelies depuis fi
long-temps dans ces contrées affervies, et dégradées
de leur ancienne fplendeur.

Mon occupation principale eft de combattre l'ignorance et les préjugés dans les pays que le hafard de
la naiffance me fait gouverner, d'éclairer les efprits,
de cultiver les mœurs, et de rendre les hommes auffi
heureux que le comporte la nature humaine, et que
le permettent les moyens que je puis employer.

A préfent, je ne fais que revenir d'une longue
courfe : j'ai été en Moravie, et j'ai revu cet empereur
qui fe prépare à jouer un grand rôle en Europe. Né
dans une cour bigote, il en a fecoué la fuperftition ;
élevé dans le fafte, il a adopté des mœurs fimples ;
nourri d'encens, il eft modefte ; enflammé du défir
de la gloire, il facrifie fon ambition au devoir filial

D d 3

——— qu'il remplit avec fcrupule ; et n'ayant eu que des maîtres pédans, il a affez de goût pour lire *Voltaire*, et pour en eftimer le mérite.

Si vous n'êtes pas fatisfait du portrait véridique de ce prince, j'avouerai que vous êtes difficile à contenter. Outre ces avantages, ce prince pofsède très-bien la littérature italienne ; il m'a cité beaucoup de vers du *Taffe*, et le Paftor fido prefque en entier. Il faut toujours commencer par là. Après les belles-lettres, dans l'âge de la réflexion, vient la philofophie ; et quand nous l'avons bien étudiée, nous fommes obligés de dire comme *Montagne* : Que fais-je ?

Ce que je fais certainement, c'eft que j'aurai une copie de ce bufte auquel *Pigal* travaille : ne pouvant poff**éder l'original, j'en aurai au moins la copie. C'eft fe contenter de peu lorfqu'on fe fouvient qu'autrefois on a poffédé ce divin génie même. La jeuneffe eft l'âge des bonnes aventures ; quand on devient vieux et décrépit, il faut renoncer aux beaux efprits comme aux maîtreffes.

Confervez-vous toujours pour éclairer encore, dans vos vieux jours, la fin de ce fiècle qui fe glorifie de vous poffédér, et qui fait connaître le prix de ce tréfor.

FÉDÉRIC.

LETTRE CLXXVIII.

DU ROI.

A Potſdam, le 26 de ſeptembre.

Il faut convenir que, nous autres citoyéns du nord de l'Allemagne, nous n'avons point d'imagination. Le P. *Bouhours* l'affure ; il faut l'en croire fur fa parole. A vous autres voyans de Paris, votre imagination vous fait trouver des rapports où nous n'aurions pas fuppofé les moindres liaifons. En vérité le prophète, quel qu'il foit, qui me fait l'honneur de s'amufer fur mon compte, me traite avec diftinction. Ce n'eft pas pour tous les êtres que les gens de cette efpèce exaltent leur ame. Je me croirai un homme important; et il ne faudra qu'une comète ou quelque éclipfe qui m'honore de fon attention, pour achever de me tourner la tête.

Mais tout cela n'était pas néceffaire pour rendre juftice à *Voltaire ;* une ame fenfible et un cœur reconnaiffant fuffifaient. Il eft bien jufte que le public lui paye le plaifir qu'il en a reçu. Aucun auteur n'a jamais eu un goût auffi perfectionné que ce grand homme. La profane Gréce en aurait fait un dieu : on lui aurait élevé un temple. Nous ne lui érigeons qu'une ftatue ; faible dédommagement de toutes les perfécutions que l'envie lui a fufcitées, mais récompenfe capable d'échauffer la jeuneffe et de l'encourager

1770.

D d 4

—— à s'élever dans la carrière que ce grand génie a
1770. parcourue, et où d'autres génies peuvent trouver
encore à glaner. J'ai aimé dès mon enfance les arts,
les lettres et les fciences ; et lorfque je puis contribuer à leurs progrès, je m'y porte avec toute l'ardeur
dont je fuis capable, parce que dans ce monde
il n'y a point de vrai bonheur fans elles. Vous
autres qui vous trouvez à Paris dans le veftibule de
leur temple, vous qui en êtes les deffervans, vous
pouvez jouir de ce bonheur inaltérable, pourvu que
vous empêchiez l'envie et la cabale d'en approcher.

Je vous remercie de la part que vous prenez à cet
enfant qui nous eft né (1). Je fouhaite qu'il ait les
qualités qu'il doit avoir; et que loin d'être le fléau
de l'humanité, il en devienne le bienfaiteur. Sur ce
je prie DIEU qu'il vous ait en fa fainte et digne garde.

FÉDÉRIC.

(1) Le prince *Frédéric-Guillaume*, petit-neveu du roi.

LETTRE CLXXIX.

DE M. DE VOLTAIRE.

A Ferney , 12 octobre.

SIRE,

Nous avons été heureux pendant quinze jours, d'*Alembert* et moi, nous avons toujours parlé de votre Majefté ; c'eft ce que font tous les êtres penfans, et s'il y en a dans Rome, ce n'eft pas de *Ganganelli* qu'ils s'entretiennent. Je ne fais fi la fanté de d'*Alembert* lui permettra d'aller en Italie ; il pourrait bien fe contenter cet hiver du foleil de Provence, et n'étaler fon éloquence fur le héros philofophe qu'aux defcendans de nos anciens troubadours. Pour moi, je ne fais entendre mon filet de voix qu'aux Suiffes et aux échos du lac de Genève.

1770.

J'ai été d'autant plus touché de votre dernière lettre, que j'ai ofé prendre en dernier lieu votre Majefté pour mon modèle. Cette expreffion paraîtra d'abord un peu ridicule ; car en quoi un vieux barbouilleur de papier pourrait-il tâcher d'imiter le héros du Nord ? mais vous favez que les philofophes vinrent demander des règles à *Marc-Aurèle* quand il partit pour la Moravie, dont votre Majefté revient.

Je voudrais pouvoir vous imiter dans votre éloquence, et dans le beau portrait que vous faites de l'empereur. Je vois à votre pinceau que c'eft un maître qui a peint fon difciple.

Voici en quoi confifte l'imitation à laquelle j'ai tâché d'afpirer, c'eft à retirer dans les huttes de mon hameau quelques génevois échappés aux coups de fufil de leurs compatriotes, lorfque j'ai fu que votre Majefté daignait les protéger en roi dans Berlin.

Je me fuis dit : Les premiers des hommes peuvent apprendre aux derniers à bien faire. J'aurais voulu établir il y a quelques années une autre colonie à Clèves, et je fuis fûr qu'elle aurait été bien plus floriffante et plus digne d'être protégée par votre Majefté; je ne me confolerai jamais de n'avoir pas exécuté ce deffein ; c'était là où je devais achever ma vieilleffe. Puiffe votre carrière être auffi longue qu'elle eft utile au monde et glorieufe à votre perfonne !

Je viens d'apprendre que M. le prince de *Brunfvick*, envoyé par vous à l'armée victorieufe des Ruffes, y eft mort de maladie. C'eft un héros de moins dans le monde, et c'eft un double compliment de condoléance à faire à votre Majefté : il n'a qu'entrevu la vie et la gloire ; mais après tout, ceux qui vivent cent ans font-ils autre chofe qu'entrevoir ? je n'ai fait qu'entrevoir un moment *Frédéric le grand ;* je l'admire, je lui fuis attaché, je le remercie, je fuis pénétré de fes bontés pour le moment qui me refte ; voilà de quoi je fuis certain pour ces deux inftans.

Mais pour l'éternité, cette affaire eft un peu plus équivoque ; tout ce qui nous environne eft l'empire du doute, et le doute eft un état défagréable. Y a-t-il un Dieu tel qu'on le dit ? une ame telle qu'on l'imagine ? des relations telles qu'on les établit ? Y a-t-il quelque chofe à efpérer après le moment de la vie ?

Gilimer, dépouillé de fes Etats, avait-il raifon de fe _____
mettre à rire quand on le préfenta devant *Juftinien* ? 1770.
et *Caton*, avait-il raifon de fe tuer de peur de voir
Céfar ? La gloire n'eft-elle qu'une illufion ? Faut-il
que *Mouftapha*, dans la molleffe de fon harem, fefant
toutes les fottifes poffibles, ignorant, orgueilleux et
battu, foit plus heureux, s'il digère, qu'un héros
philofophe qui ne digèrerait pas ?

Tous les êtres font-ils égaux devant le grand Etre
qui anime la nature ? en ce cas l'ame de *Ravaillac*
ferait à jamais égale à celle de *Henri IV* : ou ni l'un
ni l'autre n'auraient eu d'ame. Que le héros philofophe débrouille tout cela, car pour moi je n'y entends
rien.

Je refte, du fond de mon chaos, pénétré de refpect,
de reconnaiffance et d'attachement pour votre perfonne, et du néant de prefque tout le refte,

LETTRE CLXXX.

DU ROI.

Potſdam, le 30 d'octobre.

—————
1770.
UNE mitte qui végette dans le nord de l'Allemagne eſt un mince ſujet d'entretien pour des philoſophes qui diſcutent des mondes divers flottans dans l'eſpace de l'infini, du principe du mouvement et de la vie, du temps et de l'éternité, de l'eſprit et de la matière, des choſes poſſibles et de celles qui ne le ſont pas. J'appréhende fort que cette mitte n'ait diſtrait ces deux grands philoſophes d'objets plus importans et plus dignes de les occuper. Les empereurs ainſi que les rois diſparaiſſent dans l'immenſe tableau que la nature offre aux yeux des ſpéculateurs. Vous qui réuniſſez tous les genres, vous deſcendez quelquefois de l'empyrée : tantôt *Anaxagore*, tantôt *Triptolème*, vous quittez le portique pour l'agriculture, et vous offrez ſur vos terres un aſile aux malheureux. Je préférerais bien la colonie de Ferney dont *Voltaire* eſt le légiſlateur, à celle des quakers de Philadelphie auxquels *Locke* donna des lois.

Nous avons ici des fugitifs d'une autre eſpèce ; ce ſont des polonais qui, redoutant les déprédations, le pillage et les cruautés de leurs compatriotes, ont cherché un aſile ſur mes terres. Il y a plus de cent vingt familles nobles qui ſe ſont expatriées pour attendre des temps plus tranquilles et qui leur permettent le retour chez eux. Je m'aperçois de plus en

plus que les hommes fe reffemblent d'un bout de
notre globe à l'autre , qu'ils fe perfécutent et fe 1770.
troublent mutuellement, autant qu'il eft en eux : leur
félicité , leur unique reffource eft en quelques bonnes
ames qui les recueillent et les confolent de leurs
adverfités.

Vous prenez auffi part à la perte que je viens de
faire à l'armée ruffe, de mon neveu de *Brunfwick :* le
temps de fa vie n'a pas été affez long pour lui laiffer
apercevoir ce qu'il pouvait connaître, ou ce qu'il
fallait ignorer. Cependant, pour laiffer quelques traces
de fon exiftence, il a ébauché un poëme épique : c'eft
la Conquête du Mexique par *Fernand Cortez.* L'ouvrage contient douze chants ; mais la vie lui a
manqué pour le rendre moins défectueux. S'il était
poffible qu'il y eût quelque chofe après cette vie, il
eft certain qu'il en faurait à préfent plus que nous
tous enfemble. Mais il y a bien de l'apparence qu'il
ne fait rien du tout. Un philofophe de ma connaiffance, homme affez déterminé dans fes fentimens,
croit que nous avons affez de degrés de probabilité
pour arriver à la certitude que *poft mortem nihil eft.*

Il prétend que l'homme n'eft pas un être double,
que nous ne fommes que de la matière animée par le
mouvement, et que dès que les refforts ufés fe refufent
à leur jeu, la machine fe détruit et fes parties fe diffol-
vent. Ce philofophe dit qu'il eft bien plus difficile de
parler de DIEU que de l'homme, parce que nous ne
parvenons à foupçonner fon exiftence qu'à force de
conjectures, et que tout ce que notre raifon peut
nous fournir de moins inepte fur fon fujet, eft de le
croire le principe intelligent de tout ce qui anime la

—— nature. Mon philofophe eft très-perfuadé que cette
1770. intelligence ne s'embarraffe pas plus de *Mouftapha* que
du *Très-Chrétien ;* et que ce qui arrive aux hommes
l'inquiéte auffi peu que ce qui peut arriver à une
taupinière de fourmis que le pied d'un voyageur écrafe
fans s'en apercevoir.

Mon philofophe envifage le genre animal comme
un accident de la nature, comme le fable que les roues
mettent en mouvement, quoique les roues ne foient
faites que pour tranfporter rapidement un char. Cet
étrange homme dit qu'il n'y a aucune relation entre
les animaux et l'Intelligence fuprême, parce que de
faibles créatures ne peuvent lui nuire ni lui rendre
fervice, que nos vices et nos vertus font relatifs à la
fociété, et qu'il nous fuffit des peines et des récom-
penfes que nous en recevons.

S'il y avait ici un facré tribunal d'inquifition
j'aurais été tenté de faire griller mon philofophe pour
l'édification du prochain ; mais nous autres huguenots
nous fommes privés de cette douce confolation : et
puis le feu aurait pu gagner jufqu'à mes habits. J'ai
donc, le cœur contrit de ces difcours, pris le parti de
lui faire des remontrances. Vous n'êtes point orthodoxe, lui ai-je dit, mon ami, les conciles généraux
vous condamnent unanimement ; et Dieu le père qui
a toujours les conciles dans fes culottes pour les
confulter au befoin, comme le docteur *Tamponet* porte
la Somme de St *Thomas,* s'en fervira pour vous juger
à la rigueur. Mon raifonneur, au lieu de fe rendre à
de fi fortes femonces, repartit qu'il me félicitait de fi
bien connaître le chemin du paradis et de l'enfer,
qu'il m'exhortait à dreffer la carte du pays, et de

donner un itinéraire pour régler les gîtes des voya-geurs, fur-tout pour leur annoncer de bonnes 1770. auberges.

Voilà ce qu'on gagne à vouloir convertir les incré-dules. Je les abandonne à leurs voies : c'eft le cas de dire, *fauve qui peut*. Pour nous, notre foi nous promet que nous irons en ligne directe en paradis. Toutefois ne vous hâtez pas d'entreprendre ce voyage : un *tiens* dans ce monde-ci vaut mieux que dix *tu l'auras* dans l'autre. Donnez des lois à votre colonie génevoife, travaillez pour l'honneur du Parnaffe, éclairez l'uni-vers, envoyez-moi votre réfutation du Syftême de la nature, et recevez avec mes vœux ceux de tous les habitans du Nord et de ces contrées.

FÉDÉRIC.

LETTRE CLXXXI.

DE M. DE VOLTAIRE.

A Ferney, 21 novembre.

SIRE,

VOTRE Majefté peut être ciron ou mitte en compa-raifon de l'éternel Architecte des mondes, et même des divinités inférieures qu'on fuppofe avoir été inftituées par lui, et dont on ne peut démontrer l'impoffibilité ; mais en comparaifon de nous autres chétifs vous avez été fouvent aigle, lion et cygne. Vous n'êtes pas à préfent le rat retiré dans un fromage de Hollande, qui ferme fa porte aux autres rats indigens ; vous donnez l'hofpitalité aux pauvres familles polonaifes perfécutées; vous devez vous connaître plus qu'aucune mitte de l'univers en toute efpèce de gloire, mais celle dont vous vous couvrez à préfent en vaut bien une autre.

Il eft bien vrai que la plupart des hommes fe reffemblent, finon en talens, du moins en vices, quoiqu'après tout il y ait une grande différence entre *Pythagore* et un fuiffe des petits cantons, ivre de mauvais vin. Pour le gouvernement polonais, il ne reffemble à rien de ce qu'on voit ailleurs.

Le prince de *Brunfwick* était donc auffi des vôtres; il fefait donc des vers comme vous et le roi de la Chine. Votre Majefté peut juger fi je le regrette.

J'ai autant de peur que vous qu'il ne fache rien du grand fecret de la nature, tout mort qu'il eft. Votre abominable homme qui eft fi fûr que tout meurt avec nous pourrait bien avoir raifon, ainfi que l'auteur de l'Eccléfiafte attribué à *Salomon*, qui prêche cette opinion en vingt endroits, ainfi que *Céfar* et *Cicéron*, qui le déclarent en plein fénat, ainfi que l'auteur de la Troade, qui le difait fur le théâtre à quarante ou cinquante mille romains, ainfi que le penfent tant de méchantes gens aujourd'hui, ainfi qu'on femble le prouver quand on dort d'un profond fommeil, ou quand on tombe en léthargie.

Je ne fais pas ce que penfe *Mouftapha* fur cette affaire, je penfe qu'il ne penfe pas, et qu'il vit à la façon de quelques Mouftaphas de fon efpèce. Pour l'impératrice de Ruffie et la reine de Suède votre fœur, le roi de Pologne, le prince *Guftave*, &c. j'imagine que je fais ce qu'ils penfent. Vous m'avez flatté auffi que l'empereur était dans la voie de perdition;

voilà

voilà une bonne recrue pour la philofophie. C'eſt ——
dommage que bientôt il n'y ait plus d'enfer ni de   1770.
paradis : c'était un objet intéreſſant ; bientôt on ſera
réduit à aimer DIEU pour lui-même, ſans crainte et
ſans eſpérance, comme on aime une vérité mathématique : mais cet amour-là n'eſt pas de la plus grande
véhémence ; on aime froidement la vérité.

Au ſurplus, votre abominable homme n'a point de
démonſtration, il n'a que les plus extrêmes probabi-
lités ; il faudrait conſulter *Ganganelli*, on dit qu'il eſt
bon théologien ; ſi cela eſt, les apparences font qu'il
n'eſt pas un parfait chrétien ; mais le madré ne dira
pas ſon fecret ; il fait ſon pot à part, comme le difait
le marquis d'*Argenſon* d'un des rois de l'Europe.

S'il n'y a rien de démontré qu'en mathématique,
foyez bien perſuadé, Sire, que de toutes les vérités
probables la plus ſûre eſt que votre gloire ira à
l'immortalité, et que mon reſpectueux attachement
pour vous ne finira que quand mon pauvre et chétif
être ſubira la loi qui attend les plus grands rois,
comme les plus petits velches.

LETTRE CLXXXII.

DU ROI.

A Potſdam, le 4 décembre.

—— 1770. Je vous ſuis obligé des beaux vers annexés à votre lettre. J'ai lu le poëme de notre confrère le chinois, qui n'eſt pas dans ce qu'on appelle le goût européan, mais qui peut plaire à Pékin.

Un vaiſſeau revenu depuis peu de la Chine à Embden, a apporté une lettre en vers de cet empereur, et comme on ſait que j'aime la poëſie, on me l'a envoyée. La grande difficulté a été de la faire traduire : mais nous avons heureuſement été ſecondés par le fameux profeſſeur *Arnulphius Enſerius Quadrazius*. Il ne s'eſt pas contenté de la mettre en proſe, parce qu'il eſt d'opinion que les vers ne doivent être traduits qu'en vers. Vous verrez vous-même cette pièce, et vous pourrez la placer dans votre bibliothéque chinoiſe. Quoique notre grave profeſſeur s'excuſe ſur la difficulté de la traduction, il ne compte pour rien quelques ſoléciſmes qui lui ſont échappés, quelques mauvaiſes rimes qu'on ne doit point enviſager comme défectueuſes lorſqu'on traduit l'ouvrage d'un empereur.

Vous verrez ce que l'on penſe en Chine des ſuccès des Ruſſes et de leurs victoires. Cependant je puis vous aſſurer que nos nouvelles de Conſtantinople ne font aucune mention de votre prétendu ſoudan

d'Egypte; et je prends ce qu'on en débite pour un ——
conte ajusté et mis en roman par le gazetier. Vous 1770.
qui avez de tout temps déclamé contre la guerre,
voudriez-vous perpétuer celle-ci ? Ne savez-vous pas
que ce *Mouftapha* avec sa pipe est allié des Velches
et de *Choifeul*, qui a fait partir en hâte un détache-
ment d'officiers de génie et d'artillerie pour fortifier
les Dardanelles ? Ne savez-vous pas que s'il n'y avait
un grand turc, le temple de Jérufalem ferait rebâti,
qu'il n'y aurait plus de férail, plus de mamamouchi,
plus d'ablutions, et que de certaines puissances voifines de Belgrade s'intéressent vivement à l'Alcoran ?
et qu'enfin quelque brillante que soit la guerre, la
paix lui est toujours préférable ?

Je salue l'original de certaine statue, et le recommande à *Apollon*, dieu de la santé, ainsi qu'à *Minerve*,
pour veiller à sa conservation.

FÉDÉRIC.

LETTRE CLXXXIII.

DU ROI.

A Potſdam, le 12 décembre.

LE damné de philoſophe contre lequel vous êtes en
colère, ne ſe contente pas de raiſonner à perte de
vue, il ſe met à rêver, et il veut que je vous envoye
ſes rêveries. Pour me débarraſſer de ſes importunités,
j'ai été obligé de me conformer à ſes volontés. Voici
ſes fariboles que je joins à ma lettre. Ne m'accuſez
pas d'indiſcrétion. Si ce fatras vous ennuie, rangez-le
dans la catégorie de Barbe-bleue et des Mille et
une, &c. Je lui ai conſeillé, pour le corriger de ſon
goût pour l'imagination, d'étudier la géométrie tranſ-
cendante qui deſſéchera ſon cerveau de ce qu'il a de
trop poëtique, et le rendra le digne confrère de tous
nos graves philoſophes tudeſques et profeſſeurs en *us*.
Peut-être que cette géométrie lui démontrera qu'il a
une ame : la plupart de ceux qui le croient, n'y ont
jamais penſé. Je ne crois pas, comme vous le dites,
que *Mouſtapha* ni bien d'autres s'en inquiétent. Il n'y
a que ceux qui ſuivent le ſens de la ſentence grecque,
connais-toi toi-même, qui veulent ſavoir ce qu'ils ſont,
et qui, à meſure qu'ils avancent en connaiſſances,
ſont obligés d'oublier ce qu'ils avaient cru ſavoir.

Le grand cordelier de Saint-Pierre me paraît un
homme qui ſait à quoi s'en tenir; mais il eſt payé
pour ne pas révéler les ſecrets de l'Egliſe, et je

1770.

parierais qu'il s'embarrafferait beaucoup plus d'Avignon que de la Jérufalem célefte. Pour moi, je
m'avertis d'être difcret et de ne pas importuner
un homme auquel il faut fe faire confcience de
dérober un moment. Ses momens font fi bien
employés, que je lui en fouhaite beaucoup, et qu'il
puiffe durer autant que fa ftatue. *Vale.*

FÉDÉRIC.

LETTRE CLXXXIV.

DE M. DE VOLTAIRE.

20 décembre.

En vérité, ce roi de la Chine écrit de jolies lettres;
mon dieu, comme fon ftyle s'eft perfectionné depuis
fon éloge de Moukden! Qu'il rend bien juftice à ce
faint flibuftier juif, nommé *David*, et à nos badauds
de Paris! Je foupçonne fa Majefté *Kienlong* de n'avoir
chez lui aucun mandarin qui l'entende, et de chanter,
comme *Orphée*, devant de beaux lions, de courageux
léopards, des loups bien difciplinés, des faucons
bien dreffés. J'allai autrefois à la cour du roi; je
fus émerveillé de fon armée, mais cent fois plus de
fa perfonne; et je vous avoue, Sire, que je n'ai
jamais fait de foupers plus agréables que ceux où
Kienlong le grand daignait m'admettre. Je vous jure
que je prenais la liberté de l'aimer autant qu'il me
forçait à l'admirer; et fans un lapon qui me calomnia,

1770.

je n'aurais jamais imaginé d'autre bonheur que de
rester à Pékin.

Il est vrai que j'ai fait une très-grande fortune dans
l'Occident; et quoiqu'un abbé *Terray* m'en ait esca-
moté la plus grande partie (ce qui ne me serait point
arrivé à Pékin), il m'en reste assez pour être plus
heureux que je ne mérite; cependant je regrette
toujours *Kienlong*, que je regarde comme le plus
grand homme des deux hémisphères. Comme il parle
parfaitement le français qu'il n'a pourtant point
appris des révérends pères jésuites; comme il écrit
dans cette langue avec plus de grâces et d'énergie
que les trois quarts de nos académiciens, j'ai pris la
liberté de lui adresser par le coche trois livres nouveaux, avec cette adresse, AU ROI; car il n'y en a
pas deux, à ce que l'on dit; et on parlera peu du
sultan et du mogol d'aujourd'hui. On a écrit sur
l'adresse : Pour être mis à la poste, dès que le paquet
sera dans ses Etats. C'est un tribut payé à la bibliothéque du *Sans-souci* de la Chine; je ne crois pas ce
tribut digne de sa Majesté, mais c'est la cuisse de
cigale que ne dédaigna pas le grand *Yhao*.

Sa Majesté est voisine de ma grande souveraine
russe. Je suis toujours fâché qu'ils n'aient pu s'ajuster
pour donner congé à *Moustapha*; je suis encore dans
l'erreur sur *Ali-bey* : elle-même y est aussi. Pourquoi
n'a-t-elle pas envoyé quelque juif sur les lieux
s'informer de la vérité? Les Juifs ont toujours aimé
l'Egypte, quoi qu'en dise leur impertinente histoire.

Je savais très-bien ce que fesaient des ingénieurs
sans génie, et j'en étais très-affligé. Je trouve tout
cela aussi mal entendu que les croisades : il me semble

qu'on pouvait s'entendre, et qu'il y avait de beaux
coups à faire.

1770.

J'ai bien peur que les Velches et même les Ibères
n'échouent. Leurs entreprises, depuis long-temps,
n'ont abouti qu'à nous ruiner.

Je frappe trois fois la terre de mon front devant
votre trône du Pégu, voisin du trône de la Chine.

Fin du Tome second.

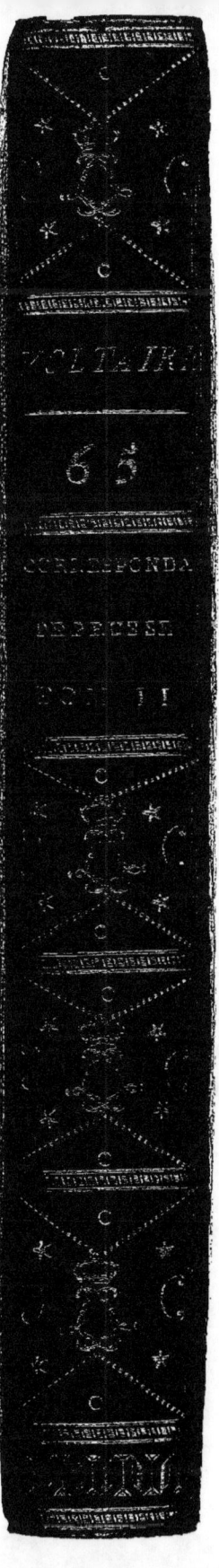

VOLTAIRE

65

CORRESPONDA

NCE

TOM II

www.ingramcontent.com/pod-product-compliance
Lightning Source LLC
Chambersburg PA
CBHW070755030726
47504CB00003B/565